Alois Brandstetter
Zur Entlastung der Briefträger

Alois Brandstetter

Zur Entlastung der Briefträger

Roman

Residenz Verlag

Mit freundlicher Unterstützung des Landes Oberösterreich

KULTUR LAND
OBERÖSTERREICH

Bibliografische Information der Deutschen Nationalbibliothek
Die Deutsche Nationalbibliothek verzeichnet diese Publikation in der Deutschen Nationalbibliografie; detaillierte bibliografische Daten sind im Internet über http://dnb.d-nb.de abrufbar.

www.residenzverlag.at

Umschlaggestaltung: Thomas Kussin
Umschlagbild: ImageZoo/Cargo
Typografische Gestaltung, Satz: Ekke Wolf, typic.at
unter Verwendung der Schrift Minion
Lektorat: Anna Horak
Gesamtherstellung: CPI Moravia Books

ISBN 978-3-7017-1565-7

Postpartner

Stammtisch 1

Jetzt haben wir den Salat, sagte Ferdinand Ürdinger zu seinen ehemaligen Briefträgerkollegen Karl Deuth und Franz Blumauer am Stammtisch »Die Brieftrager« beim Kirchenwirt in Munderfing im oberösterreichischen Innviertel. Er sagte zwar: Jetzt haben wir den Salat, aß aber währenddessen nach allen Regeln der bayrischen Tischkultur zur Brotzeit oder, wie man im diesseitigen Innviertel sagt, zur Jause, eine gesottene Kessel- oder Weißwurst. Es gibt also, sagte Ürdinger, in vielen Ortschaften kein Postamt mehr, sondern nur noch einen sogenannten »Postpartner«, aber auch den nicht im Ort und an Ort und Stelle, sondern in der übernächsten Gemeinde. Jetzt muß man 10 Kilometer fahren, die Luft mit Abgasen verpesten und das Klima erwärmen und dann bei einem Metzger kaltblütig seine Briefmarke kaufen. Bei der Fleischhauerin, der neuen »Postpartnerin«, kannst du deinen Brief abgeben und einschreiben lassen und eine Leberkässemmel bestellen. Mit der Linken gibt sie dir den Imbiß und mit der Rechten die Einschreibbestätigung, und du kannst froh sein, wenn sie linkerhand einen Handschuh trägt und nur mit der Rechten dann die Euros und Cents herausgibt, an denen die Keime und die Bakterien kleben und der Schweiß vieler Vorbesitzer. Ein solcher Postpartnerbesuch ist doch heute ein Gesundheitsrisiko! Du holst dir beim »Postpartner«

einen RSA-Brief und BSE, den Rinderwahnsinn oder die Schweinegrippe! Dafür bist du 10 Kilometer gefahren! Was sage ich 10 Kilometer, 15 Kilometer!, verbesserte er sich, ja, weit haben wir es gebracht. Für eine Sondermarke gehe ich extra meilenweit… Dann sagte er: Prost die Post! Blumauer erwiderte: Prost Mahlzeit!, und prostete den Kollegen zu.

Darauf sagte Deuth, der dritte der drei Briefträgerpensionisten: Ferdinand, es gibt eigentlich keine vollwertigen »Postpartner«, weil es keine »Post« mehr gibt. Aus unserer guten alten einheitlichen Österreichischen Post oder »Post und Telegraphenverwaltung« sind ja schon früher zwei separate Betriebe geworden, die »Post.at«, also die »Post. Austria«, und die sogenannte »Telekom Austria«. Und die alte »Kraftpost« hat sich auch selbständig gemacht. Die Autobusse gehen ihre eigenen Wege… Man hat also der Post das Telephon weggenommen und die Mobilität, den »fahrbaren Untersatz«… Eigentlich sollte es jetzt nicht »Post.at« heißen, sondern »Torso.at«… Die Postpartner sind Torso-Partner. Und was *Telekom* eigentlich ist und bedeutet, wissen und verstehen auch die wenigsten. Als »Postler« fühlen sich die »Telekom-Mitarbeiter« sicher nicht!

Du aber weißt sicher ganz genau, was *Telekom* heißt, sagte Ürdinger zu Deuth, wer sollte es denn wissen, wenn nicht du, unsere Intelligenzbestie. Du, der hyperschlaue Postfuchs!

Telekom ist eine Abkürzung für englisch *Telecommunication*, sagte die Intelligenzbestie.

Bravo, sagte Blumauer, sind wir jetzt vielleicht von England ferngesteuert? Sind wir besetzt und eine Kolonie?

Oder wieder eine Besatzungszone? Statt »Österreichische Post« also jetzt »Post.at« und »Telekom Austria« ... Von *Österreich* ist also auch keine Rede mehr ...

»Ferngesteuert« ist richtig, sagte Deuth, denn *tele* heißt so viel wie »fern«, schließlich ist *Fernsprech* eine Übersetzung von *Telephon*. Genau genommen aber, sagte Deuth, sind wir mit der *Telecommunication* nicht von England oder Amerika, von London oder New York fremdbestimmt und ferngesteuert, sondern von Athen und Rom, weil *tele* griechisch und *communicatio* lateinisch ist. Da sind Hellas und Latium eine Komplexion eingegangen. Mit der *Telecommunication* ist es genauso wie mit dem *Automobil* oder dem *Mobiltelephon*. Alle diese Wörter sind römisch-katholisch, lateinisch-griechisch ... Wir bleiben im Abendland! Heimat bist du großer Töne!

Bravo, super, mega!, sagte Blumauer, haben wir wieder etwas gelernt, und: Abendland Österreich ... Für uns Rentner ist *Austria* oder *Autriche* jetzt auch das Lebensabend-Land! Wir sind die letzten österreichischen Mohikaner! Und angeblich sind wir Beamtenpensionisten mit unseren überhöhten Pensionen auch der Untergang des Abendlandes ...

Brieftrager gibt es ja auch nicht mehr, sagte jetzt Ürdinger, pensionierte Brieftrager wie uns schon noch, wenn sie auch im Aussterben begriffen sind, aber diejenigen, die heute unser seinerzeitiges Geschäft erledigen, sind jetzt »Post.at-Mitarbeiter« und »Telekom-Mitarbeiter«. Oder heißt es »Telekomisten« oder »Telekomerer«, sagte Ürdinger, ich weiß es nicht.

»Telekümmerer!«, sagte Blumauer und: Super!, applaudierte er sich selbst zu seinem gelungenen Wortspiel.

Die Entmachtung der Brieftrager und ihre Entwürdigung hat eigentlich schon zu unserer Zeit im vorigen Jahrtausend begonnen, sagte Deuth. Was haben wir früher Renten und Pensionen und Geld zugestellt, habe ich nicht recht?, fragte er seine Kollegen in der Runde. Wir Brieftrager waren seinerzeit auch Prokuristen und Bevollmächtigte, Statthalter und Treuhänder unserer Kunden. Wir waren zeichnungsberechtigt und hatten das Pouvoir! Wir hatten die Finanzhoheit! Über 65 Rentner hatte ich damals zu Beginn in meinem Ausgehgebiet oder Rayon, wie wir, die österreichischen Brieftrager, gesagt haben, und keines von den alten Leutchen, den Väterchen und Mütterchen, hat ein Bankkonto gehabt, auf das die Pension oder Rente vom Vater Staat überwiesen hätte werden können. Niemand war auf eine Überweisung angewiesen. Wir waren die Überbringer und Wohltäter! Ein Füllhorn war unsere große Tasche! Die Rentengelder sind aus unserem Postsack direkt in die Sparstrümpfe, aus unserem Rucksack in die Brieftaschen und unter die Kopfpölster oder in die Küchenkredenzen gewandert. Die meisten der Pensionsempfänger haben uns gebeten, ihre Rente gleich an der bewußten Stelle zu deponieren! Du kennst eh den Hausbrauch, Karl, sagten die Alten … Der Herr Raiffeisen hat davon nichts gesehen. Ja, die Renten haben alle wir ausgetragen und ausbezahlt. Und die Trinkgelder sind an solchen Tagen vor dem Monatsersten reichlich geflossen. Postgebühr beim Empfänger einheben, hat es da bei uns immer frohgemut geheißen, Postgebühr sprich Trinkgeld, hat es gelautet …

Ja, und getrunken wurde von den Brieftragern, wenn sie ihre Tage, das heißt ihre Trinkgeldertage gehabt hatten, auch nicht wenig, sagte Deuth. Da ist Bier in Strömen geflossen. An jenem Tage gab's Gelage, konnte sich Deuth nicht enthalten zu reimen. Hopfen und Malz, Gott erhalt's! Das mußt du zugeben, sagte Deuth zu Ürdinger. Grad du, Ferdinand, hast von dem vielen Trinkgeld deiner besseren Hälfte Katharina kaum etwas heimgebracht, sicher nicht die Halbscheid. Du hast das Trinkgeld immer wörtlich und beim Namen genommen …

Ja, ja, sagte Ürdinger, warum heißt es »Trinkgeld«. Bei vielen Kunden hat es überhaupt weniger Trinkgeld als Getränke selbst gegeben. Mir war aber das Bare und die Geldwirtschaft sympathischer als diese Art Naturalwirtschaft! Lieber das Bare als Biere! Und wenn ich alle »Kurzen« und »Stamperl« und »Schnapserl« zu mir genommen hätte, die mir angeboten worden sind, wäre ich ja schon am Vormittag blau und fett gewesen, wie meine Uniform!

Vom vielen Biere auf alle viere …, reimte Deuth. Ich habe mir für das zusätzliche Geld ja Bücher gekauft, sagte Deuth, in jedem Quartal einen dicken Wälzer von der Buchgemeinschaft Alpenland, später Donauland! Mit dem Trinkgeld habe ich meinen Wissensdurst gestillt! Das Trinkgeld war meine Bildungszulage …

Aber geh, Karli!, sagte der Nebenerwerbslandwirt Ferdinand Ürdinger, solchene Bücher bekommst du doch heute auf den Flohmärkten, 5 Kilo Bestseller um einen Euro. Du hast dein Trinkgeld schlecht angelegt!

Du hast das Trinkgeld »einkommensneutral« und »wertgesichert« versoffen, sagte Deuth zu Ürdinger. Du hast die Brauerei gesponsert!

Ich versilbert und vergoldet – du vergeudet …, sagte Ürdinger. Geraucht habe ich aber auch, das mußt du zugeben, lieber Karl, sagte Ürdinger.

Wie ein Schlot, sagte Deuth. Es hat früher einmal »Tabak trinken« geheißen, sagte Deuth, damit hast du dein Trinkgeld als Raucher und »Tabak-Trinker« letztlich auch »widmungsgemäß« verwendet – oder verschwendet.
Tabak-*Trinker*? Was du nicht sagst, sagte Ürdinger. Man lernt nie aus.
Deine elenden Virginier oder »Wedschina«, wie du sie genannt hast, sagte Deuth, wenn ich nur daran denke … wie die unser Amt verstunken und zur Rauchkuchl gemacht haben! Da wird mir heute noch schlecht! Wir, der Blumauer und ich, waren die aktivsten Passivraucher, die es geben kann. Nichts wie raus an die frische Luft! war die Devise nach dem Sortieren. Rette sich, wer kann!
Und der Herr Kollege Franz Blumauer, Leichtfuß und Schwerenöter, hat manchen Ausflug und manche Spritztour nach Passau unternommen und das überschüssige Geld, das überzählige Trinkgeld über die Grenze gebracht und »verschossen«, mit Charme verspritzt … Cum-shot, sagt der Anglist.
Einspruch, Euer Gnaden, sagte Blumauer, stimmt nicht, alles Gerücht und Verleumdung! Es kann keinen treueren Ehemann als mich gegeben haben, aber schauen wird man wohl noch dürfen.
Schau, schau, sagte Deuth. Schaubude Puff? *Video*, »ich sehe«. *Voyeur*, »der Schauer« … *To peep* heißt auf Deutsch »spechteln«. Und *peep* heißt soviel wie »verstohlen schauen« und »gucken«. Das brauche ich dir, lieber Franz, dem Mann einer Anglistin und selbst Anglophilen, eigentlich gar nicht übersetzen. Darin hast du selbst den klarsten Durchblick.

Schau, nicht Brautschau, du Oberschlauer, sagte Blumauer. Ich habe nie einer Frau etwas »weggeschaut«!
Deuth lachte und sagte: Plötzlich war aber eh und ohnehin Schluß mit Genuß! und Schluß mit lustig! und mit dem Geldzustellen in jenem fernen, vergangenen 20. Jahrhundert, und wir haben nur noch wertlose Drucksachen und Makulatur expediert.
Oder »torpediert« und weg- statt eingeworfen, sagte Ürdinger.
Saboteur!, rief Deuth. Du vielleicht, sagte er. Ich habe alles zugestellt, auch den anonymen »Schmutz und Schund« und die obszöne Parteipropaganda. Schließlich waren wir für das Einwerfen und nicht für das Auswerfen oder Wegwerfen bestellt und vereidigt.
Postwurf und Auswurf!, sagte Ürdinger. Massen- und Ausschußware … Wir haben die Post doch nur »bewertet« und »gewichtet« … Und manches halt für zu leicht befunden und der Mattig »anvertraut« … Ab ins Schwarze Meer mit der vielen Druckerschwärze … Die Zeitungen und Prospekte waren seinerzeit ja noch nicht so bunt und farbenfroh wie heute …
Red nicht so laut und so liederlich, sagte Deuth. Wenn uns wer hört! Dort drüben sitzen Beamte der Gemeindeaufsicht mit dem Bürgermeister. Sonst sehen wir uns statt beim Kirchenwirt im Gemeindekotter!
Ist doch alles verjährt und nicht mehr wahr, sagte Ürdinger. Ich zitiere doch nur aus »Zu Lasten der Briefträger«. Schöngeistige Literatur …
Leiser fuhr Deuth fort: Der Blumauer, unser lieber Franz, hat sich die delikate und anonyme, die »diskrete« Post ohne Absender immer vorgenommen und »bearbeitet«,

»Einschau« gehalten. Sein Leitmotiv war: Diskretion! Natürlich ist das Unauffällige das Auffälligste. Schließlich ist die geheime Polizei auch nicht viel schwerer erkennbar als die uniformierte. Die verschlossene und stille Post schrie nach Entschlüsselung. Das Kryptische will entziffert werden. Auch unter den Empfängern solch suspekter »Emissionen« hat es, trinkgeldmäßig gesehen, spendable Persönlichkeiten gegeben. Ein solches Trinkgeld haben wir aber immer eher als ein Schmerzens- oder Schweigegeld betrachtet. Bitte nicht weitersagen, was du mir da bringst…

Einen so Verrückten freilich, der einem Briefträger für das Überbringen von Werbung oder Parteipropaganda ein Trinkgeld spendiert, müßte man erst suchen. Mir jedenfalls ist in den 40 Jahren Dienstzeit kein solches Exemplar untergekommen, sagte Deuth. Haushalte, die sich mit dem Aufkleber »KEINE WERBUNG!« solche Post überhaupt verbeten haben, hatte ich einige im Revier.

Wie auch immer, sagte Ürdinger, jedenfalls war das persönliche Zustellen und Überreichen und Aushändigen und Einhändigen und Übergeben und Auszahlen der Rente ein verantwortungsvoller und würdiger Dienst und immens kommunikativ und gemeinschaftsfördernd.

Und jetzt reden sie ständig von Kommunikation und nennen sich »Telekom«, und doch ist alles rein unpersönlich, technokratisch und anonym. Das *Kom* ist wirklich sehr *tele*! Komm, bleib mir fern mit dem *tele*! *Telekom* ist ein Widerspruch in sich, sagte Deuth. *Telekom* ist ein weißer Rappe. *Telekom* ist ein schwarzer Schimmel. Der Mensch ist weit weg und in die Ferne gerückt! *Telekom* ist ein Oxymoron, sagte der Hobbyphilologe Karl Deuth.

Und was machen sie jetzt für einen Wirbel um den Datenschutz! Als wüßten die Leute nicht, wie hoch oder wie niedrig die winzige Pension eines Versicherten der Allgemeinen Sozialversicherung oder eines Ausgleichsrentners ist, und wie viel demgegenüber eine Hofratswitwe oder ein pensionierter Staatssekretär kassiert. So eine hilf- und heillose Mindestpension macht auch der Hilflosenzuschuß nicht fett. So öffnet sich die Schere zwischen den Betuchten und den am Hungertuch Nagenden immer weiter. Um das zu sehen, braucht wirklich keiner eine Brille zu tragen – oder einen Briefträger, der es vielleicht mit dem Datenschutz nicht so akkurat nimmt und einer Kundschaft, gefragt oder ungefragt, unter dem Siegel der Amtsverschwiegenheit hinter vorgehaltener Hand mitteilt, wieviel er dem Herrn Nachbarn gebracht und hingeblättert hat. Briefträger und Kundschaften waren eine Solidargemeinschaft. Wirklich Reiche oder große Firmen wie KTM hatten wir ja nicht zu versorgen, sagte Deuth. Die Reichen haben sich natürlich nicht von einem landläufigen und herkömmlichen Briefträger in die Karten schauen lassen, die haben ihre Postfächer im Amt gehabt und sich die Post selbst geholt oder von vertrauenswürdigen Personen holen, jedenfalls nicht vom »liederlichen Kleeblatt« Ürdinger, Deuth und Blumauer zustellen lassen. Natürlich mußte auch diese Post im Amt einer einsortieren, erinnerte Deuth seine Kollegen. An der Quelle saß der Knabe, sagte Blumauer vielsagend und augenzwinkernd …

In Antiesenhofen, sagte Deuth, stellt euch vor, liebe Kollegen im Amte oder in Pensione, in Antiesenhofen hat sich ein Wirt der »Post.at« als Partner angeboten, ein

Wirt! Genau genommen und historisch betrachtet ist es so, daß in der alten Zeit die Poststationen zugleich immer Herbergen und Wirtshäuser waren und die Wirte auch Postmeister. Und sie waren reiche Leute und erfolgreiche Unternehmer wie der Herr Plochl im Ausseerland, der Vater der Anna Plochl, die der Erzherzog Johann geheiratet und zur Gräfin von Meran gemacht hat. Darum gibt es ja heute noch in jeder zweiten Ortschaft ein Gasthaus »Zur Post« oder auch ein »Hotel Post«. Nicht bloß hunderte, nein tausende Gasthäuser heißen in Deutschland und Österreich und in der Schweiz »Post« oder »Zur Post«. Die vielleicht berühmteste »Post« gibt es wohl in Tirol in der Stadt Imst. Und wer die Mundart Tirols lernen will mit ihren merkwürdigen *sch* vor *t* für *st*, der lernt es heute noch am besten an dem berühmten Merksatz: »Z'Imscht af da Poscht gibt's de beschte Koscht.« Dieser Merksatz und Spottspruch ist älter und einprägsamer als jener, mit dem Thomas Bernhard, der Ohlsdorfer Dichter, den Helden seines Romans »Kalkwerk« seine im Rollstuhl sitzende Frau in Hörübungen nach der sogenannten »Urbantschitschen Methode« traktieren und quälen läßt: »Im Innviertel habe ich nichts.« Als Innviertler habe ich an diesem Beispielsatz eines Hausruckviertlers aus Ottnang oder eines Traunviertlers aus Ohlsdorf natürlich keine Freude. Ja, ich halte dagegen und erwidere: »Dieser spitze Witz des Dichters ist ein Witz!«
Zurück zu den Wirtshäusern »Zur Post« und »Zum Postillion«: Jetzt gibt es bald in keiner Ortschaft mehr ein Postamt, aber immer noch ein Wirtshaus »Zur Post«. Und einige dieser Wirte werden nun vielleicht wie der Wirt in Antiesenhofen zu Postpartnern. Und die Wirts-

häuser, die bisher noch nicht »Zur Post« geheißen haben, werden nun auch Wirtshäuser »Zur Post«, vielleicht »Zur neuen Post« oder überhaupt »Zum Postpartner« heißen. Schade eigentlich, daß wir in Munderfing kein Wirtshaus »Zur Post« haben. In ein solches Wirtshaus würde unser Brieftrager-Stammtisch ja weit besser passen als zum Kirchenwirt, wie wenn wir Theologen oder Geistliche wären. Einem eingefleischten Sozialdemokraten widerstrebt ein solch frommes Wirtshaus wahrscheinlich. Aber uns geht es ja nur ums Essen, ums Trinken und vor allem ums Reden …

Du hast recht, Karl, sagte Ürdinger. Ich gehe dorthin, wo es das beste Bier gibt. Und der Blumauer geht dorthin, wo die netteste Bedienung ist. Und das ist in unserem Fall das Riedkerdinger Bier und die Resi, die es uns bringt. Darum sind wir in Gottsnam beim Kirchenwirt eingekehrt …

Der Wirt in Antiesenhofen, der neue »Postpartner«, sagte Deuth, wird das Extrazimmer als »Post.at und Telekom-Center« adaptieren, wenn nicht sowieso ein Tisch im Gastzimmer und eine Ecke als so genannter »Post- und Telekom-Corner« reichen sollte.

Mir gefällt das, sagte Ürdinger, der Wirt als Postmeister, der Schankwirt und Leitgeb als Posthalter, der Hausl als Postillion und die Kellnerin und das Serviermädchen als Post- oder Telekom-Fräulein … Das Letztere oder die Letztere gefällt sicher auch dir, Franz?

Kommt auf das Fräulein an, sagte Blumauer, der Mädchenversteher.

Daß es in der Gaststube schwer sein wird, auf Diskretion zu achten, steht auf einem anderen Blatt, sagte Deuth. Das Post-Bank-Geschäft wird sich da nicht gut abwickeln lassen … Die Gaststube des Postpartners in Antiesenhofen ist meines Wissens, weil ich dort einmal bei einer »Zehrung« war, ja nicht besonders groß. Da wird es nicht leicht sein, Abstand zu halten und Diskretionsbarrieren oder Linien als Abstandhalter und Distanzmarkierungen einzutragen. Denn einen Schalter im eigentlichen Sinn gibt es ja nicht. Und sollte es einmal zu einer der ortsüblichen, ja schon zum Volksbrauchtum und zur Folklore gehörenden Schlägereien von sogenannten »Zechen« kommen, dann könnte es leicht sein, daß auch der »Post- und Telekom-Corner« mit dem Regal und dem Uhu, dem Tixo, den Radiergummis, den Bleistiften und den Kuverts, den Büroklammern und Stempelkissen in Mitleidenschaft gezogen wird und Kleinteile der »Papeterie« durch den Raum fliegen und daß die Post am Rande einen groben Kollateral-, ja, Totalschaden erdulden muß. Briefe und Karten aus der Postsektion wirbeln wie Luftpost durch den Äther des Schankraums! »CHAOS IM TELEKOM-CENTER«, steht dann als Headline in der Lokalpresse, ja in der überregionalen Boulevardpresse. Schüsse und Querschläger aus dem Out könnten im Corner einschlagen! Oft, sagte Deuth, werden im Zuge solcher Auseinandersetzungen und Kampfhandlungen ja auch Krüge und Gläser eingesetzt, sei es, daß deren Inhalt, Gerstensaft oder Hefeweizenbier oder sogenannte »Kracherl«, von Kombattanten und Kontrahenten über Mitstreiter, Feind und Freund, geschüttet wird oder daß überhaupt der Krug selbst oder dessen Henkel wie ein Schlagring mißbräuchliche Verwendung findet. Als besonders brisante Waffen haben sich auch die sogenannten »Schartner Bomben« erwiesen … Die haben ja schon die Form einer Handgranate! Wen es trifft, den haut es um. Trifft's nicht, ist die moralische Wirkung eine ungeheure. In jedem Fall aber ist da für die Post »Gefahr in Verzug«. Da ist natürlich der Wirt, der Gastgeber nicht nur seiner Gäste, sondern auch des einquartierten Untermieters »Telekom« und der »Post.at«, als Hausherr, Haus- und Postmeister gefragt und gefordert. Er ist hier der »Propst« … Sonst heißt es »Post.ade« statt »Post.at«! Auskehr im unwirtlichen Einkehrwirtshaus … Dem Hausherrn unterliegt die Friedenspflicht! Er muß sich als Schutz- und Schirmherr, als Patron der Post bewähren und der Gewalt gegen Personen und Sachen Grenzen setzen und Einhalt gebieten. Er ist der Sheriff in »Saloon« und »Corner« unserer schönen neuen amerikanischen Warenwelt. Als einen John Wayne, sagte Deuth, habe ich den Wirt in Antiesenhofen aber nicht gerade in Erinnerung. Rein staturmäßig machte er auf mich auch nicht den Eindruck eines Arnold Schwarzenegger.

Ein Wirtshaus als Poststation stellt für willensschwache Charaktere auch insofern eine Gefahr dar, als sie versucht sein könnten, vor oder nach oder gar statt ihrer Postagende einen zu heben und hinter die Binde zu gießen, daß sie also das Geld, statt es in der Offizine aufzugeben, in der Spelunke ausgeben, sagte Ürdinger. Versuchung und Durst sind groß. Und manche kommen auch wegen der Eva oder der Theresia!

Du sagst es, Ferdinand, sagte Deuth. Und wenn du, Sachverständiger in allen Gastwirtschaftsfragen, es sagst, hat es Gewicht. Hektolitergewicht!

Die Frau, sagte Ürdinger, hat den Mann vielleicht mit einem Erlagschein und einer Spende für das Rote Kreuz oder die Caritas zur Post geschickt, der willensschwache

Mann ist aber der Versuchung erlegen, statt der Verbuchung zu obliegen. Er hat nicht der Menschheit Gutes, sondern sich selbst gütlich getan und etwas Gutes gegönnt und den Herrgott einen guten Mann sein lassen. Und während der Tierschutzverein leer ausgeht, ist der Göttergatte voll und hat einen Affen, wie man hierzulande einen Rausch nennt. Jawohl, er war »auf der Post«, kann er später getrost und wahrheitsgetreu seiner Frau Rechenschaft geben, ohne zu lügen oder doch nur eine leichte Notlüge zu begehen. Eigentlich war er beim Postpartner oder genaugenommen beim Partner des Postpartners, beim Wirt nämlich. Den Rückschein kann er freilich nicht vorweisen, der dürfte ihm in die Antiesen, die Mattig oder Raab gefallen sein. Aber auch früher schon haben die Herren der Schöpfung, wenn sie »auf die Post« geschickt worden sind und »im Amt zu tun« gehabt haben, immer auch einen Abstecher zum Wirt gemacht, sozusagen ehrenamtlich und privat. So wie ja auch jeder Kirchenbesuch am Sonntag mit einem Kirchenwirtsbesuch verbunden gewesen ist! Bis dann überhaupt nur noch der Wirt übriggeblieben ist und der Kirchenwirt auch die Kirche ersetzen hat müssen. Das sogenannte »letzte Evangelium« haben die Männer in den hinteren Bänken meistens in der Kirche gar nicht mehr gehört, weil sie den Tumult bei der Kommunion genützt haben, um unauffällig durch das Westportal zu verschwinden … Der Wirt ist ursprünglich aber immer nur der Abstecher gewesen, der Seitensprung gewissermaßen, die Nebensache und das Zusatzprogramm. Bis aus der Nebensache die Hauptsache geworden ist …
So ist es, Ferdinand, sagte Deuth, früher war die »Mensa«, der Altar in der Kirche, der Mittelpunkt der Gemeinde,

heute ist es der Stammtisch beim Kachelofen beim Kirchenwirt. Das ist heute »der Tisch des Herrn« … Für die Alten jedenfalls. Wo die Jugend ist und wo die Jungen hingekommen sind, entzieht sich meiner Kenntnis.
Mach dir um die einmal keine Sorgen!, sagte Blumauer. Die finden sich schon zurecht. Jedenfalls kommen sie auf ihre Rechnung, was das »FUN« betrifft. Sie definieren sich ja geradezu als »Fun Generation« … Da sind wir Alten mit unseren biederen spießbürgerlichen Vorstellungen von Stammtisch und »gemütlichem Beisammensein« die reinsten Waisenknaben …
Eigentlich paßt da vieles nicht zusammen, sagte Deuth. Wenn in Schärding einer in der Nähe einer Schule ein Etablissement errichten oder in einem Abbruchhaus einrichten und die rote Laterne hinaushängen möchte, bricht wegen der sittlich gefährdeten Schüler und Schülerinnen ein Proteststurm an Leserbriefen los, obwohl die Lehrer und ihre Schüler doch wohl eher am Tag und jene Häuser der Volkswohlfahrt, wie sie sich sehen, größtenteils bei Nacht arbeiten und ihre Pforten offen halten. Wenn aber die Post ins Wirtshaus flieht, bricht kein Proteststurm los. Schließlich könnte sich die Lobby der Trinker ja auch beschweren, daß sie beim Trinken immer vom donnernden Abstempeln der Post vom Telekom-Corner her erschreckt werden.
Vielleicht gibt es dazu einmal ein kleines Leserbriefchen vom pensionierten Zusteller und Briefträger Karl Deuth aus Munderfing?, sagte Ürdinger. Hier spricht der »Leserbriefträger« …
Ein »Leserbriefchen« gibt es in Postangelegenheiten immer, sagte Deuth. Ich gehe ja mit der Zeit und schreibe

mit. Ich schreibe gegen den Zeitgeist… Und ich schreibe den Zeitgeist auf… Leider stehen mir keine anderen Publikationsmöglichkeiten zur Verfügung als die »Schärdinger Rundschau« und vielleicht die Kirchenzeitung oder der »Postbote«. Beim Suhrkamp-Verlag werde ich mit meiner »Literatur« wohl nichts reißen und keinen Stich machen… Das Posten, Chatten, Twittern und Skypen und all das neumodische Zeug im Internet muß ich leider erst noch erlernen. Die entsprechende »Hardware« habe ich schon.

Schreib doch einmal, sagte jetzt Franz Blumauer zu Karl Deuth, in einem Leserbrief im »Kummerkasten«, daß sich die »Post und Telekom.at« auf der Suche nach neuen Postpartnern bei den heute so genannten »Laufhäusern«, früher unfein »Bordelle« genannt und von dir vorhin »Puff« nominiert, umschauen soll. Grad am Tag gibt es doch dort viel freie, ungenützte und brachliegende Kapazität! Überschrift: »Post im Freudenhaus«. »Freudenpostmädchen als Post- und Telekom-Partnerinnen«, oder so ähnlich…

»Why not«, sagte darauf Deuth. Dann hätten die dort tätigen Mädchen tagsüber eine erfüllende und sinnvolle Ausgleichsbeschäftigung bei Postdiensten. Als »Postituierte«…

Und wenn die Mädchen vielleicht in einem Dirndl mit einem Leibchen mit üppigem Dekolletee am Schalter sitzen, wird sich die »Post und Telekom Austria« vor Zulauf von Kunden im Laufhaus kaum retten können, das verspreche ich dir, sagte Blumauer. Das wird den Verkehr beleben und die Quote in die Höhe schnellen lassen. Die erfolgreichsten Wirtshäuser sind ja auch nicht die mit dem besten Wein oder Bier, sondern die mit der hübschesten

Kellnerin. Das belebt Verzehr und Verkehr … Stimmt's, Resi?, sagte er Richtung Schank, wo sich die Kellnerin Theresia zu schaffen machte.
Du mußt es wissen, sagte Deuth. Über die sittliche Gefährdung der Jugend, sagte er, wollte ich eigentlich noch etwas sagen – und fragen, aber das wird mir jetzt leider zu spät. Das geht sich heute nicht mehr aus. Das verschieben wir auf das nächste Mal. Ich muß jetzt leider zahlen und gehen.
Du warst mein Gast, sagte der Nebenerwerbslandwirt Ürdinger zu Deuth. Wir hatten heuer eine gute Ernte.
Danke, sagte Deuth und: Das nächste Mal zahl aber ich. Servus Franz! Servus Karl! Servus Ferdinand!
Grüß dich Gott, alte Hütten!

Stammtisch 2

Schaut, sagte Deuth am Stammtisch in der Woche darauf, was ich da im Internet gefunden habe. Ich habe es euch ausgedruckt. Munderfing, höre! »Im Laufe des heurigen Jahres werden in ganz Österreich knapp 300 kleine, defizitäre Postfilialen durch moderne Postpartnerstellen ersetzt. Dazu sieht die österreichische Post-AG in weiteren rund 150 Gemeinden, in denen sie bisher nicht mit eigenen Filialen vertreten war, das Potenzial für Postpartner. In der kommenden Woche werden in gleich drei dieser Potenzialgemeinden neue Postpartner eröffnet.« Und irgendwo habe ich gelesen, sagte Deuth, daß nach einer Umfrage eines Meinungsforschungsinstituts die Leute zu 70 Prozent mit den neuen Postpartnern zufrieden sind. Vor allem begrüßen die Menschen die längeren Öffnungszeiten der Postpartner gegenüber den alten zugesperrten Filialen. Das sind freilich Propagandaaussendungen der neuen Post.at mit wahrscheinlich bestellten und bezahlten, sicher aber geschönten Gutachten, sage ich, Karl Deuth. Denn so groß ist die Begeisterung in den Gemeinden mit den neuen Postpartnern natürlich nicht. Und in den Ortschaften, wo die Postämter aufgegeben worden sind, sind die Bürgermeister mit den neuen Postpartnern und dem Ersatz der alten Ämter auch nicht gar so glücklich. Vielleicht muß man von einem Ende mit Schrecken reden, von einem »Happy End« aber sicher nicht. Ein raffinierter Schachzug des Pressedienstes der neuen Post-AG ist die Beschwichtigung mit dem Hinweis auf jene wenigen, das heißt drei Gemeinden, in denen sich zur alteingesessenen Postfiliale noch ein weiterer Postpartner etabliert hat, was den Eindruck erweckt, als wäre die Post den Kunden sogar noch weiter entgegengekommen, als sich von ihm zu entfernen. Die beste Verteidigung ist der Angriff … Davon abgesehen aber, daß die zwei oder drei Fälle von zusätzlichen Standorten nicht ins Gewicht fallen, besteht der dringende Verdacht, daß mehr über kurz als lang die alte Vollpost später mit der Ausrede auf den Postpartner auch und doch noch zugesperrt wird, weil ja die billigere Amateurpost allein genügt und den Bedarf deckt. Da wird dann auf dem Umweg über eine Postpartnerstelle die alte Postamtsstelle aufgegeben. So schaun wir aus, sagte Deuth. Traurig schaun wir aus, sagte Ürdinger.

Übrigens, Franz, sagte Deuth zu Blumauer, es wird dich, hellhörig wie du bist, vielleicht interessieren und es wird dir aufgefallen sein, daß die Post-AG jene Hoffnungsgebiete für zusätzliche Postpartner »Potenz«- oder »Potenzialgemeinden« nennt, wenn du daraus auch wahrscheinlich die falschen Schlüsse ziehst. Potenzialgemeinden sind nämlich nicht solche, in denen viele potente Menschen oder Männer wohnen. Es handelt sich vielmehr um »Hoffnungsgebiete«, »Zukunftsregionen«, die »vielversprechend« sind, sogenannte prosperierende und florierende Ortschaften, die gute Geschäfte, auch oder gerade auf dem Postsektor erwarten lassen.

Die größte Gefahr, liebe Kolleginnen und Kollegen, sagte Karl Deuth zu Ferdinand Ürdinger und Franz Blumauer am Stammtisch »Die Brieftrager« beim Kirchenwirt in Munderfing, obwohl wieder einmal keine Frauen am Tisch saßen, die gefährlichste Gefahr droht unserer Post durch die sogenannte »Privatisierung«. Zu unserer Zeit war die Post die POST, sie hatte vom Staat das Monopol, die Post war der Staat und der Staat war die Post, im Wesentlichen … So wie der Staat in seiner Polizei das Gewaltmonopol hatte und keine privaten »Sicherheitsdienste« mit sogenannten Bodyguards mit Pokerfacevisagen neben ihr duldete, so hatte die Post das Zustellmonopol. Neben ihr hatte niemand etwas zu bestellen oder zuzustellen! Jetzt ist alles privat oder – wie Ürdinger sagt – *prifat*. Die *Prifaten* sind aber nur auf die Gewinnmaximierung aus, und darum suchen sie sich den besten Teil vom Kuchen, nur die lukrativsten und saftigsten Filetstücke. Den Rest lassen sie der alten Post. Den Rest werfen sie der alten Post hin, einem ausgehungerten Hund einen abgenagten Knochen! Die Post als Resteverwerter! So steht die Sache und so ist die Lage, meine Damen und Herren, sagte Deuth. Und darum siehst du heute in den Ballungszentren und in den dichtverbauten Gebieten die »prifaten« Zusteller mit ihren glänzenden Paketwagen unterwegs. Die alte Post aber ist auf den verlorenen Posten. Denn draußen auf dem Land und im unwegsamen Gelände siehst du natürlich keinen Prifaten. Das Niemandsland ist der Rayon der alten Post. Das Geschäft auf dem Land ist uninteressant und kein Geschäft sagen sie, die Prifaten, das kann sich die alte Post behalten, sagen sie. Viel Glück! Gute Reise, Herr Brieftrager! Vielleicht nennen sie den Briefträger auch »Landzusteller«, denn diesen Ehrentitel haben die Briefträger von der Politik im Zuge der Postamtsschließungen jetzt verliehen bekommen, wobei ich, Karl Deuth, nicht weiß, wo die Ehre bei diesem neuen Ehrentitel liegen soll. Es soll dieser Titel für den Briefträger auf eine »Kompetenzerweiterung« hindeuten, weil er nämlich nun nicht mehr nur Post aufs Land bringen, sondern auch vermehrt abholen und mitnehmen soll, weil die Post oder Telekom Austria die meisten gelben Postkästen abmontiert hat, in die man früher seinen Brief einwerfen konnte. In der Stadt muß heute einer seine Post vermehrt aufs Amt bringen und auf dem Land dem Briefträger oder »Landzusteller« mitgeben. Briefkasten? Fehlanzeige! Wo einmal die gelben Briefkästen waren, ist jetzt ein Zigaretten- oder Zuckerlautomat. Vielleicht auch ein Präservativautomat? Dafür hat sich der Betonsockel nach dem Abmontieren des Briefkastens ja geradezu angeboten. Jedenfalls ist »Landzusteller« ein »Titel ohne Mittel« und deshalb vielleicht wirklich ehrenhaft und ehrenhalber verliehen. Geschenkt! Grüß mir die Einschichtbauern, sagt der Prifate mit dem »Schnellen Paket« lachend und spottend zum »Landzusteller«, und einen speziellen Gruß auch den Aussiedlern in der Einöde, wenn du sie triffst. Hast du wohl gutes Schuhwerk auch für die unasphaltierten Schotterstraßen und Bergschuhe und genagelte Goiserer, damit du auch die Bergbauern erreichen und heimsuchen und ihnen den »Landboten« oder die Bauernzeitung und den Reimmichl-Kalender bringen kannst? Und grüß uns die Köhler im Weilhartsforst und die Förster und die Forstadjunkten in den Forsthäusern im tiefen, verwunschenen Kobernaußerwald, wo sich die Füchse und die Hasen gute Nacht sagen und die Wildschweine toben, und die Hüttenwirte im »Hochgebirge« des Hausruck! Und grüße mir auch deine Kunden in den Sumpfgebieten, die Schilfschneider im Ibmer Moor, die du sicher in Fischerstiefeln angehen wirst? Und während der prifate Zusteller im städtischen Bereich mit Salonschuhen unterwegs ist und in Sport- und Freizeitkleidern, stecken wir in unseren schweren

Stiefeln, eingewickelt und eingezwängt in Wetterflecke und Schladminger. *Steckten*, muß ich sagen, fast hätte ich vergessen, daß wir in Pension sind. Wenn wir auch im wohlverdienten Ruhestand sind, liebe Freunde, so lege ich für meine Person jedenfalls Wert darauf, daß ich ein pensionierter *Briefträger* und kein *Landzusteller* in Ruhe bin. Ich fühle mich ganz als emeritierter *Briefträger*, auch nicht als *Postbote*, wie unsere deutschen Freunde jenseits des Inns oder nördlich der Mainlinie gern sagen. Genau genommen bin ich *Brieftrager* – gewesen ... Die richtigen Berufsbezeichnungen werden heute ja in Brüssel, dem Zentrum der EU, normiert und vorgeschrieben. Und den Österreichern ist der *Briefträger* amtlich konzediert und den Deutschen auch der *Postbote* zugestanden. Eigentlich hätte sich Österreich ja den *BrieftrAger* patentieren lassen sollen, die unumgelautete Form, denn in Österreich sagt ja kein Mensch *BrieftrÄger*! Schließlich steht auf der Tafel über unserem Stammtisch hier in Munderfing auch »Hier tagen die *BrieftrAger*« und nicht die *BrieftrÄger*! Ob sie dort in Belgien den *Landzusteller* schon registriert und in ihr Verzeichnis aufgenommen haben, weiß ich nicht, ist mir auch ziemlich egal, weil ich ein erklärter Freund des Föderalismus bin und mit dem Zentralismus keine besondere Freude habe. Die zentralistischen Imperialisten habe ich aufgeschrieben! Sie sind mir *powidel*. Es wird ja auch unseren Rauchfangkehrern ziemlich *blunzen*, das heißt auf Deutsch *wurst*, das heißt auf Französisch *egal* sein, ob sie in Brüssel als *Rauchfangkehrer* oder als *Schornsteinfeger* geführt werden, wie es sicher auch den *Fleischhakkern* blutwenig ausmacht, ob sie die »Kommission« als *Metzger*, *Fleischhauer*, *Schlachter* oder *Beinhauer* oder wie immer tituliert. Brüssel ist eine eigene Geschichte. Unsere Zentrale ist Braunau. Unsere Hauptstadt heißt Linz und nicht Bruxelles. Unser Straßburg liegt in Kärnten an der Gurk und nicht im Elsaß am Rhein. Und, genau genommen, leben wir in *Österreich* und nicht in *Austria* … *Post.Ö.* müßte es heißen und nicht *Post.at*.

Karl, Karl!, rief Franz Blumauer dazwischen. Du redest heute aber viel und du redest dich ja richtig in Eifer, gesund ist das für einen Pensionisten nicht. Denk an deinen Blutdruck! Vor allem redest du wie die EU-Skeptiker von der Kronenzeitung. Und ich habe immer gemeint, der Ürdinger vertritt an diesem Stammtisch die KRONE und du deine *Salzburger Nachrichten*. Jetzt kenn ich mich bald nicht mehr aus …

Da meldete sich Ürdinger: Ich vertrete hier gar nichts und schon gar keine Zeitung. Ich habe keine veröffentlichte, sondern meine eigene Meinung und einen gesunden Hausverstand. Zufällig deckt sich bei diesem Thema meine Meinung mit der vom Karl. Ich könnte mich aber nie so aufregen wie der Karli. Dazu bin ich viel zu sehr Fatalist. Ein Landwirt wird schon durch das Wetter zum Geduldmenschen erzogen.

Und Bierist, sagte Blumauer, und: Das Bier hat bekanntlich eine sedative Wirkung, es macht dick und träge. Einer, der so gern sein Riedkerdinger trinkt wie der Ferdinand, wird bestimmt keine Revolution, nicht einmal eine Revolte anzetteln. Auf die Barrikaden steigt der Biertrinker nur, wenn der Bierpreis steigt …

Deuth ließ sich aber durch dieses Zwischenspiel mit Ürdinger und Blumauer nicht abhalten, seine invektive Attacke fortzusetzen, wenn er auch im Folgenden weniger die EU, sondern den Kapitalismus ins Visier nahm, der ihm auch für die Übel des Niedergangs der alten Post verantwortlich schien. Er sagte: Den neuen »Privatisierern« und »Globalisierern« und den Turbokapitalisten, die sich im »Rationalisieren« und das heißt auch im Entlassen oder »Freisetzen von Mitarbeitern« bewähren und hervortun und auszeichnen und dafür mit sogenannten Boni und Gratifikationen ausgezeichnet und belohnt werden, die sich an der neuen Armut bereichern, die nichts im Sinn haben als Fusionen, Insidergeschäfte und feindliche Übernahmen, muß man den Kampf ansagen. Diesen Raubrittern, sagte Deuth, die sich auch noch scheinheilig als »Schwarze« und »Christlichsoziale« geben, würde ich als Bischof oder Pfarrer nicht nur den Segen, sondern auch die Absolution verweigern. Denen würde ich auch beim Begräbnis noch eher einen Fluch als ein Trostwort nachsagen und hinüberschicken … Die gehören exkommuniziert, sagte Deuth. Nicht die Kommunisten, die der Papst seinerzeit exkommuniziert hat, wo doch jeder weiß, daß der Kommunismus zumindest theoretisch und sozialpolitisch dem Christentum, jedenfalls dem Ur- und Frühchristentum, recht nahe verwandt ist. Sicher, wenn ein Kommunist ein rabiater Materialist und militanter Atheist ist, dann hat er sich eh schon selbst von der Kirche absentiert.

Nimm's nicht so schwer, Karl, sagte Blumauer begütigend. Denk an den Onkel Dagobert und lach dich krank oder gesund über das lächerliche Geldscheffeln. Gold kann man nicht fressen, hat Konrad Lorenz gesagt. Nimm es von der heiteren Seite!

Ich will es aber schwer nehmen und mich dadurch er-

leichtern, sagte Deuth, und dann: Haben wir noch ein bisserl Zeit?
Zeit en masse, sagte Blumauer, ich habe mir gerade noch Debreziner in Saft bestellt. Wir gehören nicht zu jenen Pensionisten, die immer keine Zeit nicht haben …
Das ist gut, sagte Deuth, dann würde ich mich gern noch einmal stark machen und das Argument der Privatisierer entkräften, daß Konkurrenz die Wirtschaft stärkt und belebt und dem Konsumenten zugute kommt. Geht's der Wirtschaft gut, geht's uns allen gut! Welche Konsumenten sollen denn da gemeint sein? Doch nur die reichen, die übrigbleiben, denn die Freigesetzten und Wegrationalisierten fallen dann ja wohl als Konsumenten auch flach. Um die soll sich dann wohl das Sozialamt oder die Caritas oder die Diakonie oder »Licht ins Dunkel« annehmen. Die materialistische Wirtschaft, diese moralisch verkommene Mißwirtschaft kennt keine Menschen, sondern nur Konsumenten. Der Markt wartet auf Kunden, und da kommen dummerweise Menschen daher … Der Konsumentenmensch ist so viel wert, wie er Geld im Portemonnaie hat. Wenn der Mensch keine materiellen Werte und keine Wertsachen besitzt, ist er wertlos. Ein Muster ohne Wert und Wertkarte.
Rührend, sagte Deuth, ja wirklich rührend finde ich das Argument der Bundeswirtschaftskammer, das da lautet, mit der Postpartnerschaft würden zwei Fliegen auf einen Schlag erledigt, die Post würde rationalisiert, und die Postpartner, vor allem die Greißler, bekommen durch das Zusatzeinkommen ein neues Standbein und werden dadurch gestützt und stabilisiert. Ja, sagte Deuth, da wird ja das Postfilialensterben gegen das Greißlersterben als Medi-

kament eingesetzt. Das neue Standbein ist aber aus Holz und eine Prothese. Denn wenn die Landposten wirklich so marod wären, wie die »Sanierer«, wie sie sich nennen, behaupten, dann führt wohl bei der neuen Konstellation ein Lahmer einen Blinden oder ein Blinder einen Lahmen, je nachdem, wie man es nimmt und den Vergleich anlegt. Leider Gottes, sagte Deuth, sterben ja nicht nur die Landposten und die Greißler, sondern auch das Land selbst stirbt aus. Zwei Drittel der Österreicher, steht in der Zeitung, leben in Städten und die Landflucht hält unvermindert an. Die Gendarmerie verschwindet und die Pfarreien verschwinden und die Post verschwindet und die Greißler verschwinden. Das Land hat die Schwindsucht. Schwindelerregend! Hand in Hand, sagte Deuth, untergehakt und eingehängt ziehen der Gendarm und der Pfarrer und der Postmeister und die Gemischtwarenhändlerin die Dorfstraße hinaus.

Oh, Ferdinand, oh, Franz, wie haben wir in unserer Jugend bei der Landjugend oder vielleicht auch bei den »Roten Falken« oder bei den Pfadfindern das Lied »Aus grauer Städte Mauern ziehn wir durch Wald und Feld« oder auch »Wem Gott will rechte Gunst erweisen, den schickt er in die weite Welt …« gesungen, ja geschmettert! Ein Lied, das der Gendarm und der Pfarrer und der Postmeister auf ihrem Abschieds- und Trauermarsch aus dem Dorf hinaus singen könnten, fällt mir aber nicht ein. Vielleicht »Muaß i denn, muaß i denn zum Städtele hinaus?«, oder »zum Ländle hinaus?« Ich glaube, daß man bei Nikolaus Lenau oder Joseph von Eichendorff oder Ludwig Uhland etwas Passendes finden könnte … Da würde ja eigentlich nur ein Requiem passen und eine todtraurige Musik. Die Kärnt-

ner mit ihrem Thomas-Koschat-Lied »Verlossn, verlossn, verlossen bin i« hätten da vielleicht das stimmige Gsangl! Ja, ist denn das Land überhaupt nur noch das Gebiet vor der Vorstadt, wo die Städter ihre Land-, Ferien- und Wochenendhäuser haben? Ein Mensch, der auf sich hält, hat auf dem Land einen Zweitwohnsitz, seinen Hauptwohnsitz und Lebensmittelpunkt in der City und seine Datscha oder sein Chalet oder mindestens sein Schrebergartenhäuschen im Grünen auf dem Lande.
Erinnert ihr euch eigentlich noch an die vielen sogenannten Nachsendeaufträge, die wir damals bedienen haben müssen, Kollegen? Nicht nur die Zeitungen, sondern auch die private Post haben sich die Zweitwohnsitzer nachschicken lassen, und das nicht nur zur Weihnachtszeit, wenn sie sich wie im Sommer oder in den Semesterferien länger bei uns aufgehalten haben, sondern oft auch nur fürs Wochenende. Und in ihre luxuriösen Villen haben die Herrschaften auch oft noch ihre Verwandtschaft eingeladen und einquartiert. Die haben auch noch Post mit dem C/O-Vermerk auf der Adressenangabe auf dem Kuvert gekriegt, nachgesendet und umgeleitet und dreimal abgestempelt und mit Dienstvermerken auf der Vorder- und Rückseite. Und unterfrankiert oft auch noch!
Ich, sagte Ürdinger, habe solche Briefe mit dem C/O und zwei Familiennamen meistens mit dem »Adressat hierorts nicht bekannt« oder »Adressat verzogen« an die Absender zurückgeschickt. Ich habe mich als Briefträger, aber nicht als Detektiv verstanden und gefühlt.
Ja, sagte Deuth, ich weiß, eine von deinen Eigenarten, nein, eigentlich Eigenmächtigkeiten, lieber Brieftrager und Nebenerwerbslandwirt.

»Uneigennützigkeiten«, korrigierte Ürdinger. Ich habe ja gar nicht gewußt, was das C/O bedeutet, wie hätte ich da entsprechend amtshandeln sollen? Maier C/O Müller C/O Schulz. Ja, bitte an wen nun, habe ich dann gern gesagt und »Adressat hierorts nicht bekannt« gestempelt. Ich habe ja schon auf die vielen Doppelnamen, die damals aufgekommen und in Mode gekommen sind, eine Wut gehabt. Plötzlich haben alle Doppelnamen gehabt, vor allem natürlich die Frauen. Keine wollte mehr den Namen ihres Mannes annehmen, bis überhaupt die Männer den Namen der Frau angenommen oder jeder und jede ihren oder seinen Namen behalten hat. Verkehrte Welt! Die Geschichtswissenschaft wird es bei diesem Tohuwabohu einmal schwer haben, wenn sie sich in unseren Verhältnissen auskennen möchte, was sie aber vielleicht eh nicht besonders interessieren wird. C/O, was soll denn das, Müller-Maier-Schulz! …

Ja, sagte Deuth, das hättest du aber nur die liebe Blumauerin, die Gattin des Franz und unsere »Anglistin« fragen müssen, und die hätte dir die Abkürzung als *care of* aufgeschlüsselt und ins Deutsche oder auch ins ürdingerische Bayrisch-Österreichische übersetzt.

Ach, sagte Ürdinger, hat das etwas mit den Care-Paketen zu tun gehabt? Vom Wort her schon, sagte Deuth, der Sache nach aber nicht. Hättest du dein Trinkgeld statt in Bier in einen Duden und in ein Fremdwörterbuch investiert, dann hättest du unter *care of* etwa die Bedeutung »wohnhaft bei« gefunden, mit der ich selbst als Amateursprachwissenschaftler freilich nicht einverstanden bin, weil sie mir zu frei ist. Ich würde *care of* mit »entsorgen bei« übersetzen, oder »einwerfen bei«, briefträgerisch ge-

sprochen. Damit meine ich also nicht deine Art Entsorgung, lieber Ferdinand, im Papierkorbe im Amte! Oder gar in die Fluten der Mattig, was Gott verhüten möge! Du hast halt eher gehandelt, als heiße es »care off«, *off* also mit ff. Du hast die fragwürdige Post ins »Off« und ins »Out« befördert. Und was *off* und *out* bedeuten, das, glaube ich, weiß jeder Mensch, ganz sicher aber ein Anhänger des FC Mattighofen wie du, Ferdinand. Schließlich weißt du ja auch, was *Foul* und was *Corner* bedeutet, wahrscheinlich sogar *Penalty* und *Goal*.
Ich bin so *libero*, sagte Ürdinger. Für heute ist das *Match* geschlagen. Finish! Theresia, rief er der Kellnerin, wir wollen zahlen!
Wollen nicht, sagte Blumauer, müssen!

Stammtisch 3

Grau ist alle Theorie, doch grün des Lebens gold'ner Baum, sagte Franz Blumauer eine Woche später beim Stammtisch beim Kirchenwirt in Munderfing. Du, lieber Karl, hast uns vorige Woche aber tief in die Theorie eingetunkt. Darf heute einmal ich zur Abwechslung die Themenhoheit in Anspruch nehmen und etwas wirklich Grünes und Lebendiges und Spritziges aus dem reichen Schatz der Erotik zu Gehör bringen?, fragte Blumauer.
Schieß los, Franz, sagte Ürdinger.
Langsam!, sagte Blumauer. Geschossen wird erst am Schluß. Aber kriminell geht es bei meiner Geschichte, die euch mitzuteilen ich die Ehre habe, auch zu. Das kann ich euch versprechen. Eigentlich wollte ich euch die Geschichte ja mit meinen eigenen Worten erzählen, nacherzählen und ein wenig ausschmücken. Ich bin aber mit dem Umschreiben noch nicht so weit. Der Schlüsselroman, den ich schreiben und dann unter einem Pseudonym veröffentlichen werde und mit dem ich endlich reich zu werden hoffe, ist für heute noch nicht fertig geworden.
Interessant, sagte Deuth, das ist ja spannend, und: Es handelt sich also um ein delikates Thema?
Äußerst heikel, sagte Blumauer, aber auch bildungsmäßig niveau- und anspruchsvoll. Die Geschichte soll ja nicht gleich ins Ordinäre, Obszöne oder gar ins Pornographische abgleiten. Sie spielt schließlich im Akademikermilieu.
Ja, Franz, fragte Deuth, schreibst du, pensionierter Briefträger, da nicht ein wenig über deine Verhältnisse? Wo ist die Oberschicht und wo sind wir? Die da oben, wir hier unten!

Und von der Macht der Phantasie hast du, Charles, noch nie etwas gehört? Außerdem rechne ich mit deiner Unterstützung! Ich will, sagte Blumauer, nicht wie der Felix Salten eine »Josephine Mutzenbacher« schreiben, obwohl es handlungsmäßig gewisse Parallelen geben wird. Und weil es sich beim Helden meiner Erzählung um einen Nachhilfelehrer und Lateinprofessor handelt, würde ich mich auch gern ein wenig deiner Hilfe bedienen, lieber Latinist Karl Deuth. Bist du zu dieser »Nachhilfe« bereit?
Ja, wenn es nicht gegen die guten Sitten und den Anstand verstößt, schon, sagte Deuth.
Die erotische Kompetenz liegt bei mir, sagte Blumauer, der Frauenversteher. Da kenn ich mich aus. Bei dem, was ich von dir erfahren und profitieren möchte, geht es eher um Latein und Griechisch und um deine Dienste als Linguist und Philologe.
Hobbylinguist, Amateurphilologe, verbesserte ihn Deuth mit einem Bescheidenheitstopos. Ich muß natürlich vorsichtig sein, lieber Franz, denn wenn du *Griechisch* oder *Französisch* sagst, kann man ja nie sicher sein, ob du wirklich nur die Sprachen meinst und nicht etwas Anzügliches ansprichst …
Karl, sagte Blumauer heftig und spaßhaft-beleidigt, für wen hältst du mich? Hast du je aus meinem Munde etwas Unseriöses oder gar Obszönes gehört?, fragte Blumauer.
Mach's nicht so spannend, sagte jetzt Ürdinger ungeduldig. Um was geht es denn?
Da zog Blumauer aus seiner alten, umfunktionierten Briefträgertasche, in der er seit seiner Pensionierung seine privaten Papiere, aber auch Einkäufe herum- und nachhause trug und die ihm sein Arbeitgeber sozusagen zum

Andenken an seine aktive Zeit in den Ruhestand mitgegeben hat, da zog er also aus diesem abgewetzten Stück Schweinsleder nach Öffnen des Schnappverschlusses einen Zeitungsartikel einer Wiener Zeitung vom Donnerstag, dem 29. Oktober 2009, heraus und begann vorzulesen:

Latein-Nachhilfe in der Badewanne!

Oberstudienrat vergriff sich an 17-jähriger Tochter eines Freundes: sechs Monate bedingt, Berufung

Von Ricardo Peyerl

Ob sie ihn »da unten« berührt habe, will der Richter wissen. »Ach«, seufzt der Beschuldigte wehmütig. Und ob ihr das nicht unangenehm gewesen sei? »Aber woher, bitte schön, die hat ja ihre Freude dabei gehabt.«

Nun muß man dazu wissen: Er ist 58 und Oberstudienrat, Gymnasialprofessor für Latein, und gab ihr Nachhilfe; sie war zum Zeitpunkt der Vorkommnisse im heurigen Sommer 17 und ist die Tochter seines alten Freundes. Mißbrauch des Autoritätsverhältnisses, sagt der Staatsanwalt dazu.

Beim Tarockspiel ersuchte der Freund den Lehrer, dem Mädchen Nachhilfe in Latein zu geben, damit sie dem »Nachzipf« gewachsen sei. Der Angesprochene wollte sich »nicht die Ferien versauen lassen«. Er geht gern auf die Donauinsel zum FKK-Baden, das Mädchen könne ja mitkommen.

Nikki (Name geändert) war zwar nicht begeistert, aber der Vater bestand darauf. Immerhin war die Nachhilfe fast gratis, man brauchte den Freund nur auf ein Abendessen einladen.

Richter Roland Weber: »Und daß nackt Nachhilfe erteilt wird, da fanden Sie nichts dabei?«

Der Vater: »Ich wußte, daß er keine Badehose hat.« Auch eine Erklärung.
Der Oberstudienrat fühlte sich in der Rolle des Mädchen-Verstehers. Nikki habe es am FKK-Strand cool gefunden, man habe über die »Beschaffenheit männlicher Glieder« und über Intimrasur gesprochen, »wie das halt so ist«. Eines Tages war Regenwetter, deshalb wurde die Nachhilfe in seine Wohnung verlegt (seine Ehefrau war gerade arbeiten), wo man schließlich in der Badewanne landete. »Jeder hat ein Buch in der Hand, mehr braucht man nicht«, sagte er. Oder vielleicht doch: Einen Martini für ihn, »an dem sie nur genippt« habe. Dann soll sie auf einmal verlangt haben, ihr »das mit der Erektion« zu zeigen. Er habe gesagt, na, dann solle sie es doch ausprobieren »und da ist es halt passiert«. Hinterher forderte er sie auf: »Hände waschen«, denn Ordnung muß sein.
Im Nachhinein ist das ein bisserl »unangenehm, man geniert sich halt«, aber nicht sehr: Reue empfindet der Oberstudienrat nicht, »ich hab sie ja nicht berührt um Gottes willen«.
Nikkis Vater reichte es, nach 40 Jahren die Freundschaft zu beenden. Die Tochter habe daheim geweint und ihm alles erzählt. Dem Stadtschulrat reichte es für Suspendierung und ein Disziplinarverfahren, eine Beamtin schrieb im Prozeß eifrig mit. Dem Richter reichte es für sechs Monate Haft auf Bewährung, die dem Ankläger nicht reichen, er will mehr Strafe. Der Beschuldigte geht in Berufung.
Die Nachprüfung hat Nikki übrigens bestanden.

Nun, Karl und Ferdinand, fragte Blumauer, wie beurteilt ihr den Fall?

Lieber Franz, sagte Deuth, da stellt sich die Frage, wie man den Casus als Jurist, oder als ein an der Gerechtigkeit Interessierter, oder wie man ihn als Psychologe, oder wie man ihn als »Lateiner« vom römischen Recht her beurteilt. Ja und die Leistung des Journalisten und Reporters, des Gerichtssaalreporters müßte man vielleicht auch berücksichtigen. Man muß einen solchen Bericht also in vielerlei Hinsicht »erforschen«, nicht nur das Urteil »würdigen«. Die wichtigste Frage ist sicher, was die »Urteilswürdigung« betrifft, die juristische. Und da würde ich sagen, wenn du mich fragst, ein glattes Fehlurteil. Wie kann denn ein Mensch und Mann und älteres Semester in der Weise an einem anderen Menschen, einem 17-jährigen Mädchen, das immerhin bereits wählen gehen und in jedem Geschäft einkaufen und am Abend, wie es ihm gefällt, ausgehen darf, das sogar jetzt auch den Führerschein »machen« kann, in dieser Zeit und in unseren Breiten so schuldig werden, daß er ein halbes Jahr dafür aufgebrummt bekommen kann, wenn auch auf Bewährung. Der Richter hat sich nicht bewährt und es gibt berechtigte Kritik an seiner Urteilskraft! Gewalt war ja offenbar nicht im Spiel. Von Vergewaltigung ist doch keine Rede. Der Oberstudienrat hat sich dem Mädchen höchstens »unschicklich«, vielleicht auch »unsittlich genähert«. Überfallen und überwältigt hat er es nicht. Daß das Mädchen, das naiver – oder aber raffinierter – gewesen ist, als die Polizei erlaubt, am Schluß geweint und sich beim Vater, der ja nun eine mehr als merkwürdige Rolle spielt und sich schon fast wie ein Kuppler verhält, ausgeweint hat, ist noch kein Beweis für eine schwer- und hochkriminelle Handlung. Am Schluß weinen kann bald wer! Show me,

erklär mir Liebe ..., das können doch heute eher die Alten, also wir, die Jungen fragen. Nicht nur in der Handhabung des Computers sind die Jungen heute den Alten haushoch überlegen, auch beim Thema Nummer 1 können die Jungen eher die Alten als umgekehrt aufklären. Lieber Franz, natürlich muß man sich entrüsten und regt man sich wohl nicht nur künstlich, sondern ehrlich über Übergriffe und Vergewaltigungen auf, bei manchen Gerichtsreportagen von der Art dieser Geschichte aber, mit der du uns da bekannt gemacht hast, sind gewisse Zweifel angebracht. Und es darf auch gelacht werden. Ist das nicht eine erotische Komödie der besonderen Art? Wer könnte so etwas anhören oder lesen, ohne leise durch die Zähne zu pfeifen ... Ich muß aber, um mich verständlich zu machen, ein wenig weiter ausholen. Darf ich?
Hol aus!, sagte Blumauer.
Da holte Deuth aus: Papst Pius II., Enea Silvio Piccolomini, hat in seiner Frühzeit eine Liebesgeschichte mit dem Titel »Euryalus und Lucretia« nach der Art antiker Novellen geschrieben, in klassischem Latein natürlich, eine unchristliche oder vielmehr eine »vorchristliche« Geschichte. Und weil es eine Ehebruchsgeschichte ist, stellt sich am Rande natürlich die moralische Frage nach der Schuld, die Enea Silvio aber ganz nach der alten, von Ovid her bestimmten Weise recht milde beurteilt. Wenn nämlich, sagt er sinngemäß, die Versuchung und der Lustgewinn, die im Fehltritt oder im Seitensprung gegeben sind und gewährt werden, wenn man ihnen erliegt, so groß sind, kann die Schuld des Fehltretenden und des Seitenspringers nicht so groß sein. Die Überwindung, der Versuchung nicht nachzugeben, kann man dem schwachen Menschen nicht zumuten.

Das hieße, das Unmögliche von ihm verlangen! Man kann kein Märtyrertum verlangen und erwarten, daß sich der arme Mensch martern läßt!
Wie, fragte Blumauer, das hat ein Heiliger Vater gesagt oder geschrieben?
Ja, sagte Deuth, ich kann's nicht ändern. Und er schreibt auch, wie es dem großen Liebesdichter, dem erwähnten Ovid, entspricht, daß die Götter und vor allem der oberste Gottvater Jupiter den Casus sicher sehr nachsichtig und milde beurteilen wird, weil er sich ja selbst immer wieder der Versuchung ausgesetzt hat, wie es die Mythologie berichtet, und wiederholt schwach geworden ist und gesündigt hat, wenn man das Wort »Sünde« hier überhaupt verwenden kann. Unseren »Beichtspiegel« hat Jupiter offenbar nicht gekannt … Er hat seine angetraute Hera nicht nur einmal betrogen … Eine der Buhlschaften ihres untreuen Göttergatten hat die eifersüchtige Hera aus Rache sogar in eine Kuh verwandelt. Ich sage euch, Ferdinand und Franz, da geht's zu wie in Sodom und Gomorrha. »Eidbrüche Verliebter übersieht Jupiter lächelnd«, heißt es bei Enea Silvio, wenn ich mich recht erinnere.
Ja, lieber Franz, sagte Deuth, und damit sind wir nach dem eigentlich Juristischen auch schon beim Klassischen und vielleicht bei der Situation deines Lateinlehrers, dessen Geschichte du uns aus der Zeitung vorgelesen hast. Dieser Mensch, dieser »Adjutor«, wie die Lateiner einen Nachhilfelehrer nennen würden, hat sich durch seine ständige Beschäftigung mit dem Altertum und seine »Studien« ein wenig in die Vergangenheit verrannt und verirrt. Hat er sich »verstudiert«? Sein eigentlicher Fehler war vielleicht, daß er zu viel Ovid gelesen hat, die »Liebeslieder« und

die »Liebeskunst« … Und da hat er sich Sachen herausgenommen, die in der Antike geläufig waren, aber mit der Zeit abgekommen und aus der Mode gekommen sind. Ich will ja gar nicht von der »Knabenliebe« der Griechen reden, weil das Erotische, das Homoerotische oder gar Pädophile im Falle des Nachhilfelehrers, der sich »vergriffen« hat, wie es in deiner Geschichte, lieber Franz, recht zweideutig heißt, gar keine Rolle spielt. Von diesen »Verirrungen« der Pädagogen und Erzieher, die gerade jetzt das beherrschende Thema in Welt und Kirche geworden sind, ist hier nicht die Rede. Der Oberstudienrat hat sich in seiner »Verwirrung« aber Sachen erlaubt, die ihm als heute anstößig und unanständig nicht zugestanden sind. Die Alten, sagte Deuth zu seinen beiden Stammtischbrüdern und Pensionistenkollegen, hatten ein Sprichwort, das ich euch der Einfachheit halber und aus Rücksichtnahme gleich ins Deutsche übersetze, obwohl es im Lateinischen viel schöner klingt, weil es dort ein Wortspiel ist: Was dem Jupiter erlaubt ist, darf ein Ochs noch lange nicht. Manche übersetzen auch »Stier« statt »Ochs«. Denn ein Ochs könnte ja gar nicht, was ein Stier nicht dürfen soll … Ganz Schlaue ziehen sich mit der Übersetzung »Rind« aus der Affäre. Vielleicht hat der Nachhilfelehrer, der ja eigentlich Latein und nicht Sexualkunde unterrichten hat sollen, sich halt auch einmal in seinem Fach und im Stundenplan geirrt … Vielleicht hat er als Klassenvorstand auch einmal eine Maturareise nach Italien führen müssen und hat mit den Schülern und Schülerinnen auch Pompeji besichtigt und dort die Freudenhäuser besucht, die man von der Asche und der Lava des Vesuvs nach dem Ausbruch im Jahre 79 nach Christus befreit und freige-

legt hat und mit den Maturanten, die dem Wort nach auf jeden Fall »reif« sind, weil *maturus* ja »reif« bedeutet, die Inschriften an den Wänden, die die Freier dort hinterlassen haben, angesehen, studiert und übersetzt. Eigentlich sind diese Inscriptiones, das heißt Inschriften, ihr Lieben, Jugendverbot. Schulklassen dürfte man dort gar nicht hinbringen, nur Pensionistenvereine. Diese Inschriften aus Pompeji füllen Bände und lassen an Deutlichkeit nichts zu wünschen übrig. Natürlich sind sie lateinisch, das macht die Sache erträglich. Und lateinisch redet ja heute auch der Arzt, meinetwegen der Urologe, wenn er etwa die Geschlechtswerkzeuge benennen muß, seien es die des Mannes oder die der Frau. Leider verschweigt dein Gerichtsreporter, lieber Franz, anhand welcher Literatur der »Nachhelfer« und seine Schülerin in der Badewanne, weil es geregnet hat und der Betrieb im freizügigen Freibad des Gänsehäufel nicht stattfinden hat können, mit Hilfe welcher Texte die beiden, sich in der Wanne gegenübersitzend, Latein gelernt haben. Haben sie Ovid gelesen? Oder gar »Decius war hier«, eine berüchtigte Sammlung von Closett- und Bordellsprüchen? Da das Mädchen nach bestandener Nachprüfung – »Nachzipf« in deiner Geschichte, Franz, klingt auch nicht ganz unobszön – ja in die Maturaklasse aufsteigen wird oder inzwischen nach bestandener Prüfung sicher aufgestiegen ist, könnte es schon Ovid gewesen sein. Aber auch bei Livius, selbst beim langweiligen Livius gibt es entsprechende »Stellen«. Den Namen *Lucretia* habt ihr sicher auch schon gehört?, fragte Deuth seine Stammtischbrüder.
Mein Name ist Hase, sagte Ürdinger.
Mir kommt er bekannt vor, sagte Blumauer.

Was, liebe Kollegen, zwischendurch gefragt, haltet ihr eigentlich von der heutigen Art der Maturareisen?, fragte Deuth.
Wie, was, was soll damit sein?, fragte Blumauer, und Ürdinger: Lieber Karl, du wirst uns schon sagen, was davon zu halten ist. Ich weiß von nichts.
Ja, habt ihr denn noch nie gelesen oder gehört, wie sich heute solche sogenannte Maturareisen abspielen?
Nein, wie denn?, fragte Ürdinger.
Nun denn, sagte Deuth, die Maturareisen waren früher Bildungsreisen. Die Maturanten haben sich unter der Führung des Klassenvostandes, der meistens auch der Lateinlehrer war, jene Ortschaften in Italien oder Griechenland angesehen, von denen sie im Unterricht, im Fremdsprachenunterricht, aber auch in Geographie und Geschichte und Philosophie all die Schuljahre so viel gehört und gelernt hatten. Und es war für die Schüler unserer und früherer Generationen damals ein großes Bildungserlebnis, die Akropolis oder das Forum Romanum, das Kolosseum oder das Pantheon oder das Amphitheater in Delphi und alle diese allergrößten Sehenswürdigkeiten mit eigenen Augen und leibhaftig zu sehen, lauter Sensationen, die heute als »Weltkulturerbe der Menschheit« von der UNESCO ausgeschildert sind. Nun, ihr lieben Kollegen, ihr werdet euch ja sicher auch noch daran erinnern, daß wir seinerzeit manchmal eine jener Ansichtskarten aus Italien oder Griechenland oder Spanien, die die Maturanten an ihre Eltern geschrieben haben, umgedreht und überflogen haben. Für eine sorgfältige Lektüre war ja keine Zeit. Ja, und was konnte man damals dort lesen, Ferdifranz? Ja, die Buben und Mädchen haben von dem, was

sie gesehen haben, in den höchsten Tönen geschwärmt, daß jeder Deutschlehrer an ihren Ausdrücken und ihrem Pathos und ihrem Enthusiasmus seine helle Freude gehabt hätte. »Wir stehen hier ergriffen an der Wiege der menschlichen Kultur…« Oder: »Die Erhabenheit dieses berühmten Tempels, welchen Ihr umseitig seht, ist durch kein Bild und keine Beschreibung wiederzugeben… « Ein offenbar besonders braver Bub schrieb meiner Erinnerung nach: »Liebste Eltern, ich bedauere es so sehr, daß Ihr den Petersdom, den Ihr auf der Vorderseite seht, noch nie gesehen habt!« Natürlich war eine solche Reise eigentlich die Fortsetzung des Unterrichts mit anderen Mitteln, mit anderen Lehrmitteln. Sie war »der krönende Abschluß« der Schulzeit, bevor die Schüler ins Leben hinaustraten oder hinausgetreten wurden, wie ein maliziöser Schulkritiker einmal formulierte, als hätte die Schule eine Schuld an den Brutalitäten des modernen Lebens. Ja, so war das damals, sagte Deuth.

Ja, und ist es heute vielleicht anders?, fragte Ürdinger.

Allerdings, sagte Deuth. Auf diesen heutigen Maturareisen, diesen sogenannten Maturareisen, geht es offiziell rein um sogenannte »Entspannung« und »Erholung«. Die Schule ist ein einziger Stress gewesen, redet der Maturareise-Veranstalter den Maturanten ein, und nun sollst du dich entspannen und erholen. Du bist nichts wie gegängelt worden, darum sollst du dich jetzt gehen lassen… Diese Art Erholung hat mit dem Besuch von Kulturdenkmälern oder sogenanntem »Sightseeing« nichts mehr zu tun. Klassenvorstände oder andere Lehr- oder »Autoritätspersonen«, wie der Nachhilfelehrer in deiner Kriminalgeschichte genannt wird, sind zu diesen Matura-

reisen auch nicht eingeladen. Der Lateinlehrer ist hier »persona non grata«, also unerwünscht… Gerade von den Lehrern müssen sich die Maturanten und Maturantinnen ja erholen. Die sind zum Vergessen… Essen, Trinken, Schwimmen und Tanzen stehen auf dem Programm. Jetzt ist nur noch eines wichtig: Tanzen, feiern, chillen… »Tanzen« steht dabei für mehr und anderes, für »andere Tänz«. Wegen des Tanzens allein steht sicher im »Vademecum« des Veranstalters der Reise nicht, die Burschen und Mädchen sollen nicht vergessen, Verhütungsmittel miteinzupacken… Die Reiseveranstalter, die sich auf solche Maturareisen neuen Typs spezialisiert haben, bringen die Schulabgänger aus allen Himmelsrichtungen und von gleich mehreren Schulen per Flugzeug an irgendwelche Badestrände in Spanien oder in der Türkei oder in noch weiter entfernte Destinationen. Und was dort abgeht, heißt in der Sprache der Touristiker heute »Ballermann«.
Ja wird da denn geschossen?, fragte Blumauer.
Im übertragenen Sinn, sagte Deuth. Ja, eigentlich ist ein Ballermann doch eine Pistole oder ein Revolver, ballern heißt aber auch »ohrfeigen« – und auch »trinken«. Und diese letztere Bedeutung liegt dem »Ballermann« wohl zugrunde. Es ist im Wesentlichen ein Synonym für »Komasaufen«, ein Wort, das euch sicher auch schon öfters untergekommen ist, weil es ja in aller Munde ist und auch bis zu uns nach Munderfing gelangt ist.
Ekelhaft, sagte Ürdinger, direkt abstoßend und widerwärtig. Dagegen war und bin ich wohl immer ein Genußtrinker. Mir schmeckt das Bier.
Deuth sagte: Ich habe einmal einen Maturanten, den Sohn einer Nachbarin, der eine Maturareise nach Athen ge-

macht gehabt hat, gefragt, wie ihm die Akropolis gefallen hat. Der Jüngling hat entgeistert zu mir gesagt, er hat die Akropolis nur vom Klofenster des Hotels aus, in dem sie einquartiert waren und in dem sie drei Tage lang nichts wie getrunken, Karten gespielt und geschlafen, Räusche ausgeschlafen haben, gesehen, verschwommen gesehen. Er hat gemeint, er hat deswegen nichts versäumt. Sind doch eh nur Trümmer und abgewrackte Ruinen, hat er gesagt. Vielleicht hat er aber gerade deswegen, weil er betrunken war, nur schemenhaft gesehen ... Na bravo, sehr gut, super!, habe ich gesagt und: Bitte setzen! Ja, da geht die Post ab, schwärmen die Jugendlichen von solchen Maturareisen. Da wird »Gummi, Gummi!« gegeben ... Was die Mädchen betrifft, die diese Reisen mitmachen, so hätte man früher in unserem Heranwachsen wohl gesagt, sie sind »nicht zugeknöpft« oder »offenherzig«. In ihrem Terminkalender steht auch das, was man heute »Anmache« nennt. Wir haben früher für unsere keuschere Variante »Anbandeln« gesagt. Auch die Rollenverteilung, die alte Ordnung, daß die Mädchen die »Eingezogenen« und die passiv Umworbenen sind und die Buben die aktiven und offensiven und draufgängerischen Werber ist heute passee. Die Mädchen warten heute sicher nicht mehr, bis sie zum Tanzen aufgefordert werden. Mauerblümchen war gestern! Schließlich kommen sie beim sogenannten »Abtanzen« gehörig oder ungehörig ins Schwitzen und darum geben sie sich Blößen ... Darum liefert manche am Schluß, wenn alkoholisch hinreichend enthemmt, eine sogenannte Table-Dance-Einlage. Oder es werden überhaupt Striptease- und Animiermädchen aufgeboten, die den Halbwüchsigen ordentlich einheizen! Die Jugendsprache und das sogenannte Bum-Oida-Idiom müßte man beherrschen, um das alles angemessen beschreiben zu können, sagte Deuth. Mit meinem Latein und meinem Philisterdeutsch bin ich da am Ende. Wir Alten verstehen die Welt wirklich nicht mehr. Uns fehlen die Ausdrücke, die Begriffe und das Verständnis. Was soll denn das sein: »Chillen«? Darum nennen uns die Jungen heute ja auch so gern Gruftis oder Kompostis, die entsorgt werden müssen. Bum Oida! Den Alten vor den Kopf gestoßen, ans Bein gepinkelt, an die Schiene getreten!

Jetzt einmal unabhängig von deiner allgemeinen Zeitkritik, Karl, sagte nun Blumauer einwerfend und seinen »Mitstreiter« Deuth unterbrechend, was sagst du als Lateiner zu meiner Zeitungsgeschichte? Verstehst du deinen Kollegen, den Lateinnachhilfelehrer?

Ich bin kein Kollege von ihm, ich bin weiter nichts als ein merkwürdiger Briefträger gewesen, der sich halt zum Zeitvertreib und als Steckenpferd Bücher gekauft und ein wenig für das Altertum und die Geschichte interessiert hat. Und da kommt man um das Lateinische ja nicht herum. So bin ich zum »Lateiner« geworden.

Ja ja, das wissen wir ja alle, Karl, wir, der Ferdinand und ich, haben ja lange genug mit dir gearbeitet und auch ein wenig unter dir gelitten, wenn du wegen übertriebener Wetterfühligkeit und allgemeiner Sensibilität im Dienst ausgefallen bist und wir dich »substituieren« mußten. Wir haben am Anfang ja gar nicht verstanden, wie du uns gebeten hast, dich zu »substituieren«, bis wir gemerkt haben, was damit gemeint ist. Und manchmal bist du vielleicht auch gar nicht krank darniedergelegen, wenn du uns gebeten hast zu »substituieren«, bist nicht krank darnieder-, sondern deinen Studien »obgelegen«. Wir haben dich »substituiert« und du hast daheim Latein studiert… Ja, das wissen wir ja alles, noch dazu, weil es in einem Roman »Zu Lasten der Briefträger« von einem Kunden in deinem Rayon beschrieben worden ist, der sich auch durch deine Ausfälle in der Postzustellung benachteiligt gefühlt hat. Das heißt von einem Kunden, der draußen in der Nähe der Tierkörperverwertung wohnt, ist es dem Autor jenes Briefträgerromans mitgeteilt worden. So ist es, um genau zu sein. Aber bitte, Karl, kommen wir auf den Punkt, die Beurteilung jener Zeitungsmeldung vom Lateinlehrer und »Mädchenversteher«, der seine Nachhilfeschülerin verführt hat.

Ja, verführt hat er sie ja eigentlich nicht, sagte Deuth. Er hat sich selbst in einer merkwürdigen Art von Sexualkunde vorgeführt, sich als Exemplum, sagte Deuth, das heißt als anschauliches Beispiel für einen männlichen Menschen hingestellt und dargestellt. Rein theoretisch und sicher mit den entsprechenden lateinischen Wörtern und Fachausdrücken hat er das Mädchen ja schon im Gänsehäufel anhand der vorbeigehenden und in ihrer Nachbarschaft ruhenden FKK-Anhänger instruiert, das heißt unterrichtet. Wenn das Mädchen vielleicht einen vor- oder unwissenschaftlichen Ausdruck verwendet hat, hat der Lehrer den entsprechenden Fachausdruck nachgeliefert, *Scrotum* für *Sack* oder *Mammae dependentes* für *Hängebusen*. So stelle ich mir das vor, sagte Deuth.

Du hast eine blühende Phantasie, sagte Blumauer.

Anders kann man sich das Ganze ja gar nicht denken, sagte Deuth. Man habe über »die Beschaffenheit männlicher Glieder« und über »Intimrasur« gesprochen, »wie das halt so ist«, steht in deiner Zeitung. Der 58-jährige Lehrer wird ja wohl unrasiert gewesen sein, unten sicher und im Gesicht vielleicht einen Fünftagebart gehabt haben, weil ja Ferien waren, die er sich, wie er sagte, auch »durch Nachhilfeunterricht nicht versauern lassen« will, so wörtlich. Auf seine unorthodoxe Art wollte er sie sich freilich noch versüßen.

Versauen hat er gesagt, nicht *versauern*, korrigierte Blumauer, und: Bitte genau zitieren!

Ecce membrum virile parvum, wird der Nachhilfelehrer ernsthaft übersetzt haben, wenn sich seine Schülerin etwa über das kleine Gemächte eines Vorbeigehenden lustig gemacht haben mag, bevor sich die beiden, Lehrer und Schülerin, wieder in ihre Bücher vertieft haben. Deuth bedauerte von Neuem, daß über die Bücher, von denen in der abschließenden Badewannenszene die Rede ist, die jeder von den beiden in Händen hält, nichts Genaueres und keine Titel mitgeteilt werden, die aber für den Kriminalfall nicht ohne Bedeutung sind. Er glaubt nicht, wiederholte Deuth, daß der raffinierte Lehrer etwa den langweiligen Caesar oder den Tacitus oder den Livius als Grundlage seiner Übungen gewählt haben wird. Er wird sich sicher für Ovid, oder gar Properz, wahrscheinlich die »Liebeskunst« oder auch die »Liebeslieder« des Publius Ovidius Naso entschieden haben, weil das natürlich seinen Intentionen entgegengekommen ist. »Dann soll sie plötzlich verlangt haben, ihr »das mit der Erektion« zu zeigen«, steht im Bericht. So plötzlich, wie der Nachhilfelehrer behauptet, wird das nicht gekommen sein. Es wird sich durch die Lektüre und das Übersetzen der Wörter *erectio* und *eiaculatio* und das Deklinieren von *erectio erectionis, erectioni erectionem* et cetera schon angekündigt und vorbereitet haben. Der Lehrer hat das raffiniert eingefädelt. Und irgendwann kam es dann zum Überschreiten der Grenze vom Reden zum Handeln, vom Theoretischen zum Praktischen und dem »Handanlegen«, das im Lateinischen *masturbatio* heißt. Man hört den Schlaumeier konjugieren und keuchen, bis es eben dann passiert, wie *eiaculari* im Wörterbuch mit »in die Höhe schießen« übersetzt wird. Deuth sagte, daß ja wohl jeder, der sich einmal, und wenn auch nur am Rande, mit dem Thema, das ja nicht zu Unrecht das Thema Nummer 1 genannt wird, beschäftigt hat, das lateinische Sprichwort kennen wird: »Post coitum omne animal triste«, daß also jedes Lebenwesen nach dem Akt und nach dem auch und nicht zu Unrecht als Crisis bezeichneten Orgasmus traurig ist. Und auch dafür könnte deine Geschichte, Franz, als Beleg dienen. Man sei hinterher ein wenig geniert gewesen, sagt der Angeklagte, nicht gerade traurig, aber es ist ja von einem »Coitus« eigentlich auch nicht die Rede gewesen. Am Anfang sei man freilich mit Freude dabei und am Werk gewesen, auch das Mädchen, behauptet der Lehrer. Und wenn es der Lehrer behauptet, stimmt es auch, denn er ist ja ein »Mädchen-Versteher«.

Das versteh ich nicht, sagte Blumauer, was soll denn das sein, ein »Mädchen-Versteher«? Das ist ja wohl nicht das Gleiche wie ein Experte in Angelegenheiten der weiblichen Jugend? Oder wie siehst du das, Karl?

Carolus Deuth docuit: Ich verstehe darunter oder ich vermute, daß man darunter einen verstehen muß, der sich den Anschein von Einfühlungsvermögen zu geben weiß, einen Schmeichler auch, der den Mädchen nach dem Mund zu reden versteht, ihnen Honig ums Maul, ums schöne rote Mündchen, schmieren kann. Einen »Schleimer«, einen, der sich eben »einschleimt«. Einen, der den Feministen spielt … Und wenn sich das Mädchen bei einem solchen verstanden und wohl fühlt, ist es ihm auch schon auf den Leim gegangen und auf der Schleimspur, die der »Mädchenversteher« gelegt hat, ausgerutscht. Denn der »Versteher« hat ja meistens einen Hintergedanken, einen geistigen Vorbehalt, er will weniger dem Mädchen, als sich selbst helfen, sich zu einem »Date«, nein »Quicky« verhelfen, wie es heute heißt, wenn man es genau nimmt – und wenn man es nicht so genau nimmt … Ein »Versteher« ist in der Regel auch ein Verführer oder ein Möchtegern-Verführer und Schwerenöter. Ein Möchtegern-Casanova … Grad du, Franz, müßtest dich doch in einen solchen einfühlen können. Wer, wenn nicht du, sollte einen »Mädchen-Versteher« verstehen können! Oder durchschauen. Verdenk es mir nicht, aber mir fällt das Sprichwort ein: Wie der Schelm denkt, so ist er. Du bist doch unser Frauenversteher gewesen …

Bin ich also den unverdient schlechten Ruf noch nicht los, tat Blumauer beleidigt. Wie viele Meilen jenseits von Gut und Böse muß ein Mensch denn sein, damit er seinen schlechten Ruf nicht mehr hören muß?

Das Echo eines solchen Rufes, sagte Deuth, folgt dem Verrufenen bis in den Hades. Und selbst in der Hölle haben jene besonderen Sünder noch eine eigene Abteilung, in der es besonders heiß ist.

Na Mahlzeit, sagte Blumauer und machte sich über seine Mahlzeit her, die ihm die Kellnerin des Kirchenwirts in Munderfing gebracht hatte. Gelt, Resi, sagte er zur Kell-

nerin, du hast keine so schlechte Meinung von mir wie meine zwei Kollegen hier.
Mir ist nichts Nachteiliges bekannt, sagte die Kellnerin im Weggehen.
Jetzt seht ihr's, sagte Blumauer, hierorts nichts Nachteiliges bekannt. Keine besonderen Merkmale. Mann ohne Eigenschaften. Unbescholten.
Es gilt die Unschuldsvermutung, sagte Deuth. Bei jenem Mädchen in deiner Geschichte, sagte Deuth, gilt freilich die Unschuldsvermutung, also die Vermutung, daß sie noch »unschuldig« oder ganz unschuldig ist, eher nicht mehr. Man kann sich manchmal des Eindrucks nicht erwehren, daß die eine oder andere ihre Unschuld mit aller Gewalt loswerden wollte. Wer sich in die Gefahr begibt, kommt in ihr um, heißt es in der Bibel. Wer sich in die Gefahr und, wie das Mädchen in deiner Geschichte, Franz, ins Badezimmer begibt, kommt leicht um die Unschuld. Natürlich muß man auch ernsthaft bedenken, daß es etwa zur Strategie der Anwälte und Verteidiger von Vergewaltigern gehört, es so darzustellen, als habe das Opfer um die Vergewaltigung gebeten. Man kann bei der Beurteilung solcher Streitsachen gar nicht vorsichtig und mißtrauisch genug sein.
Deuth fragte seine Stammtischbrüder, ob sie wohl auch gerade vorgestern die Geschichte von jenem 14-jährigen Mädchen in Klagenfurt gelesen hätten, das auf dem Nachhauseweg von einem Ball der Handelsakademie auf dem Messegelände von einem Unbekannten vergewaltigt wurde? Mit dem Hubschrauber hat die Polizei den Unhold gesucht. Sie konnten ihn aber deshalb nicht finden, weil es ihn nicht gab, wie sich schließlich herausgestellt

hat. Also auch an die Möglichkeit, daß jemand, ja sogar ein unschuldiges Kind, lügt, muß man denken. Manche Behauptung erweist sich auch als Schutzbehauptung, aus einem Hintergedanken recht vordergründig aufgestellt… Gibt es eine Lügnerin oder einen Lügner, dann heißt es auch alsbald, er oder sie verwickelte sich in Widersprüche. Auf den Einsturz des Lügengebäudes folgt dann meistens ein Geständnis.

Die Zeitungsgeschichte fängt ja schon gut an, sagte Deuth: »Ob sie ihn ›da unten‹ berührt habe, will der Richter wissen.« »Da unten«, lieber Franz. Wenn du wirklich, wie du gesagt hast, einen Bestseller oder Erotikthriller über den Gerichtsfall oder die ihm zugrunde liegende Begebenheit schreiben willst, lieber Franz, dann mußt du dir auch und grundsätzlich überlegen, wie du dich ausdrücken willst. Der Richter jedenfalls in jenem Prozeß hat sich laut Zeitungsbericht »fein« ausgedrückt, er hat umschrieben und sich an das sogenannte Sprachtabu gehalten. Er spricht »durch die Blume«. Auf diese Weise hätte der Verfasser der »Lebensgeschichte der Josefine Mutzenbacher«, die du erwähnt hast, sicher keinen so durchschlagenden Erfolg gehabt. Der hat alles brühwarm beim Namen genannt, es sei denn, er hat jemanden als verschämt vorführen und darstellen wollen, dann hat er sich raffinierterweise auch derartiger verhüllender Floskeln bedient. Sonst aber schreiben solche Autoren nicht »da unten« oder ähnliche Hinweis- und Zeigewörter für die gemeinte Sache. Die bedienen sich wirklich der unteren Lade! Die Auswahl ist ja groß, von den medizinischen und technischen, den lateinischen Bezeichnungen angefangen bis zu den eindeutigen und vor allem zweideutigen, den sogenannten

»übertragenen« und »uneigentlichen« Ausdrücken. Vielleicht konsultierst du dazu eines der sexualkundlichen Werke des verstorbenen Geschlechtswissenschaftlers Ernest Borneman aus dem hausruckviertlerischen Scharten. Da kriegt man Respekt vor dem schier unermeßlichen Reichtum an Einfällen des Volksmundes zu diesem Gegenstand. »Da unten« für Gemächte ist übrigens eine alte, ja, ich möchte sagen »altehrwürdige« Ausdrucksweise und Umschreibung. Es ist, nehmt es mir bitte als einem einfachen pensionierten Landbriefträger nicht übel und rechnet es mir bitte nicht als Angeberei und Bildungshuberei an, wenn ich daran erinnere, genau jene Ausdrucksweise, die Wolfram von Eschenbach in seinem Roman »Parzival« vor 700 Jahren gewählt hat, und zwar im dritten Buch, wo Parzival auf die Burg seines späteren Erziehers Gurnemanz kommt und, weil er von der Fahrt hungrig und schmutzig ist, »geatzt« und gebadet wird. Und das Bad hat sich für den ankommenden Ritter so abgespielt, daß ihm Mädchen – und das waren früher immer »Jungfrauen« – beim Waschen und Reinigen behilflich gewesen sind. Da erschienen also wunderschöne, prachtvoll gekleidete Jungfrauen im Bad, die Blicke sittsam niedergeschlagen, heißt es. Mit zarten weißen Händen wuschen und strichen sie seine Quetschungen. Und Parzival genoß das Bad mit Vergnügen, heißt es. Als man ihm das Badetuch reichte, nahm er es aber nicht, weil er sich schämte und nicht aus der Kufe, der Wanne also, vor ihren Augen heraussteigen wollte. Und dabei hätten die Mädchen, schreibt der schelmische Wolfram, so gerne gesehen, wie er »dort unde«, also »da« oder »dort unten«, also am Unterleib aussah und ob er dort wohl keinen Schaden erlitten hatte. Sie hätten, glaube ich, Karl Deuth, freilich ganz unbesorgt sein können, wenn man an die voluminösen Blechbüchsen oder Metallkapseln des Panzerschurzes denkt, die man an den Rüstungen der Ritter, etwa der Eisernen Mander in der Innsbrucker Hofkirche sehen kann. In diesen – vielleicht ein wenig angeberischen – Beuteln, die das Geschlecht, die sogenannte »Hegedrüse«, vor Hieb und Stich schützen sollten, ist ein Ritter ja auch mit einer Erektion nicht aufgefallen. Sie waren auch für diesen Ernstfall ausgelegt und gerüstet! Vom Mut der Nachhilfeschülerin, die vom Herrn Professor verlangt hat, »ihr das mit der Erektion zu zeigen«, ist bei Wolfram natürlich nicht die Rede. Bei ihm entfernen sich die Jungfrauen, freilich kichernd. Immer kichern die Mädchen! Nach dem »Ausprobieren« und nachdem »es« – auch eine Verschleierung und ein Tabuwort – also passiert ist, verlangt der Pädagoge streng und pflichtbewußt: »Hände waschen!« Ordnung muß sein! Vor dem Essen, nach dem Essen, Hände waschen nicht vergessen! Hände waschen übrigens sicher nicht wegen der Bücher, die jedes in der Wanne in der Hand gehalten hatte … Hände waschen in Unschuld!

Noch ein kleiner Nachtrag, lieber Franz, sagte Deuth zu Blumauer, zum vorhin angesprochenen Problem der Benennungen. Wenn du denn deinen Erotikonbestseller schreibst, Franz, dann mußt du diesbezüglich auch die »exmetaphorische Tendenz« in Rechnung stellen und einkalkulieren.

Blumauer, ganz verdutzt: Was muß ich, Karl? Du redest in Rätseln.

Ich meine etwas ganz Einfaches, sagte Deuth. Viele Wörter waren früher und ursprünglich fein, sind mit der Zeit aber unfein geworden. Ungewöhnliche Wörter werden »gewöhnlich« … Solche Wörter waren einmal hochgestochen und fein, ja piekfein, sind aber mit der Zeit heruntergestiegen und zum Teil in der Gosse gelandet.

Sprich anschaulich, Karl!, verlangte Blumauer.

Da sagte Deuth: Denk nur an das Haupt-Wort, das hauptsächliche Wort nämlich, das Zeitwort für die sexuelle Betätigung. Es hat ja ursprünglich nur bedeutet »es den Vögeln ähnlich oder nachmachen«. Und *ficken* heißt ja ursprünglich auch nur »hin und her wetzen«. Und wenn du es lateinisch sagen möchtest, was du wahrscheinlich eh nicht willst, entgehst du der Bedeutungsverschlechterung der Wörter nicht. *Coire* hat geheißen »mitgehen« und *Coitus* »Begleitung«. Wo ist das Wort hingegangen und hingekommen! Auch die Euphemismen, die sogenannten »verhüllenden« Wörter verhüllen nichts mehr. Die Decke ist hinten und vorne zu kurz. Und so geben sich die schönsten Wörter eine Blöße!

Ach so meinst du das, sagte Blumauer.

Übrigens, Franz, sagte Deuth, in deiner Geschichte hat es geheißen, daß eine Beamtin des Stadtschulrates im Prozess »eifrig« mitgeschrieben habe. Diese Mitschrift solltest du vor der Niederschrift deines »Erotikons« unbedingt zur Recherche einsehen. Die Vertraulichkeit solcher Mitschriften ist ja bekanntlich immer eine sehr relative, und der Kreis der Eingeweihten und Informierten, die zu ihnen Zugang haben, ist relativ groß. Und in diesem Kreis und in dieser Kette gibt es immer Schwachstellen und ein schwächstes Glied und unsichere Kantonisten, die ausplaudern. Es gibt kaum etwas wirklich Geheimes oder Geheimgehaltenes, das die Gremien und Untersuchungskommissionen als

Grundlage ihrer Entscheidungen bekommen. Wie aber nun diese Beamtin, also eine Frau, den Prozess beschreibt und beurteilt, wäre sicher höchst aufschlußreich. Du mußt in Erfahrung bringen, nicht nur, wer sie ist, sondern auch ihre Lebensumstände, wie alt sie ist, woher sie stammt, ob sie ledig, verheiratet oder geschieden ist, ob sie vielleicht ein Blaustrumpf, eine ewige Jungfer oder eine Matrone ist, ob sie Kinder hat, ob sie bei einer Partei ist und bei welcher. Du weißt ja, daß die Lehrer alle »parteilich« und darum sicher auch ein wenig parteiisch sind. CLÖ und SLÖ liest man in der Lehrerzeitung immer hinter den Personennamen. Das C steht für christlich und das S für sozialistisch und mit F gibt es sicher auch einen Verband… Ist die Beamtin bei derselben Partei wie der suspendierte Lehrer oder bei einer anderen, der »Gegenpartei«? Die Mitglieder der Parteien halten zusammen, sogar unter den Schwarzen gibt es die sozialistische Tugend der »Solidarität«! Eine Krähe hackt der anderen kein Auge aus!
Da warf Ürdinger ein: Ja, Karl, war's denn bei uns und bei der Post anders? Erinnerst du dich nicht an das Kapitel im Briefträgerroman »Zu Lasten der Briefträger«, wo es um die Parteien und die Wahlkampfpropaganda geht? Wenn es wo drei Briefträger gegeben hat, dann waren dort auch mindestens die zwei staatstragenden Parteien durch Mitglieder vertreten. Nur bei der Bahn und auf manchem Bahnhof gab es nichts als Rot, da hatte auch die letzte Aushilfsputzfrau noch ein rotes Parteibüchl. Heut geht ja auch dort und selbst in Villach alles durcheinander und drunter und drüber!
Ja, eh, sagte Deuth, blieb aber bei seinem Thema und fuhr fort: Auch diesem Frieden kann man nicht trauen!

Schließlich heißt es oft mit Recht, die Steigerung von Feind sei Parteifreund. Und sehr oft werden aus sogenannten »Parteifreunden« oder »Gesinnungsgenossen« die schärfsten und erbittertsten Gegner. Das vor allem, wenn es um Posten geht, die die Partei zu vergeben und zu besetzen hat. Da zerfallen Gesinnungsgemeinschaften in Einzelkämpfer, Abgeordnete treten aus Parteien aus und werden wild, also »wilde Abgeordnete«. Auch wenn die Beamtin eine Frau ist, muß das noch lange nicht heißen, daß sie zur Klägerin – dem Mädchen also – und seinem Vater hält, obwohl es in diesem Fall so gewesen sein könnte. Es gibt unter Frauen natürlich auch Frauenhaß und Selbsthaß, vor allem gibt es unter älteren Leuten wie bei uns auch den Jugendhaß. Ich glaube, daß der Jugendhaß allgemein stärker ist als der immer herausgestellte Jugendwahn. Es heißt auch, daß die weniger schönen Frauen – häßliche gibt es ja gar nicht – die schönen Frauen hassen oder jedenfalls nicht schätzen. Ist eine Frau schön oder gar blond, wird sie von den anderen, weniger schönen als dumm punziert und denunziert. Womit wir auch beim aktuellen Thema des sogenannten Mobbings wären, das früher einfach »Hinausbeißen« geheißen hat.

Ach, das ist mit dem Wort gemeint. Ich frag mich schon immer, was das denn soll, das ewige Mobbing, sagte Ürdinger.

»Mobben« und »poppen« …, sagte Blumauer.

Deuth explicavit: Kleinkrieg gegen unerwünschte Mitarbeiter, Nadelstiche gegen mißliebige Kolleginnen und Kollegen. Verächtlichmachen und Verdächtigen von Konkurrentinnen und Konkurrenten. Intrigen und Verleumdungen. Alles das, was es bei uns im Amt und unter uns dreien

nie gegeben hat. Diesbezüglich haben wir drei uns sicher nichts vorzuwerfen. Wir Briefträger sind immer eher nach dem urchristlichen Grundsatz verfahren: Einer trage des anderen Last. Und die Last muß auf mehrere Schultern verteilt werden, dann wird sie für jeden erträglich.
Was Krankenstände betrifft, Karl, hast du aber uns beide in den Schatten gestellt, sagte Blumauer. Uns ist halt schon oft gewesen, als seien wir deine Substituten und Einspringer. Einmal hast du uns ja selbst spaßhaft deine Vikare genannt, und als wir dich ratlos gefragt haben, was ein Vikar denn ist, hast du uns aufgeklärt, daß das lateinische vicarius »Ersatzmann« bedeutet. Beim Fußballspielen, hat Ürdinger gesagt, reden sie von der Reserve. Da sitzen die Vikare auf der Reservebank. Ein Vikar ist eigentlich ein Platzhalter. Freundlicherweise hast du uns ja dann auch aufgeklärt, daß der berühmte Enea Silvio Piccolomini, den du vorhin ja auch zitiert hast, drei Jahre in dem unserem Munderfing benachbarten Aspach Pfarrer gewesen ist, aber kein einziges Mal in seiner Pfarrei anwesend war, sondern nur die Pfründe, die sogenannten Benefizien und Präbende, Wohltaten und Vergünstigungen kassiert hat. Der Hirte hat nur sein Land abgeweidet, sich aber für die Seelsorge der Schäfchen eben von einem Vikar vertreten lassen.
Aha, sagte Ürdinger, der Enea oder wie er heißt, hat sich wohl von den Aspachern die Kirchensteuer auf sein Konto bei der Raiffeisenkassa überweisen oder von der Post zustellen lassen.
Oh sancta simplicitas! Oh du heilige Einfalt!, stöhnte Deuth, wir sind im 15. Jahrhundert und du redest von der Kirchensteuer und der Raiffeisenkassa! Von einer Vor-

schußkassa, lieber Ferdinand, ist vorläufig keine Rede, und uns, die Post, hat es damals auch noch nicht gegeben. Damals gab es nur Pferde und Kuriere, und das Geld hat sich sogar der Kaiser bei den Reichen, den Fuggern oder den Welsern oder den Rothschilds, ausleihen müssen. Manchmal, Ferdinand, kommst du mir wie ein Briefträger vor!
Bitte, Karl, tu den Ferdinand nicht herabsetzen, sagte Blumauer. Inzwischen wissen wir übrigens, Karl, daß im großen Langenscheidt-Wörterbuch unter *vicarius* als zweite Bedeutung neben »Stellvertreter« steht: »Untersklave, den sich ein anderer Sklave hält« Ja, Karl, du hattest uns, deine Untersklaven! Ein Sklave als Sklaventreiber! Wir waren deine Vikare. Und – kirchlich gesprochen – waren wir auch deine Koadjutoren. Zum Unterschied zur kirchlichen Praxis, wo die Ernennung eines Koadjutors den ersten Schritt zur Entmachtung oder gar Amtsenthebung des alten Bischofs bedeutet und von den Bischöfen deshalb gefürchtet wird, hast du uns als deine Koadjutoren gern gehabt, weil wir dich vor der frühzeitigen Pensionierung bewahrt haben. Du hast wirklich keine Grippewelle vorbeigehen und ausgelassen, ohne dich anzustekken, war's nun die Spanische oder die Vogelgrippe oder die Schweinegrippe. Zur Not tat's auch die herkömmliche Grippe… Wie und wo du dir deine »Influenza« immer nur geholt hast!
Seht ihr, sagte Deuth, das ist der Unterschied zwischen uns: Ich lobe euch und ihr sagt mir alte Lügengeschichten nach, die damals schon nicht gestimmt haben und durch Wiederholung nicht wahrer werden. Nun, sagte er dann, wollen wir jetzt die alten Märchen wieder aufwärmen

oder endlich noch einmal zu unserem heutigen Thema zurückkommen? Oder verschieben wir es auf den nächsten Stammtisch?
Ürdinger: Ich bin fürs Verschieben. Ich muß heute noch nach Ried zum Urologen. Und dann wartet daheim die Landwirtschaft auf mich.
Blumauer verballhornte: Zum Urologen? Aufs Wischerl schaun? »Da unten« nachschauen lassen? Gibt es ein Gülle-Problem?
Yes Sir!, gab sich Ürdinger anglistisch.
Deuth autem dixit: Behüte euch Gott, ihr alten Haudegen und Kollegen im Amte. Ich mache euch heute den Zechpropst. Theresia, rief er die Kellnerin, bitte die Factura! Den Treuebonus für Vorzugskunden nicht vergessen! Ermäßigter Stammtischkurs!

Stammtisch 4

Nun, Franz, sagte Karl Deuth zu Franz Blumauer beim Kirchenwirt in Munderfing eine Woche später, was hast du denn in Erfahrung gebracht über die Protokollantin der Schulbehörde, die den Prozeß des lateinischen Nachhilfelehrers beobachtet und beschrieben hat?
Nicht viel, sagte Blumauer, aber doch so viel, daß die Schulbehörde sich kein eigenes Urteil gebildet hat, sondern einfach und formalistisch verfahren ist und das Urteil übernommen und vollstreckt hat. Ein zivilrechtlich verurteilter Lehrer ist untragbar, so wie auch ein verurteilter Briefträger fürs Postaustragen untragbar wäre. Wenn jemand von einem ordentlichen Gericht verurteilt wird, dann muß dieses Urteil auch für die Schulbehörde gelten und sie muß entsprechend handeln und in einem Disziplinarverfahren auf die Suspendierung und Entlassung hinarbeiten. Obwohl sich die »Tat« in den Ferien und nicht im Schulgebäude ereignet hat, also eigentlich »exterritorial« …
Weil du von untragbaren Briefträgern sprichst, sagte Deuth, muß ich euch doch noch diesen Zeitungsfund, den ich am 1. Dezember 2009 gemacht habe, kurz zu Gehör bringen. Überschrift: »300 Kilo Briefe gehortet. Wo? Paris. Ein fauler Briefträger in Frankreich hat die Post daheim gelagert, statt sie auszutragen. In seiner Wohnung in Issur-Tille sind 300 Kilo Briefe und Päckchen gefunden worden.« Kommt euch das nicht bekannt vor? Was sagt man dazu? In Frankreich! Immer hat es geheißen, wenn die kleinste Kleinigkeit oder Unregelmäßigkeit im Postbetrieb und in unserer Hantierung vorgekommen und aufgekommen ist: Das gibt es auch nur hier im Innviertel

oder in Österreich. Im Ausland, in Frankreich oder auch in Deutschland wäre das undenkbar. Die Österreicher neigen dazu, ihre eigene kriminelle Energie zu über- und die anderer Nationen zu unterschätzen. Es wird aber auch in Frankreich und in Deutschland nur mit Wasser gekocht. Und wenn sich die Briefträger anderswo *Postbote* oder wie im Französischen *facteur* nennen oder wie in England *postman* oder in Amerika *mail carrier*, so sind sie deshalb auch keine besseren Menschen, und auch in Frankreich gibt es, wie ersichtlich, »faule Briefträger«, wie es in der Zeitungsnotiz heißt. Und selbst wenn sich ein Briefträger oder Briefbote wie im Altertum und auch im Humanismus bei Enea Silvio Piccolomini *tabellarius* nennt, bleibt er ein anfälliger und fehlbarer und mancher Versuchung ausgesetzter Mensch. Und selbst unter den griechischen Briefträgern, die sich einmal im übertragenen Sinn im Altgriechischen *angeloi*, das heißt eigentlich Boten und entspricht unserem *Engel*, nannten, gab es Sünder. Selbst bei den Engeln gibt es Krampusse, gefallene Engel eben. Heute nennen sich die hellenischen Briefträger ja bekanntlich *tachydromos*. *Tachys* heißt schnell, Ferdinand, davon hat ja der *Tachometer* auf deiner KTM und davon hatte auch der Geschwindigkeitsanzeiger auf deinem seinerzeitigen Post-Pucherl, das du lange verschmäht hast, weil du dich auf dein Steyrer Waffenrad kapriziert hast, seinen Namen. Und *dromos* heißt Läufer. So müßte man den griechischen *tachydromos* als Schnell-Läufer übersetzen. Wird aber auch langsame Schnell-Läufer gegeben haben … Und nicht jeder wird sich wie der Bote aus Marathon die Seele aus dem Leib geschwartelt haben! Die griechischen Briefträger sind wie die griechischen Beamten überhaupt heute sehr streikfreudig. Könnt ihr euch an einen einzigen Streik der Briefträger im Innviertel erinnern? Ich nicht. Die Streikkasse unserer Postgewerkschaft muß ja prall gefüllt sein. An diesen Reserven hat die Bank für Arbeit und Wirtschaft sicher ihre Freude und ihren Gewinn gehabt. Wir, die österreichischen Briefträger waren wirklich »Engel« ...

Wenn die Briefträger Engel gewesen sind und geheißen haben, lieber Karl, dann warst du auf unserem Amt der Erzengel, sagte Blumauer.

Und die andern Engel waren Bengel!, sagte Deuth und fuhr fort: Auch die Korruption ist nicht auf eine Nation beschränkt. Es gibt ja auch die Mafia nicht nur in Italien. Und es gibt in allen Ländern der EU, nicht nur in den neu hinzugekommenen des Ostens, viel Korruption, Korruption übrigens auch unter den Korruptionsbekämpfern ... Überall werden Hände aufgehalten. Allenthalben wird geschmiert und kassiert. Und dort wie da und allüberall gilt: Die Kleinen fängt man und die Großen läßt man laufen. Das ist in Is-sur-Tille genauso wie in Munderfing, in Paris geradeso wie in Wien.

Siehst du, lieber Karl, auch in »meinem« lateinischen Nachhilfelehrer einen solch Kleinen und Dummen, den sie erwischt haben, weil er sich erwischen hat lassen?, fragte Blumauer.

Na ja, ganz ohne sein Zutun ist er, »dein« Lateinlehrer, natürlich nicht in die Justizmühle geraten, lieber Franz, und ein Professor ist immerhin ein Professor, und das heißt in meiner Werteskala und in meinem Weltbild eigentlich ein Großer, sicher kein großer Verdiener, aber ein Diener am Geist. Wir sind nur Briefträger, der Professor aber ist ein Kulturträger! Oder sollte es sein. Ein Gymnasiallehrer ist kein Briefträger, mein Franz. Es gibt natürlich auch Lateinprofessoren, die mit dem erwähnten Weltgeist wenig im Sinn und auf dem Doktorhut haben. Nicht jeder ist eine »Leuchte der Wissenschaft«; es gibt an den Schulen auch viele »Armleuchter«! Von dem offenbar begeisterten Nudisten und Anhänger der Freikörperkultur, von dem sein Freund und Tarockpartner, der Vater der Nachhilfeschülerin, sagte, daß er gewußt hat, »daß er keine Badehose besitzt«, könnte das schon auch gelten. So arm, daß er sich keine Badehose leisten konnte? Ja, bekam der denn keine Bildungszulage? War er vielleicht auch, auf den Geist hin gesehen, ein wenig nackt? Ein »Nakkerpatzerl«, wie die Wiener sagen? Vielleicht war der Lateinlehrer zuerst und zuvorderst ein »homo voluptarius« oder ein »homo libidinosus«, wie die Alten den Lüstling nennen, der »corporis voluptatibus deditus« ist, das heißt der Wollust verfallen ist, dem das Gänsehäufel und der FKK-Strand an der Alten Donau jener »locus amoenus« ist, jener Belustigungsort »quo homines voluptatis causa conveniunt«. Wo also Leute zum Spaß zusammenkommen. Und Späße haben sich die beiden, der Nachhilfelehrer und die Nachhilfeschülerin ja wohl erlaubt, wenn sie sich über »die Beschaffenheit männlicher Glieder und Intimrasur« etcetera, Penisvergrößerung, Lippenaufspritzen und Silikonbusen, also »das Übrige« und »das Übliche«, unterhalten haben, wie in der Zeitung stand. Was dieses »Übrige« wohl sonst noch ist? Die beiden Nackten haben sich eine Blöße gegeben! Beide! Sei dem wie immer, es bleibt dabei, daß ich das Gerichtsurteil für ein Fehlurteil halte und die Suspendierung für eine Ungerechtig-

keit. Dem Disziplinarverfahren, lieber Franz, mußt du noch nachgehen! Wenn du magst, will ich dir dabei zur Hand gehen. Ich glaube, ich könnte vielleicht jenes Protokoll, das die Beamtin des Wiener Landesschulrates beim Prozeß angefertigt hat, auftreiben und einsehen. Soll ich, Franz?, bot sich Karl Deuth an.
Bitte, Karl!, sagte Franz. Da wäre mir sehr geholfen. Dafür verspreche ich dir einen Teil meiner Tantiemen, wenn Franz Blumauer mit seinem Erotikon »Minnesota« den Spitzenplatz der Bestsellerliste errungen hat …
Ist also wieder eine Sitzung der Weltverbesserungskonferenz beendet, sagte der Dritte der Stammtischrunde beim Kirchenwirt in Munderfing, Ferdinand Ürdinger, der diesmal kaum zu Wort gekommen war. Stammtische wie auch Saunarunden zeichnen sich ja immer dadurch aus, daß es Redner und Hörer, Sprecher und Zuhörer gibt. Da gibt es einerseits ausgesprochene Wortführer, oft auch Witzerzähler, und andererseits manche, deren Beiträge nur in beifälligem Lachen bestehen. Die liefern wie in den amerikanischen Comedy-Serien im Fernsehen das eingespielte Gelächter zur »Handlung«, zum »Sprachhandeln«. Ürdinger, der sich diesmal offenbar in dieser passiven Rolle fühlte und damit nicht ganz zufrieden war, rief die Kellnerin mit den Worten: Resi, bitte für den Blumauer die Rechnung. Er zahlt heute die Zeche vom Vorschuß des Rowohlt-Verlages für seinen Bestseller!
Und das nächste Mal zahlst wieder du, sagte Blumauer zu Ürdinger. Als Nebenerwerbslandwirt und Vertreter der Agrarindustrie bist schließlich du der Großverdiener unter uns …
Deuth aber sagte zu Blumauer: Franz, ich weiß nicht, ob

die drei Hasenställe und der kleine Unterstand für das Schaf des Ferdinand, wozu seine Ökonomie geschrumpft ist, noch als »Landwirtschaft« gelten können.
Unbeeindruckt vom Diskurs der Brieftrager fragte die Kellnerin Theresia den Schriftsteller in spe Franz Blumauer: Was haben wir denn gehabt?

Stammtisch 5

Heureka! Heureka! Das heißt »ich hab's!« oder »ich hab's gefunden!« Jetzt, Ferdinand und Franz, erfolgt die Offenlegung jenes Dokumentes, das die Beamtin des Wiener Landesschulrates beim Prozeß gegen den Gymnasialprofessor R. S. wegen eines Sittlichkeitsvergehens als Beobachterin als Grundlage des an die Verurteilung durch ein öffentliches Gericht anschließenden Disziplinarverfahrens angefertigt hat. Vielleicht muß ich noch vorausschikken, daß der Stil genau dem entspricht, wie das Gericht selbst spricht, der Diktion von Richtern, Staatsanwälten und Verteidigern in ihren Reden und Schriftsätzen. Auch die Lehrerin hört man heraus, die die Beamtin vor ihrem Überwechseln ins Schulamt gewesen sein dürfte. Der Verteidiger des Angeklagten, Dr. E. B., könnte sprachmäßig das Vorbild für die Redeweise im Roman »Untersuchung an Mädeln« des Rechtsanwaltes und großen österreichischen Dichters Albert Drach abgeben oder abgegeben haben. Da heißt es also:

Ich habe am 16. huius in Beauftragung durch die Landesschulratsbehörde in meiner Eigenschaft als kooptiertes Mitglied der Disziplinarkommission am Prozesse gegen den Gymnasiallehrer R. S., vertreten durch den Rechtsanwalt Dr. E. B., beobachtend teilgenommen und fasse das Ergebnis meiner Zeugenschaft wie folgt zusammen: Nach Verlesung der Anklageschrift durch den Staatsanwalt N. L., lautend auf das Vergehen des Mißbrauches eines Autoritätsverhältnisses durch den Angeklagten, begangen an der durch die Kanzlei des Rechtsanwaltes B. N. vertretenen N. K., Schülerin am Bundesrealgymnasium

in der Krainergasse im 12. Wiener Gemeindebezirk und enthaltend die Schilderung der näheren Umstände jener Verfehlungen des vom Vater der Klägerin, einem Freunde des Angeklagten, für die Nachhilfe an seiner Tochter, welche sich vor der Notwendigkeit einer sogenannten Nachprüfung im Fache Latein befand, gewonnenen Kollegen, die derselbe unentgeltlich zu gewähren zusicherte, wurde der Beschuldigte gefragt, ob er sich im Sinne der Anklage eines erotischen Übergriffes auf die ihm zur Nachilfe anvertraute Gymnasiastin für schuldig bekenne. Diese Frage entschieden verneinend und ausführend, daß er sich als studierter Philologe und Lateinlehrer, der namentlich gründlichen Studien der griechischen und lateinischen forensischen Literatur als insbesondere Ciceros oblegen sei, grundsätzlich selbst zu verteidigen wisse, bat er das Hohe Gericht gleichwohl, dem von ihm bestellten Advokaten Dr. E. B. zu seiner Verteidigung Gehör zu schenken, welchem Antrage nachgegeben und dem Anwalt zur Verteidigung das Wort erteilt wurde.
Der Anwalt nun eröffnete seine Entlastungsrede mit weitreichenden anthropologischen Erörterungen über die Situation und Grundbefindlichkeit des Menschen im Allgemeinen und als Geschlechtswesen im Besonderen und insbesondere die Konstitution und »condition humaine« des männlichen Menschen und den von der Natur oder, entsprechend der weltanschaulichen Position, von Gott in den männlichen Menschen gelegten Trieb, seiner fundamentalen Sehnsucht nach Partnerschaft und Gesellschaft. Die Triebhaftigkeit des Menschen gehe freilich in vielen Fällen über die von Gesellschaft und Gemeinschaft, von Staat und Kirche festgesetzten Grenzen und oft engen Re-

striktionen hinaus, ohne daß man in jedem Falle gleich von Schuld, von Vergehen oder gar Verbrechen sprechen könne. Die Natur selbst sei die große Verteidigerin und Rechtsprecherin.
Nach einem Ordnungsruf durch den Richter, näher zum Casus zu kommen, und der mahnenden Bitte um Konzentration, und nicht bei Adam und Eva zu beginnen, sagte der Anwalt, gleichwohl an seiner allgemeinen Vorrede anknüpfend, die Natur sei die Verteidigerin des Angeklagten, sie spreche für den Beschuldigten. Im Übrigen müsse in diesem Fall wirklich bei Adam und Eva begonnen werden, weil es sich ja um eine Verführung handle, wenn auch im Gegensatz zur Anklage davon ausgegangen werden kann, daß auch hier die Frau dem Manne den Apfel reiche und nicht umgekehrt, wie es der Staatsanwalt glauben machen wolle. Auf den Einwurf des Vaters des Mädchens, der, als Nebenkläger zugelassen, am Prozesse teilnahm, das sei eine Frechheit und eine Verdrehung der biblischen Geschichte, replizierte der Anwalt, hier handle es sich keineswegs um eine Kontrafaktur der Genesis und um eine Impertinenz, zu welchem Vorwurf sich der Vater versteige, sondern um eine sinngemäße Exegese, also Auslegung derselben. Sie, die gerichtsanhängige Geschichte, kulminiere ja in der provozierenden Frage des sich naiv stellenden Mädchens »Quid erectio«?, Euer Gnaden, sit venia verbo, sagte der Anwalt, in die Sprache seines Mandanten, des Nachhilfelateinlehrers, ausweichend und die Peinlichkeit und Betretenheit überspielend und die Nerven aller Beteiligten am Prozesse schonend. Es habe keine »vis allata« gegeben, wie im römischen Rechte die im Deutschen »Vergewaltigung« als »die Erzwingung des

Beilagers durch Anwendung von Machtmitteln gegen den unwilligen Teil« bezeichnete Verfehlung benannt wird, sondern allenfalls eine »corruptela«, wie wiederum das Lateinische die »Verführung« als »die Verleitung zum Bösen« bezeichne. Hier habe kein »petere alicuius concubitum«, also keine »Beischlafnötigung«, stattgefunden. Mein Mandant ist kein Corruptor!, rief der Anwalt in höchster Erregung. Auf die Ermahnung des Richters, vom Latein abzulassen und endlich deutsch und Klartext zu sprechen, weil wir »hier nicht im Romanum sind«, wie der Richter sagte, erwiderte der Anwalt, es sei ein Armutszeugnis für das Gericht und eine Geringschätzung seines Mandanten, der sein bisheriges Leben lang Latein unterrichtet habe, wenn man hier womöglich in der Sprache der Gosse und des niederen Volkes sprechen müsse, um verstanden zu werden. Das widerspreche seinem Ethos und seiner Berufsehre. Schließlich habe sogar das fürwitzige Mädchen den Lehrer gebeten, ihr »das mit der Erektion« zu zeigen und nicht vom »St.nder« gesprochen. Und schon im Gänsehäufel habe man sich, wenn auch auf Deutsch, über »die Beschaffenheit männlicher Glieder« und nicht über »Schw.nze.« unterhalten. Und aus welcher Sprache komme wohl das Wort *Penis*, von *Vulva* ganz zu schweigen! Er sei nun Jurist genug, um sich nicht einer Unterstellung schuldig zu machen, es sei aber nach dem Verlauf der ganzen in der Anklage protokollierten Szene sehr die Frage, ob das Mädchen noch im Zustande der Unschuld und der Unwissenheit gewesen sei, wenn sie eine Frage wie die belegte und mit diesem Wortschatze stelle. Man könne im Gegensinn zur »Unschuldsvermutung« hier von der Vermutung der schon verlorenen Un-

schuld sprechen. Von »Unzucht mit Abhängigen« könne nicht die Rede sein! Eine Nachhilfeschülein befindet sich ihrem Nachhilfelehrer gegenüber auch nicht in Abhängigkeit. Von »Hörigkeit« kann auch keine Rede sein. Oft ist es umgekehrt. Jedenfalls sind die vom Staat unzureichend bezahlten Lehrer auf das Geld durch Nachhilfeunterrichterteilen angewiesen. Da geht es den Lehrern heute in der Demokratie nicht viel anders als den sogenannten Hofmeistern im Feudalismus, den Hauslehrern der Adeligen. Mindestens in der Theorie muß das Mädchen auch um all das, was sie ihren Lehrer nun fragte, Bescheid gewußt haben. Dem entspreche auch die Antwort seines Mandanten und die Aufforderung, »dann solle sie es halt ausprobieren«. Es ist ein alter Pädagogengrundsatz und ein oft zitiertes Sprichwort: »Probieren geht über studieren.« Auch der wissenschaftliche Grundsatz »in vivo«, der in der Medizin und anderen Naturwissenschaften Geltung habe und den Versuch »am lebenden Objekt« verlange, dürfte dem Hohen Gerichte hinlänglich bekannt sein.
Auch den Satz des Vernehmungsprotokolls: »Da ist es halt passiert«, bitte er zugunsten seines Mandanten zu berücksichtigen und auszulegen. Vor allem das sogenannte unpersönliche Fürwort »es« spreche in diesem Zusammenhange Bände und besitze große Aussagekraft. Es zeige und weise hin auf etwas, was nicht in unserer Verfügungsgewalt und Willkür steht, was den Menschen überkommt und überfällt und willenlos macht. Das Lateinische gehe hierin sogar noch weiter als das Deutsche und unterdrücke das Personalpronomen überhaupt: Pluit heißt »es regnet«, fit heißt »es geschieht« und factum est heißt »es ist geschehen« oder »es ist passiert«, »es hat sich ereignet«. *Es*

regnete auch damals in den Ferien, als *es* geschah. Deshalb war das Freibad nicht zugänglich und man war gezwungen, ins Badezimmer auszuweichen. Es gab somit eine Verkettung unglücklicher Umstände, die nicht von den handelnden Personen zu verantworten waren, über die sie nicht frei disponieren konnten. Es spiele also gerade das eine Rolle, was im römischen Rechte *vis maior*, also »höhere Gewalt« genannt werde. Was nicht in unserer Macht und Verfügungsgewalt steht. In wie vielen Handlungen aber, führte der Advokat des Beschuldigten aus, sind wir nicht Herr unser selbst, sondern Getriebene, verfügen wir nicht über unsere Sinne, sondern unsere Sinne über uns. Hier setzte es wieder eine Ermahnung, ja einen Rüffel des vorsitzenden Richters, der erneut zur Sache zu sprechen monierte und sich nicht in Abschweifungen und Sprachtheorie zu verlieren.
Zur Sache, Herr Rat, ja, zur Sache und zum inkriminierten Fall, verteidigte sich der Verteidiger. Handelt es sich bei dem Vorgefallenen nicht weit eher um eine Art von Selbstbefriedigung vor Publikum und außerdem zutreffender um Exhibition, das heißt »Zurschaustellung einer Intimität«, wie sie selbst einem Weltweisen des Altertums, nämlich Diogenes, dem Philosophen im Faß, nachgesagt wird, als um »Unzucht mit Abhängigen« oder gar, horribile dictu, um »Vergewaltigung«! Und es wurde auch niemand gezwungen, zuzusehen. Von Zwang ist nicht die Rede. Und es liegt auch kein Ehebruch vor, wenn auch die zur Arbeit abwesende Gattin, die ihren Gatten, wie ich von meinem Mandanten weiß, öfter in jenes in den Augen prüder Spießbürger »anrüchige« Bad im Gänsehäufel begleitet und seine Vorlieben und seine Neigung zum Späße-

machen gekannt hat, sodaß von keinem »Doppelleben« des Beschuldigten gesprochen werden kann, in die »Unzuchtshandlungen« nicht involviert oder eingebunden war. Sie wußte, daß sie in diesem Sinne einen »Schlingel« zum Manne hatte… Wie wenig bedeutet auch nach der letzten Justizreform »Ehebruch«! In kaum einem Punkte ist unsere Rechtsprechung vom strengen biblischen Diktum, daß jemand, ein Mann, die Ehe schon gebrochen hat, wenn er eine andere als die ihm angetraute Frau auch nur begehrlich ansieht, weiter entfernt als von diesem. Auch wenn man sich dieser Ansicht und Rechtsmeinung kaum wird verschließen können, wird man gleichwohl zugeben müssen, daß die Vorfälle an sich prekär und delikat und vielleicht auch nicht geschmackvoll sind. Sie reichen unserer fundierten Kenntnis von Recht und Billigkeit aber nicht aus für ein rigoroses Aburteil. Wie sich schon nach dem Urteil unserer Vorderen und Vorvorderen, vor allem schon nach dem Urteil des Altertums und der klassischen Antike die erotische Materie nicht dazu eignet, die Basis oder gar die alleinige Basis zur moralischen Beurteilung eines Menschen zu bilden. Schon die antiken Götter haben, vor allem der oberste Gott im Polytheismus Jupiter, beziehungsweise Zeus, hat die diesbezüglichen »Verfehlungen« der Menschen mit Nachsicht, ja mit Humor, um es mit einem lateinischen Worte auszudrücken, angesehen und beurteilt. Aber selbst im Christentum gab es nicht nur strenge Eiferer, sondern auch gelassenere Moraltheologen, die vor Zelotismus, Fanatismus, Fundamentalismus und Rigorismus gewarnt haben. Hier erinnerte der Anwalt noch einmal an Enea Silvio Piccolomini, aus dem später nach ihm benannten Pienza, an Papst Pius II. also,

den Verfasser der Novelle »Eurialus und Lucretia«, und seine nachgiebige, moralisch geschmeidige und pragmatische moraltheologische Ansicht in dieser Materie. Dann sagte Dr. E. B: Seien Sie nicht pfäffischer als der Pfarrer von Aspach und seien Sie nicht päpstlicher als der Papst in Rom, fällen Sie kein Fehlurteil aus falsch verstandener »politischer Korrektheit«. Hören Sie auf die Stimme der Vernunft, seien Sie nicht blind wie die symbolische Justitia am Aufgang unseres Gerichtsgebäudes, die Frau mit der Binde vor den Augen, und sprechen Sie meinen Mandanten im Sinne der Anklage für unschuldig …
Hier unterbrach Deuth seinen Vortrag des Protokolls der Beamtin des Wiener Landesschulrates, es war schon spät geworden, das heißt, es ging gegen Mittag. Er bat seine Kollegen, das Gehörte zu bedenken, damit sie vielleicht das nächste oder übernächste Mal das Thema wieder aufgreifen und vielleicht auch zum Abschluß bringen könnten. Nach dem Bezahlen bei der Kellnerin und den traditionellen Verabschiedungsriten und -sprüchen, zu denen vor allem das landestypische »Nichts für ungut!« gehört, trennten sich die drei von der alten Post, der Ürdinger startete im Hof des Kirchenwirts sein Moped, der Blumauer ging zu seinem am Friedhof abgestellten Auto und Deuth ging zu Fuß zu seinem kleinen Einfamilienhaus, wo er seine Bibliothek mit den Bestsellern der Buchgemeinschaft hatte … und die Lateinbücher!

Stammtisch 6

Ich bin ja so froh, sagte Ürdinger, dem man ansah, daß er, der Korpulente, »der Dicke«, wie sie ihn auch nannten, mit einem brennenden Thema schwanger ging, ich bin ja so froh, sagte er, daß wir in Austria und nicht in Australia bei den Kängurus sind. Das war es also, was heraus wollte.
Ja, warum denn?, fragte Blumauer.
Es ist mir durch einen Neffen von mir, der dauernd vor dem Bildschirm sitzt und im Internet fuhrwerkt und »surft«, bekannt geworden, daß die Australianer oder die Australiener oder wie man die Einwohner von Australien halt nennt, die Zugezogenen, nicht die Ureinwohner, die sie Aborigines nennen, keine gestandenen Menschen und Mannsbilder, wie zum Beispiel mich mit meinen läppischen 115 Kilo Lebendgewicht, als Briefträger einstellen. Das heißt eingestellt haben, sagte Ürdinger. Denn auf dem »Paper«, wie er das nennt, auf dem Zettel, den mein Neffe ausgedruckt und mir mit sichtlichem Vergnügen und nicht ohne Spott als seinem dicken Briefträgeronkel überreicht hat, ist gestanden oder steht – ich kann ihn ja das nächste Mal mitbringen –, daß die dortige Zulassungsbehörde, die die Briefträgerkandidaten prüft und offenbar auf die Waage stellt, nun das Limit gesenkt, das heißt eigentlich erhöht hat. Die Einstiegsbarriere haben sie gesenkt, indem sie paradoxerweise das Gewichtslimit erhöht haben. Jetzt haben es auch die Schwereren leichter… Es gab offenbar zu wenig solcher Schneidertypen, untergewichtige und verhungerte Bantam- oder Federgewichtige, wie sie sich die Behörde gewünscht hat, sodaß sie jetzt das Limit auf 105 Kilo erhöht haben. Jetzt sind also auch Mit-

telgewichtler mit rund 100 Kilo zugelassen und können als Briefträger oder »Postman« akzeptiert werden. Ich als Halbschwergewicht hätte dann also immer noch keine Aussicht auf eine Einstellung und einen Angestelltenvertrag. Du lachst, habe ich da zu meinem grinsenden Neffen gesagt, aber das ist ja ein grober Unfug und außerdem eine Menschenrechtsverletzung und Diskriminierung. Das gehört nach Straßburg oder Brüssel oder Den Haag gemeldet oder dorthin, wo die Südseeinsulaner ihr oberstes Gericht für Menschenrechtsbeschwerden haben. Von der Größe, habe ich zu meinem Neffen gesagt, ist in deinem Artikel nicht die Rede, aber die spielt ja wohl auch eine Rolle. Wenn der »Riese von Lengau« aus unserem Innviertel, der seinerzeit mit seinen 2,45 Metern der größte Mensch der Welt war, wenn der nur 105 Kilo gewogen hätte, wäre er ja ein Krispindel gewesen und untergewichtig. Da hätte jeder gesagt, der leidet an Bulimie oder wie man heute die Magersucht nennt. Von einer Grenze nach unten ist in deinem Wisch, habe ich zu meinem Neffen gesagt, keine Rede. Aber das ist eigentlich der springende Punkt. Ja glaubst du denn, habe ich gesagt, ein Magersüchtiger könnte die Posttasche schultern und schleppen? Oder eine Frau, die ja nun im Sinne der Gleichberechtigung von Mann und Frau, wie in den geschlechtsneutralen Ausschreibungen von Stellen einsichtig und sichtbar, auch für das Brieftragen in Frage kommt, ja glaubst du denn im Ernst, daß ein solches Zarterl, wie sie heute über die Laufstege trippeln, daß eine solche Twiggygestalt die schwere Posttasche bewältigen könnte? Niemals! Ich habe nichts gegen Briefträgerinnen, und der Kollege Blumauer hätte mich vielleicht überhaupt ganz gern gegen eine sol-

che ausgetauscht und ersetzt, weil er ja die Nähe des weiblichen Geschlechtes über alles schätzt. Frauen duften ja gleich ganz anders und der Blumauer riecht sie besonders gern, habe ich zu meinem Neffen gesagt.
Habe ich dich richtig beschrieben, fragte Ferdinand Ürdinger seinen Kollegen Franz Blumauer am Stammtisch beim Kirchenwirt in Munderfing, und dieser erwiderte: Das übliche Klischee, aber meinetwegen!
Ürdinger sagte, eine Briefträgerin muß seiner Meinung nach so ausschauen und gebaut sein, wie man sich auch die Kellnerinnen im Hofbräuhaus in München oder auf dem Oktoberfest wünscht. Da ist es sicher nicht nur günstig, sondern geradezu notwendig, daß der schwere Rucksack mit der Post auf dem Rücken in einer festen Brust ein gewisses Widerlager hat. Das entspricht der Statik und der Lehre vom Schwerpunkt.
»Mammae ante, posta post«, warf da der Lateiner Deuth ein …
Und was heißt das?, fragte Blumauer.
Man könnte aber vielleicht auch »ubera ante« und »onus post« sagen. Hinten das Gewicht der Post und vorne Holz vor der Hütte, sagte Deuth, damit du es genau weißt.
Ich, sagte Ürdinger, habe zu meinem Neffen gesagt, er soll den Australienern zurückmailen und ihnen von seinem Onkel etwas ausrichten. Er soll ihnen etwas »posten« … Diese Möglichkeit gibt es ja offenbar im weltweiten Netz, wenn man heute in den Nachrichten lesen kann oder muß, daß 5000 Internet-User nach dem vorgestern erfolgten Attentat auf den italienischen Ministerpräsidenten Berlusconi ein Bravo! ausgerufen und ihre Solidarität mit dem Attentäter, der dem Politiker ein Modell des Mailänder

Doms aus Marmor an den Kopf geworfen hat, zum elektronischen Ausdruck gebracht haben. Twittere also oder chatte oder poste, lieber Neffe, im Namen deines Uncle Ferdinand Ürdinger, gewesener Briefträger oder Postman in Munderfing, zwitschere seine Opinion an die Australiener! Sie sollen, wenn sie keine Briefträger mehr finden, die Kängurus dressieren und zu Austrägern abrichten. Die haben doch von der Mutter Natur einen so wunderbaren und praktischen Bauchbeutel, eine Hauttasche, verliehen bekommen, die sich als Posttasche geradezu anbietet. Und auch, was das Tempo ihrer Fortbewegung betrifft, erzählt man sich alle Wunder von den Tierchen. Schneller als der Wind sollen sie sein. Sie müssen ja die Kängurus nicht allein austragen lassen, sie können sie ja auch als bloße Lastenträger, als Begleiter des Briefträgers engagieren. Das Känguru als Packesel.

Einen Esel als Lastenträger hat sich, wie mein Neffe aus dem Netz erfahren hat, ein Briefträger aus Portugal zugelegt, als »Gehilfen«, heißt es in jener Meldung, und: »Bei seinen Runden durch die Altstadt im südportugiesischen Portalegre lädt Joao Tomas seit Freitag dem Tier die Pakete auf den Rücken, berichtet die Tageszeitung »Correio da Manha«. Mit dem Esel dauere das Austragen der Post zwar länger, aber seinem Rücken gehe es dabei viel besser, sagte der Postbote. Er überlege bereits, noch vier weitere Esel anzuschaffen.«

Ürdinger sagte, sein Neffe habe ihn noch auf eine Nachricht aus dem Netz aufmerksam gemacht, die er den lieben Kollegen nicht vorenthalten wolle, und diese Nachricht sei auch dazu angetan, zum Thema des vorigen und vorvorigen Stammtisches zurückzuführen. Originalton Ürdinger:

»Großbritannien: Briefträgerin meidet Nudistencamp. Sie weigert sich, dort Briefe auszutragen.« Diese englische Briefträgerin hätte also sicher auch dem lateinischen Nachhilfelehrer keine Drucksachen ins Gänsehäufel zugestellt. Es gibt ja immer wieder Kundschaften, die einen an der Tür, wenn man läutet, weil man läuten muß und wegen einer Einschreibsendung eine Unterschrift braucht, die einen also an der Tür halbnackt oder im Bademantel oder im Ruderleibchen und in der Unterhose empfangen. Es ist wirklich nicht bloß ein Klischee, daß manche Postkundin einem im Negligee entgegenkommt, daß es einem peinlich ist und man nicht weiß, wo man hinschauen soll, und oft die Stelle nicht findet, wo unterschrieben werden muß. Aber Post ins Nudistencamp bringen würde mir keine Schwierigkeiten bereiten. Was ist denn das eigentlich genau, Karl, ein Nudistencamp? Was soll man sich denn darunter vorstellen?

Nudus heißt nackt, sagte Deuth und *campus* heißt das Feld, also wird es sich wohl um so etwas wie ein Freigelände für Freikörperkulturelle und Nudisten handeln, ähnlich dem Latinisten sein Gänsehäufel. Ein Reservat, also ein für eine bestimmte Personengruppe reserviertes Areal.

Da könnte freilich auch mehr dahinterstecken, sagte Blumauer. Es könnte schon auch sein, daß sich unter diesem Ausdruck ein sogenannter Swingerclub verbirgt.

Eine Tanzschule also, sagte Ürdinger.

So ähnlich, sagte Blumauer. Jedenfalls für einen, der die Milch der frommen Denkungsart hat wie du, Ferdinand. Ein Tanzkurs mit völliger Wahlfreiheit, wo nicht nur alle zwei Stunden einmal Damenwahl gilt ... Oder »Tabledancing« ... Eins, zwei, drei, Wechselschritt ...

Ja, wenn das so ist, kann man die englische Briefträgerin, die *Frau Postman* oder wie soll man sagen… Vielleicht *mailfemale*, sagte Deuth… … schon verstehen, sagte Ürdinger, seinen Vor-Satz vollendend. Die englische Kollegin hat nicht ganz unverständlicherweise verweigert. Briefe in ein Nudistencamp zu bringen, verlangt vielleicht wirklich eine Robustheit, die nicht jeder oder vor allem jede besitzt. Einen hartgesottenen Bauern oder Nebenerwerbslandwirt wie mich kann das natürlich nicht schrecken! Sie, die Kollegin, hat laut Neffen auch angegeben, sie könne nicht schon so früh am Morgen einen Nackten sehen. Ihr war es einfach zu viel, bereits um acht Uhr morgens von Adressaten im Adamskostüm begrüßt zu werden. »Die 30 Dauerbewohner des Nudistencamps ›Spielplatz‹ in der Nähe des englischen St. Albans in der Grafschaft Hertfordshire dagegen sind verärgert. Als ›Schlag ins Gesicht‹ bezeichneten sie die Weigerung der Briefträgerin.« Sie sind keine Verbrecher, sagten sie. Sie sind keine Lateinnachhilfelehrer, dear Frank!…
Warum nicht »Schlag unter die Gürtellinie«?, sagte Blumauer. Oder »Tritt in die Ovarien«?
Die Meldung hatte ein starkes »Feedback«, sagt mein Neffe, wenn ihr versteht, was er damit meint. Wieder etwas dazugelernt. Es gab, anders ausgedrückt, eine Menge zustimmender »Rückmeldungen« und Kommentare. Einer applaudierte der Briefträgerin und schrieb: »Nicht jede junge Frau freut sich, wenn da so ein alter fetter Sack mit erigiertem Penis vor ihr steht«. Und ein anderer in ähnlichem Sinn: »Bei alten Männern ist der Verfall dramatisch, das sieht man am FKK-Strand. Je länger die Glocken, desto kürzer das Seil. Die werfen doch schon den Bauch

über die Schulter.« Offenbar einer, der nicht nur gegen die Nackten, sondern auch gegen die Dicken etwas hat, eine Aversion nämlich. Und einer schreibt gar: »Manche Leute sehen auch angezogen so aus, daß man sie morgens nicht ertragen kann. Zum Beispiel wie eine in eine Pelle gedrückte Blutwurst. Wenn man wie die Postlerin die Briefe nach dem Aussehen und was man morgens schon erträgt, austrägt, dann bekommen viele Leute keine Post mehr!« Von dieser Art also waren die Reaktionen, insgesamt Beispiele für das gesunde oder auch krankhafte Volksempfinden. Und ein großes Gelächter erschütterte England und ganz Europa. Von der englischen Königin hat man aber in diesem Zusammenhang nichts gehört. Aber vielleicht war diesmal sogar sie amused. Wenn nicht wieder einmal ihr Sohn, der Thronfolger, der Unterwäsche-Fetischist, durch verfängliche Telephonate in eine Telephonfalle der englischen Post geraten ist, oder eine Feuersbrunst den Royals einen »annus horribilis« beschert hat. Majestät wird vielleicht diesmal auch gelacht haben, wenn auch nur im Keller des Buckinghampalastes …

Nun werden freilich nicht nur die Männer alt und unansehnlich, sondern leider auch die Frauen. Und einmal wird auch die Briefträgerin von St. Albans so alt sein wie heute ihre Königin. Und sie wird wie alle Männer und Frauen physisch schlapp machen und nichts mehr gleichschauen. Das ist der Lauf der Welt und da helfen keine Frischzellen und kein Liften und kein »Anti-Aging-Programm« …

Da hörte man den Pensionisten Franz Blumauer seufzen und sagen: Ja, auch »mein« 58-jähriger, ausgezogener Lateinnachhilfelehrer in seiner Badewanne müßte doch eigentlich auf ein junges Mädchen eher abstoßend als

attraktiv – das heißt auf Deutsch »anziehend« – gewirkt haben.
Ja, sagte Deuth, »sic transit gloria mundi« … das stelle ich mir auch nicht gerade als ein Bild für die Götter vor, was das arme Mädchen da vor sich hatte. Nachzipf! … Wen die Götter lieben, den lassen sie jung sterben …
Darauf kommen wir noch einmal und sicher das nächste Mal zurück, sagte Ürdinger. Für heute möchte ich mich beschweren und darauf hinweisen, daß im Internet offenbar eine Kampagne gegen die Briefträger läuft. Wir Postler sind das Opfer eines Kampagnenjounalismus. Ich weiß von meinem Neffen, also aus sicherer Quelle, daß sich dort Meldungen wie die schon angesprochene über den faulen französischen Kollegen häufen. Immer wieder also kommen dort News dieser Art: »Salzburger Briefträger hortet Post zweieinhalb Jahre lang. Zehn Monate Haft« oder: »Briefträger war das Postaustragen zu mühselig. Er verbrannte die Briefe« oder »Bonn: Briefträger stellte über 2000 Briefe nicht zu« oder gar »Messina: Briefträger hatte keine Lust zum Austragen und hortete 300 000 Briefe«. Und im Sinne der Gleichberechtigung heißt es: »Urteil: Briefträgerin veruntreute mehr als 400 Briefe, auch Post von der Justiz«. Dann wieder: »Remscheid: Briefträger fischte EC-Karten mit Pins, also Reißzwecken oder Stecknadeln, aus Briefen. 80 000 Euro Beute«. Das ist eine Million Schilling in alter Friedenswährung!, sagte Ürdinger.
Ja, so geht das fort … Karten für EC-, also Europacupspiele hätte ich natürlich auch gern gehabt, aber für Karten für Spiele der Österreichischen Bundesliga hätte es sich denn doch nicht ausgezahlt, kriminell zu werden und eine Anklage und womöglich ein Disziplinarverfahren und die

Rote Karte eines Schiedsgerichts zu riskieren. Dafür spielen die heimischen Mannschaften nicht gut genug. Und für Spiele des SK Josko Ried im Innkreis kriegte und krieg ich ja oft verbilligte Karten der Postgewerkschaft.

Übrigens, sagte Ürdinger, auch für die Gefährlichkeit des Briefträgerdienstes liefert das Internet drastische Beispiele. Aus den USA hat mir Neffe Markus gleich zwei brisante »News« gezeigt. In einer Meldung hieß es: »Briefträger ins Bein geschossen, weil er Post zu spät zustellte«, und in der anderen: »Deutscher Schäferhund im Polizeidienst fällt Briefträger an!« Jaja, die Hunde, darüber steht in »Zu Lasten der Briefträger« ja auch manches, wenn ihr euch erinnert.

Yes, said Frank Blumauer, only bad news are good news. We are the victims of this wrong system of publicity. Sorry…

Einen Lichtblick aber gibt es, sagte Ürdinger und damit für heute ein Happy End: Hört euch denn zum Abschluß unseres heutigen Stammtisches noch diese beiden erfreulichen Mitteilungen aus dem Internet an: »Briefträger wollte Post zustellen und half bei der Entbindung!«, und die versöhnlichste und für alles Unbill entschädigende Top-Meldung überhaupt: »Österreicher setzen in Briefträger und Polizisten das meiste Vertrauen.« Wir Briefträger sind also, wie das Meinungsforschungsinstitut herausgefunden hat, trotz allem allseits beliebt, auch für uns gilt: »Freund und Helfer«, bis hin zum Entbinden als Hebamme oder »Hebammer«… Wir haben an Beliebtheit die Rauchfangkehrer und die Pfarrer, die beiden schwarzen Männer also, überholt. Und sogar die Götter in Weiß haben eine Götterdämmerung erleben müssen, seit die Medizin-Ombudsmänner immer mehr Kunstfehler an ihrer Arbeit aufdecken. Am unbeliebtesten von allen Professionisten ist natürlich der Exekutor. Die Steuereintreiber haben eine schlechte Presse! Vorne der Briefträger und hinten der Exekutor und Steuerfahnder. Dicht an den unbeliebten Politikern und Lehrern. Den Exekutor wünschen natürlich alle zum Kuckuck! Ürdinger sagte: Haben die vielen Nachrichten über faule Briefträger und die Geldfischer unter den Briefträgern doch nicht ausgereicht, das Image nachhaltig zu beschädigen. Schwarze Schafe gibt es natürlich überall, sogar unter den erwähnten »Göttern in Weiß«! Auch unter den Hirten und Oberhirten der Kirche gibt es schwarze Schafe, die nicht dem Vorbild des »guten Hirten« entsprechen, ja, Wölfe im Schafspelz sind! Ich selbst, sagte Ürdinger von sich, halte an sich nicht allzuviel von der Meinungsforscherei und den Publikumsumfragen. Dafür ist schon zu oft ein Blödsinn herausgekommen, vor allem wenn es um Prognosen geht, um das Zukünftige, das aus dem Gegenwärtigen und Aktuellen abgeleitet wird. Ja und mir sind die allzu Beliebten auch immer suspekt. Ich mag Everybody's Darling nicht. Die Beliebten sind mir zuwider. Die lieben Landsleute haben ein merkwürdiges Talent, Leute zu lieben und als beliebt anzuerkennen, die sogenannte sekundäre oder inferiore Fähigkeiten haben. Mit dem beliebtesten Schlagersänger kannst du mich jagen! Der beliebteste Österreicher ist ein Schifahrer! Und zur beliebtesten Fernsehsprecherin haben die Leser der auflagenstärksten Boulevardzeitung diejenige gewählt, die am undeutlichsten spricht. Vielleicht ist sie aber gerade deswegen so beliebt, weil man die Horrormeldungen, die sie dauernd lesen muß und dahernuschelt,

nicht versteht. Gibt es wirklich so viele Masochisten unter denen, die »voten« und ihre Stimme abgeben und sich die Stimmabgabe womöglich auch noch etwas kosten lassen, die Telephongebühren nämlich, auch wenn man aus ganz Österreich »zum Ortstarif« anrufen kann?
Tempus adest, sagte Deuth, die Zeit ist gekommen, daß wir zu unseren geliebten Frauen heimkehren … Resi, die Brieftrager möchten zahlen!
Für mich, sagte Ürdinger, ist die beliebteste Frau die Kellnerin Theresia. Überhaupt, wenn sie mir das Getränk bringt. Beim Kassieren seh ich sie nicht so gern …

Stammtisch 7

Nachdem Ürdinger beim letzten Stammtisch den Ton angegeben hatte, nahm diesmal, am 12. November 2009, beim Kirchenwirt in Munderfing Karl Deuth wieder das Wort und gab mit »Disziplinarverfahren«, anschließend und zurückgreifend auf Stammtisch 5, wieder das Thema vor. Er sagte: Kollegen, ich bin euch ja eigentlich noch einen Teil und eigentlich den Hauptteil jenes Protokolls schuldig, das die Abgesandte des Wiener Landschulrates beim Prozeß gegen den angeklagten und angeschuldigten Lateinnachhilfelehrer angefertigt hat und auf Grund dessen die Schulbehörde schließlich auf Suspendierung vom Dienst entschieden hat. Nachdem der Badewannenlehrer eh schon 58 Jahre alt gewesen ist, war diese Suspendierung »bei vollen Bezügen« entsprechend der Dienstklasse des Verurteilten eigentlich nur eine Art Frühpension. Jetzt brauchte sich der Herr Professor nicht nur die Ferien nicht weiter mit Unterricht, Nachhilfe oder Lehrverpflichtung »versauen lassen«, wie er sich ausdrückte, als er die Tochter des Kollegen ins Freibad bestellte, jetzt konnte er auch während der Schulzeit und am Vormittag ins Gänsehäufel gehen. Im Sommer. In der kalten Jahreszeit vielleicht in eins der temperierten Wiener Pornokinos. Hardcore – why not! Ich glaube, man hat dem Verurteilten weniger einen Tort als einen Gefallen getan, als man ihn vorzeitig außer Dienst und »ruhigstellte«. Eine wirkliche Strafe wäre für den Professor, abgesehen vom Finanziellen, wo er vielleicht eine kleine Einbuße erlitten hat, wohl gewesen, wenn man ihm das Nacktbaden oder Saunabesuche in der gemischten Sauna untersagt hätte. Oder das Tarockieren mit den Kollegen am Stammtisch. Das wären drakonische Strafen gewesen! Ich glaube ja auch nicht, daß, abgesehen vielleicht vom Vater der Nachhilfeschülerin, die Stammtischbrüder den Verurteilten und Disziplinierten nicht mehr mitspielen haben lassen. Beim Kartenspielen hat er sich ja wahrscheinlich nichts zuschulden kommen lassen, womöglich war er ein ganz disziplinierter und besonnener Kartler und Tarockierer. Und jeder, der Karten spielt, weiß, wie es beim Kratzen oder Schnapsen oder Watten oder beim Skat oder Tarockieren oder unserem Preferanzen auf jeden Mann und auf die jeweils richtige und notwendige Zahl an Teilnehmern und Mitspielern ankommt. Da fragt keiner, ob der andere vielleicht vorbestraft ist oder auch schon einmal eingesessen ist – oder eingesessen *hat* – wie die Deutschen und die Skatspieler wahrscheinlich sagen. Das ist hier kein Thema. Es gilt hier wie so oft im übertragenen Sinne das Sprichwort: Man kann sich nicht nur immer Jungfrauen aussuchen. Und oft ist man froh, wenn man sich mit einem Partner zusammen- und auseinandersetzen kann, der ein bewegtes Leben führt oder geführt hat und vielleicht auch mit dem Gesetz das eine oder andere Mal in Konflikt geraten ist und so etwas Spannendes erzählen kann, froh und froher, als bei einem langweiligen, bürgerlichen Tugendbold zu sitzen und »Bock schauen«! Schon gar, wenn sich die »Tugendhaften« auch noch weiß Gott was einbilden auf ihre »Tugendhaftigkeit«. Oder Leute, die absolut nichts herauslassen und preisgeben von ihrem wirklichen Sinnen und Trachten und eigentlich ein Doppelleben führen, aber nach außen hin nur mauern und abblocken und die Fassade wahren.

Versteht mich recht, sagte Deuth, ich bin nicht für die Schamlosigkeit und mich langweilen auch die permanenten »Outings«, wie sie heute das öffentliche Preisgeben von Intimitäten nennen. Wirklich *preisgeben*, weil sich die Prominenten ihre Outings und Interviews ja auch immer bezahlen lassen. Das Preisgeben hat seinen Preis. Umsonst ist der Tod. Ja selbst der Tod und das Leiden werden ja heute schon preisgegeben und verkauft und vermarktet.
Freilich, sagte Deuth, gibt es auch kriminelle Spieler und Falschspieler beim Karteln selber. Wer sich beim Kartenspielen schuldig macht und irgendwelche Kartentricks inszeniert, der wird, wenn man ihm auf die Schliche kommt, natürlich relegiert. Dazu braucht es kein Disziplinarverfahren. Solange gespielt wird, wird auch falsch gespielt. Und das beginnt bekanntlich beim Geben und Kartenausteilen, das zum ersten Mal jener Spieler übernimmt, der beim Abheben den höchsten Wert, meinetwegen den Herz-König aufgedeckt hat. Das Kartenmischen ist natürlich eine besondere Tätigkeit, die sich manche dadurch erleichtern und verkürzen, daß sie das ganze Spiel in zwei Stapel teilen, die Karten an einem Ende der Blöcke schnarren lassen und gleichzeitig die Stöße ineinanderschieben.
Wir drei, sagte Deuth, spielen ja nur Preferanzen, und das höchste der Gefühle ist dabei ein »Durchmarsch« oder das Gegenteil, ein »Bettel«. Beim Durchmarsch muß man alle Stiche und beim Bettel darf man keinen einzigen machen. Unser Preferanzen, obwohl es einen feinen französischen Namen hat, wird von den Tarockspielern verachtet. Und die Tarockspieler werden wieder von den Skatspielern verachtet. Und alle Kartenspieler, auch die Bridge-Spieler, werden von den Schachspielern mitleidig belächelt. Der

Stammtisch des Lateinlehrers spielte, wie es sich für österreichische Honoratioren gehört, Tarock. Früher, als es in Munderfing noch eine Post und einen Postmeister und einen Pfarrer gegeben hat, haben der Postmeister und der Pfarrer im Extrazimmer Tarock gespielt. Und den reichsten Bürger, den Viehhändler Viehböck, haben sie mitspielen lassen. Die gewöhnlich Sterblichen aber haben in der Gaststube proletarisch »gekratzt« und »geschnapst« und »gewattet« – und geschrien und gleichzeitig getrunken, gegessen und geschmatzt und die Karten triumphierend oder auch fluchend auf die Tischplatte gedonnert. Aus dem Extrazimmer aber hat man nichts oder nur ein Murmeln gehört. Die feinen Herren haben »Königsrufen« gespielt und sich auch wie Hocharistokraten benommen.

Eigentlich aber, lieber Karl, sagte Blumauer zu Deuth, wolltest du uns ja den Rest und den Hauptteil des Protokolls der Prozeßbeobachterin des Wiener Stadtschulrates zur Kenntnis bringen, und jetzt verlierst du dich in einem kulturhistorischen Exkurs über das Kartenspielen auf dem Lande.

Jetzt sei doch nicht so ungeduldig, sagte Deuth. Alles hat seine Zeit, wie der Prophet Kohelet sagt. Das Säen hat eine Zeit und das Ernten hat eine Zeit und das Weinen hat eine Zeit und das Lachen hat eine Zeit. Und das Kartenspielen hat auch eine Zeit. Nimm dir Zeit und nicht das Leben!

Und Deuth fuhr unbeirrt fort: Die besseren Leute, also die Kartenspieler im Extrazimmer, haben übrigens nicht gern einen Neugierigen zuschauen lassen. Natürlich haben sich der Pfarrer und der Postmeister und der Viehböck schon auch manchmal gefallen lassen müssen, daß sich einer ins Extrazimmer verirrt und gekiebitzt hat. Und sollte der hin-

ter einem Spieler stehende Zuschauer dreingeredet haben, so hat der Pfarrer sicher nicht aufbrausend und zornig »Kiebitz, halt's Maul!« gesagt. Eine solche Schroffheit hat sich vielleicht der Viehhändler erlauben können, aber auch nur gegenüber einem Arbeiter und nicht gegen einen Bauern, mit dem er womöglich Vieh gehandelt hat. Der Pfarrer wird sich möglicherweise umgedreht und gesagt haben: »Ich bitte von Kommentierung Abstand zu nehmen!« Hätte er sich zu einer Beleidigung des Kiebitzes hinreißen lassen, hätte dieser womöglich angekündigt, er werde in Zukunft keine Kirchensteuer mehr zahlen. So gesehen ist das Kirchliche am Land, vom Ernst des Heiligen einmal abgesehen, auch ein Geschäft, und der Pfarrer muß sich psychologisch wie ein Geschäftsmann verhalten, der sich auf die Kundschaft schaut. Die Leute sind ja sehr empfindlich und wehleidig und nachtragend. Auch Briefträger sind bekanntlich nachtragend.
Daß die Menschen sehr sensibel sein können und sind, das weiß freilich niemand besser als wir Briefträger, sagte Ürdinger. Und wie schnell war jemand beleidigt oder verschnupft und angerührt, wenn man etwas Harmloses gesagt oder einen Witz gemacht hat, den die Kundschaft falsch ausgelegt hat. Falsche Kehlen! Ja, es gab Leute, die haben einem übel genommen, wenn man statt »Grüß Gott« »Guten Tag« oder »Guten Morgen« gesagt hat. Einen anderen, einen Zugezogenen draußen an der Tierkörperverwertung durfte man wieder nicht mit »Grüß Gott« grüßen, weil er ein Atheist war und einmal sagte: Es gibt keinen Gott, Herr Briefträger.
Habt ihr eigentlich gelesen, sagte Blumauer, daß in England auf Postfahrzeugen neuerdings geschrieben steht: Es

gibt keinen Gott? THERE'S PROBABLY NO GOD. NOW STOP WORRYING. Macht euch also keine Sorgen. Und habt ihr auch gelesen, daß sich einige Postautobuschauffeure geweigert haben, mit diesen gotteslästerlichen oder gottesleugnerischen Slogans herumzufahren?
Recht haben sie!, sagte Ürdinger.
Wer?, fragte Blumauer. Die Atheisten, die sich die Werbeaufschrift etwas kosten haben lassen, oder die Fahrer der Post, die sich geweigert haben, damit durch London zu fahren? Jetzt sag aber bitte nicht beide!
Die Postfahrer haben recht, die ein Auto oder einen Autobus mit einem solchen Spruch nicht lenken wollen. Auf diesen Bussen liegt ein Fluch. Solche Sprüche verstoßen doch gegen die guten Sitten, sagte Ürdinger. Ich bin nicht fromm, Franz, und schon gar kein bigotter Frömmler, und ein Prophet bin ich auch nicht, aber das sage ich dir: »Gott läßt seiner nicht spotten.« Das gilt noch immer. Denk daran, Franz, wie sie in England einmal einen ganz grauslichen blasphemischen Film drehen wollten, und nicht nur der Hauptdarsteller, sondern auch andere Mitwirkende, ja sogar Komparsen unerklärlicherweise von schweren Krankheiten heimgesucht wurden und wie die Fliegen weggestorben sind.
Lieber Ferdinand, sagte Blumauer, es sind auch schon heiligmäßige Schauspieler bei den Dreharbeiten zu biblischen Filmen umgekommen. Und ein Stuntman lebt immer gefährlich, ob er sich nun vom Donauturm, von einem Minarett oder dem Stephansturm stürzen muß. Es sind auch schon Hausherren gestorben, sagt man in Wien. Und vor einigen Jahren ist ein Autobus mit polnischen Wallfahrern, die ihren Landsmann auf dem Stuhl

Petri besuchen wollten, in den Apenninen abgestürzt und fünf fromme Polen haben das Zeitliche gesegnet. Und auf diesem Autobus war kein Spruchband mit »There's probably no god«, sondern ein Bild der Gnadenmutter von Tschenstochau! Gegen polnische Autobusse mit abgefahrenen Reifen und schadhaften Bremsen richtet auch kein Schutzpatron, kein Christophorus und kein Schutzengel etwas aus. Da ist selbst der Allmächtige machtlos.

Tu dich nicht täuschen und tu dich nicht versündigen, Franz, sagte Ürdinger. Und denk an mich: Die gottlosen Autobusse werden bald überdurchschnittlich viele Unfälle haben. Wie kann die Behörde einen solchen Frevel genehmigen? Wenn bei uns einer ein sogenanntes Wunschkennzeichen beantragt, dann darf er auf sein Autokennzeichen auch keine Frechheit oder Obszönität schreiben lassen.

Ja, »Gott ist tot«, hätte auf einem Nummerntaferl auch nicht Platz, sagte Blumauer. Die meisten Wunschkennzeichen enthalten ja auch nur den Namen des Fahrzeughalters oder seiner Freundin Irmi, auf den Autos der Post steht *Post* oder *PT*, die Opelwerkstatt hat Wechselkennzeichen, auf denen *Opel* steht. Einen Antragsteller hat die Behörde einmal abgewiesen, obwohl er nur seinen Namen daraufstehen haben wollte. Er hieß aber bedauerlicherweise Ficker …

Religionsangelegenheiten, griff nun Deuth wieder in die Diskussion ein und würgte sie damit ab, bevor sie hätte beginnen können, Themen der Religion und Kirche sind in der Kartenspielerrunde beim Kirchenwirt in Munderfing im Extrazimmer zwischen Pfarrer, Postmeister und Viehhändler grundsätzlich nicht zur Sprache gekommen.

Es konnte höchstens sein, daß der Viehböck einmal gesagt hat, bevor er ein riskantes Ausspielen begonnen hat: »In Gott's Nam!« Das war aber schon alles an Theologie. Fanatische oder auch nur ernsthafte Kartenspieler reden ja überhaupt nichts oder ausschließlich zum Spiel Gehöriges, aber für Seitenthemen oder Tratsch ist da keine Zeit und keine freie Kapazität. Bei den gewöhnlich Sterblichen, das heißt bei den Proletariern in der Gaststube ist viel geredet worden von den Spielern und den Kiebitzen, die hinter den Spielern gestanden sind und aus dem »Off« Ratschläge und Zensuren erteilt, auch Warnungen und Drohungen ausgestoßen haben. Und manchmal ist auch eine Handgreiflichkeit entstanden, wenn sich ein Kiebitz nicht auf einen Spieler beschränkt, sondern von hinten auch dem Mitspieler oder Gegenspieler ins Blatt geschaut und auf Grund seiner umfassenden Kenntnis der Situation und der Verteilung der Trümpfe einseitig und parteiisch dem einen der Spieler Tipps und Ratschläge erteilt hat. Ja, daraus ist natürlich kein geringer Tumult entstanden. In Aurolzmünster soll sogar einmal einer beim Preferanzen immer gewonnen und so viel gewonnen haben, weil er über einen über dem Stammtisch und zugleich Spieltisch angebrachten Spiegel mit Goldrahmen den Mitspielern in die Karten geschaut hat. Der hat also keinen Kiebitz gebraucht. Dem reichte der Spiegel.
Der Kiebitz ist übrigens, sagte Deuth, auch schon eine alte, ja antike Gestalt, den hat es schon bei den römischen Soldaten und Söldnern gegeben, wenn sie in den Feldlagern Karten gespielt haben. Hoch im Kurs, was sein Ansehen betrifft, scheint er aber auch nicht gestanden zu sein, weil sich sein Name *Vanellus* von *vanus* ableitet und das be-

deutet »leer« und »eitel«. Und im Deutschen reimt sich *kiebitzen* auf *stibitzen* und das sagt alles. Eigentlich ist der *Vanellus vanellus* ein Vogel aus der Familie der Regenpfeifer. Und das Lexikon nennt ihn einen »Charaktervogel« der Wiesen- und Weidelandschaft. Der Kiebitz in unserem übertragenen Sinn sollte eigentlich ein reiner Beobachter sein. Durch Dreinreden hat er seinen schlechten Ruf als »Pfeifer« bekommen. Er stößt einen leisen Pfiff aus, wenn er für »seinen« Spieler eine Gefahr heraufkommen sieht. Sucht er auch nicht seinen eigenen Vorteil, so macht er sich in gewisser Weise durch Begünstigung doch verdächtig und unbeliebt. Insidergeschäfte! Heut sind die Kiebitze in den Wirtshäusern am Aussterben, weil die Wirtshäuser, die vielen Gäuwirtschaften aus unserer Zeit selbst am Aussterben sind. Von den sieben Wirtshäusern, die im Roman »Zu Lasten der Briefträger« aufgezählt werden, sind zwei übrig geblieben.

Ja, eine trockene Angelegenheit wäre heute das Zustellen in meinem Rayon, sagte Ürdinger. Im heißen Sommer werden auf dieser Strecke, wenn die Erderwärmung weiter so zunimmt, Briefträger verdursten und an Dehydrierung zugrunde gehen. Eine Ära geht zu Ende. Es geht dem Kiebitz im Wirtshaus wie dem Vogel Kiebitz in der Natur. Der steht heute bekanntlich auf der Roten Liste der gefährdeten Arten. Bald wird der Kiebitz wirklich das Maul halten, das heißt verstummen …

Lieber Karl, sagte da Franz Blumauer, wolltest du uns nicht vom Disziplinarverfahren gegen den Lateinnachhilfelehrer erzählen? Aber damit wird es wohl heute wieder nichts mehr. Ich muß außerdem gleich gehen, ich habe noch einen Termin.

Womöglich ein Date oder einen Quicky?, fragte Deuth. Oder nach Braunau in die Apotheke, um das bestellte Viagra abzuholen? …
Sexualität war gestern!, sagte Blumauer. Und offensichtlich in der Diktion seines geplanten Erotikons: Kein Schwanz rührt sich! Die aktive Zeit ist vorbei, Gott sei Dank! Wir befinden uns auch auf diesem Feld im Ruhestand und jenseits von Gut und Böse, sagte Blumauer zu Deuth – und zur Kellnerin: Resi, bitte zahlen!

Stammtisch 8

Die Ereignisse überstürzen sich. Immer wieder, sagte Deuth, geschieht etwas, das keinen Aufschub duldet und nach sofortiger Erörterung und Lösung verlangt. Und damit muß der Abschlußbericht über das anhängige Disziplinarverfahren gegen deinen Lateinnachhilfelehrer, lieber Franz, vielleicht noch einmal aufgeschoben und zurückgestellt werden.

Was gibt es denn diesmal Wichtiges, was keinen Aufschub duldet?, fragte Blumauer.

In Wien ist gestern, am 17. Dezember 2009, ein Postamt in Ottakring überfallen worden, sagte Deuth. Heute steht es in der Zeitung. Ein überaus merkwürdiger Überfall!

Gehören solche Überfälle nicht zum Alltag? Postämter, Trafiken, Bankfilialen werden doch täglich überfallen, sagte Ürdinger. Der Überfall ist alles, was der Fall ist.

Und was ist an diesem Überfall so merkwürdig?, fragte Blumauer.

Weil sie den Posträuber erwischt haben, weil aber der Posträuber seinen Raub unterwegs in der Thaliastraße verloren hat und sich diesen Raub offenbar ein Passant unter den Nagel gerissen hat. Das Raubgut wurde geraubt, jedenfalls nicht als Fundgut abgegeben. Das ist doch eine Spezialität! Es gibt keinen ehrlichen Finder, der sich mit dem Finderlohn, das sind 10 Prozent vom gefundenen Betrag, begnügt hat, sondern einen Unbekannten, der aufs Ganze gegangen ist. Vielleicht hat der unehrliche Finder aber auch gewußt, was der Polizeisprecher Roman Hahslinger später gesagt hat. »Da es sich um die Beute einer Straftat handelt, gibt es auch keinen Finderlohn.« Wäh-

rend also die Polizei den Räuber verfolgt und geschnappt hat, hat sich ein Unbekannter des verlorenen Postsackes, eines Plastiksackes voll mit Geld, bemächtigt.
Wenn zwei sich streiten, freut sich der Dritte, sagte Blumauer.
So kann man es auch sehen, sagte Deuth. Ein Fall von Selbstjustiz? Ein Fall von »Selbstgerechtigkeit«.
Schau, da liegt ein Postsack mit 4000 Euro Inhalt, wird sich der Finder gefreut haben, und der kommt sicherlich vom Christkind, das eins, dann zwei, dann drei, dann vier vor der Tür steht. Oder vom Weihnachtsmann. Daß der Weihnachtsmann keinen weißen Bart, sondern eine Gesichtsmaske, einen Strumpf wie ein Präservativ, das heißt Schutz, über dem Kopf getragen hat, konnte der Finder, wenn und weil er in das dramatische Geschehen nicht unmittelbar einbezogen war, ja nicht wissen. Er hat jedenfalls keinen Verdacht geschöpft. Wahrscheinlich hat er das Geld herausgenommen und den Postsack weggeworfen oder liegen gelassen. Den wird man ja dann sicher noch finden.
Die Welt ist schlecht, sagte Ürdinger.
Lieber Ferdinand, sagte da Deuth, die reguläre, die sogenannte reguläre Welt der Wirtschaft ist so irregulär und korrupt geworden, siehe Hedgefonds, Heuschreckenkapitalismus und Swaps, wenn du weißt, was ich meine und was das bedeutet, daß einem so ein einfacher Räuber, der nun wirklich im Schweiße seines Angesichtes, im Angstschweiß seines maskierten Angesichtes eine Bank oder Postfiliale überfällt und mit dem Geld einer Handkassa abgespeist wird und Vorlieb nehmen muß, wie ein armer Tropf, ich sage ja nicht wie ein Ehrenmensch, vorkommt.

Unsere sogenannte freie Marktwirtschaft, heißt es, reguliert sich selbst, man muß nur alles privatisieren. Und die freien Marktwirtschaftler sagen, die freie Marktwirtschaft hat ihre eigenen Gesetze. Und ich, Karl Deuth aus Munderfing, sage: Das Gesetz der Wirtschaft ist die Gesetzlosigkeit. Sie ist so frei …
Da sagte Blumauer: Räuber ist nicht Räuber, lieber Karl. Vielleicht gibt es hin und wieder einen solchen, den die Umstände entschuldigen, dessen Not so groß ist wie die Korruption der Kapitalisten. Dann wird, wenn sie ihn erwischt haben, sein Anwalt im Prozeß mit Aussicht auf Erfolg auf mildernde Umstände plädieren können. Aber in wie vielen Fällen wäre Empathie den Tätern gegenüber ganz und gar fehl am Schauplatz! Viele rauben und plündern aus den niedrigsten Motiven … Und sie berauben keine Geldsäcke und Ausbeuter, sondern zum Beispiel arme kleine Pächter von Tabaktrafiken. Früher haben bekanntlich oft Behinderte und Invalide, vor allem Kriegsinvalide Trafik-Konzessionen oder auch Tankstellen bekommen. Und wie viele von diesen Invaliden wurden nicht auch ausgeraubt! Selbst an einem Blinden hat sich Anfang der 50er-Jahre des vorigen Jahrhunderts einmal ein Räuber vergriffen. Und mancher Tankstellenpächter mit einer Kriegsverletzung wurde während seines Nachtdienstes zusammengeschlagen und beraubt. Ein Taxler hat Stalingrad überlebt und wird bei einer Fahrt von Wien nach St. Pölten von einem sogenannten Fahrgast umgebracht. Beute dreihundert Schilling … Da hört der Spaß und die Sympathie für die Räuberhauptleute und Spießgesellen aber auf, mein lieber Karl. Es gibt auch keine Robin Hoods mehr unter den Räubern, die das, was

sie den Reichen nehmen, den Armen geben. Diese Altruisten unter den Egoisten sind ausgestorben. Solche Räuber gehören streng bestraft, nicht akklamiert, lieber Karl. Es gibt zuviel Neugier und Sympathie bei den Bürgern und den Bürgerlichen für die Unbürgerlichen, zuviel Neugier bei den »Normalen« auf die Unnormalen, die moralisch Abnormen. Nur so ist es zu erklären, daß Woche für Woche im Hauptabendprogramm des Fernsehens Kriminalfilme gezeigt werden. Und kaum haben wirkliche und wahre Posträuber einen spektakulären Coup gelandet und einen Postzug ausgeplündert, da wird das Geschehene auch schon in Hollywood nachgespielt und der Film spielt Millionen ein. Denkt an den Posträuber Ronald Biggs, liebe Freunde, was wurde diesem Menschen nicht an Beachtung und Bewunderung entgegengebracht, und die ganze Welt und nicht nur die Halbwelt hat ihm die Daumen gedrückt, daß er nicht erwischt wird. Und das ist ihm auch Jahrzehnte lang gelungen, dem »Ronnie«, wie er bald kumpelhaft genannt wurde. Und zur Strecke gebracht hat ihn nicht der irdische Arm der Gerechtigkeit, sondern ein schweres Krebsleiden. Und im sogenannten »Guiness-Buch der Rekorde« ist er bis heute als der Räuber vermerkt, der die größte Summe Geldes ergaunert hat. Respekt, Respekt! Alle Achtung!

Vielleicht hast du recht, sagte Deuth. Aber wie, meine Lieben, sagte Deuth zu seinen Stammtischbrüdern, bewertet ihr den folgenden merkwürdigen Umstand, daß nämlich der Posträuber, nachdem ihn zwei Polizisten in Zivil gleich beim Ausgang der Filiale gestellt und zum Stehenbleiben aufgefordert hatten, diese Beamten bat, ihn auf der Stelle zu erschießen? »Der Täter verlor vermutlich die Ner-

ven« steht im Polizeibericht. Er verlor also nicht nur den Postsack, sondern auch die Nerven, wobei der erwähnte Polizeisprecher Hahslinger hinter der Aufforderung des Täters, ihn bitte zu erschießen, ein »Ablenkungsmanöver« vermutet. Und selbstverständlich haben die Beamten dieser Bitte des verzweifelten Täters nicht entsprochen. Sie haben sich vielleicht an jene zwei eben laufenden Prozesse gegen Polizisten erinnert, denen vorgeworfen wird, voreilig geschossen und zwei harmlose Kleingangster, noch dazu einen unmündigen Jugendlichen, niedergestreckt und erschossen, einen Jugendlichen tot statt nur unschädlich gemacht zu haben. Sie haben sich in der Wahl ihrer Mittel vergriffen: Revolver, Kanone statt Gummiwurst.
Bei Wurst fällt mir unpassenderweise ein, daß ich Hunger habe, sagte Blumauer, und zur Kellnerin: Bitte, Resi, sei so gut und wirf mir ein paar Frankfurter ins Wasser, aber bitte keine Gummiwürstchen!
Der Täter hat den Postbankangestellten übrigens mit einer Gaspistole bedroht und zur Herausgabe des Geldes gezwungen, sagte Deuth. Mit einer Gaspistole kann man niemanden und auch nicht sich selbst erschießen. Das war also der Grund, daß der »Ärmste« die Polizisten um den Fangschuß oder den Gnadenschuß bat.
In einem Bericht über diesen Überfall hieß es übrigens, der Räuber sei maskiert gewesen. Später ist von dieser Maske aber nicht mehr die Rede, sei es, daß er sie wie den Geldsack auch verloren oder eben auf der Flucht weggeworfen hat. Vielleicht haben ihn aber auch die beiden Polizisten in Zivil, die ihn gestellt haben, aufgefordert, die Maske abzunehmen, so, wie man einem Kind früher be-

fohlen hat, beim Grüßen die Mütze zu ziehen. In Wien ist das Einvernehmen zwischen Kriminellen und der Exekutive, zwischen der Staatsmacht und den Verbrechern ja bekanntlich ein eigentümliches. Sicher, sagte Deuth zu seinen Freunden, ist euch auch noch in Erinnerung, wie der Polizeipräsident Franz Holaubek zum geflohenen und zuletzt in seinem Versteck festgesetzten und festsitzenden, von Polizisten umzingelten Ausbrecher Schubirsch über Megaphon gerufen hat: »Schubirsch, komm heraus! Ich bin's, dein Präsident!« Ja, und der Handschlag, den der österreichische Innenminister Rösch auf dem Flughafen Schwechat dem Rädelsführer der Terroristen, die das Opec-Zentrum überfallen hatten, gegeben hat, als man sie ausfliegen ließ oder weggebracht hat, ist ja um die Welt gegangen und ist sicher auch euch, Ferdifranz in Munderfing, zur Kenntnis gelangt?

Ja, ich erinnere mich dunkel, sagte Ürdinger. Die Zeit vergeht ja so schnell und nur die schrecklichsten und grauslichsten Ereignisse bleiben einige Zeit haften.

Da sagte Deuth: Immer heißt es »Sic transit gloria mundi«, es müßte auch heißen: »Sic transit horror mundi« und auch »Sic transit terror terrae«. Es vergeht das Ruhmreiche und es vergeht das Unrühmliche. Es gibt kein »Niemals vergessen«.

Inzwischen brachte die Kellnerin dem Franz Blumauer die bestellten Frankfurter, die er mit Appetit und einem Semmerl aß. Dazu trank er ein Weizenbier aus dem befreundeten bayrischen Ausland. Ferdinand Ürdinger aber zündete sich die obligate Virginier an, wobei er feixend zu Blumauer sagte: Stört es Sie, wenn ich rauche?, was Blumauer mit einem freundlichen Götz-Zitat beantwortete.

Deuth aber ließ sich durch solche Intermezzi nicht ablenken und fuhr fort: Es ist ja ein vielsagender Umstand in unserer Erörterung des Wiener Kriminalgeschehens noch gar nicht in Betracht gezogen, der mir aber sehr wichtig erscheint. Wo nämlich hat sich die Tragödie oder die Komödie oder war es eine Tragikomödie? zugetragen und abgespielt?

In Wien, sagte Blumauer und kaute weiter an seinem Gabelfrühstück.

Wien ist groß, sagte Deuth – oder tut groß. Aber wo konkret?

War's nicht die Thaliastraße?, fragte Ürdinger.

So ist es, Ferdinand, sagte Deuth. Wenn aber ein Mensch von nur mittelmäßiger Bildung, ein Europäer, wenn er auch nur die »kleine Matura« hat, und wenn er es nicht bis zum Magister oder Doktor, sondern nur bis zum Baccalaureus gebracht hat, einen solchen Straßennamen hört, … da gibt es doch jedem einen Riß – oder doch ein mittleres Aha-Erlebnis! Thalia! Da geht ja sogar einem mit Hauptschulabschluß an der Bürgerschule von Munderfing eine Kerzenfabrik auf! Und Deuth fragte die Kellnerin Theresia, die zufällig in der Nähe des Stammtisches der »Brieftrager« zu tun hatte und einen Tisch ordnete, der von einigen Gästen eben verlassen worden war: Theresia, was fällt dir zu Thalia ein, woran denkst du, wenn du den Namen Thalia hörst?

Möchtest du mich examinieren?, fragte die Kellnerin, unbeirrt weiterarbeitend und offenbar willens, die Frage des Deuth zu ignorieren.

Belästige nicht das Personal, sagte Blumauer zu Deuth. Die Resi hat andere Aufgaben. Sag schon, wer ist die Tha-

lia, nach der in Wien offenbar eine Straße benannt ist, die zum Schauplatz des spektakulären Postraubs geworden ist? Wird sicher keine Kellnerin gewesen sein?
Eine Muse, sagte Deuth, laut und sichtlich enttäuscht über den Mangel an Allgemeinbildung in seiner Umgebung. Nein, keine Kellnerin, sagte er, aber als Muse doch so etwas wie eine, die den Dichtern einschenkt, weniger Schnaps und Bier als gute Einfälle. Ihre Zuständigkeit betrifft aber ausschließlich die komische Dichtung, die Komödie. Sie ist die Patronin der Spaßmacher. Für das Tragische ist ihre Schwester Melpomene zuständig, eine andere der sieben Musen und Zeustöchter. Nach der Melpomene ist in Wien keine Straße benannt, meines Wissens. Zu dieser Ehre hat es außer der Thalia nur noch die Urania in Wien gebracht, die Patronin der Sternkunde … Die Thalia paßt ganz besonders nach und für Wien, wo doch dort keine der Künste so ernst und wichtig genommen wird wie das Kabarett und die Komödie. Es gibt in Wien ein ganzes Heer äußerst beliebter und populärer Kabarettisten, auch Karikaturisten. Und wenn sie am Burgtheater einmal eine Tragödie spielen wollen, dann machen sie im Sinne des sogenannten »Regietheaters« auch eine Hetz daraus. Oder eine Groteske. Die heilige Thalia wird's freuen … Und jetzt soll einer sagen, der absurde Postraub mit dem zweimal gestohlenen Diebsgut, dem unbeholfenen, dilettantischen Räuber und den Polizisten, die ein »Kottan« angeführt haben könnte, hätte anderswo als in der Thaliastraße stattfinden sollen! Der ideale Schauplatz, was die Handlung, aber auch die Zuschauer, die sogenannten Statisten betrifft, von denen sich einer offenbar in die Handlung eingebracht hat …

Ach so meinst du das, sagte Blumauer. Applaus, Applaus!
Und Ürdinger, der Nebenerwerbslandwirt, sagte: Wieder etwas dazugelernt!
Zum Schluß rief Deuth die Kellnerin, die ihren Ordnungsdienst am Nebentisch beendet hatte und zum Tresen zurückgekehrt war, zum Stammtisch und sagte: Wenn du mir auch vorhin die Auskunft verweigert hast, will ich doch nicht Gleiches mit Gleichem vergelten, sondern die Rechnung begleichen …
Was haben wir denn gehabt?, fragte Theresia … und: Alles zusammen?

Stammtisch 9

Wir Pensionisten, wir Schmarotzer, wir Volksschädlinge, wir Ruheständler und Rentner, unsere Pensionen und Renten sind viel zu hoch, und darum sind wir schuld an der neuen Armut, die vor allem die Kinder und ihre alleinerziehenden Mütter betrifft. Wir fressen der nächsten Generation, ja noch den Enkeln und Urenkeln die Haare vom Kopf. Wir mit unseren »wohlerworbenen Rechten« sind die größten Rechtsbrecher und Unrechttäter. Wir haben jede Menge »wohlerworbener Rechte«, aber keine Pflichten mehr, weil wir ja »Entpflichtete« sind! … Habt ihr es wohl in den Zeitungen vom Wochenende gelesen, ihr Kriminellen Ürdinger und Blumauer, gewesene Briefträger der Gemarkung Munderfing im oberösterreichischen Innviertel? Pfänden müßte man euch, Pfründner und Privatiers, und das bis unter das Existenzminimum. Oder man sollte euch gleich, euch Biersäufer und unnütze Esser von Weißwürsten und Debrezinern, wie in einigen asiatischen Gesellschaften auf einen hohen Berg verbringen und dort aussetzen, wo ihr keinen Schaden mehr anrichten könnt und niemandem mehr im Wege seid und in die Quere kommen könnt. Und wo euch kein Briefträger mehr die Pension und Rente und die vielen »Zulagen« und »Zuschüsse« bringen kann. So sprach der Sarkast Karl Deuth zu seinen Stammtischbrüdern und er fuhr fort: In den Zeitungen steht auch, daß der Generationenvertrag ein Schwindelvertrag, ein Schandvertrag zu Ungunsten der Jungen und zu Gunsten und zum Vorteil der Alten ist. Die Jungen zahlen zu viel ein und sie zahlen drauf und die Alten nehmen sich zu viel heraus, hun-

dertmal mehr, als sie ihrerseits eingezahlt haben. Dieser sogenannte Generationenvertrag hat schon damals nicht gestimmt, als die Vätergeneration und die Müttergeneration noch für Nachwuchs gesorgt haben, als auf einen Menschen, statistisch gesehen, zwei Kinder kamen, aber heute, wo die Nachkommenschaft auf drei Viertel Kind pro Mann und Frau geschrumpft ist, ist dieser sogenannte Generationenvertrag ein Betrug an den Jungen und längst inhaltlich obsolet geworden. Aber allein dafür, daß der Staat die jährlich mehr als um die Teuerungsabgeltung und die Inflationsrate erhöhten Pensionen für das ungesund angeschwollene Heer von Pensionisten zahlen kann, muß er enorme Schulden machen und Defizite in Kauf nehmen, die noch die Urenkel abstottern werden müssen. Man wird uns noch in hundert Jahren verfluchen, steht in einem Zeitungsartikel. Man wird noch an uns denken! Angeblich leben wir auf Pump und verzehren die Zinsen und das Grundkapital.
Drauf trinken wir, sagte Ürdinger, und: Laßt uns das Glas erheben auf unsere tüchtige Jugend! Wenn sie uns schon für Schmarotzer halten, dann wollen wir unserem schlechten Ruf wenigstens gerecht werden. Und er hob sein Glas mit dem Weizenbier, Blumauer sein Achterl Rotwein und Deuth, der »ergo bibamus« sagte, seinen Apfelsaft. Und alle drei sagten im Chor: Prosit Post!
Wir sind also diejenigen, sagte Blumauer, vor denen wir unsere Kinder immer gewarnt haben ... Wir sind die Rentenklaus. Ich erinnere mich ja noch an den »Kohlenklau«, sagte Blumauer, der seinerzeit dort und da plakatiert war, diesen Dieb mit einer schwarzen Augenbinde, aus deren Sehschlitz er listig herausgeblinzelt hat. Er trug einen

Sack, eben seinen Kohlensack auf dem Rücken. Der Kohlenklau war eine Symbolfigur für den Verschwender, den Nutznießer, den Parasiten, den Schädling, der zuviel geheizt und das Geld verpraßt oder beim Fenster hinausgeheizt hat, statt Kriegsanleihe zu zeichnen und in den Krieg zu investieren.

Über die Bedeutung des Wortes »Rentenklau«, sagte Deuth, gehen die Meinungen weit auseinander. Die Rentner verstehen unter dem »Rentenklau« den, der ihnen ihr Ruhegehalt streitig machen und kürzen möchte, die Nichtrentner und jungen Gesellschaftskritiker halten den Rentner selbst für den Rentenklau, also nicht den, der um die Rente gebracht wird, sondern den, der die Nichtrentner, die Jungen, ausraubt und plündert und arm macht.

Darauf sagte Blumauer: Ich freu mich schon jetzt auf die nächste Nationalratswahl, denn dann bekommen wir Pensionisten sicher wieder einen Liebesbrief vom Bundeskanzler. Und der Bundeskanzler wird Schalmeientöne anschlagen und schreiben, solange er Bundeskanzler ist, wird es keine Pensionskürzungen geben, weil wir von der sogenannten Aufbau- und Wiederaufbaugeneration so große Verdienste uns erworben haben, daß wir die bescheidenen Pensionen mehr als verdienen. Und dann bekommen wir sicher auch einen Brief vom Führer der Oppositionspartei, und in dieser Post wird stehen, daß uns die gegenwärtige Regierung schlecht behandelt, obwohl wir von der Wiederaufbaugeneration uns so große Meriten erworben haben, und wenn er und seine Partei nach der nächsten Wahl an die Macht kommen, wird es eine saftige Pensionserhöhung weit über den Inflationsausgleich hinaus geben und so weiter und so weiter. Ja, sagte Blumauer, es ist schon ein Vergnügen, wenn man sieht, wie die Pensionisten umworben werden, wenn eine Wahl kommt. Ein Wunder ist es freilich nicht, wenn man an die demographische Situation und die ungeheure Zahl der Pensionisten und das Übergewicht der politisch Übergewichtigen denkt. Gegen die Pensionisten geht gar nichts. Da müßte es schon einen Umsturz geben und die Bevölkerungspyramide müßte auf den Kopf gestellt werden, wenn es anders kommen sollte. Wenn wir auch die Alten sind, die Mehrheit sind wir doch. Und es gilt auch: Wenn wir auch alt und schwach sind, sind wir doch die Stärkeren. Wir sind zahlenmäßig stark. Wir sind die Überzähligen, sagen unsere jungen Widersacher.

Da sagte Ürdinger: Wenn ich all die Kassandrarufe der Demographen wegen der Alterspyramide und der Geburtenrate höre, dann geht das bei mir schneller beim einen Ohr hinaus als es beim anderen hereingekommen ist. Zeugt und bringt Kinder zur Welt … Mit uns hat das nichts mehr zu tun. Uns fehlt das Zeug zum Zeugen.

Dir vielleicht, Ferdinand, sagte Blumauer.

Er spricht pro domo, sagte der Lateiner Deuth.

Heißt das *pro domo* jetzt »für sich selbst« oder »für den Hausgebrauch«? Für den Hausgebrauch reicht wohl auch die Potenz noch. Rekorde müssen wir ja nicht mehr aufstellen, sagte Blumauer.

Ürdinger blieb dabei und sagte: Das sollen sich die Leutchen zu Herzen nehmen, die sich im zeugungs- und gebärfähigen Alter befinden, sagte er. Das sind aber vielleicht auch gerade jene Jüngeren, die partout keine Lehre annehmen und keine Opfer bringen wollen und längst alles besser wissen. Und zu nichts Zeit haben außer für die Disco.

Lieber Ferdinand, sagte da Blumauer, du erinnerst dich offenbar nicht mehr an die vorige Unterrichtsministerin aus Vorarlberg, die so etwas Ähnliches gesagt hat, von wegen Kinderkriegen statt Discobesuchen, das ist ihr aber schlecht bekommen, jedenfalls hat sie eimerweise den Spott und die Häme der Karikaturisten und Journalisten und Schriftsteller auf den Kopf geschüttet bekommen. So etwas kann man vielleicht in Osttirol oder Vorarlberg sagen, haben sie gesagt, aber nicht in Wien, in Lienz vielleicht, aber nicht in Linz. Die Frau Minister hat sich eine »fleißige Liesel« nennen lassen müssen, weil sie Elisabeth geheißen hat, aber auch eine »faule Landpomeranze« wurde sie von den Urbanen gescholten. Und dem deutschen Politiker, der sich auf den Personalnotstand in Deutschland und den Facharbeitermangel im Bereich der Informatik und der Programmierer den Reim »Kinder statt Inder« gemacht und einfallen hat lassen, ist es natürlich nicht besser gegangen. Also sei vorsichtig, lieber Ferdinand. Und bleib politisch korrekt! Be careful!
Erheben wir das Glas auf die Political Correctness!, sagte Deuth.
Ich weiß zwar nicht, was das genau bedeutet, sagte Ürdinger, aber fürs Trinken bin ich immer zu haben. Prost Post!
Prost Post, sagte Blumauer.
Es werden zu viele Greencards ausgestellt, sagte Deuth, um auf die Inder in Deutschland zurückzukommen. Aber man macht halt immer die alten Fehler und lernt nichts aus der Geschichte. Aus der Vergangenheit und aus den 60er-Jahren des vorigen Jahrhunderts hätte man lernen können, daß es nicht gut ist, in der Not, bei Personalengpässen sofort Hilfe und Gastarbeiter oder Fremdarbeiter,

wie man damals gesagt hat, zu holen, die einem bald über den Kopf wachsen und zum Problem werden, weil sie sich nicht integrieren wollen. Besser und vernünftiger wäre es, sich in der Not einzurichten und mit den eigenen Mitteln und Kräften das Auslangen zu suchen und Einbußen an »Lebensqualität« in Kauf zu nehmen. So wie man bekanntlich Kinderkrankheiten überstehen und ausstehen soll und nicht mit starken Medikamenten, die alle kontraindiziert sind, am Ausbrechen hindern und verhindern soll. Die Masern kommen wieder … Und sei es als Gürtelrose …

So spricht der Stammtisch im Sinne jenes Boulevardblattes, das die sogenannnte Lufthoheit über den Stammtischen innehat, sagte Blumauer.

Greencards, was soll denn das sein, sagte Ürdinger, mit der gewissen, wohl altersbedingten Verzögerung im nachhängenden Nach-Denken … Wie er ja auch gern sagte: Ein alter Mann ist kein D-Zug. Oder: Denn bei der Post geht's nicht so schnell! Ich bin nicht die Schnellpost … Greencard? Ist das ein Gutschein fürs Gartencenter Bella Flora? Wär das auch etwas für mich, den Nebenerwerbslandwirt?

Deuth, der nicht glauben wollte, daß Ürdinger das Wort *Greencard* nicht kannte, sagte: Lieber Ferdinand, du fragst wohl manchmal doch nach dem schönen Wetter … Langsam habe ich den Eindruck, wir spielen hier »Der Gescheite und der Blöde«, wie es die Wiener Kabarettisten Karl Farkas und Ernst Waldbrunn im Kabarett »Simpl« vorgespielt haben. Aber ich will es dir sagen, einfach und simpel: Greencards sind befristete Aufenthaltsgenehmigungen für Facharbeiter aus fernen Ländern, die man

zum sofortigen Einsatz in der Informationsindustrie ins Land lockt und läßt.
Warum »Greencard«?, fragte Ürdinger. Heißt *green* nicht grün? Was ist daran »grün«?, fragte er.
Die Farbe, sagte Deuth. Die Farbe des Papiers, auf dem die Arbeitserlaubnis und die Aufenthaltsgenehmigung stehen. Du, lieber Ferdinand, wirst ja wohl auch bei Grün auf der Ampel über die Kreuzung gehen?
Meistens, sagte Ürdinger, nur gibt es in Munderfing keine Ampel, hier herrscht Freiheit. Und in Ried sind mir einmal nach einem Besuch beim Baurecht green und red durcheinandergekommen … Aber das ist eine andere Geschichte.
Eine ganz besondere Geschichte über einen Paketwagenfahrer und motorisierten Briefträger und Paketdiener, einen motorisierten und alkoholisierten nämlich, der auch bei Rot über Kreuzungen gefahren ist, stand leider gestern in der Zeitung. Habt ihr sie wohl gelesen?, fragte Deuth.
Da sagte Blumauer: Leider. Ich habe freilich den Verdacht, daß es sich bei dem betrunkenen Fahrer gar nicht um einen Postler im herkömmlichen und ehrwürdigen Sinne, also einen Kollegen von uns, gehandelt hat, sondern um einen Zusteller des »Schnellen Paketes«. Einen Raser eben!
»Der vom ›Schnellen Pakete‹«, reimte Deuth, »hatte eine Rakete«. Zwei Promille steht in der Zeitung und wie viele Autos er gar unterwegs touchiert und Fahrräder ramponiert und Kreuzungen ignoriert, Liguster- und Thujenzäune umgelegt und niedergemäht und Terrassen und Gärten umgeackert und verwüstet hat, bis er endgültig

und definitiv im Schlafzimmer eines Hauses neben der Sowiesostraße zum Stehen und zum »Erliegen« kam!
Wie gesagt, sagte Blumauer, dieser Trunkenbold, dieser gemeingefährliche Zusteller, dieser Amokfahrer war sicher kein Kollege von uns von der altehrwürdigen Post, sondern einer von den neumodischen »Privatanbietern«, ein Postpartner höchstens, aber kein Postler oder Postillion von Thurn und Taxis. Zu unserer Zeit hätte es das sicher nicht gegeben, sagte Blumauer. Wir waren bedächtig, vorsichtig und nachhaltig!
Nein, sagte Deuth, vor der Erfindung des Otto-Motors wäre eine solche Amokerei auch undenkbar gewesen. Mit dem Fahrrad ist etwas Ähnliches nur dem Jacques Tati im Film »Le facteur« gelungen …
Oh, du gute alte Zeit der Fahrräder! In der Fahrräderzeit hat man freilich oft gesagt: Oh, du gute alte Zeit der Pferde, oh selige Postkutschenzeit, sagte Ürdinger. Ein betrunkener Schwager konnte damals ruhig den Pferden vertrauen, die instinktiv ihren Weg gegangen sind. Und wenn der Gaul-Leiter *hü* statt *hott* gesagt hat, gingen die Pferde doch hott. Man konnte damals wirklich und buchstäblich den Pferden das Denken überlassen. Tausende Pferde standen einmal zu Thurn-und-Taxis Zeiten und auch später in Postdiensten, im Personen- und Güterverkehr, auch die Eisenbahn wurde einmal von Rössern gezogen. Und die mit Salz beladenen Schiffe auf der Traun wurden von Rössern auf dem Treppelweg gezogen! Wir haben uns beim letzten Pensionistenausflug ja die Reste der alten Gleisanlagen der Pferdeeisenbahn von Budweis nach Gmunden in der Nähe von Freistadt im Mühlviertel angeschaut, erinnert euch, Franz und Karl. Und heute gibt es nur noch

Freizeitpferde. Gerade die berittene Polizei hat noch einige Pferde im Dienst. Herrlich, wenn man die englischen Polizisten wie Herrenreiter dahergaloppieren oder eigentlich traben sieht, ich jedenfalls könnte jedesmal vor Begeisterung und Vergnügen wiehern, wenn ich die prächtigen Tiere stolzieren sehe. Ja, und unser Bundesheer nicht zu vergessen mit ihrer Haflingerkompanie in Spittal an der Drau oder in Hochfilzen oder was weiß ich, wo! Natürlich kann sich ein Haflinger nicht neben einen englischen Araberhengst stellen, aber beim Bergsteigen in den Tauern und als Saumtiere und Lastenträger sind sie ihm vielleicht sogar überlegen. Da kann der Haflinger vielleicht sogar dem Esel das Wasser reichen! Daran hätte der Kollege aus dem Internet, von dem du kürzlich gesprochen hast, lieber Karl, der sich einen Esel als Helfer zugelegt hat, vielleicht denken müssen. Ein Haflinger hätte es vielleicht auch getan. Was wäre überhaupt ein berittener Briefträger für ein wunderbares, märchenhaftes Bild! In den Satteltaschen könnte er die Post verstauen. Ein so adjustierter Postbote könnte Königen Depeschen und Prinzessinnen Liebesbriefe bringen. Postillion d'amour! Schade, daß uns die Post seinerzeit nur die Steyrer Waffenräder und dann die Pucherl und die KTM-Mopeds zur Verfügung gestellt hat. Wie hätten wir uns auf einer feurigen Hannoveraner Stute gefühlt! Oder einem Araberhengst! Statt mit den angeblich 5 PS des Mopeds wäre ich liebend gern auf einem Pferd mit einer Pferdestärke im Gelände unterwegs und zu Gange gewesen. Im Schongang! Als Bauer habe ich es seinerzeit ja auch nur bis zur Kuh gebracht, die ich eingespannt habe.

Jetzt sind wir freilich ein wenig »ausgeritten«, das heißt

vom Pensionistenthema abgekommen, sagte Deuth, aber was du, Ferdinand, sagte Deuth, da in deiner Lobrede auf die gute alte Pferdezeit vorbringst, verlangt meinerseits noch nach einer kleinen Anmerkung, die die enge Verbindung zwischen Post und Pferd auf das Eindrucksvollste bestätigt und vertieft. Wißt ihr eigentlich, Kollegen, daß das Wort *Pferd* vom lateinischen, dem mittellateinischen *paraveredus* kommt, und daß dieses *paraveredus* nichts anderes als »Postpferd« und »Kurierpferd« bedeutet? Und *veredarius* hieß früher der berittene Postbote! Die Verhältnisse sind ein wenig kompliziert und ich weiß nicht, ob ich euch einfältigen Briefträgern so viel Etymologie zumuten darf. Aber *veredus* ist ein gallisches Wort und *para* kommt aus dem Griechischen und bedeutet »neben«, »bei«, so daß es sich um eine Wortbildung wie dem früher erwähnten *Automobil* handelt, wo ja auch *autos* griechisch und *mobilis* lateinisch ist, sodaß *paraveredus* eigentlich das Postpferd bedeutet, das auf einer Nebenlinie eingesetzt wird, das »Kurierpferd auf Nebenlinien«, wie es im Herkunftswörterbuch heißt. Die Gallier also haben uns das Wort *Pferd* beschert, und es hat von sich aus das Post- oder Kurierpferd gemeint. Die Römer haben sonst für das Reit- und Jagdpferd wohl *equus* gesagt. Und die Gallier haben vielleicht auch deshalb gesagt: Die spinnen, die Römer, sagen doch glatt *equus* statt *paraveredus*. Und *eques* statt *veredarius*!
Interessant, interessant, sagte Ürdinger, wieder etwas dazugelernt! Da liege ich also mit meiner Pferdenostalgie gar nicht so verkehrt. Das freut mich, daß sich das Pferd, das wir freilich *Roß* genannt haben, von der Post her definiert. Und der Briefträger war jedenfalls beritten und hat darum

veredarius, also eigentlich *Pferder* geheißen. Und auch die *Roßmann* und *Rößler* waren vielleicht einmal berittene Briefträger? Liege ich da richtig mit meiner Vermutung?, fragte Ürdinger Deuth, und dieser sagte: Super! Bravo!
Da sagte aber Blumauer: Stellt's eure Roß in Ståll! Ich komm mir heut langsam vor wie in der Volkshochschul, und zwar in einem Kurs, den ich nicht inskribiert hab. Ich hatte ja so gehofft, daß wir heut endlich wieder das Thema Latein-Nachhilfe durch den Oberstudienrat im Gänsehäufel erörtern und daß du, Karl, endlich vom Disziplinarverfahren Kunde gibst und Bericht erstattest, stattdessen aber ist es zuerst um das Pensionssystem und dann um die alten Pferde, die auch in Pension geschickt wurden und das Gnadenbrot kriegen, gegangen.
Und dann, Karl, zu deinem Referat über den Unfall des Paketwagenfahrers in Wien von vorhin: Ich habe den Zeitungsbericht auch gelesen und man kann ihn ja auch im Internet jetzt nachlesen. So dramatisch, wie du ihn rekapituliert hast, habe ich ihn aber nicht in Erinnerung. Du hast an einigen Stellen gehörig aufgerundet, wenn es in der Zeitung heißt, der Fahrer hatte 1,5 Promille, dann sind es bei dir halt gleich aufgerundete 2 Promillia, oder wenn von einem Zaun die Rede ist, den der Fahrer beschädigt hat, dann sind es bei dir immer gleich mehrere, oder gar unzählige »Thujen- und Ligusterzäune«, die er »niedergemäht« hat. Und so fährt der betrunkene Postler fort und fort und so fährst du in deinem Referat fort und fort und bist nicht mehr zu bremsen. Du bist und bleibst ein großer Übertreibungskünstler. Was in Wirklichkeit eher banal und harmlos ist, wird bei deiner Art zu berichten zum exzeptionellen Sonderfall. Immer kommst

du gleich vom sogenannten Positiv zum Komparativ, zum Elativ und dann zum Superlativ. Bei dir ist alles super. Du sagst ja selbst gern »super«, hierin triffst du dich als alter Mann mit der Jugendsprache. Vielleicht übernimmst du demnächst auch noch das »mega« der Unmündigen, für die ja auch alles *megatittenaffengeil* ist … Manchmal ist es mir, als wären wir hier nicht in Munderfing, sondern im traunviertlerischen Ohlsdorf, im Zentrum der Übertreibungskunst. Oder ist es der Name Munderfing selbst, der dich so beflügelt und deine Zunge und deinen Mund so flüssig und leicht macht. Wenn wir erst in Maulbronn wären! Du fährst, wenn ich mir ein poetisches Bild genehmigen darf, auch mit deinem Pegasus, deinem Moped, das eigentlich Normalbenzin braucht, nur Superbenzin. Darunter tust du es nicht. Normal ist für dich super! Super ist für dich normal! Darum bin ich sehr im Zweifel, ob ich mich, wenn ich nun endlich mein Erotikon über den lateinischen Nachhilfelehrer, den Gänsehäufler, in Angriff nehme, an dir und deinem Erzählstil orientieren kann. Denn was dieses Thema betrifft, bist du mir ein wenig zu zurückhaltend und defensiv … Bei der Liebe bist du einsilbig. Vielleicht ist es die Scham? Vielleicht nimmst du dir auch dabei das Beispiel beim Ohlsdorfer, der diese Dinge ja auch nie beim Namen genannt oder überhaupt nie angesprochen hat, so viel er sonst übertrieben und schonungslos attackiert hat. Er ist diesbezüglich auch immer ausgewichen. Das Sexuelle und das Fleischliche war ihm immer zu banal und nicht der Rede wert. Da werde ich mich vielleicht doch mehr an den Felix Salten und weniger an den Thomas Ohlsdorfer oder dich halten können. Oder, wenn ich zur bildenden Kunst meine Zu-

flucht nehme, an den Zwickledter Alfred Kubin oder den vor zwei Wochen verstorbenen Alfred Hrdlicka, der »alles beim Namen genannt« und das Fleischliche nicht nur angeschnitten, sondern mit seinem Griffel oder Hammer und Meißel wie ein rechter »Fleischhacker« behandelt hat. Beim Ohlsdorfer kommt das Leitwort des Nachhilfelehrers, nämlich das Fremdwort *Erektion*, in keinem der vielen Werke vor, wenn auch der Untertitel eines Buches »Eine Erregung« heißt. Kubin aber zeigt augenscheinlich und sinnfällig, »was Sache ist«, wie die Deutschen sagen.
Da hat Deuth dem Blumauer versprochen, er wird sich diesen Anwurf auf seine poetologische Position zu Herzen nehmen und zu Gemüte führen und demnächst in Stammtisch 10 oder 11 Fraktur und Tacheles und Klartext reden. Für heute, sagte er, muß ich es bei diesem Versprechen sein Bewenden haben lassen. Ich muß nämlich gleich weg nach Ungenach. Denn in Ungenach, wo meine Schwägerin wohnt, ist die Hölle los.
Und da gehst du einheizen oder das Feuer löschen?, fragte Ürdinger.
Nimm Benzin mit zum Löschen!, sagte Blumauer, Super!
Danke für eure guten und konstruktiven Ratschläge, sagte Deuth.
Resi, bitte zahlen!, rief Ürdinger die Kellnerin.
Was haben wir denn gehabt?, fragte die Kellnerin.
Das Übliche, sagte Ürdinger, der diesmal auch die Zeche seiner Kollegen übernahm, weil er gerade Geburtstag hatte, zu dem ihm auch gratuliert worden war.

Stammtisch 10

Wie schaut es aus in Ungenach?, fragte Blumauer den Deuth, als sie sich zu Beginn des neuen Jahres 2010 zum ersten Mal wieder zum Stammtisch beim Kirchenwirt in Munderfing trafen.
In Ungenach, erwiderte Deuth, in Ungenach gibt's Ungemach. Das ist sprachlich sozusagen naheliegend. Obwohl es natürlich heißt: Über Kalau soll man keine Witze machen. Und wenn einer aus Buxtehude stammt, muß er nicht von Buxtehude sein!
Was ist los in Ungenach?, fragte Ferdinand Ürdinger.
Da wurde Karl Deuth feierlich und biblisch und sagte: Ja, Ferdinand, bist du denn so fremd hier, daß du nicht weißt, was in diesen Tagen in Ungenach geschehen ist?
Was denn?, fragte Ürdinger wie der Emmaus-Jünger.
Nun, sagte Deuth, die Sache mit dem albanischen Flüchtlingskind Arigona Zogaj aus dem Kosovo, das die Behörden ausweisen und zurückschicken wollen, weil der Asylantrag seiner Eltern abgewiesen und kein Bleiberecht zugestanden wurde. Weil aber der unmenschliche Vater Staat streng und herzlos war, hat sich die Mutter Kirche in der Person des Ungenacher Pfarrers, nomine Josef Friedl, Nomen est Omen!, schützend vor das verzweifelte Mädchen gestellt und ihm im Pfarrhof Asyl gewährt, »ohn Ansehen der Person«, weil es sich bei den Kosovaren ja um Muslime handelt und nicht um Katholiken, eingedenk eines alten Rechtsgrundsatzes, daß der Mensch salviert ist, wenn er sich in eine Kirche oder ein kirchliches Gebäude geflüchtet hat. Ähnlich war es auch mit den Mühlen, sie galten auch als Zufluchtsorte, aus denen die Staatsmacht

ausgeschlossen war und keinen Zutritt und kein Durchgriffsrecht hatte.
Wie also heute die Universitäten und das Auditorium maximum der Universität Wien, das gerade besetzt und bestreikt wird, und wo die Polizei auch nichts verloren hat, weil dort Autonomie und Anarchie herrschen, was mir nicht unsympathisch ist, sagte Blumauer.
Bravo, sagte Deuth, was er weniger als eine Zustimmung zur Besetzung des sogenannten Audimax durch die Studenten als vielmehr als Lob für seinen Kollegen für diesen Hinweis auf eine aktuelle Parallele zu den altehrwürdigen Asylvorstellungen verstand.
Wo ist also das Ungemach in Ungenach?, fragte Ürdinger.
Die Bevölkerung ist tief gespalten, sagte Deuth. Auf der einen Seite, das ist auch die Seite meiner Schwägerin, die ich besucht habe, sind die Befürworter und die Sympathisanten des Pfarrers. Einige übertreiben wohl auch ihre Zustimmung ein wenig, wenn sie den Hochwürden gleich heiligsprechen oder für den Friedensnobelpreis vorschlagen wollen. »Ein Priesterherz ist Jesuherz«, hat ein Leserbriefschreiber den Text eines Liedes in einer Tageszeitung zitiert, das gern bei Primizen gesungen wird. Und auch von der Bergpredigt und den Seligpreisungen ist bei den Zustimmenden viel die Rede. Diesen Befürwortern stehen aber die rigorosen Legitimisten gegenüber, die die Position des sogenannten Rechtsstaates einnehmen, den die anderen oder einige zornigere Gegner wieder einen »Unrechtsstaat« nennen. Der Riß geht aber nicht nur quer durch die Bevölkerung, sondern gewissermaßen durch einzelne Personen selbst. So hat ein Bürgermeister einer angren-

zenden Gemeinde das Kunststück zuwege gebracht, zu sagen, als Mensch bewundere er die Tat des Pfarrers, als Staatsbürger aber lehne er sie ab. Diesem Gespaltenen würde ich übrigens die Lektüre der Anthropologie des Enea Silvio Piccolomini, des Pfarrers von Aspach und späteren Papstes Pius II. raten, der sich tiefe Gedanken über den Widerstreit von Herz und Verstand im Individuum, also eigentlich der einen, ungeteilten Person macht. Individuum heißt schließlich »ungeteilt«, nicht »zwiespältig«. Zwiespältig wäre *schizophren*. Die Schizophrenie ist nämlich die Ich-Spaltung … Hin- und hergerissen wird der zwiespältige Mensch, der Janusgesichtige.

XY weiß alles, sagte da Blumauer spöttisch, den Titel einer Radiosendung von anno dazumal zitierend. Du weißt sehr viel oder überhaupt alles, lieber Karl, nur die Konzentration fällt dir schwer.

Vielleicht hülfe, sagte da Deuth, unbeirrt und unbeeindruckt von der Kritik des Kollegen, auch die Lektüre von »Entweder oder« von Sören Kierkegaard, das ich aber leider selbst noch nicht gelesen habe. Die Gegner des Pfarrers, der das Gästezimmer seines Pfarrhofs zu einer Asylstation gemacht hat, haben freilich, vom aktuellen Casus wegführend, eine Nebenfront aufgemacht, indem sie ihn als »nicht authentischen« und nicht idealen Priester denunziert haben, weil er sich nicht an den Zölibat hält, was der Pfarrer selbst, sich »outend«, wie man sich heute ausdrückt, kundgetan hat. Er sei also gerade kein Priester nach dem Herzen Jesu, weil er die »evangelischen Räte« nicht befolge.

Wäre Ungenach, frage ich mich, nicht vielleicht eine Adresse für ein Asylauffanglager, ein Erstaufnahmelager nämlich, wo doch die Innenministerin Maria Fekter einen solchen Standort wie mit der Lupe sucht. Ungenach wird der Frau Ministerin ja sicher ein Begriff sein, wo doch ihre Familie in der Nähe oder doch näheren Umgebung eine Schottergrube betreibt, weshalb sie ja auch manchmal ironisch als »Schotter-Mitzi« tituliert wurde. Vielleicht hat sie auch die Erzählung »Ungenach« des Thomas Ohlsdorfer gelesen … Diese Suche nach einem Standort für ein Erstaufnahmelager entwickelt sich ja langsam zu einer österreichischen Groteske erster Güte, wobei die handelnden Personen aus der Politik daran vielleicht nicht ganz unschuldig sind. Kein Bürgermeister will eine solche Einrichtung in seiner Gemeinde haben. Und da sind die Bürgermeister wahrscheinlich und leider wirklich das Sprachrohr ihrer Bürger. Wir Bürger definieren uns ja gerade durch unsere Angst vor dem Fremden und den Fremden. Am Stammtisch sitzen per definitionem immer dieselben Gesichter. Und den Geschäftsleuten sind am liebsten die Stammkunden. Sie sind zugleich die Vorzugskunden. Auf Laufkundschaft können sie liebend gern verzichten. Jeder möchte es immer nur mit den Einheimischen und Vertrauten zu tun haben. Nur mit Verwandten freilich auch wieder nicht … Für ein »Asylantenanhaltelager« hat man einen Standort in der Steiermark gefunden – denn ein Anhaltelager ist ja eigentlich ein Spezialgefängnis für abzuschiebende Immigranten, die demnächst in ein Flugzeug gesetzt und ausgeflogen werden sollen –, für ein »Asylerstaufnahmelager« aber nicht. Da findest du eher noch ein Endlager für Atommüll … Kein Bürgermeister will ein Asylantenheim, alle wollen sie die Post im Ort haben, die meisten wohl auch die Kir-

che, ein Asylantenheim aber nicht. Vielleicht sollte man einem Anwärter für das ungeliebte Objekt im Gegenzug die Erhaltung und Beibehaltung der guten alten Post im Ort versprechen. Das wäre vielleicht ein zusätzlicher Anreiz neben den 250 Arbeitsplätzen, von denen die Rede ist und die ein solches Auffanglager in die Region bringt. Maria Fekters »Herbergssuche« jedenfalls entwickelt sich allmählich und gar nicht durch ihr Verschulden zu einem Stück absurden Theaters, zu einem »Warten auf Godot«. Wer klopfet an … Vielleicht sollte Maria (Fekter) wirklich bei Josef (Friedl) vorsprechen. Ich sage es mit Respekt vor den beiden und ohne die Ironie, die ihr mir manchmal unterstellt, um mich nicht ernst nehmen zu müssen.
Hat Ungenach eigentlich noch ein Postamt?, fragte Ürdinger.
Ja, sagte Deuth, aber es steht auf der Liste der oberösterreichischen Postämter, die aufgelassen werden sollen. Der Ort hat ja nur 1300 Einwohner, oder Seelen, wie man zu unserer Zeit gesagt hat. Der Pfarrer versorgt seelsorglich ja wohl etwas mehr Seelen, weil er auch Zell am Pettenfirst provisorisch mitbetreut. Und Dechant ist er auch noch dazu.
Aha, sagte Ürdinger, ein »Ämterkumulierer« …
Das siehst du falsch, sagte Deuth, das stellt sich kirchlich auf Grund des Priestermangels ganz anders dar. Da muß jeder der wenigen vorhandenen, *noch* vorhandenen geistlichen Herren Ämter und Pfarren ohne Rücksicht auf Alter oder Gesundheit übernehmen, bis zum Umfallen … Darum haben auf diesem Gebiet, anders als bei der Post in Australien, auch korpulente Herren oder Männer mit anderen »Schönheitsfehlern« eine Chance auf Anstellung.

Die Kirche braucht jeden, Übelwollende sagen, die Kirche nimmt jeden. Und kein Kleriker muß, nein, es darf keiner in Pension gehen! Wären wir Pfarrer statt Briefträger geworden, dann dürften oder müßten wir immer noch unverdrossen oder auch ein wenig verdrossen Dienst tun. Nur bei den Kardinälen und Bischöfen hat man jetzt wohl eine Altersgrenze eingezogen… Den klerikalen Altersrekord hält ein 95-jähriger Pfarrer in Kärnten, habe ich gelesen. Da gibt es auch keinen »Golden Handshake«, mit dem die Wirtschaft heute ihre Leute entläßt und in die Frühpension schickt. Und die Pfarrer kennen auch keine »Hacklerregelung«. Und jeder Pfarrer in einer Pfarrei ist auch noch Provisor in zwei anderen Pfarreien. Und wie es bei der Post jetzt für die verwaisten Postämter »Postpartner« gibt, gibt es für die unbetreuten Pfarren jetzt Pastoralassistenten und vor allem Pastoralassistentinnen, die einen eingeschränkten kirchlichen »Betrieb« aufrechterhalten. Diese Pastoralassistenten und Pastoralassistentinnen dürfen manches, aber natürlich nicht alles tun, was den Geweihten vorbehalten ist. Dir, lieber Ferdinand, die Beichte abnehmen, dürfte die junge Pastoralassistentin nicht. Und die Messe lesen und wandeln darf sie auch nicht. Das gewandelte heilige Brot austeilen aber schon.
Wer kann das alles verstehen?, sagte Ürdinger. Da muß ja einer ein Theolog sein, wenn er sich da noch auskennen soll. Erkläre mir, Karl, weil ich dann bald gehen muß, lieber noch, was du davon hältst, daß in den Zeitungen steht, daß sich die Apotheken und die Trafiken am besten als Postpartner bewähren und einführen. Wundert dich das auch wie mich?

Geduld, lieber Ferdinand, wir müssen noch einen Augenblick beim Thema »Kirchspiel« bleiben, wir sind schließlich hier am Stammtisch beim Kirchenwirt in Munderfing und nicht in einem sogenannten Service-Club bei den Rotariern oder Lions, wo das Thema »Religion« bekanntlich tabu ist. Ja und das fügt sich ja auch insofern ganz gut, als nun auch die Kirche wie deine Apotheken und Trafiken eine Postpartnerschaft, jedenfalls eine Kooperation mit der *Telekom* und auch den privaten Handynetz-Betreibern eingegangen ist und viele Kirchtürme als Standorte für Antennenanlagen zur Verfügung gestellt hat. Natürlich nicht gratis, was aber auch nicht heißt, daß sich jetzt deine Kirchensteuer ermäßigt, wenn du mit deinem Handy telephonierst, weil du damit ja über die Pacht, die der Mobilnetzbetreiber an die Kirche zahlt, auch eine Art Kirchenbeitrag leistest … So leisten eigentlich auch die vielen Ausgetretenen, die telephonieren, einen kleinen Kirchenbeitrag … Und sogar oder vor allem an den 09-Nummern, die sicher unser Kollege Blumauer manchmal frequentiert, schneidet mit der Gesellschaft auch die Kirche ein klein wenig mit. Umwegrentabilität nennt man das. Oder »stille Teilhaber« …
Ich habe aber kein Handy, Karl, damit du es weißt, sagte Blumauer, sich ein wenig beleidigt gebend, und Ürdinger sagte zu Deuth: Tu bitte meinen Freund Franzi nicht immer mit Vermutungen in ein schiefes Licht rücken. Mit dem Telephonsex und solchem Schweinekram hat ein ehrbarer Postpensionist wirklich nichts auf der Dienstkappe …
Dank dir, Ferdinand, für deine Wohlmeinung, sagte Blumauer zu Ürdinger. Du kennst mich besser als der Karl!

Wird es dann eigentlich auch auf den Minaretten, den Türmen an den Moscheen Sende- und Verstärkeranlagen und Relais der Mobilfunkbetreiber geben?, fragte Ürdinger.
Das weiß ich nicht, sagte Deuth, beim Islam kenne ich mich nicht aus, er ist mir fremd.
XY weiß also doch nicht alles. Daß du einmal etwas nicht weißt, Karl, wo sollen wir denn das hinschreiben?, sagte Blumauer.
Ich weiß, daß ich nichts weiß, sagte Deuth.
Es sind übrigens, fuhr er fort, schon einige der an sich wenigen grünen Mitglieder von Pfarrgemeinderäten aus Protest aus diesen Gremien ausgetreten, wenn der Pfarrer einen Kirchturm oder *seinen* Kirchturm einer Mobilfunkfirma für eine Verstärkeranlage verleast hat. *Verleasen* klingt ganz wie unser mundartliches innviertlerisches *verliesen* für *verlieren*. Die Grünen sagen und behaupten ja, daß die Menschen durch die vielen Strahlen und die Elektrizität in der Atmosphäre krank werden. So macht sich die Kirche an den Leiden der Menschen mitschuldig, sagen einige dieser »besorgten« Grünen, die ja der Kirche gar nicht grün sind und auch das Konkordat zum Teufel wünschen. Es gibt halt immer sehr findige und pfiffige Köpfe, die sich recht umwegfreundliche Anschuldigungen einfallen lassen, wenn es gegen die Kirche geht, die ja einer der Hauptadressaten für Anwürfe von Frustrierten ist. Die Kirche ist ihr Lieblingsbaum, Lieblingsreibebaum, meine ich … Schließlich gibt es ja nicht nur die Gegner des Installierens von Verstärkeranlagen auf den Kirchtürmen, sondern auch Gegner des Glockenläutens selbst. Bis zum Obersten Gerichtshof und zum Menschenrechtsgerichtshof in Straßburg sind die Kläger gegen die Kreuze in öf-

fentlichen Gebäuden und das Glockenläuten schon gegangen, und sie werden keine Ruhe geben, bis nicht die totale Friedhofsruhe herrscht. Das sind wahrscheinlich ähnliche Personenkreise wie jene in England, die jetzt »There is probably no god« auf die Postfahrzeuge schreiben lassen. Der Gott oder Götze der militanten Atheisten ist die Gottlosigkeit. Andererseits ist sicher auch die Religions- und Konfessionslosigkeit der Atheisten zu respektieren.
Als Alfred Döblin, der große Dichter, bei einer Geburtstagsfeier in Amerika vor anderen Exilschriftstellern über ein Erweckungserlebnis vor einem Kreuz in einer Kirche und seine Bekehrung zum Katholizismus berichtete, hat ihm das der im Publikum weilende Bert Brecht sehr übel genommen. Und er hat sich unmittelbar und später auch in Gedichten darüber beschwert, daß Döblin seine, Brechts, areligiösen Gefühle peinlichst verletzt hat … Das gibt es also auch. Es gibt also auch areligiöse Gefühle, die verletzt werden können. Es gibt halt nicht nur den sogenannten tiefen Glauben, sondern auch den tiefen Unglauben. Und der atheistische Sager auf den englischen Postbussen ist eigentlich, was oft übersehen wird, die Retourkutsche auf einen auch nicht sehr geschmackvollen Satz, den vorher eine Zeltmission affichiert hatte, wo den Gottlosen die Hölle heiß gemacht wurde. Und ihr werdet euch vielleicht ja auch noch erinnern, daß einmal vor Jahren davon die Rede war, daß eine Stadtmission in München in den Straßenbahnen Plakate anbringen ließ, auf denen stand: »An Christus kommt niemand vorbei«. »Außer Libuda« stand später auf Stickern, die ein Scherzbold dazugeheftet hatte. Du, Ferdinand, wirst als Fußballexperte wissen, wer Libuda gewesen ist.

Natürlich, sagte Ürdinger, ein sagenhaft schneller Flügelstürmer, aber was ist jetzt mit den Apotheken und den Trafiken als Postpartner, sagte er, sein Thema urgierend.
Deuth sagte aber: Damit kann ich mich leider heute nicht mehr befassen, ich muß schauen, daß ich noch vor Mittag einige Einkäufe erledigen kann, die mir meine Frau aufgetragen hat.
Typisch, sagte Ürdinger, zuerst kommst du vom Hundertsten ins Tausendste, von Ungenach bis zum Klerikalismus, und dann hast du es plötzlich eilig. Und die Fragen unseres Berufsstandes, nämlich der Post, die uns auf den Nägeln brennen, bleiben wieder einmal unerledigt auf der Strecke, also im Rayon.
Nein, die bleiben im Talon, sagte Deuth.
Von der längst offenen Problematik meines lateinischen Nachhilfelehrers und seinem Disziplinarverfahren ganz zu schweigen, sagte Blumauer.
Auch ihn werden wir zu seiner Zeit und rechtzeitig disziplinieren und traktieren, sagte Deuth. Und dann rief er Richtung Tresen: Resi, bitte zahlen! Il conto, per favore!

Stammtisch 11

Daß sich ein Apotheker die Post antut, das wundert mich, Ferdinand, sagte Deuth. Denn meistens suchen ja Geschäfte in Bedrängnis und in der Krise ein Zusatzgeschäft und vielleicht ein zusätzliches Standbein. Aber die Apotheke ist doch das krisenfesteste Geschäft, das sich der Mensch denken kann.

Da sagte Blumauer, der sich schon damals – noch im Dienst –, aber vor allem jetzt in der Pension immer mehr zu einem gelehrigen Schüler Deuths entwickelte und sozusagen einen Erziehungs- oder Bildungsroman erlebte, ganz im Sinne des bewunderten Lehrers ein biblisches passendes Zitat, nämlich: »Kranke werdet ihr immer unter euch haben.«

Darauf Deuth: Bravo! Super! Kranke und Apotheken! Weil das Leben des Menschen genaugenommen eine einzige gesundheitliche Krise oder auch im besten Fall immer noch eine Krankheitsgeschichte ist, darum kennt der Apotheker keine wirtschaftliche Krise und sein Geschäft ist eine fortdauernde Erfolgsgeschichte. Denn jene alten Bauern oder Kleinhäusler, wie wir sie zu unserer aktiven Zeit noch im Rayon hatten, die sich der Medizin einfach verweigert haben, die um die Ordinationen einen Bogen gemacht haben, die keine Gesunden- und auch keine Krankenuntersuchung gekannt haben, die alles höchstens mit Hausmitteln behandelt haben oder überhaupt unbehandelt haben lassen, die ihren Bluthochdruck hoch gelassen, sich weder die Zähne noch sonst etwas haben richten lassen, sie haben sich die Zähne halt nur Zahn um Zahn »reißen« lassen, wie das Zahnziehen geheißen hat, ja und

dementsprechend früher das Zeitliche gesegnet haben und gestorben sind, die sterben ja nun aus … Wie viele alte Müller haben wir noch erlebt, die sich mit den Mehl- oder Getreidesäcken einen Bruch gehoben hatten und die ihren Leisten- oder auch Hodenbruch wie eine Berufskrankheit angesehen haben und nicht anschauen haben lassen von einem Arzt. Denn wie es da drin in der Hose ausgeschaut hat, ist niemanden etwas angegangen. Den Bruch haben sie »Leibschaden« genannt, diesen Schaden haben sie aber für normal gehalten und nicht beheben lassen … Daß da ein großer Knödel war, sozusagen ein Kropf im Schritt, hat man aber bereits von außen gesehen. Blähhälse und Kröpfe galten auch als »normal«. Und an den Senkfüßen hat auch kein Orthopäde etwas verdient. Die Frauen waren vielleicht ein bißchen gesundheitsbewußter, aber auch sie haben das meiste an Frauenleiden als gottgegeben, wenn nicht gar als Folge der Erbsünde hingenommen. Sie sind auch mehr nach Maria Plain, Mariazell, Maria Schmolln oder Maria Taferl wallfahrten als zum Gynäkologen gegangen, lieber zu »Unserer Lieben Frau« nach Frauenstein als zum Frauenarzt in Kirchdorf.
Die alten Leute von heute, also wir Pensionisten, haben dagegen im Herumsitzen in den Wartezimmern der Ärzte und in allen möglichen Untersuchungen und Überprüfungen und Überweisungen eine neue Hauptbeschäftigung gefunden. Unser Beruf heißt Patient. Und so ziehen wir mit den entsprechenden Überweisungen von einem Spezialisten zum anderen und zwischendurch immer wieder in die Apotheke. Der Apotheker hat wirklich mit uns genug zu tun. Und da soll er sich noch die Post antun? Mir kommt halt vor, das ist kontraindiziert, wie es manchmal

von Medikamenten heißt. Das schadet dem Apotheker mehr als es ihm nützt. Das Briefmarkenkleben oder gar das Briefmarkenabschlecken, wie wir es damals »natürlich« praktiziert haben, ist doch sicher unter der Würde eines Magisters der Pharmazie. Und ungesund ist es auch! Ach wo, sagte Blumauer, schau uns an! Wir leben heute noch!

Es gibt Pensionisten, sagte Deuth, die sind mit ihren Wehwehchen, ihren wirklichen und auch eingebildeten Leiden und mit den Arztbesuchen so beschäftigt und eingedeckt, daß sie keine Zeit mehr hätten, wie wir drei Woche für Woche zum Stammtisch zu gehen. Und andere, die trotzdem noch einen Stammtisch besuchen, reden dort ausschließlich von ihren Krankheiten und den entsprechenden Behandlungen und Therapien. Das ist das Thema Nummer 1 an vielen Stammtischen. Und weil die meisten Stammtische ja etwas mehr Teilnehmer haben als unserer, nehmen dort der »Hygieia-Diskurs« und das »Morbus-Besprechen« kein Ende. Da hört man oft Redner, die können das Medizinische besser behandeln als mancher behandelnde Arzt. Stammtische von Ärzten sprechen wahrscheinlich weniger über Medizin als jene »Geriatrierunden« und »Prostatastammtische«. An den Stammtischen, an denen sich die niedergelassenen Ärzte niederlassen, ist das Medizinische vermutlich gar kein Thema, weil die endlich einmal etwas anderes hören möchten. Ärzte lieben die Kunst, sagt man. Und sie können sie sich ja auch leisten, teure Bilder im Dorotheum … Natürlich werden ältere Mediziner allmählich selbst zu Patienten. Und wenn sich die Ärzte selbst diagnostizieren, fällen sie gern auch Fehldiagnosen, hört man. Sie können sich auch bei kei-

nem Patientenombudsmann beschweren … Mancher will halt auch nicht wahrhaben, wie krank er eigentlich ist. Vielleicht ist Arzt gar kein so gesunder Beruf. Und in ihrer Freizeit spielen viele Ärzte ein Instrument oder halt auch Karten. Von der Medizin haben sie genug …
Denen stinkt die Medizin, sagte Ürdinger. Sie stößt ihnen bitter auf! Was bedeutet eigentlich *börnaut*?, fragte Ürdinger, der Unwissende.
Man sagt *börnaut*, schreibt aber *Burn-out*, und das heißt »ausgebrannt«, sagte diesmal Blumauer, dessen Frau ja bekanntlich auch eine English-Speakerin ist, wie man in »Zu Lasten der Briefträger« lesen kann.
Nein, sagte Deuth, daß Apotheken sich um die Postpartnerschaft reißen, das kann ich mir nicht vorstellen. Das haben sie nicht not und nicht nötig. Der Magister als Postmeister? Die Frau Magistra als Schalterfräulein? Die Post als Schlafmittel, eingeschrieben und rezeptpflichtig und dreimal täglich nach den Mahlzeiten, ohne Selbstbehalt bei Pensionisten und geringfügig Beschäftigten. Ich kann es mir nicht vorstellen …
In der Zeitung steht aber, daß sich die Apotheken als Postpartner bewähren, sagte Ürdinger.
Trafiken ja, sagte Deuth, Trafiken, ja, Trafiken haben nach meinem Verständnis alle ökonomischen und strukturellen Voraussetzungen, um als Postpartner zu fungieren. Erstens geht es ihnen mit ihrem Kernprodukt schlecht. Die Zigarette ist ja heute die umstrittenste Ware überhaupt. Die Tabak- und Zigarettenhändler sind bald genauso verrufen wie die Waffenschieber oder die Hersteller von Tretminen. Es tobt ein wilder und giftiger Kampf gegen dieses Suchtmittel. Dabei ist die Zigarette eh schon das letzte

Produkt, das den Trafikanten noch geblieben ist. Zu unserer Zeit, Ferdifranz, haben die Trafikanten noch kiloweise Schnupftabak und »Schmalzler« und auch Kautabak verkauft. Im Innviertel und im angrenzenden Niederbayern sah man auch in den Wirtshäusern mehr Schmalzler als Raucher und bei den Rauchern mehr Pfeifen- und Zigarrenraucher als Zigarettenraucher. Dauernd haben sich die Schmalzler auf den Handrücken der linken Hand oder auf ein Stück Papier eine sogenannte Straße gelegt, indem sie aus der Dose oder der Flasche mit der Rechten Schnupftabak herausgebeutelt und dann diese »Straße« in die darübergeführte Nase gezogen und »inhaliert« haben. Anschließend haben sie noch wie zum Verschließen mit der Hand gegen die Nasenflügel gedrückt und wie in Andacht auf die Wirkung des Schmalzlers auf die Nasenschleimhäute gewartet. Diese Wirkung hat sich dann oft im Niesen entladen … Für diesen Ernstfall war natürlich mit riesigen Stofftaschentüchern mit oft folkloristischem Design vorgesorgt, die sich die »Schnupfer« vorgehalten haben und in denen man die austretende Materie gesammelt und in den Hosensack gesteckt und dort »zwischengelagert« hat. Papiertaschentücher hat es zu unserer Zeit ja nicht gegeben. Ein Schmalzler, der ein Papiertaschentuch verwendet hätte, wäre im Innviertel oder in Bayern mehr als ausgelacht worden. Ich habe meinem Vater von manchem Ausflug nach Bayern aus Landshut von der Firma Pöschl einen Original-Schmalzler aus gesoßten dunklen Brasiltabaken mitgebracht. Der deutsche Markt ist ja fest in der Hand der Firma »Pöschl-Tabak-GmbH & Co. KG«. Und einem Kunden, einem alten Bauern in der Ortschaft Rinning, habe ich gefälligkeitshalber öfter eine Rolle Kautabak aus

unserer Munderfinger Trafik mitgebracht. Post hat dieser alte Auszügler, der also »gebagert« hat, wie wir das Kauen von Kautabak genannt haben, selten bekommen, aber Kautabak hab ich ihm öfter zugestellt, wie wir ja überhaupt sehr viel »branchenfremde Botendienste« gutwilligerweise verrichtet und Unpostalisches zugestellt haben. Auch wenn der Postmeister und der Postminister das nicht gern gesehen haben und wir öfter angehalten wurden, uns auf das »Kerngeschäft« zu konzentrieren.
Ja freilich, sagte Blumauer. Damals waren wir Postler *Tarifpartner*, *Trafikpartner*, verbesserte er sich, daß ich es nur herausbringe, und wir waren auch »Gemischtwarenhändler-Partner« und Partner auch anderer Gewerbler. Einem Bauern in Hardeggen habe ich oft vom Sattlermeister Gruber einen reparierten Bauchgurt oder einen geflickten Zügel und einmal ein ganzes Kummet mitgebracht, daß die Leute gelacht haben, die mich unterwegs gesehen haben, weil ich wie eingeschirrt ausgeschaut habe.
Habt ihr gehört, sagte Ürdinger, daß nun auch meine »Wedschina« und überhaupt alle anderen Arten von Tabakprodukten wieder in Mode kommen, weil das Zigarettenrauchen so kriminalisiert wird, daß dem Zigarettenraucher bald mit der Todesstrafe gedroht werden wird. Bald werden die Raucher auch im Freien nicht mehr rauchen dürfen. Bleibt wieder nur das »Häusl«, wenn man in den Häusern selbst nicht mehr darf. Die Zigarettenraucher sollen wohl demnächst erschossen werden, bevor sie der Lungenkrebs holt. Jetzt werden wir Raucher vielleicht wirklich wieder auf den Schnupftabak oder gleich auf den Kautabak umsteigen müssen. Kauen und Schnupfen ist ja auch in den Wirtshäusern noch erlaubt. Dann wird

man für die Kauer freilich auch wieder jene Spucknäpfe bereitstellen müssen, die es früher für sie einmal gegeben hat. Auch auf manchem Postamt stand seinerzeit ein solcher Spucknapf, wenn der Postmeister ein Kautabakkonsument gewesen ist, was sehr oft der Fall war. Oder man hängt an der Wand wieder jene Schildchen auf, auf denen AUSSPUCKEN VERBOTEN steht! Sogar in mancher Kirche konnte man diese Tafel sehen. Das Tabakkauen hat bekanntlich den Vorteil gehabt, daß im Gegensatz zum Rauchen keine Feuergefahr bestand. Die Brandgefahr war ja auch der Grund, warum den Matrosen auf den hölzernen Schiffen das Rauchen verboten war und alle gekaut haben. Den ausgelutschten Rest konnten sie dann gleich über die Reling den Fischen zum Fraß vorspucken … Wie oft haben auch wir im Amt gefürchtet, du, Ferdinand, wirst uns mit deinen Virginiern noch einmal unsere »Fregatte« in Brand setzen und entflammen, wenn dir die glühende Asche beim Sortieren der Briefe vom Stummel gefallen ist.

Kurzum, sagte Deuth, ich kann vom ökonomischen Standpunkt aus verstehen, daß sich Trafikanten, die ja bisher schon Brief- und Stempelmarken verkauft haben, für die Post interessieren.

Ich kann mir nicht helfen, sagte Blumauer, mir ist *Trafik* immer wie ein obszönes Wort vorgekommen.

Ach so, sagte Deuth, schreibst du es vielleicht mit ck? Also Kameraden: Im Gegensatz zur Apotheke finde ich die Trafik als den gegebenen Postpartner. Wie viele Postkästen in den Städten und Märkten sind nicht an Kiosken und Trafiken angebracht gewesen, daß die Kundschaften, die dort ihre Marken gekauft haben, die frankierten Briefe gleich vor der Geschäftstür einwerfen konnten. Natürlich sind viele Trafiken räumlich so beengt, daß da für die Post, wenn sie sich noch dazu hineinklemmt, kaum Luft zum Atmen sein wird. Denn die Trafiken sind ja auch bekanntlich die Lotto- und Toto-Annahmestellen, und Zeitungen und Illustrierte werden auch noch aufgelegt und angeboten. Da kommt halt ein wenig viel zusammen. Und ein Renommee ist es für die Post nicht, wenn sie da als Juniorpartner ganz eingezwängt in ihrer Ecke in der Trafik kauert. Mein Gott, was hatten wir früher in allen Ortschaften prächtige Lokalitäten, geräumig und repräsentativ, mit geradezu barockem Schaltermobiliar. Und wie waren die Schalterbeamten vor den Kundschaften abgeschirmt und durch Barrieren geschützt! Eine kleine Glasscheibe hat den Blick von der Kundenseite in den Beamtenbereich erlaubt und ermöglicht. Und in dieser Milchglasscheibe war eine kleine kreisrunde Aussparung, durch die man sprechen konnte. Die Kundschaft hat sich auf die Zehen stellen müssen und den Mund spitzen, um diese Öffnung zu treffen und ihr Anliegen hineinsagen zu können. Und unter der Scheibe war ein Schlitz, durch den man wie bei einer Durchreiche den Brief dem Beamten zustecken konnte. Pakete mußten geschultert und über die Glasscheibe hineingereicht werden, was nicht selten auch zu Pannen führte, wenn etwa einem alten gebrechlichen Menschen das Paket entglitten und »ausgekommen« ist, wie wir in unserer Mundart sagen. Die Felder zwischen den Schaltern aber waren in vielen Ämtern mit feinen Intarsien versehen und mit geschnitztem Rankenwerk verziert. Das alles hatte Stil und man fühlte sich gut als Postangestellter und auch als Briefträger, wenn man im abgeschlossenen Teil des Amtes »amtshandeln« durfte. Ich habe diese Wand zwischen dem Publikum und den Postbediensteten immer wie die sogenannte Ikonostase in den orthodoxen Kirchen empfunden. Erinnert euch an unseren Betriebsausflug nach Triest und unseren Besuch der dortigen serbisch-orthodoxen Kirche! Dort haben wir ja erlebt, wie der Priester hinter seine Ikonostase – diese imposante Bilderwand – geschritten ist und für das Volk unsichtbar die heilige Handlung der Wandlung vollzogen hat, um erst mit dem gewandelten Brot und Wein wieder zum Volk herauszukommen. So ähnlich wie diese Ikonostase ist mir auch die Trennwand in unseren alten Postämtern immer irgendwie erschienen, ohne daß ich damit unsere Hantierung hinter der Wand »mystifizieren« und »sakralisieren« möchte. Wir waren keine Zelebranten und keine Popen … Wir haben hinter dem Schutzschirm bloß die Post bearbeitet, aber kein Sakrament gespendet. Böse Zungen haben natürlich gesagt, wir seien bei unserer Arbeit deswegen so diskret entrückt, weil dadurch gewisse Liederlichkeiten im Umgang mit dem Postgut dem Auge der Öffentlichkeit verborgen blieben, was seine Gründe hätte. »Amtsverschwiegenheit« …

An der anderen Wand des Amtsraumes gab es später die Telephonzellen, vor denen die Leute, die telephonieren wollten und sich beim Fräulein angemeldet hatten, warteten, um aufgerufen zu werden und dann in die Zelle zu treten: Frau Risach Zelle 7! Herr Bumberger Zelle 2! und so fort. Wie vor den Beichtstühlen in der Kirche haben die Kundschaften vor den Telephonzellen gewartet, in denen es freilich immer ein wenig merkwürdig wie nach altem Holz oder Papier und oft auch recht streng gerochen hat. Oft war der Vorgänger, der vor einem in der Zelle war, auch ein Bauernknecht, der in seinen Stallkleidern das Amt aufgesucht hatte, um mit der Mutter seiner unehelichen Kinder zu telephonieren. Das hatte natürlich gewisse Auswirkungen und Ausdünstungen. Gern aber betrat man nach dem Fräulein Lehrerin, das seinen Freund angerufen hatte, die Zelle, weil noch ein angenehmer Duft ihres Parfums zurückgeblieben war. Eau de Cologne … Hatte vor einem ein Mühlbursch aus einer der umliegenden Mühlen in den Mehlkleidern die Zelle benützt, so hatte man als Nachfolger am schwarzen Anzug weiße Erinnerungsspuren. Und konträr verhielt es sich natürlich, wenn der Rauchfangkehrer mit seinem Chef etwas zu besprechen gehabt hatte. Viele Bauern haben von der Post aus den Tierarzt, der seine Ordination in der Nachbargemeinde gehabt hat, verständigt, daß er zu ihrem kranken Schwein kommen oder die Kuh künstlich befruchten soll, was damals gebräuchlich wurde. Private Telephonanlagen hat es praktisch nicht gegeben, bis dann hin und wieder ein Wirt oder ein Tischler oder ein Mechaniker das Telephon eingeleitet bekommen hat. Und nach den Zellen im Amt, wo das Postfräulein oder der Postmeister die Verbindung mit Hilfe einer großen Kurbel und durch Drücken von Tasten wie auf einer vorsintflutlichen Registrierkassa hergestellt hatte, wurde auf dem Platz zwischen Gemeinde und Schule ein öffentliches Telephonhäuschen errichtet, über dessen Zustand freilich immer Grund zu klagen war, weil es verschmutzt wurde oder weil das dort ausliegende und an einer Kette angehängte Telephonbuch zerrissen oder verschmiert oder um Seiten erleichtert worden ist.

Der »Liber catenatus«, sagte Deuth, als Ürdinger einmal

an das Telephonbuch in der Munderfinger Zelle erinnerte.
Was soll das heißen?, fragte Blumauer.
»Libri catenati« heißen die an die Leine oder an die Kette gelegten Bücher in den alten Stiftsbibliotheken. Haben wir doch bei unserem Ausflug nach Reichersberg gesehen, erinnert ihr euch nicht mehr? Zu mir hat übrigens einmal der Tierarzt aus Antiesenhofen gesagt, als er aus unsererem Telephonhäuschen trat und ich gerade mit meiner Posttasche vorbeikam: Herr Deuth, die Leute sind Schweine! Es ist ja nicht nur einmal vorgekommen, daß einer in seiner Not oder auch aus Übermut das Telephonhäuschen als Häuschen und die Zelle als Pissoir zur Erleichterung mißbraucht, vielleicht im Rausch auch verwechselt hat. Heute werden ja auch in der Stadt viele der Telephonzellen stillgelegt und abmontiert, weil kein Bedarf oder keine »Nothdurft«, wie man früher gesagt hat, mehr besteht, nachdem alle schon ihr sogenanntes Handy bei sich haben.
So also ging am Stammtisch munter das Gespräch weiter oder genauer gesagt, die Monologe des Karl Deuth, der immer die meiste Redezeit beanspruchte. Ürdinger und Blumauer waren damit aber durchaus einverstanden. Obwohl Blumauer einmal sagte, er wolle nächstens eine Schachuhr mitbringen und die Redezeiten kontrollieren, damit er das ihm zustehende Quantum Redezeit bekomme … Ürdinger sagte aber gern: Ich bin ganz Ohr. Deuth, deuthe uns die Welt!
Bitte keine billigen Wortspiele mit Personennamen, sagte Deuth. Die sind unter aller Kanone und vor allem unter unserem Niveau.
Ich habe kein Niveau, sagte Ürdinger, das ist nur etwas für feine Leute, nicht für Bauern.

Selten wurden die drei Briefträger an ihrem Stammtisch beim Kirchenwirt in Munderfing von anderen Gasthausbesuchern gestört. Es herrschte um diese Zeit nach 10 Uhr am Vormittag auch kaum Betrieb. Das werktätige Volk ist da ja an der Arbeit … Erst gegen Mittag füllte sich der Gastraum mit Leuten. Jetzt betraten etwa die Arbeiter des sogenannten Reinhalteverbandes, die den Kanal errichteten und quer durch die Gemeinde eine Künette ausbaggerten und Rohre verlegten, oder auch Arbeiter der Straßenmeisterei oder Mitarbeiter einer Baufirma, die einen Kindergarten baute, oder auch ein lediger Lehrer der Musikschule, der auswärts wohnte, und einige andere Gäste, auch hin und wieder ein Tourist die Gaststube, um beim Wirt zu Mittag zu essen. Viele grüßten mit »Mahlzeit!«, wenn sie die Gaststube betraten, einige mit »Grüß Gott« und hin und wieder ein Ausheimischer mit »Guten Tag«. Im Wesentlichen aßen alle das gleiche Tagesmenü, das auch auf einer schwarzen Tafel angeschrieben war. Fremde verlangten manchmal die Karte, auf der aber auch nicht wesentlich mehr verzeichnet war als auf der schwarzen Tafel.

Wenn die Stammtischbrüder des »Poststammtisches«, die »Brieftrager«, wie sie die Versammlung der drei Postpensionisten nannten, noch beisammensaßen, dann machte wohl auch hin und wieder ein Munderfinger eine anzügliche oder ironische Bemerkung. Das als »Anzwicken« bezeichnete unernste Kontaktieren und Kommunizieren ist in den oberösterreichischen Wirtshäusern ein alter Brauch. Selbst bei traurigen Ereignissen fällt es manchen schwer, ernst zu bleiben. Unernst und Unglauben oder Nichtglaubenkönnen drückten sich in Wendungen dieser

Art aus: Geh, pflanz deine Großmutter! Es kam aber auch vor, daß ein Einheimischer den Postlern eine Runde bei der Kellnerin Resi bestellte und bezahlte. Seit ihr nicht mehr geht, sagte einer zum »Kleeblatt«, geht es mit der Post bergab. In einer Ecke, unter dem Herrgottswinkel der Gaststube, stand auf einem Eckschrank ein Fernseher, der aber meistens auf STUMM geschaltet war, außer es gab eine Sportübertragung, für die sich ein Gast unbedingt interessierte. Dann sahen wohl auch manchmal die Stammtischbrüder mehr oder weniger stumm – oder auch das Geschehen kommentierend – zu … Vor allem im letzten Jahrzehnt des vorigen Jahrhunderts und in den ersten Jahren nach der Jahrtausendwende wurde keine Übertragung eines Schispringens ausgelassen. Damals wurde der Sohn eines Bauern aus der Umgebung, aus Waldzell, als Schispringer berühmt. Das machte natürlich den Herkunftsort, ja das ganze Innviertel stolz. Es handelte sich um einen schneidigen Burschen, der nicht nur durch seine Tollkühnheit im Springen von der Schanze, sondern auch durch seine pfiffigen Reden im bayrisch-österreichischen, eben innviertlerischen Dialekt, die Leute begeisterte. Viele der Gäste in den Gasthäusern der Gegend nannten den Schispringer beim Vornamen und sprachen vom »Andi«, andere nannten ihn mit dem Vulgonamen seines Elternhauses den »Bleckenwegener Andi« oder auch »dem Bleckenwegener sein Buam«. Oft verblüffte der urwüchsige Bub mit deftigen »Sagern«. Einmal »sagerte« er, auf die deutschen Konkurrenten bei der sogenannten Vierschanzentournee angesprochen: »Scheiße, die Deitschen werden immer stärker!« Die deutschen Medien rächten sich für einige pubertäre Keckheiten, indem sie ihn, nachdem er, der Schiflieger, als Kokainkonsument aufgeflogen war, statt Goldberger »Schneeberger« nannten. Nachdem die Fußballmannschaft von Ried im Innkreis, wo der »große Sohn der Heimat« geboren ist, in die oberste österreichische Liga aufgestiegen war, wurden im Fernseher beim Kirchenwirt in Munderfing auch immer mehr Fußballspiele angeschaut.

Beim Stammtisch, wo es also beim Diskurs der Postpensionisten um die Apotheken und Trafiken als Postpartner ging, machte die Kellnerin Resi, die beim öfteren Vorbeigehen einiges mitbekommen hatte, »die Herren Brieftrager« auf eine Meldung im Teletext aufmerksam, die sie mit ihrer Fernbedienung heranzappte und die lautete: »Wien: Räuber von Trafikant erschossen. Bei einem Raubüberfall auf eine Trafik in Wien-Leopoldstadt ist gestern der mutmaßliche Täter von dem Trafikanten erschossen worden. Der Täter betrat die Trafik um 17.50 Uhr mit einer gezückten Pistole und verlangte Geld. Der Trafikant holte statt des Geldes eine Waffe hervor und feuerte einmal in Richtung des Räubers. Nach wie vor ist die Identität des Toten unklar. Der Trafikant steht unter Schock und konnte noch nicht befragt werden. Die Trafik war schon einmal überfallen worden.« Vielleicht können die Herren mit dieser Nachricht etwas anfangen, sagte die Kellnerin.

Die Briefträger bedankten sich bei Kellnerin Theresia, und nach einer Zeit des Nachdenkens sagte Deuth: Justiz, Polizei, Selbstjustiz. Dazu wäre natürlich viel zu sagen, wozu ich aber heute keine Zeit mehr habe. Ich muß heimgehen und mich für ein Begräbnis um zwei schön machen.

Schließlich möchte ich dich, lieber Karl, auch daran erinnern, daß die Sache mit meinem lateinischen Nachhilfe-

lehrer und der Ausgang seines Disziplinarverfahrens immer noch offen ist, sagte Blumauer.
Der läuft uns nicht davon und demnächst werden wir ihn einholen, sagte Deuth. Dann ging er zur Garderobe.
Ürdinger rief ihm nach: Eine schöne Leiche erster Klasse wünschen wir. *Leiche* bedeutete in seiner alten Innviertler Mundart »Begräbnis«. Die Einteilung der Begräbnisse in zwei Klassen ist inzwischen auch auf dem Land aus der Mode gekommen. Für ganz arme Unterstands- und Anhangslose gab es sogar ein Begräbnis dritter Klasse. Bei einem solchen Armutsbegräbnis, hieß es, werde der Tote nicht getragen, da müsse er selbst gehen… Zwei Klassen gibt es heute nur noch im Zug. Ja, die Bahn hat sogar neben den zwei Klassen eine Klasse römisch I eingeführt. Sie heißt *Business Class*…
Businessclass for the Upperclass…, sagte Blumauer…
Wenn man an den Tod denkt, ist alles lächerlich, sagte Deuth im Weggehen.

Stammtisch 12

Eine Woche war vergangen, und inzwischen war der Fall des Trafikanten, der den Räuber erschossen hatte – einen Rumänen, wenn der Paß, der bei ihm gefunden wurde, echt und nicht gefälscht war –, in den Medien und vor allem in den sogenannten Boulevardzeitungen ausgiebig diskutiert worden. Vor allem die Sonntagszeitungen, die auch in Munderfing im sogenannten »stillen Verkauf« auf Zeitungsständern stoßweise angeboten werden, wo der Käufer das Geld in eine Art Sparkasse am Stativ der Staffelei wirft, und vor allem die bekannte »auflagenstärkste« unter ihnen, hatten vehement die Partei des zum zweiten Mal überfallenen Trafikanten ergriffen, der übrigens kein Postpartner war. Die drei pensionierten Briefträger waren nicht einheitlicher Meinung. Ürdinger war wohl am ehesten bei der auflagenstärksten Zeitung, Deuth, der Intellektuelle, war hierin wieder einmal Dissident, und Blumauer war sich nicht ganz sicher und erbat darum Bedenkzeit und den Rat und die Meinung des bewunderten Lehrmeisters Deuth.

Deuth nun sagte: Wo kommen wir hin, wenn jeder bei der nächstbesten Gelegenheit und wenn ihm einer eine Pistolenattrappe vorhält, scharf schießt? Gerade der Trafikant, der ein Waffenspezialist war, um nicht zu sagen ein »Waffennarr«, der also einen Waffenschein besaß und sich bei Revolvern und Pistolen auskannte, hätte doch erkennen müssen, daß die Pistole, die der Möchtegernräuber vor Nervosität zitternd in der Hand hielt, aus Plastik und Pappendeckel bestand. Und ich kann auch nicht ganz glauben, daß der eine Schuß, der gleich tödlich war, ganz ungezielt gewesen sein soll. Mir tut der arme Rumäne leid.

Weil er seinen Lebensunterhalt im Ausrauben von Trafiken suchen mußte? Du Weichei, sagte da Ürdinger zu Deuth. Das kommt davon, wenn einer wie du keinen Krieg mitgemacht hat und vom Pazifismusbazillus infiziert worden ist. »Nicht der Mörder, der Ermordete ist schuld« … Oder diesmal eben: Nicht der Räuber, der Ausgeraubte ist schuld. Oder im Zweifelsfall eben »die Gesellschaft«.
Ein Mann sieht rot, sagte Blumauer zu Deuth, auf Ürdinger deutend. Und: Law and order …
Viel schrecklicher als dieser Fall ist ja jener vom vorigen Juli, als ein jugendlicher Einbrecher in einem Supermarkt in Krems von einem der Polizisten von hinten erschossen wurde, fuhr Deuth fort. Dieser Fall ist so traurig und elend, daß es sich verbietet, über ihn am Stammtisch zu reden. Dazu ist er zu ernst. So bitte ich dich denn, Franz, solltest du auch dazu meine Meinung wissen und erfragen wollen: Frag mich etwas Leichteres! Über Polizei und Post im Allgemeinen und im Besonderen in dieser Zeit, wo freigesetzte Postbedienstete, entlassene oder entlastete Briefträger in den Innendienst der Polizei übernommen werden sollen, habe ich sehr wohl eine Meinung und durchaus keine Wohlmeinung … Für mich passen Post und Polizei nicht zusammen. Ich trauere übrigens noch der Gendarmerie nach, den Landgendarmen also, dem alten Postenkommandanten … Mit dem Pfarrer, dem Postmeister und dem Greißler hat leider auch der Postenkommandant der Gendarmerie die Dörfer verlassen. Davon war ja schon die Rede. Ich selbst habe mich wie sicher auch ihr, Ferdifranz, gegen ordnungs- und sicherheitspolitische Zumutungen an uns Brieftrager immer gewehrt. Wir sind keine Gendarmen, habe ich gern zu meinen Postkunden gesagt,

wenn sie von mir etwas Polizeiliches erwartet haben. Uniform ist nicht gleich Uniform. Und bewaffnet sind wir schon gar nicht. Sicher habe ich manchmal die Gendarmerie verständigt und informiert, wenn mir etwas Ordnungswidriges im Rayon aufgefallen ist. Ich habe nie jemanden denunziert und angezeigt, aber wenn ich etwa bemerkt habe, daß irgendwo ein Steg oder ein Brückl über einen Graben, über den auch der Schulweg der Kinder von den Einschichthöfen her geführt hat, schadhaft und gefährlich gewesen ist, habe ich das dem Kommandanten gesagt. Und auch auf der Gemeinde und dem Bürgermeister gemeldet! Ich habe dann aber nicht den Bauern angeschwärzt, dem der Grund dort gehört und der für die Erhaltung des Privatweges verantwortlich ist, sondern ich habe aus Interesse für die Schulkinder gehandelt.
Brav!, sagte da Blumauer. Das hört sich grad so an wie das, was der Adalbert Stifter in »Kalkstein« geschrieben hat. Dort ist es der Pfarrer, der sich um die Kinder sorgt. In Munderfing ist es Karl Deuth, der Brieftrager. Wir werden dich für den Friedensnobelpreis vorschlagen.
Ich hab gedacht, den kriegt der Pfarrer von Ungenach, sagte Ürdinger.
Man kann ihn ja auch teilen, sagte Blumauer. Und auch die Hälfte des Preisgeldes wird noch für genügend Freibier reichen!
Macht ihr nur eure Witze, sagte Deuth. Aber denkt einmal zurück an den alten Postenkommandanten der Gendarmerie. Der hätte eine Ehrung wie die Ehrenbürgerschaft verdient. Der verdient eine Gedenkminute.
Und Deuth hielt tatsächlich inne. Dann sagte er: Der Postenkommandant war nämlich weniger im Innendienst als

im Dauereinsatz im Streifendienst. Tag und Nacht sind die Gendarmen, der Kommandant und seine zwei Untergebenen in der Gemeinde im Gelände unterwegs gewesen. Kilometerweit sind sie von einem Ende unserer 14 Quadratkilometer großen Gemeinde zum anderen Ende marschiert. Marschiert, im strengen militärischen Sinn, sind sie nicht, eher bedächtig gegangen, und überall haben sie nach dem Rechten gesehen. Heute haben wir keinen lebenden Gendarmen und auch keinen Polizisten mehr im Ort, sondern nur am Ortseingang und am Ortsausgang einen »Pappkameraden« aus Blech, die Nachbildung eines Polizisten in Uniform, die, wie ich zugebe, so natürlich und täuschend echt wirkt, daß ihn nicht nur ältere Menschen wie wir mit Sehschwäche oft höflich grüßen. Und sich dann ärgern, daß er nicht zurückgrüßt! Auch junge Menschen, vor allem Raser in Autos oder auf Mopeds sieht man hin und wieder erschrocken zusammenfahren und die Geschwindigkeit reduzieren, wenn nach der Kurve vor dem Ortsanfang der »Blechtrottel« plötzlich auftaucht. Autofahrer fahren zusammen! Natürlich verliert sich diese Wirkung mit der Zeit, sehr schnell wird er den Verkehrsteilnehmern ein vertrauter Bekannter. Ein Papiertiger … Darum wird er ja auch von Zeit zu Zeit umgestellt und irgendwo eingesetzt und eingepflanzt, wo ihn keiner erwartet. Er hat keine ortsfeste Stellung und ist in Grenzen mobil … Der »Pseudopolizist« hat jetzt übrigens Konkurrenz bekommen. Die Jägerschaft hat an einigen Stellen, wo das Wild über die Straße läuft, am Straßenrand Nachbildungen von Rehböcken postiert, die zum Sprung auf die Straße ansetzen, in der löblichen Absicht, die Autofahrer vor dem Wildwechsel zu warnen und um Entschleunigung zu bitten. Und der Tier-

schutzverein hat in Sorge um die Frösche, die zwischen den Teichen und Tümpeln beim Weiler Kempling zur Laichzeit die Straße queren und scharenweise überfahren werden, einen Riesenfrosch aus Kunststoff hergestellt und dort hingestellt, den zwar niemand für echt und lebendig hält, der aber doch auch Wirkung zeigt.
Mir haben die Frösche, die armen Männchen, die in der Brunft dem Lockruf der Weibchen gefolgt und so zu Tode gekommen sind, immer leid getan, sagte Blumauer.
Mir auch, sagte Deuth, aber so grausam ist die Natur. Die Kreatur sucht die Liebe und findet den Tod.
Lieber Karl, sagte Blumauer, das hat aber ein verständnisvoller französischer Bischof über die aids-kranken Menschen gesagt. Ob das hier paßt? Menschen und Tiere soll man doch eigentlich nicht vergleichen.
Doch, man darf, sind alles Geschöpfe. Und darum habe ich den großen Frosch des Tierschutzvereins genau so begrüßt wie die Tafel, die der Elternverein im Umkreis der Schulen angebracht hat, auf der man ein Kind erschrokken in Abwehrstellung die Hände vorstrecken sieht und unter dem steht: BITTE NICHT SO SCHNELL! Oder auch das Schild mit der Aufschrift SCHULANFANG, auf dem man ein an der Hand der Mutter gehendes Kind mit einer Schultasche sieht.
Auf Streife gehen die Blechpolizisten, die man überall im Innviertel heute sieht, natürlich nicht. Und sie machen auch keinen Innendienst. Sie machen eigentlich ein trauriges Bild der Exekutive, so fesch der Uniformierte auch ausschaut. Zauber der Montur … Sein Revolver bleibt im Halfter. In Mattighofen ist übrigens vor kurzem dieses Abbild eines Polizisten an- und umgefahren worden. Er hat

vergessen, zur Seite zu springen, als einer unterwegs in die Disco nachts die Herrschaft über seinen VW verloren hat und »ausgeritten« ist und den »Herrn Inspektor« mitgerissen hat. Sie haben es nicht leicht, die Talmis. Manchmal sieht man auch einen stillen Zecher, der betrunken nachts vom Wirtshaus heimwankt, hinter dem Rücken des »wehrlosen Ordnungsorgans« sein Geschäft verrichten und anschließend mit dem Gruße »Hick« sich entschuldigen …

Was nun die in den Polizeidienst übernommenen Postler betrifft, so zweifle ich, ob das eine gute Idee der Innenministerin ist. Ich jedenfalls war leidenschaftlich gern Briefträger, aber als Polizist hätte ich mich nicht geeignet und auch nicht wohl gefühlt. Und so gern ich auch ausgeholfen habe und »eingeschritten« bin, wenn sich irgendwo auf einer Weide eine Kuh losgerissen hatte und nun durch den Ort hetzte, daß ich den Besitzer verständigte und manches Mal selbst die lustige Kuh eingefangen und zurückgebracht habe, wäre Ordnungshüter doch nicht mein Traumberuf gewesen. Zum Abstrafen und Führerscheinentziehen hätte ich nämlich ein zu weiches Herz gehabt. Und einen Delinquenten, einen Landstreicher, einen Unsteten, einen Verdächtigen über die Nacht in den ungeheizten Dorfkotter zu sperren, den es damals, sinnigerweise neben der alten Leichenhalle, die wegen der damals noch üblichen Hausaufbahrungen auch nur für Unstete, Anhanglose und Gemeindearme gedient hat, noch gegeben hat, hätte ich auch nicht über das Herz gebracht. Ich habe mich auch nie als Detektiv gefühlt und gebrauchen, mißbrauchen lassen. Wenn eine eifersüchtige Frau im Rayon mich bat, ich soll auf ihren Mann ein bißchen ein Auge haben, ob er auch wirklich den ganzen Arbeits-

tag draußen im Steinbruch oder als Wegmacher der Gemeinde kontinuierlich Dienst tut, dann habe ich dankend abgelehnt. Ich bin nicht von der »Sitte« und nicht vom Arbeitsinspektorat, habe ich gesagt. Du, Franz, sagte er zu Blumauer, warst vielleicht als ein an allem, was Amor und Amouren betrifft, besonders Interessierter und Hellhöriger eher geneigt, solchen Aufträgen zu entsprechen.
Da sagte Blumauer: Umgekehrt wird es ein Paar Schuh. Es war doch meistens so, daß eifersüchtige Männer, die morgens aus dem Haus gingen und vielleicht überhaupt auf Montage fuhren und eine Woche weggeblieben sind, einen gebeten haben, ein Auge auf die daheimbleibende Frau zu haben, und ihm später mitzuteilen, ob man etwas Auffälliges oder Verdächtiges bemerkt hat, dann habe ich aus Freundschaft mit dem Mann, wenn er denn mein Freund war, dann habe ich mich dem nicht entzogen und verweigert. Meistens habe ich aber die meiner festen Überzeugung nach grundlos Eifersüchtigen auch beruhigt oder auch manchmal zurechtgewiesen und mein Mandat in solchen aussichtslosen Fällen nicht angenommen. Warum, habe ich dann den Eifersüchtling gefragt, läßt du dir nicht von jenem steirischen Kunstschmied, von dem neulich in der Zeitung stand, daß er sich auf die Erzeugung von Keuschheitsgürteln spezialisiert hat, wie sie im Mittelalter bei den Rittern, die zum Kreuzzug und auf »Montage« oder »Demontage« ins Heilige Land gezogen sind, Brauch waren, und die ihre daheimbleibenden Frauen mit diesem ehernen »Präservativ« gesichert haben, warum, habe ich ihn gefragt, läßt du dir von jenem Steirer nicht auch so einen Keuschheitsgürtel anfertigen! Du mußt ihm nur die Maße deiner Frau mitteilen, also die Wäschegröße ansagen. Deine Frau ist unten

herum ziemlich korpulent, habe ich gesagt, also mußt du wahrscheinlich XL oder sogar XXL bestellen.
Da fragte Ürdinger: Ach, Franz, kennst du seine Frau so genau?
Vom Sehen, lachte Blumauer, aus der Ferne …
Das nenne ich Naivität, sagte Deuth, unseren lieben Franz um einen solchen Gefallen bitten. Das nenne ich vor allem »den Bock zum Gärtner machen«. Wahrscheinlich hast du damals schon begonnen, Stoff für dein Erotikon zu sammeln? In der Praxis?
Irrtum, Euer Gnaden. Darauf bin ich erst nach den Zeitungsberichten über den »nachhelfenden« Latinisten, den Mädchenversteher, gekommen. Aber natürlich würde es mir leichtfallen und ich hätte auch genug Phantasie, um einen Stoff aus dem Briefträgermilieu zu erfinden. Ja, dann würde es ungefähr nach deinem Schema: »Der Bock als Gärtner« ablaufen. Das würde dann auch eher dem Klischee entsprechen: Der Briefträger als Witwentröster.
Der Briefträger als Tröster grüner Witwen, korrigierte Deuth.
So genau ist das nicht. Aber die Richtung stimmt. Ein Briefträger profiliert sich als Frauenversteher. Und wie in der Geschichte vom Wiener Nachhilfelehrer spielt auch hier eine Männerfreundschaft eine Rolle. Der Wiener Lateiner war schließlich ein Kollege und Freund, ein Tarockpartner des Vaters der Nachhilfeschülerin. Es spielt also auch eine »Verpartnerung« eine Rolle, wie neuerdings die Hochzeiten gleichgeschlechtlicher Paare genannt werden, wenn auch diesmal nicht im engen juristischen Sinn, sondern »cum grano salis«, wie der Lateiner gern sagt, im übertragenen oder metaphorischen Sinne. Und eine

Männerfreundschaft zerbricht. In Wien ist sie zerbrochen, weil der Tarockpartner das Vertrauen des Vaters der Nachhilfeschülerin mißbraucht hat, wie es dieser Vater und das Gericht gesehen und beurteilt haben. Was das Dienstrechtliche und das Disziplinarverfahren betrifft, dazu warte ich ja schon lange auf die entsprechenden Informationen meines Freundes Karl Deuth.

Gut Ding braucht Weil, sagte Deuth, und: Was lange währt, wird endlich gut.

Was lange währt, wird endlich langweilig, verbesserte da Ferdinand Ürdinger.

Du, Ferdinand, halt dich da heraus, sagte Deuth. Übrigens, Freunde: »Verpartnerung«, was für ein grausliches Wort!

Es ist mir ja auch die Sache, für die es steht, nicht ganz geheuer …, sagte Ürdinger.

Be cautious!, sagte da der Anglist Blumauer, bitte keine Unkorrektheiten. Eins ist sicher: Die trauen sich wirklich was, die sich jetzt trauen lassen. Und die trauen sich auch etwas, die diese Trauerei öffentlich bedauern und betrauern. Jetzt muß sich nur die Natur und die Biologie umstellen und auf die neuen »Verpartnerungen« einstellen, dann ist die Menschheit gerettet, nachwuchsmäßig, meine ich.

Auch so ein Thema, das sich nicht für den Stammtisch eignet, sagte Deuth.

Über was sollen wir dann überhaupt noch reden?, fragte Blumauer.

Es heißt nicht »über was«, sondern »worüber«, sagte Deuth, und: Zur Abwechslung über das Wetter … Über den Klimawandel … Über das Klimakterium! Die Welt ist im Wandel, die Gesellschaft hat die Wechseljahre, Freunde.

Es regnet, sagte Blumauer. Und das im Jänner! Verkehrte Welt!
Gut, daß ich den Parapluie dabei habe, sagte Deuth.
Läßt du mich unterstellen?, fragte Ürdinger.
Wenn du brav bist, Ferdinand, sagte Deuth, und: Resi, bitte die Kalkulation!

Stammtisch 13

Thema Sitte, sagte Blumauer, da ist mir vergangene Woche, nach unserem Diskurs über die Polizei oder Gendarmerie und die Post als Polizeipartner, einmal eingefallen, daß es doch da in Wien einen Polizeiobersten gegeben hat, der einigen befreundeten Unternehmern im Rotlichtmilieu die Termine von Razzien verraten hat. So war, wenn die »Sitte« eingetroffen ist, immer alles sehr gesittet … Verdächtigem Personal, also Mädchen aus dem Osten, die keinen Paß und keine Aufenthalts- und keine Arbeitsgenehmigung, nicht einmal eine solche als »Tänzerin« hatten, hat der Zuhälter dann frei gegeben. Sie konnten an diesem Abend spazierengehen statt anzuschaffen. Vielleicht wurden sie auch im »Außendienst« im »Rayon« zu Hausbesuchen eingeteilt und eingesetzt …
Lieber Franz, da hast du also dein Thema gefunden! Du schaust zu viele Krimis im Fernsehen an, die in St. Pauli, im Hurenviertel der Hansestadt Hamburg spielen. Die Sache mit dem pflichtvergessenen Polizeiobersten hat sich vielleicht in Hamburg oder wo zugetragen … Von Wien kann ich mich nicht erinnern, daß ich von einem ähnlich krassen Fall von Amtsmißbrauch einmal etwas gehört hätte. Wien ist clean, reimte Deuth.
Die Wiener sind aber auch keine Musterknaben, meinte Blumauer, sicher nicht! Wien oder Hamburg oder Munderfing, das Thema Kriminalität und Sitte interessiert mich grundsätzlich, und wenn ich noch bei der Post wäre und im Zuge der »Redimensionierung« derselben gefragt würde, ob ich nicht zur Polizei übertreten will, dann würde ich, vorausgesetzt, daß es nicht mit Gehaltseinbußen ver-

bunden wäre, »ja« sagen und zustimmen. Zur Bedingung würde ich aber machen: Bitte zur Sitte!
Jetzt dichtet der auch schon!, sagte Ürdinger.
Da hätte ich dann einen reichen Fundus an Stoff für mein Erotikon, sagte Blumauer, und ich wäre nicht auf dich, lieber Karl, angewiesen. Im Milieu erfüllen sich Schicksale. Da ist was los. Da ist der Bär los. Und in diese Szene spielt ja auch die Wirtschaftskriminalität herein. Economy! Der »Sittist« muß Generalist sein! Da geht es um Summen. Da wird Geld in die Hand genommen … Spannend wäre es auch in jenem Ressort, wo die Wettbetrüger verfolgt werden. Oft sind die, die ganze Fußballspiele verschieben, Spieler und Schiedsrichter bestechen und die aus dem Boden schießenden Wettbüros betreiben, mit den Zuhältern identisch. Sitte, Karl, Leib und Leben, Wirtschaftskriminalität, Terrorismus, Kapitalverbrechen. Das wäre schon etwas maximal anderes, lieber Karl, als dem Herrn Birnstingel in Höllersberg die Mindestrente oder der alten Riedlinger in Pfaffing eine Verständigung der Glücksstelle Mihalowitsch, daß sie im Lotto 24 Euro gewonnen hat, nachdem sie für ihr Los 60 Euro bezahlt hatte, überbringen. Über die hohe Brücke führt der Weg zum Glücke …
Beim Wort »Fußballspiele« ist Ürdinger aufgewacht, als hätte ihn ein Ball am Kopf getroffen: Ich gehe jedenfalls seit dem letzten Skandal, der sicher nicht der letzte war, nicht mehr auf den Platz. Ich bin doch nicht blöd und lasse mich für dumm verkaufen. So billig kann meine Seniorenkarte gar nicht sein, daß ich mir noch ein Match antue. Da strengt man sich an, schreit aus Leibeskräften und drückt seiner Mannschaft die Daumen, daß die Knochen krachen, und diese gedungenen Kicker und Falsch-

spieler laschieren und verlieren freiwillig und gewinnen dafür einen Packen Fünfhunderter-Euroscheine. Und dann erst die Schiedsrichter! Wir haben seinerzeit, wenn ein »Schiri« besonders vertrottelt gepfiffen hat, geschrien: Schiedsrichter zum Telephon! Das war natürlich harmlos. Heute brüllen die sogenannten Hooligans ganz andere Häßlichkeiten, aber einige Schiedsrichter verdienen es offenbar nicht besser, ohne daß ich deswegen die wahnsinnig gewordenen Schlachtenbummler verteidigen möchte. Oder jenen verstorbenen Kärntner Landeshauptmann, der die Schiedsrichter oder einen von ihnen, der ein Spiel von zwei Mannschaften, die paradoxerweise beide »Austria« geheißen haben, ziemlich verpfiffen hat, einen »käuflichen Falotten« genannt hat. Man braucht Schiedsrichter, allerdings unparteiische, aber die schwarzen Schafe schaden dem ganzen Verein und Verband der Pfeifenmänner. Und jeder fragt sich, ob die paar, die man effektiv erwischt und überführt hat, nicht wirklich nur die Spitze des Eisbergs sind und ob da nicht eine Mafia am Werk ist. Ich gehe nicht mehr hin, aus Enttäuschung über schwache Schiedsrichter- und Spielerleistungen, aber auch wegen der abscheulichen Spieler- und Schiedsrichterbeschimpfungen. Die gehen mir natürlich ganz besonders auf den Geist! Holt den Tierarzt!, grölen die besoffenen Hooligans, wenn ein schwarzer Spieler verletzt am Boden liegt. Und ein hoher Funktionär hat einmal einen Schiri »schwule Sau« genannt. Das ist ja noch gerichtsanhängig. Das ist nicht mehr mein Sport … Es gab natürlich auch zu unserer Zeit Emotionen, wenn die vom ASKÖ, vom sozialistischen Arbeitersportclub, gegen die Union, also die Schwarzen, die vielleicht einmal einer »die schwarze Brut« genannt hat, politisch

gemeint, gespielt haben. Und die vom Arbeitersportverein hat manchmal ein fanatischer Bürgerlicher die »bloßfüßigen Tschinaller« oder die »nackerten Hackler« genannt. Aber nach dem Spiel haben alle miteinander ein Bier getrunken, und es sind an manchem Tisch die sogenannten »Heimwehrler« und die »Schutzbündler« friedlich nebeneinandergesessen, haben sich vielleicht gegenseitig ein wenig aufgezogen, aber doch miteinander geredet. Und wenn Munderfing gegen Aspach gespielt hat, ist es auch manchmal hoch hergegangen. Oder es hat bei einem Spiel mit einer Mannschaft aus dem Hausruckviertel, meinetwegen aus Rottenbach, ein Munderfinger »Landler, Bandler, Nudeldrucker!« hineingeschrien. Aber was ist das gegen das, was man heute auf den Plätzen hört!
Ich kann dich verstehen, Ferdinand, wenn du genug hast und dich mit Grausen wendest!, sagte Deuth. Aber dich, Franz, verstehe ich nicht. Landbriefträger zu sein, war für mich und wäre noch heute der ideale Beruf. Und den würdest du für einen Job bei der »Sitte« aufgeben? Briefträger, und vor allem Landbriefträger zu sein, war noch ein Beruf und nicht bloß ein »Job«. Jahrein, jahraus und Tag für Tag, die Feiertage und die drei Wochen Urlaub abgerechnet, bei Sonne, Regen und Schnee über Land gehen, auch im Nebel zu wandern, wenn ein Baum den anderen nicht sieht … über Landstraßen wie die Bundesstraße B 147, und Feldwege, über Raine und Steige, Stege und Brücken und am Ufer der Mattig und kleinerer Bäche und Gräben. Und immer wieder entlang der Bahnlinie Braunau-Steindorf, dann durch Wälder und Waldl des Kobernaußen. Schließlich sind fast 60 Prozent der Fläche der 37 Quadratkilometer unseres lieben Munderfing und der Katastral-

gemeinde Achenlohe bewaldet. Nicht nur die Menschen der Gemeinde waren uns alle bekannt, wir kannten auch die Tiere, sind ja immer wieder Rudeln von Rehen, den Hasen und auch dem Fuchs, unserem Wappentier, begegnet. Das Wild ist uns gegenüber zahm und zutraulich geworden. Die Rehböcke haben sich auch nicht geniert, vor unseren Augen ihre Weibchen zu lieben, wie wir natürlich auch immer wieder Stiere, Eber und Geißböcke »an der Arbeit« gesehen haben … Da gab es genug Stoff für Gender-Studien … Fasane sind mit dem charakteristischen Ruf aus dem Unterholz aufgeflogen, Auerhähne haben gebalzt, Haushühner bei den Höfen haben gegackert und der Hahn hat gekräht, auch die Tiere in den Ställen haben Laut gegeben … Es war akustisch wie eine Symphonie, ein Zusammenklang, eine Pastorale … Leider ist ja im Jahr 78 die Tollwut ausgebrochen, und einige der Wildtiere sind verdächtig zutraulich geworden … In Acht nehmen mußte man sich freilich nicht nur vor tollwütigen Tieren, sondern auch hin und wieder vor schießwütigen Jägern. Ihr kennt ja sicher aus dem schon erwähnten Roman »Zu Lasten der Briefträger« das Kapitel über Jagdunfälle, über das sich Jäger beschwert haben. Am 7. Dezember des vorigen Jahres 2009 hat aber das Internet unter der Überschrift »Postbote von Schrotkugel im Gesicht getroffen« eine Mitteilung gemacht, die aus dem erwähnten Roman sein könnte: »Bei einem Jagdunfall in Ostwestfalen hat ein Postbote offenbar durch einen Querschläger schwere Verletzungen davongetragen. Der 28-Jährige wurde in Langenberg (Kreis Gütersloh) in einem Postauto sitzend von einer Schrotkugel im Gesicht getroffen, wie die Polizei Gütersloh am Montag mitteilte. Zuvor hatte demnach in der Nähe ein 70-jähriger Jäger einen Schuß auf einen laufenden Hasen abgefeuert – die Schrotladung verfehlte allerdings ihr Ziel und schlug offenbar in den Acker ein, wobei vermutlich mehrere Kugeln von Steinen abprallten. Eine Kugel traf den Postboten, zwei weitere prallten gegen die Autotür, deren Scheibe der 28-Jährige heruntergelassen hatte.«

Und weil wir immer wieder auch die Rayone getauscht haben und nicht nur ich manchmal krank geworden bin, sondern auch ihr hin und wieder krank geworden seid oder Ürdinger wegen unaufschiebbarer Erntearbeiten ausgefallen ist und wir »substituieren« mußten, wie es im Beamtendeutsch heißt, kann wohl jeder von uns dreien die Weiler und Ortschaften der Gemeinde Munderfing vom Sortieren und Einwerfen der Briefe in die Fächer im Amt heute noch im Schlaf hersagen. Es ist mir heute wie ein Gebet, wie eine Litanei, wenn wir die Adressen und die Ortschaftsnamen aufgerufen haben.

Stimmt ein, forderte Deuth seine Kollegen auf, und sie machten ihm die Freude und »beteten mit«: Achtal, Ach, Baumgarten, Bradirn, Haidberg, Hirschlag, Höllersberg, Katztal, Kolming, Lichteneck, Munderfing, Oberweißau, Parz, Pfaffing, Rödt, Spreitzenberg, Stocker, Unterweißau, Valentinhaft und Wiesenham.

Deo gratias, rief ein Spaßvogel, der offenbar mitgehört und den feierlichen Ton der Postler bemerkt hatte, von einem Nebentisch zu diesen herüber, was dort wie da Gelächter und Heiterkeit hervorrief.

Ja, gelacht haben wir auch oft, sagte Ürdinger, wenn wir uns die Briefe mit verschriebenen oder schier unleserlichen Adressen, kurrent oder lateinisch, gegenseitig zeigten.

Wie kurios waren die Ortsnamen oft verschrieben. Statt *Hirschlag* haben natürlich viele *Hirnschlag* geschrieben. Dabei hat Munderfing, sagte Deuth, mit seinen Orts- und Flurnamen eh noch Glück gehabt, weil keiner darunter ist, der unfreiwillig komisch oder kurios oder auch obszön wäre. Wir haben kein *Fucking* und kein *Mösendorf* und kein *Stinkenbrunn* und kein *Afterbach* und kein *Hühnergeschrei*, kein *Pißdorf* und kein *Buxtehude*. Wir haben auch kein *Pledi* wie die Gemeinde Weibern. Grad *Bradirn* hat vielen Kopfzerbrechen bereitet. Einer hat einmal *Saudirn* geschrieben, ein anderer *Blähdirn*. Statt *Oberweißau* hat einmal jemand *Obersau* geschrieben. So gab es immer Stoff zum Wundern und zum Lachen. *Munderfing* selbst hat mit seinem Ortsnamen nach dem legendären Ritter *Mundolf*, der hier im 7. Jahrhundert geherrscht hat oder haben soll, ja einen wohlklingenden Namen. Wenn auch hin und wieder einer *Munderfink* oder *Munterfink* geschrieben hat, der offenbar nicht gewußt hat, daß die Ortsnamen auf *-ing* ältestes ehrwürdiges bayrisches Namensgut sind. Damit kann höchstens noch *-ham* in *Wiesenham* mithalten. Ein Mensch aus *Wiesenham* ist kein *Wiesenhammer*. Drum hat sich ja auch unser größter Dichter Franz Stelzhamer aus Piesenham oft beschwert, daß sie ihn als *Stelzhammer* verschrieben haben. Und er ist auch kein *Piesenhammer*. Im Leben haben sie ihm oft zu wenig, schreibt er, aber beim Namen haben sie ihm oft ein m zuviel gegeben … Munderfing hat, wie gesagt, mit seinem Namen Glück gehabt, das kann man etwa vom benachbarten *Aspach* nicht behaupten. Und wenn dort zehnmal oder genauer vier Jahre lang nach 1445 Enea Silvio Piccolomini, der spätere Papst Pius II., Pfarrer gewesen ist, hat das noch keinen gehindert, *Aspach* als *Aschbach* oder gar *Arschbach* zu bezeichnen und zu schreiben. Auch *Atzbach*, wie man oft liest, ist nicht richtig … Eine besondere Bosheit ist natürlich die Entstellung des Namens in *Aasbach*. So eine Schweinerei!

Die Gelegenheit ist günstig, sagte Deuth, seinen Monolog fortsetzend, daß ich euch von einem Literaturfund Mitteilung mache, der zu allem paßt, was wir heute besprochen haben, jedenfalls zu deinem Thema »Sitte«, Franz, und zu *Aspach*, unserer Nachbarpfarrei, die der verehrte Enea Silvio Piccolomini im 15. Jahrhundert als Pfründner zugesprochen bekommen hat. Ich habe mir nämlich am letzten Wochenende in meiner Braunauer Buchhandlung das Buch »Ich war Pius II.«, eine Auswahl seiner sogenannten »Commentarii« in deutscher Übersetzung von Günter Stölzl gekauft. Und obwohl ich da im Ortsregister *Aspach* gar nicht gefunden habe, bin ich im Kapitel 12, »Das Sarntal und die Sitten seiner Einwohner«, doch fündig geworden. Vor Aspach ist ihm, dem Enea, wie wir ihn der Einfachheit halber nennen, nämlich vom Kaiser die Tiroler Pfarrei Sarntal zugesprochen worden, »die mir jährlich 60 Gulden einbrachte«, schreibt er. Dann beschreibt er das Hochtal der Sarn als eine unwirtliche Gegend, »die drei Viertel des Jahres von hohem Schnee und dickem Eis bedeckt ist«. Merkwürdige Bräuche haben darum die Sarntaler: »Diejenigen, die weit weg von der Kirche wohnen, legen die Körper der im Winter Verstorbenen einfach ins Freie und konservieren sie mit der Eiseskälte bis in den Sommer. Dann geht der Pfarrer in seiner Pfarrei herum und führt einen langen Leichenzug an, spricht die letzten Worte auf dem Friedhof und beerdigt mehrere gleichzeitig.« Und jetzt, Franz Blumauer, aufgepaßt und schlaf mir nicht ein, denn jetzt kommt, was dich interessieren und ansprechen wird, die Sittlichkeit betreffend: »Die Sarntaler könnten die glücklichsten der Sterblichen sein, wenn sie ihr Glück erkennen und ihre Gelüste zügeln könnten. So aber saufen sie Tag und Nacht, koitieren kreuz und quer, und kein Mädchen kommt hier als Jungfrau zur Ehe.« Mit der Keuschheit hat es freilich Enea selbst bekanntermaßen nicht so genau genommen. Erst als die Manneskraft abgenommen hat, ist er keusch und fromm geworden. Er ist ja auch erst relativ spät geistlich, Diakon und dann Priester und ziemlich kurz danach gleich Papst geworden. Er war eben ein Renaissancepapst, wenn auch nicht ganz so lebenslustig wie sein Nachfolger Alexander VI. Er war halt doch nur ein Piccolomini und kein Borgia. An die sogenannten »evangelischen Räte« hat sich der Bischof von Rom wohl genauso wenig streng wie der Dechant von Ungenach gehalten … Vielleicht hat er als extrem Kleinwüchsiger, er war ja nur einen Meter und sechzig Zentimeter groß, auch nicht mehr so viele Chancen bei den Frauen gehabt. Er heißt ja nicht umsonst Piccolomini, also »der kleine Mann«!

Nun, hat Aspach auch keinen so schönen Namen wie Munderfing, so kann es doch stolz sein auf diese Eintragung in den »Kommentaren« des Enea: »Ich habe die Sarntaler Pfarre bald wieder aufgegeben und habe eine weit bessere in Bayern, die der heiligen Maria in Aspach bekommen, nicht weit vom Inn, die mir Leonhard, der Bischof von Passau, ein Mann von edler Abstammung und großartigem Charakter, von sich aus verliehen hat. Er sandte mir die Berufung ohne alle Nebenkosten nach Steyr.« Über die Höhe der Einkünfte aus der Pfründe können wir nur schätzen und raten, sie werden wohl höher gewesen sein als die 60 Gulden aus dem Sarntal ... Die Aspacher aber hätten es vielleicht, wenn sie mit ihrem Ortsnamen unzufrieden gewesen wären, wie die Corsignaner, also die Einwohner von Corsignano machen können, wo Enea am 18.10.1405 geboren wurde, nämlich sich umbenennen. Corsignano heißt heute nach Pius Pienza. Und wenn Pius »fromm« heißt, dann wäre mein Vorschlag für Aspach »Frommbach«. Die einprägsame Postleitzahl 5252 könnte Aspach-Frommbach ja behalten.

Apropos Postleitzahlen, sagte Blumauer, dazu hätte ich auch eine Frage, Kollegen. Aber für heute ist es schon zu spät. Ich muß noch nach Braunau. Aufgeschoben ist nicht aufgehoben. Resi, bitte zahlen!

Und auf die Frage der Kellnerin: Was haben wir denn gehabt?, sagte Blumauer, seine Kollegen großzügig miteinschließend: Drei Riedkerdinger und drei Bleiche, womit er drei Halbe Riedkerdinger Bier und drei Weißwürste meinte. Macht 18 Euro, sagte die Kellnerin. Blumauer gab ihr 20 und sagte: Stimmt schon.

Danke der Herr!, sagte Resi, und machte eine neckische Verbeugung..

Danke der Herr, sagten auch Ferdinand Ürdinger und Karl Deuth. Und dann gingen die drei pensionierten Briefträger ihrer Wege. Wer weiß wohin!

Stammtisch 14

Diesmal erzählte Franz Blumauer seinen Kollegen am Stammtisch beim Kirchenwirt in Munderfing zum Thema Postleitzahlen, das sie die Woche davor nur nebenbei erwähnt hatten, die folgende Geschichte: Ihr wißt, Kollegen, daß ich in Wels einen Freund habe, den Alfred Wintersberger, der dort ein kleines Geschäft betreibt und vor allem Stempel herstellt und verkauft, aber auch Pokale und andere Erinnerungs- und Andenkenartikel, die er mit entsprechenden Inschriften und Aufschriften versieht, die er in das Kupferblech oder jetzt auch ins Plastik von Füllhaltern und dergleichen eingraviert. Seine Kundschaften sind natürlich hauptsächlich Gemeinden und Vereine, die bei ihm Wanderpokale als Preise für Volksläufe oder für Pfingstturniere der Fußballer oder auch für Preisschnapsen oder Mostkosten oder Eisstock-Preisschießen oder was es halt sonst an hochkulturellen Großereignissen in unserem Land und auf dem Land so gibt, bestellen. Auch wir, die Postler des Innviertels, waren ja für unser jährliches Kegelturnier bei ihm Kunden. Ich habe ihm dieses Geschäft in meiner Eigenschaft als Beauftragter und Vertrauensmann unserer Gewerkschaft, die das Turnier ausgerichtet hat, immer zukommen lassen, und ihr erinnert euch ja sicher an die Pokale und Schüsseln, die neben der Kegelbahn beim Wirt Sendner in Altheim, wo wir von der Gewerkschaft immer unser Turnier ausgetragen haben, in einer Vitrine zur Schau gestellt sind. Auch an der Wand im Extrazimmer hängt beim Sendner eine Art Schüsselkorb mit beschrifteten Zinntellern, auch Schießscheiben und Zierscheiben der Zimmergewehrschützen sind zu bestaunen …

… die dort verstauben, sagte Ürdinger.
Das auch, sagte Blumauer. Aber nun hat mich vor ungefähr einer Woche der Wintersberger aus Wels sozusagen mitten im kalten Winter …
Die billigen Namenswitze kann ich euch also nicht abgewöhnen, sagte da Deuth, kunstvoll resignierend.
Hat mich also der Wintersberger angerufen, fuhr Blumauer fort, und gesagt, daß die Geschäfte denkbar schlecht gehen und daß er bald nicht mehr weiß, wie er seinen Zahlungsverpflichtungen für die Miete des Geschäftslokals in der Welser Schmidtgasse und die Gehälter und Sozialversicherungsbeiträge seiner zwei Angestellten nachkommen kann. Und er hat mich direkt vorwurfsvoll gefragt, warum denn auch von mir in Munderfing schon das dritte Jahr keine Bestellung für einen Pokal des Innviertler Kegelturniers der Postgewerkschaft kommt. Da habe ich gesagt: Lieber Alfred, ich bin ja schon längst in Pension und habe leider als Pensionist nichts mehr zu bestellen, weder einen Pokal noch sonst etwas haben wir Pensionisten zu bestellen. Ich weiß gar nicht, ob die Briefträger noch ein Turnier, ein Eisstockschießen oder ein Kegelspiel in Altheim austragen. Es ist alles anders geworden, habe ich gesagt, die jungen Leute interessieren sich nicht für diese altmodischen Gesellschaftsspiele, die wir seinerzeit noch betrieben haben, das Stockwerfen etwa, das sogenannte Stöbelwerfen, oder auch das Kegeln auf unserer altdeutschen Kegelbahn, ja, Bowling vielleicht, aber nicht mehr Kegeln. Die jungen Leute von heute gehen nicht mehr in die alten Freiluftkegelbahnen hinter den Gäuwirtshäusern, und zur Gewerkschaft gehen sie auch nicht mehr, die dort ein Turnier ausgerichtet hat. Die altdeutsche Kegelbahn

und die Gewerkschaft befinden sich in einer Krise. Und in die Kirche gehen sie sowieso schon lange nicht mehr. Kein Stein bleibt auf dem andern … »Paradigmenwechsel« nennen sie es … Und Brieftrager in unserem Sinn gibt es ja auch nicht mehr, habe ich zum Wintersberger gesagt. Also schlag dir bitte das Geschäft mit dem Pokal für das Altheimer Turnier der Postgewerkschaftler aus dem Kopf. Ich kann es nicht ändern. So eine Krise, so eine Krise, hat da der Wintersberger gejammert. Und die alten Freunde lassen einen im Stich und im Regen stehen. Und auch die Gemeinden lassen ihre Geschäftsleute im Stich und kaufen bei irgendwelchen Diskontern irgendwelchen neumodischen Ramsch, made in China oder Formosa oder Südkorea. Steuern sollen wir, die hier beheimateten Unternehmer, in die Gemeindekasse zahlen, aber Aufträge bekommen wir einen Schmarrn und einen Dreck von der Heimatgemeinde. Aber daß das sehr kurzsichtig ist, sagte der Wintersberger, weil viele Geschäftsleute den Rollbalken herunterlassen und ihr Geschäft liquidieren, und dann ist auch Schluß mit dem Andrehen der Steuerschraube und mit dem Schröpfen und dem Einkassieren. Dann sollen sie schauen, wie sie von den Chinesen ein paar Cents zurückbekommen. Da sagen sie immer, sagte der Wintersberger, es ist ein Fortschritt, daß sie die Märkte geöffnet, zuerst europäisiert und dann globalisiert haben, und jetzt können auch wir Österreicher ins Ausland hinausgehen und anbieten, wenn wir nicht in der Falle, der Globalisierungsfalle festsitzen würden, die zugeschnappt ist. Die sogenannte Freiheit ist leider eine Einbahnstraße, sagte der Wintersberger. Bei ihm jedenfalls, dem Alfred Wintersberger in der Welser Schmidtgasse, hat noch kein Chinese und kein südkoreanischer Kegelclub einen Pokal geordert. Er aber, der Wintersberger, hat schon auf manchen Kelch und manchen Rohling aus Taiwan einen Namen oder eine Inschrift eingraviert. Das ist es, was vom Geschäft mit den Pokalen bei ihm noch übrig geblieben ist. Das ist so ähnlich wie mit den Großmärkten in den Städten, wo auch die Leute vom Land einkaufen. Und bei ihrem angestammten und alteingesessenen Greißler und Gemischtwarenhändler am Ort kaufen sie am Schluß noch ein Schachterl Zündhölzer oder ein Glas saure Essiggurken, wenn sie auf die beim Hofer in der Kapitale oder dem Metro in der Metropole vergessen haben. Von den Essiggurken wird der kleine Kaufmann natürlich auch nicht fett. Und von den Trafikanten hat der Wintersberger gesagt, daß sie auch ausgehungert werden, weil die Raucher stangenweise ihre Zigaretten über die Grenze schmuggeln oder in irgendwelchen Duty-free-Shops auf Flughäfen oder sonstwo einkaufen und am Zoll vorbei importieren. Die Trafikanten haben neuerdings wenigstens noch die Möglichkeit, Postpartner zu werden, aber die Postpartnerschaft scheidet bei ihm als Möglichkeit leider auch aus …

Na Mahlzeit!, sagte da Ferdinand Ürdinger, obwohl er diesmal seine Weißwurst noch gar nicht bestellt hatte, dein Welser Freund Alfred Wintersberger, Franz, ist ja ein schöner Jammerer. Der jammert ja offenbar besser und herzerweichender als mancher Bauernvertreter. Eine so hohe Kunst des Lamentierens kennt man sonst ja nur von den Agrariern und den Funktionären des Bauernbundes, den Ökonomen und den Ökonomieräten. Der Hauptbeanstandungspunkt der Bauern ist aber neben dem niedri-

gen Milchpreis natürlich das Wetter. Und das läßt inzwischen ja wirklich zu wünschen übrig.
Apropos Ökonomieräte, sagte Deuth, da hätte ich eine schöne Anekdote parat, wenn der Franz noch einen kleinen Unterbruch seines Referates über den Welser Stempelerzeuger gestattet.
Schieß los, sagte Ürdinger, obwohl ja eigentlich Blumauer gefragt war, der aber stillhielt.
Deuth: Als sie einmal den Bundeskanzler Bruno Kreisky seligen Angedenkens gefragt haben, warum er so langsam spricht, hat er angeblich geantwortet: Damit die Herren vom Bauernbund in Blockschrift mitschreiben können.
Ha, haha, machte Blumauer, ohne eine Miene zu verziehen, wahrscheinlich, weil er die Anekdote schon kannte oder weil ihm die Pointe nicht gefiel.
Franz, sagte jetzt Ürdinger, der als bekennender Agrarier die Anekdote auch nicht besonders lustig fand, wir wären neugierig, was deine Geschichte vom Welser mit den Postleitzahlen zu tun hat, über die du doch eigentlich sprechen wolltest.
Genau, sagte Blumauer, das ist der Punkt. Und jetzt kommt's. Da springt der Frosch ins Wasser. Hier ist der Hund begraben. Meines Freundes Wintersberger letzte Hoffnung sind die neuen fünfstelligen Postleitzahlen, die in Österreich eingeführt werden sollen, nachdem sie bereits europäischer Standard sind, jedenfalls in den entwickelteren Ländern wie Frankreich oder Deutschland. Wenn diese fünfstelligen Postleitzahlen kommen, sagt der Wintersberger, dann sind mit einem Schlag hunderttausende, ja Millionen Stempel mit ihren alten Adreßangaben und den vierstelligen Postleitzahlen vor der Ortschaft

des Firmensitzes oder der Residenz von Privatpersonen obsolet und müssen erneuert und ersetzt und verbessert werden. Das aber verlangt neue Stempel und Stampiglien oder Zusatzstempel zu den alten, die über kurz oder lang dann doch ausrangiert werden.
Nachtigall, ick hör dir trapsen, sagte Deuth.
Das wird das Geschäft des Jahrhunderts, sagt Wintersberger, sagte Blumauer, oder doch das Geschäft des Jahrzehnts. Das Geschäft des Jahrhunderts war die erste Einführung der Postleitzahlen in den 60er-Jahren. Daß diese Innovation, postalisch gesehen, eine Revolution war, können wir drei, glaube ich, unterschreiben und bestätigen. Damals, sagt Wintersberger, sagte Blumauer, war ich leider noch nicht im Geschäft. Damals haben sich einige Stempelschneider eine goldene Nase verdient. Jetzt aber muß die Neueinführung fünfstelliger Postleitzahlen schnell kommen, sonst ist es für mich zu spät. Das ist vielleicht gar nicht so verkehrt, was Freund Alfred da sagt, sicher verkehrt aber ist, daß er der Meinung ist, ich könnte in diesem Prozeß der Umgestaltung des Adressenwesens eine Rolle spielen. Ja, sagte ich, hältst du mich denn für einen EU-Abgeordneten in Brüssel oder einen Ländervertreter im Europaparlament in Straßburg, wo die Sache wohl entschieden wird? Ich bin einfaches Gewerkschaftsmitglied, nehme als Senior an einigen Ausflügen des Seniorenbundes und manchmal auch des Pensionistenverbandes teil, treffe mich wöchentlich bei einem Stammtisch beim Kirchenwirt in Munderfing mit alten Kumpanen, aber Einfluß und Macht habe ich null Komma nichts, habe ich gesagt. Du hältst mich wohl für einen Lobbyisten oder einen Postminister, ich bin aber nicht einmal

Postmeister, sondern Postbote, gewesener Postbote, Briefträger a. D., und über kurz oder lang wird hinter meinem Namen überhaupt ein Kreuzchen sein. Obwohl ich hoffe, daß sich die Vorsehung mit der Versetzung vom Ruhestand in den ewigen Ruhestand und Friedhofsruhestand noch ein wenig Zeit läßt. Als ich aber sagte, daß ich, ganz abgesehen von mir, glaube und der Meinung bin, daß er sich von einer solchen Umstellung von vier- auf fünfstellige Postleitzahlen ein wenig zu viel, nämlich zu viel Geschäft für ein oder sein Stempelgeschäft erwartet, hat er gesagt: Hast du eine Ahnung! Wenn der Staat irgendetwas ändert oder einführt, dann lauern einige Fabrikanten und Kapitalisten schon gierig in den Startlöchern, um groß abzuräumen. Was denkst du, Franz, sagte der Wintersberger, was an den jetzt vorgeschriebenen Kindersitzen in den Autos, an den obligaten Fahrradhelmen verdient wurde, oder an den gelben Warnjacken fürs Auto. Der verpflichtende Erste-Hilfe-Koffer im Kofferraum war für seinen Hersteller oder »Zusammensteller« wirklich eine Hilfe ... Wenn auch viele von diesen Einführungen wenig bringen, das heißt kein größeres Maß an Sicherheit, dem Erzeuger jener Gegenstände, der auf die Vorschreibung und Einführung durch den Gesetzgeber, untermauert durch Gefälligkeitsgutachten von »Sachverständigen«, gedrängt hat, hat es viel gebracht. Und die Autobahnvignette, das sogenannte Autobahnpickerl ist nicht nur für den Staat und die Asfinag, die Allgemeine Straßen-Finanzierungsgesellschaft, sondern auch für den Hersteller des Pickerls und hier für den Erzeuger des Plastiks und den Produzenten des Klebstoffes eine gemähte Wiese. Freie Bahn dem Tüchtigen ... Und daß die Firmen, die zum Zug kommen, auch die, die bei der Bahn zum Zug kommen wollen, sich bei den Entscheidungsträgern und den Mittelbewirtschaftern rechtzeitig mit kleinen Aufmerksamkeiten in Erinnerung bringen, wirst du nicht abstreiten wollen, oder? Da handelt es sich aber nicht um einen billigen Kugelschreiber mit dem Firmenlogo zum Weltspartag, da geht es um mehr … Da wird nicht gespart! Da handelt es sich um Weltreisen im Flugzeug, und nicht in der Allerweltsklasse, nein, da wird upgegradet und im Business-Sektor der Upper- oder gar First-Class Platz genommen. Von der Pharmaindustrie und ihren »gesunden« Geschäften mit unseren Krankheiten mag ich gar nicht reden. Natürlich ist es ein wenig übertrieben, wenn extreme Schwarzseher und Pessimisten sagen, die Pharmaindustrie erzeuge die Krankheiten und die Medikamente zu ihrer Heilung oder Linderung, so wie von der Psychoanalyse ein Spötter, ich glaube, es war Karl Kraus, gesagt hat, sie sei die Krankheit, für deren Therapie sie sich ausgibt und hält. Aber ganz mit rechten Dingen geht es da, wenn du nur an den Impfstoff gegen die Schweinegrippe denkst, sicher nicht zu. Und damit ein Medikament zur Anwendung und in den Verkehr und in die Hausapotheken der niedergelassenen Ärzte kommt, muß natürlich auch ein wenig »promotet« werden … Und ein wenig Lobbying in Brüssel kann nicht schaden …

Aber ich sehe schon, sagte der Wintersberger zu mir, du willst mir nicht helfen, stellst dich unwissend und nicht zuständig, legst die Hände in den Schoß, legst dich auf den Rücken und machst wie die Graugänse des Verhaltensforschers in der Grünau auf wehrlos und hilflos. Mein Name ist Hase, ich weiß von nichts … Dabei handelt es

sich um Bequemlichkeit und Faulheit. Wenn ich nur die Postler und Postpartner im unteren Innviertel um den Kobernaußerwald, die ich doch alle persönlich gut kenne, auf ihn und seine Stempel aufmerksam machen möchte, wäre ihm schon viel geholfen. Du bist mir ein wahrer Freund, sagte er bitter. Rede dir nichts ein, sagte ich. Und dann habe ich gesagt: Kann es sein, lieber Alfred, daß dein Beruf, das Stempelmachen, auf dich so sehr abgefärbt hat, daß du nur noch vorgefaßte und gestanzte Meinungen hast, von denen du nicht abzubringen bist, auch wenn der Augenschein dagegen spricht? Ich glaube, du leidest an Realitätsverweigerung. Darum siehst du überall Gespenster und Verschwörung und Absprachen. Alles hat sich gegen dich verschworen. Ich glaube, du hast die Stempelkrankheit, die heute ja weit verbreitet ist und schon epidemisches oder pandemisches Ausmaß erreicht. Um ihn ein wenig abzulenken und auf andere Gedanken zu bringen, habe ich ihm dann von uns erzählt und von meinem Plan, ein Erotikon, einen Bestseller über einen Erotomanen in Wien zu schreiben, einen lateinischen Nachhilfelehrer, der eine Schülerin verführt hat oder eigentlich sich von einer Nachhilfeschülerin hat verführen lassen … Eine ähnliche Geschichte wie die »Reifeprüfung«, aber aus dem vollen Leben gegriffen. Damit hoffe ICH, reich zu werden.
Denk an mich, alter Schwede, wenn du vielleicht einen Stempel mit einem faksimilierten Autogramm für Signierstunden brauchst, sagte er. Da gibt es neuerdings eindrucksvolle Lösungen, daß du das gestempelte Schriftbild von der spontanen Unterschrift nicht unterscheiden kannst. Dann sagte er aber zu mir: Lieber Franz, ich glaube, der Erotomane bist du selbst. Du schreibst eine

Autobiographie, gib es zu, als alter Briefträger verkleideter Schwerenöter! Und er sagte, wenn er mich sieht, dann denkt er sich, ich müßte aus Weibern gebürtig sein oder aus dem Gailtal…
Weibern im Hausruck, sagte ich. Postleitzahl 4675.
Die kriegen hoffentlich auch bald eine fünfstellige, sagte Alfred Wintersberger.
Ich habe mich dann bald vom Wintersberger zurückgezogen, das heißt, das Telefongespräch beendet und aufgelegt. Ich muß noch jemanden im Welser Krankenhaus besuchen, habe ich gesagt.
Mit dem Spaß aber, den sich der Wintersberger mit der Ortschaft Weibern im Hausruck erlaubt hat, von wo er mich herkommen sehen will, hat er mich nachdenklich gemacht. *Weibern* wäre vielleicht kein schlechter Buchtitel für meinen erotischen Bestseller. Was meint ihr dazu?, fragte Blumauer, weniger den Ürdinger als den Deuth.
Deuth aber sagte: Unbrauchbar! Nicht branchenüblich, nicht marktkonform. Wer diesen Titel liest, meint, er hat ein Zeitwort vor sich, das vielleicht »hinter den Frauen hersein« bedeuten mag. So wie in Oberösterreich der Ausdruck »menschern« existiert, der »Mädchen am Abend besuchen« bedeutet, und von »das Mensch« für »Mädchen« abgeleitet ist. *Menschern* ist so etwas wie ein Synonym für »Brautschau« und hat sich technisch gesehen oft mit dem »Fensterln« verbunden. Ein *Weiberer*, lieber Franz, ist ein Mann, der seine Geschlechtspartnerinnen häufig wechselt. Ich weiß nicht, ob du diesem Bild noch immer entsprichst, bist ja auch ruhiger geworden. Heute nennt man einen solchen unruhigen und tag- und nachtaktiven Menschen ja einen *Womanizer*. Deine Frau, die

Anglistin, wird dir das bestätigen und übersetzen können. Ein Womanizer ist nicht unbedingt ein Feminist, obwohl es vom Wort her so ausschaut, weil *femina* im Lateinischen »Frau« bedeutet, wie auch *mulier*. *Womanizer* wäre auch wahrscheinlich ein besserer Titel für deinen Bestseller, weil er dann ja auch international vermarktbar wäre. Ich gehe ja auch davon aus, daß deine Frau deinen Roman gleich ins Englische übertragen wird. »The womanizer« by Frank Blumauer. Sie soll nur daran denken, daß die Mehrzahl von woman unregelmäßig ist und women heißt, sag ihr das, aber sie wird es eh wissen.
Meine Frau hat mir aber als Titel zu »Minnesota« geraten, sagte Frank. Warum Minnesota?, habe ich ratlos gefragt. Sagt doch meine gebildete Gattin: *Minne* heißt soviel wie »Liebe« und *sota* heißt soviel wie »verrückt«. Ich wüßte doch wohl, was eine Sottise ist. Also heißt *Minnesota* soviel wie »liebestoll« oder »notgeil«.
Great! Eminenter!, sagte Deuth. *Weibern* als Titel für einen erotischen Roman finde ich eh zu provinziell und zu ordinär. Schließlich hat man das *Weibern* auch aus dem deutschen Ave Maria entfernt und durch »gebenedeit unter den *Frauen*« ersetzt. Die Bewohner der kleinen Ortschaft im Hausruck sind natürlich auch nicht gerade glücklich, wenn sie durch dich auf diese Weise berühmt oder berüchtigt werden. Sie kennen ja schon genug Spottsprüche auf ihr Toponym. Die Einwohner von Weibern legen auch Wert darauf, das sie *Weiberner* und nicht *Weiberer* sind. Und die Weiber von Weibern sind *Weibernerinnen*! Dabei finde ich, rein von der Warte der Post und meiner Warte als Briefträger, daß *Weibern* um seinen Ortsnamen eigentlich zu beneiden ist. Er ist unverwechselbar. Er ist originell. Er

ist buchstäblich einmalig! Und ich habe schon damals, als die Postleitzahlen eingeführt wurden und wir uns daran gewöhnen mußten, zum Postmeister gesagt, daß eine Ortschaft mit einem solch unverwechselbaren Namen eigentlich gar keine Postleitzahl braucht. Bei Allerweltsnamen wie dem benachbarten Pichl ist das natürlich ganz anders. Da muß die nächste größere Stadt als Nachbarschaftsname herhalten oder der Name eines Flusses oder der Talschaft oder des Bundeslandes, damit man sich auskennt und zurechtfindet. Ein Ort wie Pichl muß sich anlehnen. Darum heißt es offiziell *Pichl bei Wels* oder *Pichl an der Enns*, oder das ebenfalls nahe Weibern liegende Kematen heißt *Kematen am Innbach*, um es von *Kematen an der Krems* und noch anderen *Kematen* zu unterscheiden. Für solche Ortschaften sind die Postleitzahlen hilfreich und sinnvoll. Weibern braucht sicher keine fünfstellige Postleitzahl. In Weibern regieren übrigens paradoxerweise auch die Männer, die Männer von Weibern. Der Bürgermeister ist ein Mann, und im Gemeinderat sitzt eine einzige Frau, die Frau von Weibern sozusagen. Es wäre den Weibernern sicher gut angestanden, wenn sie die Frauenquote von wenigstens einem Drittel erfüllt hätten. Ortschaften mit einem Zusatznamen nach dem Muster *Pichl bei Wels* mit der Postleitzahl 4632 leiden ja manchmal darunter, daß sie sozusagen eine Gouvernante oder einen Vormund brauchen. Und oft strengen sie sich auch besonders an, um den größeren Bruder womöglich zu überflügeln, damit es vielleicht dann einmal umgekehrt heißt: *Wels bei Pichl* … Solche Schmerzen plagen eine Ortschaft wie Weibern nicht. Der Name ist so einprägsam, daß sie sich von sich aus den Nachbargemeinden als Zusatz und Orientierung anbieten könnten. Aistersheim bei Weibern! Wenn auch Aistersheim vor Weibern ein Postamt hatte. Oder Haag, das es ja auch namensmäßig oft gibt, als *Haag bei Weibern* statt *Haag am Hausruck*. Es ist übrigens denkwürdig, daß sich Weibern mit seinem Ortsnamen sozusagen abgefunden hat, mit seiner Herleitung vom alten Wort *wip* für »Frau«, die ja gar nicht stimmt und eine sogenannte »Volksetymologie« darstellt. Der Name soll ja eigentlich vom lateinischen *Vivarium* kommen, das ein Gehege oder einen Tierpark bezeichnet haben soll. Unser *Weiher*, in dem sich die Fische tummeln, kommt von *Vivarium*. *Weibern* ist also eigentlich *Weihern*. Einen solchen Ortsnamen gibt es bekanntlich in Kärnten: *Waiern* in der Nähe Villachs. Und in Klagenfurt heißt eine Straße im Vorort Waidmannsdorf *Weihergasse*. Zufällig wohnt heute dort der Verfasser des Romans »Zu Lasten der Briefträger«. Die *Weihergasse* ist eine Seitengasse der Eberhard-Kranzmayer-Straße, die nach dem großen Mundartkundler Kranzmayer, einem Sohn Klagenfurts benannt ist, der auch die Herkunft der Ortsnamen *Weibern* und *Waiern* in seinem »Kärntner Ortsnamenbuch« ein für allemal erklärt und geklärt hat. Eine *Weihergasse* paßt natürlich vorzüglich in einen Stadtteil *Waidmannsdorf*, wo einmal die Jäger und die Wörthersee-Fischer gewohnt haben. Ja, da schließt sich der Kreis. Ein *Weibern* gibt es ja auch in Deutschland im Landkreis Ahrweiler im Bundesland Rheinland-Pfalz, genaugenommen im ursprünglichen Landkreis Adenau oder auch Hocheifelkreis. Konrad Adenauer war übrigens kein Adenauer. Auch dieses *Weibern* in der Nachbarschaft des Nürburg-Ringes kommt vom lateinischen *Vivarium* und nicht von den *Weibern*.

Wäre nämlich *wip* hinter den Namen *Weibern*, dann hießen die Ort heute noch *Wibern* oder noch konsequenter *Wiben* und nicht *Weibern*, wie es ja auch im Saarland ein *Wiebelskirchen* gibt, einen Ort mit einer der Muttergottes geweihten Kirche so wie *Frauenstein* oder *Maria Gail* oder *Magdeburg* oder *Maria Schmolln*. Ach, was wäre da über jede dieser Ortschaften zu sagen!
Bitte nicht!, sagte Ürdinger. Sonst sitzen wir ja noch bis übermorgen da. Auf mich wartet wieder die Landwirtschaft.
Hast du den Hasen noch zu füttern?, spottete Blumauer.
Über Maria Schmolln müßt ihr mir aber schon noch ein Wort erlauben, sagte Deuth. Und über die Weiberner, die sich mit der falschen Auslegung ihres Namens abgefunden haben. Denn bekanntlich ist eine der Sehenswürdigkeiten von Weibern der Dorfbrunnen neben der Kirche mit drei Brunnenfiguren, drei Jungfrauen, den drei Jungfrauen von Weibern, die wie Flußnymphen an drei Quellen sitzen. Es handelt sich wohl um die drei Grazien Thalia, Urania und Aglaia. So kommt man von Weibern nach Graz und vom Hundertsten ins Tausendste. Weibern ist, um auch das noch zu sagen, ein sogenannter »dativischer« Ortsname, steht also im 3. Fall Mehrzahl, wenn man ihn volksetymologisch nimmt …
Was muß man sich darunter vorstellen?, stellte sich Blumauer wißbergierig.
Ganz einfach, sagte Deuth. Auf die Frage: Wem gehört der Ort oder wem ist er geweiht oder gewidmet?, würde man sagen »den Weibern« oder eben nur »Weibern«. Dann hätte es wohl einmal geheißen »bi den wiben«, also die Ortschaft bei den drei Frauen am Brunnen. Und wie,

fragte nun Deuth seine Freunde, gefällt euch eigentlich der Name des bedeutendsten Marienwallfahrtsortes des Innviertels *Maria Schmolln*? Ich finde halt immer, daß *Maria Schmolln* vielleicht nicht der schönste und schon gar nicht der größte Wallfahrtsort ist, aber den schönsten und buchstäblich den merk-würdigsten und rätselhaftesten Namen hat. Vom Namen her kann sich mit unserem lieblichen Maria Schmolln kein anderer Wallfahrtsort messen, nicht einmal Mariazell oder Maria Taferl. Über Maria Taferl hat sich einmal ein Dichter mit der Verballhornung »Maria Waserl« lustig gemacht. War sicher kein Marienverehrer… Für einen marianischen Christen wie mich, der das Wallfahrten hochhält und sich gerade von der Fürsprache der »Himmelmutter«, »Unserer lieben Frau« und der »Magna Mater« viel verspricht und mit Herz und Sinn bei ihr ist und sich unter ihrem Schutzmantel weiß und fühlt, ist natürlich der Gedanke einer schmollenden hohen Frau ein wenig befremdlich. Warum schmollt sie? Sie mokiert sich doch sicher nicht wie sogenannte »aufgeklärte« Theologen, die die »Entmythisierung« oder »Entmythologisierung« des Christentums predigen und verkünden, über die »Auswüchse der Marienfrömmigkeit«. Eher schon über den Vorwurf, sie lenke von Christus, ihrem Sohn, dem Heiland und Erlöser der Welt, ab. Obwohl ich das Ansinnen der feministischen Theologie, Maria als »Göttin« zu installieren, nicht billige, glaube ich, *man*, vor allem *man*, aber auch *frau* kann sie gar nicht hoch genug preisen. Ich sehe dich in tausend Bildern, Maria, lieblich ausgedrückt…

Karl, Karl, sagte Blumauer mahnend, das geht zu weit. Du machst ja den Kirchenwirt in Munderfing langsam zur

Kirche und die Gaststube zur Sakristei. Das ist ja schon kein Stammtisch mehr, sondern schön langsam eine Kanzel oder ein Altar …
Und auch Ürdinger sagte: Denk nur an das, lieber Karl, was du uns letztens über den Vorwurf mitgeteilt hast, den Bert Brecht dem Alfred Döblin gemacht hat! Du verletzt unsere areligiösen Gefühle! Wir sind für die Trennung von Kirche und Post, auch wenn sie gegenwärtig eine ähnliche Krise durchmachen …
Nun gut, sagte Deuth, dann unterlassen wir es, zum Abschluß ein »Salve Regina« zu singen …
Es ging aber doch noch sehr lateinisch, wenn auch nicht explizit römisch-katholisch zu, als sich die drei voneinander für diesmal verabschiedeten: Deuth sagte: Salvete! Ürdinger: Servas (id est Servus) die Herren, und Blumauer vulgärlateinisch: Adieu!

Stammtisch 15

Das erste, was Deuth diesmal am Stammtisch beim Kirchenwirt in Munderfing sagte, war von tiefer Trauer geprägt: Die »Haager Lies« liegt im Sterben! Sie liegt in den letzten Zügen. Absterbens Amen! Das hat gerade noch gefehlt. Es war ja schon länger gemunkelt worden, daß die »Haager Lies« kränkelt, stillgelegt und beerdigt werden soll. Aber nun, da es definitiv ist, hat die Meldung doch wie eine Bombe eingeschlagen. Ist noch nicht lange her, da haben wir den runden, den 100. Geburtstag der rüstigen »Elisabeth Haager« gefeiert, das war im Juli 2001. Da hat sie noch ganz gut ausgeschaut. Und nun hat die Politik einen Schlußstrich gezogen und ihr das Lebenslicht ausgeblasen. Und wie mit unseren Postämtern, die geschlossen werden, ist es auch bei den Lokalbahnen. Sie rechnen sich angeblich nicht mehr. Der »Landesfürst Hiesl« hat, wie den Gazetten zu entnehmen war, gesagt: »Sogar wenn wir jeden Fahrgast der Haager Lies mit einer Sänfte befördern lassen würden, käme uns das billiger.« Sie leidet an Schwindsucht, sagten die Bahnpolitiker und die Politiker, die zur Aufrechterhaltung des Fahrbetriebes angeblich Jahr für Jahr mehr zuschießen haben müssen. In der Sprache der Politik und der Geschäftspolitik heißt das: Sie rechnet sich nicht mehr. Es macht keinen Sinn, sagt der Finanzlandesrat, für ein paar Fahrschüler und ein paar überständige Pensionisten täglich mehrmals die 26 Kilometer zwischen Lambach und Haag am Hausruck hin und her zu fahren und Diesel oder elektrischen Strom zu »verfahren«, das heißt vergeuden. Der Lies geht es mies, sagt der Hies(l). Madame ist lahm. Die Madame drahn ma ham. Es wird ein Schienenersatzverkehr eingerichtet …

Wer hat uns denn einmal verboten, die Eigennamen für Wortwitze zu mißbrauchen?, fragte der Blumauer den Deuth …

Es gibt Ausnahmen, das heißt, es gibt Personennamen, sagte Deuth, die sind von sich aus ein Witz und üben Reimzwang aus … Dann ist man gezwungen zu reimen.

Ja, und was geschieht denn dann mit der Infrastruktur, fragte Blumauer, der 26 Kilometer langen Trasse und den Schienen, den Bahnhofshäuschen in den vielen Stationen, den Gleisanlagen und der Oberleitung? Die »Haager Lies« ist doch auf dem letzten Stand gewesen, up to date, wie der Engländer sagt, voll elektrifiziert. Das prächtige Equipment! … Am Schluß haben sie auch noch von Gleichstrom auf Wechselstrom umgeschaltet.

Und jetzt haben sie von Wechselstrom auf OFF geschaltet. Die Infrastruktur der »Elisabeth«, lieber Karl, kannst du aber jetzt mieten oder leasen oder auch kaufen und etwa mit Nostalgiezügen touristisch nützen. Die Lies soll käuflich werden. Sie geht auf den Strich wie auf Schienen. Angeblich hat sich schon ein Verein von Eisenbahnenthusiasten und pensionierten Eisenbahnern der Sache angenommen. Es soll eine Art Rückbau stattfinden, heißt es, die Lies soll »entelektrifiziert« und wieder unter Dampf gesetzt werden. Die Lies soll wieder pfeifen, wenn sie sich einem Übergang oder einem Bahnhof nähert. Pfeifen soll sie, und zwar nicht aus dem letzten Loch!

Das ist der wahre Fortschritt, sagte Ürdinger, die Zukunft liegt in der Vergangenheit. Uns Pensionisten gehört die Zukunft. Wir sind die Hoffnungsträger der Nation. Wir

sind die Zukunft der Gesellschaft. Und von den Veteranen können die jungen Zugsführer und Lokomotivführer das zügige Zugfahren lernen. Die Veteranen werden den Jungen das Tuten und Blasen beibringen! Nur Kohle schaufeln lassen wir die Jungen, das ist für uns Pensionisten zu stark. Einen Bruch werden wir uns keinen nicht heben … Das Schaufeln können wir nicht mehr derschnaufeln. In Ampflwang sollen sie den Tender mit der Kohle der seinerzeitigen Hausruckviertler-Trauntaler Bergwerksgesell—schaft beladen und ab geht die Post. Ab geht die Bahn. Alles museal!
Warum eigentlich ist noch keiner auf die Idee gekommen, auch die Post auf neue Schienen zu stellen und einen Nostalgiebetrieb anzufangen?, sagte Blumauer. Nostalgisch oder virtuell, wenn real nichts mehr geht …
Gibt's doch eh schon, sagte Deuth. Was ist das anderes als Nostalgie, wenn um die Weihnachtszeit die Weihnachtspost, die ja auch nur einen begrenzten Informationswert hat, über die Ortschaft Christkindl bei Steyr umgeleitet und dort abgestempelt wird. In diesem Weihnachtspostverkehr gibt es natürlich auch noch Marken, und zwar Sondermarken und nicht nur diese unansehnlichen Streifen in Schwarz-Weiß als Markenersatz. Man leistet sich den Luxus von Briefmarken. Das nenne ich Sentimentalität … Nostalgie pur.
Das große Drehkreuz der Reparaturwerkstatt in Ampflwang haben sie ja schon bei der großen Landesausstellung im Jahr 2006 »Kohle und Dampf« als Industriedenkmal zur Besichtigung freigegeben, sagte Deuth. Wir haben es bei unserem Betriebsausflug – sprich Pensionistenausflug – nach Wolfsegg und Ampflwang doch gesehen.

Ich kann mich nicht erinnern, ich vergesse schon alles, sagte Ürdinger.
Du warst ja gar nicht mit und dabei, sagte Blumauer.
Darum, sagte Ürdinger, sonst wüßte ich es doch.
Übrigens, sagte Blumauer, das Thema Nostalgiepost ist mit Christkindl noch nicht erschöpft. In diesem Paket ist mehr drin. Das müssen wir noch einmal aufschnüren. Dazu muß ich noch etwas sagen. Ich denke daran, mich einmal bei jenen Veranstaltungen zu beteiligen und mitzumachen, wo um die alten Freilichtmuseen Sumerauerhof in Samesleiten bei St. Florian oder auch um den Stehrerhof in Neukirchen an der Vöckla oder vor allem um das Innviertler Freilichtmuseum, den Brunnbauerhof in Andorf, sogenannte »Altes-Handwerk-Tage« stattfinden und alte Professionisten aus ganz Oberösterreich, Faßbinder, Korbflechter, Sattler, Schuster und was es halt so gibt oder einmal gegeben hat, ihre Künste zeigen. Über 70 Handwerke und Handfertigkeiten sind im sogenannten »Davidn-Haus« beim Stehrerhof ausgestellt und werden bei besonderen Anlässen vorgeführt. Die Post fehlt dort leider. Ein unverzeihliches Desiderat, das zu beseitigen ich willens bin! Von überallher strömen die Menschen zu diesen Handwerks- und Kunsthandwerkstagen und Brauchtumsmessen und bestaunen neugierig die Praktiken und Kunstgriffe und Hantierungen der alten Handwerker. Ihr »Know-how« eben. Und diese alten Handwerker, meist Jungpensionisten, aber auch gestandene Pensionisten in unserem Alter, also nicht nur Anfänger, sondern auch Fortgeschrittene in der Pension, können sich vor Anfragen und Angeboten für solche Auftritte und Schaustellungen kaum erwehren. Jedes Wochenende könnten sie unterwegs sein und ir-

gendwo tätig werden. Und manche dieser alten Herren und Frauen übertreiben auch wohl ein wenig und gehen es zu wild an. Schon hört man von Fällen von »Burn-out« und Überlastung und Überarbeitung. Und bei einem dieser Feste ist auch schon ein »Zeiner«, also ein Korbflechter, Vertreter eines aussterbenden Berufes, tot umgefallen und leider wirklich »ausgestorben«. Einige Handwerker sind mit solchem Feuereifer bei der Sache und genießen die Öffentlichkeit und die Bewunderung der Laien, die aus dem Staunen nicht herauskommen, so sehr, daß es für sie schon wegen der Aufregung und Begeisterung gesundheitsgefährdend ist. Im wirklichen Beruf haben sie ja nur im stillen Kämmerlein, wenn auch oft in sehr malerischen Werkstätten, gearbeitet. Carl Spitzweg könnte diese Kammern designt haben! Dort war es zwar beschaulich, wenn auch ziemlich einsam... Jetzt aber, beim »Alten Handwerk« werken sie »coram publico«, wie du, Karl, als Lateiner sagen wirst, im Angesicht der Öffentlichkeit und unter den kritischen Blicken der Besucher und wundern sich, sind aber natürlich glücklich, daß sie bewundert werden.
Ach, und an diesem »Recycling« für Pensionisten, an dieser Revitalisierung ausgestorbener Berufe, möchtest du dich jetzt als gewesener Briefträger beteiligen?, fragte Deuth den Blumauer. Ja, was willst du denn dort zeigen? Wir Briefträger haben ja nie etwas *her*gestellt. Wir haben nur *zu*gestellt.
Aber wir stellen etwas *dar*, wortspielte Blumauer. Und wir haben auch immer etwas *dar*gestellt! Ich werde meine Rolle noch ausarbeiten und ausfeilen. Ich werde halt in meiner Adjustierung einfach an den einzelnen Stationen dazustoßen.

Aha, sagte Deuth, deine Rolle ist das Ankommen und Dazustoßen. Du spielst die Begegnung. Du machst auf Kommunikation, Telekom Austria auf alt! Ich glaube, das wird ein heiteres Beruferaten. Hast du dir schon einen charakteristischen Handgriff für den Briefträger überlegt? Der Handgriff muß sich natürlich auf den intimen Bereich des Postalischen beziehen, vielleicht das Überreichen einer Sendung, nicht auf deine zusätzliche Tätigkeit des Bezirzens und des Witwentröstens, Franz! Es muß sich also um einen Griff und nicht um einen Kniff handeln! Kein Zu- und kein Übergriff... Nicht grapschen!
Du mit deinen Verdächtigungen und Vermutungen! Ganz unschuldig werde ich vor den alten Handwerkern und Stationen erscheinen, buchstäblich »in Erscheinung treten«! Zum Beispiel bei der Hauptattraktion der Freilichtmuseumswoche, dem Maschindreschen im Stehrerhof in Neukirchen an der Vöckla, sagte Blumauer. Da komme ich also mit meiner Posttasche vorbei, bleibe stehen und sehe zu, wie wir ja auch in unserer aktiven Zeit oft eine solche Pause eingelegt haben und gerade bei Bauern, die gedroschen haben, oft stehen geblieben sind und den Anblick dieser wunderbaren Geschäftigkeit der Maschinisten, der Einlasser, der Gsott-Trägerin und der sogenannten »Abtrager«, die die prall gefüllten Getreidesäcke hinter der Dreschmaschine, vom Sackheber angehoben, geschultert und ins Haus auf den Getreideboden oder in den sogenannten *Troadkåsten* gebracht, bewundernd genossen haben. Begeistert und auch entgeistert sind wir sicher auch vor den ersten Mähdreschern auf den Feldern gestanden, weil wir aus dem Staunen nicht herausgekommen sind, wie sich das Ernten des Getreides in unserer

kurzen aktiven und Lebenszeit vom Sicheln und Mähen mit der Sense über die Krupp-Mähmaschine, die Mähmaschine, auf der ein zweiter Mann mit einem Fußhebel am Mähbalken die gemähten Halme für die Aufnehmerinnen vorportioniert hat, über den eigentlichen »Mähbinder« nun zum »Mähdrescher« verändert und modernisiert hat. Diese Entwicklung ist im Dreschmaschinenmuseum ja dokumentiert.

Stundenlang kann ich begeistert arbeiten – zuschauen. Ist das dein Motto, Franz? Du spielst also einen besonderen, sozusagen einen qualifizierten Zuschauer bei den Handwerkstagen. Das ist aber wohl eine Nebenrolle?, sagte Deuth. Und ob dich die Veranstalter für diesen »Dienst« dann auch entlohnen, wie sie wahrscheinlich die anderen, wirklichen Mitspieler ein wenig entschädigen und entlohnen, bleibt abzuwarten. Und hast du dir denn auch schon einen Text ausgedacht, den du aufsagen kannst? Oder ist es überhaupt eine stumme Rolle? Bist du von der stillen Post? Trara, trara, die Post ist da!, ist wohl ein bißchen wenig.

Von Stegreif hast du wohl noch nie etwas gehört, Karl? Spontaneität ist angesagt, Improvisationslust, Kreativität und Verfremdung. Sind dir wohl alles böhmische Dörfer, Karl, das kommt davon, weil du dich nie an unseren Gemeinschaftsfahrten der Gewerkschaft zu den Aufführungen des Linzer Landestheaters beteiligst. Sonst wüßtest du, daß die Zeit der rigiden Textaufsagerei auf den Bühnen heute vorbei ist, der Deklamationen und des Outrierens. Eigentlich, Karl, ist das eine günstige Zeit für Menschen wie dich, für Redner nämlich, für Redselige und »Redhäuser«.

Ich werde also, meinst du, Franz, sagte Deuth zu Blumauer, nicht bei den alten Handwerkstagen, den »Altes-Handwerk-Tagen« auftreten, sondern bei den noch zu gründenden »Mundwerkstagen«? Munderfing würde sich als Austragungsort eines solchen Events vielleicht anbieten?
Gibt es doch schon, Karl! Gibt es schon. In Britain freilich. Ich war ja mit meiner angetrauten Anglistin bei unserem Englandbesuch vor drei Jahren auch beim sogenannten »Speakers Corner« im Hyde-Park. Mein Gott, habe ich mir dort gedacht, das wäre etwas für meinen Kollegen Karl Deuth!
Ich aber, Karl Deuth, sagte Karl Deuth, sage: Hic Rhodos, hic salta! Hier beim Kirchenwirt in Munderfing am Kobernaußerwald ist meine Bühne. Und dann sagte er: Roma locuta, causa finita. Ich bin, um auch das zu sagen, selbstredend aus Munderfing und nicht aus Maulbronn! Außerdem rede ich nicht, damit geredet ist, und weil der Tag lang ist. Oder aus Geltungssucht: Jetzt red i! Und jetzt sag ich überhaupt: Jetzt schweig i. Oder auf gut Bayrisch: Bi scho stad!
Karl Deuth, sagte Ferdinand Ürdinger, der »Schweigekanzler« des Stammtisches »Die Brieftrager« beim Kirchenwirt in Munderfing… Resi, bitte zohln! Einer muß schließlich auch dieses Wort ergreifen.

Stammtisch 16

Wir nähern uns dem »Einmannstammtisch«, wie ihn der Tiroler Kabarettist Otto Grünmandl gegründet hat, sagte Karl Deuth am 2. Februar 2010 beim Kirchenwirt in Munderfing zu seinem Kollegen Franz Blumauer, nachdem sie diesmal nur zu zweit waren, weil der Ferdinand Ürdinger durch Abwesenheit glänzte, indem er von einem Ausflug in die Brauerei Redl-Zipf noch nicht wieder zurück war, oder daheim möglicherweise einen billigen Rausch vom Bräustüberl auf Kosten der Brauerei ausschlafen mußte, wie Deuth mutmaßte.

Eine schriftliche Entschuldigung für unerlaubtes Fernbleiben liegt leider nicht vor, sagte Blumauer vorwurfsvoll in der Diktion eines Schriftführers des Seniorenclubs. Und auch keine Stimmübertragung …

Die Entschuldigung wird Kollege Ürdinger nachreichen müssen, sagte Deuth, und zwar unterschrieben vom Erziehungsberechtigten.

Heute schreiben sich die bösen Buben, die die Schule schwänzen, ihre Entschuldigungen selbst, sagte Blumauer …

Solche Bräuche wollen wir aber hier nicht einreißen lassen. Wir sind hier bei der Post und nicht bei der Telekom, sagte Deuth. Und dann: Fehltage und Abwesenheit einzelner Mitglieder gefährden natürlich die Existenz unseres »Dreimannstammtisches«. Fehlt nicht viel und der Kirchenwirt macht uns womöglich die Reservierung dieses Tisches hier streitig. Man kann auch Pensionisten kündigen, jedenfalls kann man ihnen den Stammtisch aufkündigen. Wozu brauchen wir einen so schönen großen Resopaltisch, wenn wir eh nur zu zweit sind. Für uns reicht dann auch der Katzentisch dort hinten … Oder der Wirt stellt uns ein Beistelltischchen ins Vorhaus hinaus, wo die Leute zum WC vorbeigehen. Dann ist es womöglich auch mit unserer wunderschönen Pinnwand hinter unseren Plätzen hier an der Mauer vorbei, und wir müssen »auf Geheiß der Firmenleitung«, in diesem Fall der Frau Wirtin, die Ansichtskarten und Spaß- und Juxkarten abnehmen, die wir dort auf dem Kork angespendelt haben. Dort wollen wir ja dann auch die Karte anheften, die uns Ürdinger aus Redl-Zipf wohl schreiben wird: An die Kollegen Karl Deuth und Franz Blumauer, C/O Kirchenwirt in Munderfing, 5222 Munderfing 18. Einige dieser Karten sind dem Wirt oder einigen seiner Gäste vielleicht gar nicht genehm oder angenehm. Wenn es nach mir gegangen wäre, Franz, hätte ich die Karte, die du uns von deiner Griechenlandreise geschickt hast, ein Bild einer Vase aus dem Athener Nationalmuseum mit einem frivolen Priapos, nicht aufgehängt … Aber der Ferdinand hat darauf bestanden. Schließlich gehen an unserer »Ikonostase« hier auch Kinder vorbei, wenn etwa eine Familie nach einer Kindstaufe hier ein Taufmahl einnimmt. Für die unschuldigen Kinder ist das nicht gerade ein erhebender Anblick, wenn sie da eines Priap oder eines Fauns oder auch des Bacchus ansichtig werden … Früher haben wir immer »Schindeln am Dach« gesagt, wenn wir wegen der Anwesenheit von Kindern ein heikles Gespräch beendet wissen wollten.

Ach hör mir auf mit deinen Skrupeln!, sagte Blumauer. Die Kinder wissen doch heut mehr über diese Dinge wie mancher Pensionist. Die schauen sich auf dem Display ihres

Handys ganz andere Ikonen an ... Heute können die Kinder »Schindeln am Dach« sagen, wenn Erwachsene hinzukommen, obwohl die Lehrerinnen in den Volksschulen ja von einem Entsetzen ins andere fallen, wenn 10-jährige Dreikäsehochs, wie man früher gesagt hätte, ganz ungeniert drauflosreden und distanzlos auch ihnen gegenüber »schweinigeln« und den vulgären Fäkal- und Sexualwortschatz »zur Anwendung bringen«. Vielleicht sagen die Kinder nicht »Schindeln am Dach«, aber »Vorsicht, Gruftis!« oder »Obacht, Opas!« oder »Stopp, Kompostis!«, ich weiß es nicht, ich bin kein Experte für Jugendsprache. Aber weil du den Priapos erwähnst, was ist eigentlich mit meinem lateinischen Nachhilfelehrer, über den du mich noch instruieren wolltest? Das laß ich nicht sein. Hat der nun eine Dauererektion? Hat er Viagra genommen?

Keine Obszönitäten, Franz!, sagte Deuth. Wird schon werden, sei nicht so ungeduldig. Es ist doch nur noch mein Urteil über das Urteil im Disziplinarverfahren ausständig. Ich muß aber hier noch ein Wort zu jenen Pinnwänden sagen, die man heute überall findet und auf denen man erstaunliche Dinge sieht. Gerade auch auf Postämtern sieht man da nicht nur im Personalraum, wo sich die Briefträger und Schalterdienerinnen und der Postmeister in der Freizeit oder der Zwischenzeit zwischen den »Auftritten« am Schalter und den übrigen Agenden aufhalten, wo der Kaffee-Automat steht und in manchen Ämtern auch ein Kühlschrank, in dem sich nicht nur die »Maresi« für den Kaffee, sondern auch der Martini, der Remy oder der Brandy befinden, oft verblüffenden Wandschmuck, sondern auch im Publikumsbereich und im Schalterraum begab und befand sich da oft Merkwürdiges ... Gleich unter dem

Renner, dem Körner, dem Schärf, dem Jonas oder dem Kirchschläger, dem Waldheim, dem Klestil und jetzt dem Fischer hatte da oft ein lustiges Postfräulein ein Plakat angebracht, auf dem für den Kunden gut sichtbar in Kapitalbuchstaben stand: MAN KÖNNTE SICH DEN GANZEN TAG NICHTS WIE ÄRGERN, IST ABER NICHT VERPFLICHTET DAZU. Über den Humor manchen Spruchs, wie man sie ja heute in den Papiergeschäften massenweise angeboten bekommt, könnte man natürlich streiten. Jeder lacht über etwas anderes, und manche gehen, wie man sagt, zum Lachen überhaupt in den Keller. Vieles war oder ist daran die Kunden wegen ihres »Königtums« ironisierend … Manches ist auch selbstironisch gewesen: BITTE LEISE SPRECHEN – BEAMTE SCHLAFEN und so weiter und so weiter. Manches Postfräulein hat natürlich auf seinem Schreibtisch ein Bild des Liebsten stehen gehabt, wogegen nichts einzuwenden war. Die Postdirektion hat uns freilich oft ermahnt, der Würde der Amtsräume Rechnung zu tragen und nichts Anstößiges, Ungebührliches, Unwürdiges oder Würdeloses in die Amtsräume »einzubringen«, was unsere Gewerkschaft wieder als einen Eingriff in die Persönlichkeitsrechte der Angestellten und Arbeiter und als Bevormundung zum Gegenstand von Einwendungen und Kritik gemacht hat.
Nachtigall, ick hör dir trapsen, sagte da diesmal Franz Blumauer. Du willst also wieder meinen Jungbäurinnen-Kalender ins Gespräch bringen und in Erinnerung rufen, den ich neben meinem Spind im Gefolgschaftsraum aufgehängt und mit dem ich die sexuelle Revolution in Munderfing angestoßen habe … Aber ihr Banausen seid ja auch mit dem Kunstkalender, den Odalisken-Bildern des

französischen Malers Dominique Ingres, den ich im Jahr davor ins Amt gebracht und wie den späteren Jungbäurinnen-Kalender in meinem oder an meinem Spind aufgehängt habe, unzufrieden gewesen und habt die Nasen gerümpft!

Nein, du hast die Nackten eines Morgens in den Amtsraum gehängt, bleib bei der Wahrheit, Franz! Ja, du hast Anstoß erregt und eine Erregung angestoßen und dann auch einige Stöße und Tritte bekommen. Aber hinter dir als dickem Gewerkschaftsboss stand natürlich die Bewegung. Und die Bewegung hat die Erregung und die Aufregung wieder »abgeregt«. Es ist zum Lachen, Franz, was damals alles einen Wirbel erzeugt hat. Heute gibt es ja nicht nur den Jungbäurinnen-Kalender und den Jungbauern-Kalender, sondern auch einen Kalender der Polizei, auf dem junge Polizisten ihre Reize zeigen und die schöne Uniform nur noch am Kleiderständer hängt. Nicht der Zauber der Montur soll die Mädchen verzaubern, sondern die »entzauberten« und entblätterten »Bullen«. Zauber der Tonsur … Damals gab es ja auch entrüstete Leserbriefe gegen einige Sondermarken, die die Post herausgebracht hat und auf denen erotische Motive aus dem Werk des Malers Egon Schiele oder Gustav Klimt wiedergegeben waren. Weil halt viele zwischen Kunst und Pornographie nicht unterscheiden, weil es ihnen an der »discretio« fehlt, wie die Lateiner die Gabe der Unterscheidung nennen.

Du mit deinem Latein, Karl!, sagte Blumauer. Reden wir deutsch! Heute siehst du doch auch in Amtsräumen Bilder, die dir den Magen umdrehen, aber nicht, weil sie Obszönes darstellen, sondern weil sie gar nichts darstellen. Ich kann den sogenannten abstrakten oder »informellen«

Kitsch, der heute überall herumhängt, nicht mehr anschauen! Dieses »informelle« Zeug verstößt meiner Meinung nach gegen die Würde des Ortes. Die Kulturämter der Kommunen, der Länder und das Ministerium kaufen ohne Unterlaß unter dem Titel »Kulturförderung« ungeschaut irgendwelche Bilder an und offerieren diese Bilder, weil ihre Depots übergehen, dann den öffentlichen Einrichtungen und Ämtern. Eigentlich handelt es sich bei diesen Einkäufen nicht um Kulturförderung, sondern um einen Sozialdienst, weil die Bilder ja nicht gekauft werden, weil sie jemandem gefallen, sondern weil ein Künstler gerade wieder an der Reihe oder in finanzieller Not ist, wofür ich an sich Verständnis habe. Die Bilder aber, die sich der Staat auf diese Weise »zulegt« und dann »ablegt«, sind meistens Schrott und es will sie auch keiner. Die Ämter aber müssen sie mögen, sie werden ihnen aufgedrängt, und in ihrer Bedrängnis hängen sie eben diese »informellen« Bilder statt einer Tapete auf… Nur der »Künstler«, dessen Bild auf diesem Umweg an die Öffentlichkeit gekommen ist, freut sich natürlich und ist stolz, weil auf der Post in Gurten oder Utzenaich oder sonstwo sein Bild hängt, und er besucht öfter allein und manchmal auch in Begleitung anderer, die er zu einer Besichtigung eingeladen hat, das betreffende Postamt. Dort kauft er sich dann als Alibihandlung eine Briefmarke. Da haben es die paar wenigen Staatskünstler, deren Bilder im Bundeskanzleramt oder in den Ministerien hängen, schon besser getroffen, denn deren Bilder kann man täglich im Fernsehen aus der Nähe sehen, weil sie im Hintergrund des Bundeskanzlers oder eines Ministers bei Pressekonferenzen oder Interviews auftauchen und sich vordrängen…

Ja, Franz, eigentlich nennt man dies Produktwerbung, und die ist an sich verboten. Unser Bezirkshauptmann darf schließlich auch nicht mit einer Flasche Schnaitl-Bier in der Hand ein Interview geben. Aber er kommt eh nur selten ins Fernsehen … Jetzt, lieber Franz, werden aber viele dieser sozusagen »zwangsverpflichteten« Bilder aus den 300 Postämtern, die geschlossen werden, wieder in die Depots der Gemeinden und Ministerien zurückkommen. Ein paar wirklich wertvollere Bilder werden sich wohl, wie bei Umzügen oder auch Pensionierungen üblich, einige unter den Nagel reißen und mit heimnehmen. Die wirklich wertvollen Bilder aus dem Ärar verschwinden ja immer wieder. Und in den Inventarlisten des Bundes, sofern überhaupt Buch geführt wird, steht hinter manchem Bild: »Aufenthalt unbekannt«. Oder: »Verschollen«. Es gibt da so einen Stempel, wie wir ihn gehabt haben: »Adressat verzogen«. Oder »Adressat hierorts unbekannt« oder auch »Adressat verstorben«. Man müßte sich nur ein wenig Mühe machen und beim pensionierten Polizeipräsidenten oder beim Postmeister in Ruhe ruhig nachsehen, dann würde man sie, diese wertvollen Bilder, schon finden … Einige Bilder sind wahrscheinlich mit dem in Pension gegangenen Oberamtsrat auch in Pension gegangen, in die Pension »mitgegangen«, »vorzeitig« in Pension gegangen … Und wenn dem Oberamtsrat oder Hofrat oder Oberstudienrat selbst nichts an dem Bild in seinem Amtszimmer gelegen ist, dann hat vielleicht doch sein kunstverständiger Sohn oder seine kunstinteressierte Tochter ein Auge auf dieses Bild geworfen und den Papa gebeten, er soll doch dieses Bild mitgehen lassen, in die Pension mitgehen lassen und mitnehmen. Es gibt mehrere Arten, wie man in den Besitz einer Sache kommen kann, neben dem regulären Kauf … Diese Art Erwerbung haben wir gern »böhmisch« genannt. Wir waren halt wieder einmal politisch nicht ganz korrekt …

Die Welt ist schlecht, Karl, sagte Blumauer. So vieles ist böse und von Übel. Mir aber nimmst du offenbar heute noch den Jungbäurinnen-Kalender, den ich im Amt aufhängen wollte, übel. Darüber kann man doch nur lachen – oder man schmunzelt. Hast du denn nie beim Fensterchen in einen der Baustellenwaggons der Hoch- und Tiefbaufirmen hineingeschaut, wo die Arbeiter ihre Habseligkeiten und die Straßenkleider ablegen, wenn sie in die Arbeitskluft schlüpfen und den Helm aufsetzen, und in denen sie auch ihre Jause einnehmen und ihr Bier trinken, von dem dort einige Kisten aufgestapelt stehen?

Nein, Franz, da habe ich nie hineingeschaut, ich bin ja kein Voyeur und kein Spanner, nicht einmal ein Schauer. Außerdem bin ich auch kein Schwätzer. Man redet ja nur …

Trotzdem, lieber Karl, sagte Blumauer, weißt du doch auch, daß es noch andere als den Jungbäurinnen-Kalender gibt! Vor allem in den Containern der Tiefbaufirmen, die den Kanal für den »Reinhalteverband« graben, geht es hoch her! Da hängen andere Bilder als die aus dem Bauernkalender … Ich will nicht genauer werden. Aber von der feinen Sorte des Playboy- oder des Pirelli-Kalenders sind diese »Kunstwerke« jedenfalls nicht …

Was du alles weißt!, sagte Deuth.

Ich halte halt die Augen offen. ICH bin ein »Voyeur«, wie du das nennst, ein Mensch, der mit offenen Augen durch die Welt geht … Auch im Dienst und beim Austragen der

Post war ja nicht Vorschrift, daß man sich nicht umsehen darf. Und zur Briefträgeruniform gehörten ja keine Scheuklappen, wie es sie am Halfter für die Pferde gibt, damit sie nicht erschrecken, wenn sich von der Seite etwas nähert. Einmal hat ein maliziöser Mensch unter meinen Kunden, du weißt, wen ich meine, den, der dort draußen an der Tierkörperverwertung wohnt, zu mir gesagt: Herr Blumauer, Sie gehen wie ein Flaneur, Sie haben einen Schritt wie ein Müßiggänger und sind doch so ein fleißiger Mensch … Ich habe das als Lob empfunden. Ich kann nicht sehen, daß ich beleidigt sein müßte, wenn mich jemand einen kontemplativen oder eleganten Menschen nennt. Darum habe ich eben auch manchmal in einen Baustellenwagon hineingeschaut.

Das ist sicher auch alles Vergangenheit, was du da von den Zirkus- und Zigeunerwagen der Baufirmen und dem Bildschmuck der Hilfsarbeiter und Leiharbeiter weißt oder vermutest, Franz, sagte Deuth. Sicher schauen heute die Firmen und ihre Poliere und Vorarbeiter auch dort auf Ordnung. Es wird dir ja gegen Ende unserer Zeit als Briefträger auch aufgefallen sein, daß es auf den Baustellen, an denen wir vorbeigekommen sind, immer ruhiger und ordentlicher zugegangen ist. Früher konnte man ja an keiner Baustelle vorbeigehen, ohne daß man von irgendeinem angetrunkenen Zureicher oder Hilfsarbeiter von einem Gerüst herunter mehr oder weniger lustig oder auch ziemlich blöd angequatscht wurde. Wieder dieses bajuwarische »Anzwicken« … Zum Briefträger sagten sie zum Beispiel gern: Schlaf nicht ein beim Gehen, oder ein anderes neckisches Sprüchlein wie: Zu Lasten der Briefträger! Aber Mädchen oder junge Frauen haben sich sei-

nerzeit oft gar nicht an Baustellen vorbeigehen getraut. Da wurde von den Gerüsten heruntergepfiffen und es wurden eindeutig zweideutige Anträge gemacht. Komm, Irmi, ich mach dir ein Kind! Und oft war unter den Maurern auch ein ganz primitiver exhibitionistisch Veranlagter, der auch noch gezeigt hat, was er gemeint hat … Verbal und nonverbal, das heißt »mit Worten und Werken« wurden damals passierende Frauen »insultiert« … Mit Worten wurde »gegrapscht«. Da wurden Maurer zu »Handlangern«. Handlanger zu Maulern. Es gab freilich auch resolute Frauen, die sich nicht gefürchtet und das Entsprechende gesagt haben: Saubartl! Geh scheißen!
Ich glaube, lieber Karl, unsere Redezeit ist um. Die Sprech-Stunde ist aus. Du hast dieses Mal eh die Redezeit des abwesenden wortkargen Ürdinger auch konsumiert. Hoffentlich erholt er sich von seiner anstrengenden Brauereibesichtigung in Redl-Zipf bald wieder. Die nächste Exkursion ins obere Mühlviertel in die Stiftsbrauerei Schlägl hat er schon im Auge und auf dem Plan, sagte Blumauer.
Ja, so geht es, sagte Deuth, sich erhebend und zum Gehen anschickend, die eine Woche macht der Pensionistenverband oder der Seniorenbund eine Erkundungsfahrt in die Brauereiwirtschaft zum Freibier und die Woche darauf fährt die Ortsfeuerwehr oder der Gemeinderat in eine der sogenannten Partnerstädte oder Partnergemeinden. Auch da wird »gelöscht«. Und einige wie der Ürdinger fahren dort und da mit und sind immer auf Achse. Es gibt ja genug Brauereien in Bayern und Oberösterreich und gerade in jenem Teil Oberösterreichs, der bis zum Frieden von Teschen und bis zum Jahr 1779 bayrisch gewesen ist und Innbayern geheißen hat, als also Aspach und

Munderfing und sogar das liebe Weibern im Hausruckviertel noch bayrisch gewesen sind. Und auch die »Verpartnerung« der Gemeinden und Märkte ist sehr weit gediehen. Jeder Ort ist mit mindestens einem anderen Ort oder Markt über der Grenze verbandelt. So hängen heute das Innviertel oder »Innbayern« und Niederbayern und auch »Innbayern« und Oberbayern eng zusammen, und die Autobusunternehmer sind mit ihren Bussen ständig unterwegs und kommen kaum noch dazu, ihre Fahrzeuge richtig zu warten. Neben bayrischen Ortschaften mit Brauereien sind natürlich die Weinorte Südtirols beliebte Partner bei diesen »Verpartnerungen«. Die Südtiroler Weinorte können sich vor solchen Anträgen – Heiratsanträgen gewissermaßen oder Verpartnerungsanträgen – kaum noch retten. Und die Bürgermeister kommen kaum noch zum Regieren vor lauter Partnerstädtebesuchen. Einige Gemeinden und Städte haben sich »Twin Villages« in fernen Kontinenten ausgesucht… Munderfing will sich angeblich jetzt mit Nepal arrangieren! Es ist kaum zu glauben. Da wird unser Bürgermeister wohl jetzt Nepalesisch oder wenigstens Englisch lernen müssen… Nimmt er vielleicht eh schon Nachilfestunden bei Frau Blumauer? Asien erreicht man jedenfalls nicht mehr mit dem Omnibus… Nach Bayern, Südtirol oder auch Frankreich aber rollen die Busse! Und manchmal hat es im Autobus, wenn am Morgen eine Reisegruppe einsteigt, noch einen merkwürdig strengen Geruch von der Vortagesfahrt eines Sparvereins oder eines Kegelklubs, die Spuren hinterlassen hat, die der Fahrer, der ja auch einmal schlafen muß und ausgeschlafen sein soll, durch Lüften noch nicht ganz beseitigen konnte…

Ist auch besser geworden, sagte Blumauer, seit es Raumspray gibt und die Busse vollklimatisiert und mit Toiletteanlagen ausgestattet sind. (Sogar Kotzbecken gibt es in manchen Bustoiletten, fügte er leise, die Hand vor den Mund haltend, Richtung aufbrechendem Deuth hinzu.) Und mitanhören muß man von den Geräuschen in der Hygienebox im Bus auch nichts mehr, seit die Lautsprecher mit Schlagermusik alle Naturgeräusche übertönen …
Was du nicht sagst!, sagte Deuth. Und in diesem Sinne servus!
Servus, Karl.

Stammtisch 17

Ferdinand, wie war's in Redl-Zipf?, fragte Karl Deuth seinen Pensionskollegen Ferdinand Ürdinger am Stammtisch bei Kirchenwirt in Munderfing.

So weit ganz redlich, sagte Ürdinger. Aber eine Brauereibesichtigung mitten im Februar ist nicht das Richtige. Das mach ich nicht mehr. Brauereien muß man im Sommer besuchen. Ich besichtige ja eine Brauerei nicht, um mir einen Vortrag über Chemie und Gärung oder den Maschinen- und Kesselbau anzuhören, das hab ich ja auch schon oft genug gehört und wieder vergessen. Ich komme wegen dem Bier, das gebe ich zu. Und wegen der Geselligkeit.

Wegen dem Freibier, nota bene, sagte Deuth … Tust du mir leid, daß du dir da einen langweiligen Vortrag eines Braumeisters anhören hast müssen, wo dich doch nicht der Wissensdurst, sondern der Bierdurst geplagt hat!

Geh, Karl, der war auch nicht übermäßig bei minus fünf Grad Außentemperatur. Und das Bräustüberl war schlecht geheizt. So sind wir alle in unseren Schladmingern und Hubertusmänteln dagesessen, die Männer, die feineren Frauen in ihren Pelzmänteln. Da kommt keine Stimmung auf. Und wenn du austreten mußt, um für weiteren Biernachschub Platz zu machen, und die »Gelegenheit« aufsuchst, dann brauchst du eine halbe Stunde, bis du vor lauter Stoff und Kotzen zur Quelle vordringst und den Hahn zu fassen bekommst. Und hinterher merkst du womöglich, daß etwas danebengegangen ist. Und vor lauter Herumfummeln fällt dir auch noch der Hut ins Pissoir …

Habt ihr denn auch nach altem Innviertler Brauch im Wirtshaus der Brauerei die Hüte auf dem Kopf behalten?

Selbstverständlich! Den Hut abnehmen und an der Garderobe abgeben – das wären ja geradezu »anti-innviertlerische Umtriebe«, Karl! Seit wann nimmt ein Innviertler im Wirtshaus den Hut ab? Schließlich haben wir hier am Stammtisch auch den Hut auf dem Blutzer! Die Hausruckviertler haben natürlich kein Verständnis für diesen Brauch. Der Braumeister und Brauereiführer, der Wortführer in Redl-Zipf hat sich auch über uns gewundert. Die Hausrucker halten uns für ungehobelt und holzgeächst, für grob und bäurisch. Für uns Innviertler aber ist das Hutaufbehalten ein Ausdruck unseres Stolzes, unseres Bauernstolzes. In der Kirche nehmen die Männer den Hut ab, das ist selbstverständlich und Zeichen unserer Ehrfurcht vor dem Herrgott, aber im Wirtshaus seit tausend Jahren nicht. Ein Mann ohne Hut schaut nichts gleich. Das gilt auch für das Autofahren. Immer machen sich die Leute außerhalb des Innviertels über Autofahrer mit Hut lächerlich, bei uns ist es umgekehrt: Wir sagen: Vorsicht, Autofahrer ohne Hut!
Der Braumeister hat, wie wir nach dem Rundgang durch die Anlagen, vorbei an den riesigen Kupferkesseln, wie wir also nach diesem Kessel-Treiben vom Sudhaus ins Bräustüberl gekommen sind, ein wenig scheinheilig gefragt: Na, ihr lieben Munderfinger, habt's hoffentlich einen ordentlichen Durst mitgebracht? Da hättet ihr aber hier ein bisserl besser einheizen müssen, habe ich gesagt. Hier ist es nicht gemütlich und wohlig warm wie in einem Bräustüberl, sondern ungemütlich wie im Eiskeller, den ihr uns vorhin gezeigt habt. Er ist dann bald gegangen. Er hat noch einen Termin, hat er gesagt. Uns ist er nicht abgegangen, als er abging … Er ist ein wenig zu theoretisch

gewesen. Gleich am Anfang hat er sich groß vorgestellt als der erste Doktor der Fakultät für Müllerei- und Gärungstechnik der seinerzeitigen Hochschule für Bodenkultur, die Anfang der 60er-Jahre auf Betreiben des Herrn Mautner-Markhof, des österreichischen Senf- und Germkönigs, gegründet worden ist. Auch schon was. Es ist dann doch noch ziemlich lustig geworden.

Hast du, lieber Franz, fragte Ürdinger, wohl die Briefmarke auf der Karte, die ich aus Redl-Zipf geschickt habe, gebührend beachtet? Der Postpartner dort war wie alle Postpartner briefmarken- und sonderbriefmarkenmäßig natürlich mäßig sortiert, aber immerhin die eine, die ich dann für euch abgeschleckt und aufgeklebt habe, hat er gehabt. Und die paßt ja auch ganz gut, vielleicht nicht so für den Karl, die Intelligenzbestie, aber für dich, Franz, wohl schon.

Ehrlich gesagt, Ferdinand, die »Venus von Milo« wäre mir lieber gewesen, auch die »Venus von Wels«, die eigentlich »Venus von Gunskirchen« heißen müßte, weil sie ja in Gunskirchen gefunden und aus dem Feld von einem Bauern herausgeackert worden ist, aber zur Not tut's die »Venus von Willendorf« auch, die du uns zukommen hast lassen. Da hängt deine Karte ja, zeigte Blumauer auf die Pinnwand hinter dem Stammtisch. Und weil die Briefmarke so klein ist wie eine Briefmarke, ist wohl niemand sittlich gefährdet, wenn er hier vorbeigeht, auch kein Kind. Schließlich ist die nackerte Willendorferin schon im Geschichtsbuch für die Unterstufe größer abgebildet … Literarisch hast du dich aber nicht sehr angestrengt, Ferdinand, der Text deiner Karte ist eher dürftig und ein wenig floskelhaft.

Ein Roman hat schließlich ja auch nicht Platz auf einer Ansichtskarte.
Da schaltete sich Deuth ein und wurde wissenschaftlich. Mit der Venus, der römischen Liebesgöttin, die der griechischen Aphrodite entspricht, hat dieser Kalksteinklumpen aus der älteren Jungsteinzeit aber wirklich nichts zu tun. Die römische Liebesgöttin ist schließlich auch eine Schönheitsgöttin. De gustibus non est disputandum, sagt der Lateiner, sagte der Latinist Deuth. Der Ausdruck Venus ist in diesem Zusammenhang ein Scherz. Das ist so, wie wenn ich auf einem Photo unseren »Buddha«, den 110 Kilo schweren Ferdinand Ürdinger beim Badesee in Weibern, wo er gern hingeht, abgebildet sehe, und auf die Frage eines anderen, wer das denn ist, sagen möchte: Das ist der Jüngling vom Magdalensberg. Oder: Das ist der Merkur.
Wo doch jeder weiß, daß nicht Ferdinand Ürdinger, sondern Karl Deuth der Merkur von Munderfing ist, der Götterbote und zugleich der Gott der Redekunst, wie du uns ja oft genug belehrt hast…, sagte Blumauer.
An der Stelle kann ich nicht umhin, sagte Deuth, ohne auf Blumauers Ironie einzugehen, euch eine Geschichte zu erzählen oder an eine Geschichte zu erinnern, weil ich sie vielleicht eh schon einmal erzählt habe. Ein Freund von mir und wie ich Mitglied der Rieder Humanistischen Gesellschaft, hat mir einmal von einem Kärnten-Ausflug eine Karte aus Maria Saal geschickt, auf der die sogenannte römische Postkutsche abgebildet war, die man auf einer Spolie, einem Reliefstein, der in die Mauer des Doms eingemauert ist, sehen kann. Der Text war recht launig: So einen Wagen und so eine Postkutsche wünscht er dem

Briefträger Deuth in Munderfing, daß er nicht mehr mit seinem rostigen Waffenrad über die Kobernaußer Schotterstraßen radeln und auf dem Gepäckträger seine Posttasche einzwicken muß. Und so weiter.

Siehst du, Ferdinand, an so einem Text mit solchen Anspielungen und persönlichem Eingehen auf den Adressaten hättest du dir beim Schreiben deiner Redl-Zipf-Karte ein Beispiel nehmen sollen … Nicht nur: Wetter kalt, Bier warm, etcetera.

Die Sache mit der Maria Saaler Postkutsche hat aber einen Haken, Kollegen, fuhr Deuth fort. Und das habe ich dann auch meinem Freund von der Humanistischen Gesellschaft beim nächsten Rieder Meeting gesagt. Denn nach neuerer Forschung handelt es sich gar nicht um eine Postkutsche und einen römischen Postillion, sondern um einen Leichenwagen und einen Toten, der in den Hades und in die Unterwelt gebracht wird. Und der, der auf dem Kutschbock sitzt und die Seele des Verstorbenen ins Jenseits verfrachtet, das ist nicht der Karl Deuth, sondern die mythische keltische Figur des »Genius Cucullatus«, des sogenannten »Hilfreichen im Kapuzenmantel«. Cucullatus heißt so viel wie Kapuziner.

Bravo, super, sagte Blumauer, wieder was gelernt!

Ich aber, habe ich dem Kollegen von der Humanistischen Gesellschaft gesagt, sagte Deuth, arbeite nicht bei einer Bestattung, sondern bei der Post. Dort sind wir zwar auch oft mit Begräbnisangelegenheiten konfrontiert, aber doch vor allem mit dem Leben und den lebendigen Menschen. Und weit lieber habe ich Liebesbriefe oder Gratulationspost zugestellt als Todesnachrichten und Partes. Gratulieren ist weiß Gott lustiger als Kondolieren. Die traurige Post er-

kennt man ja schon von außen am Trauerrand, und wenn ich etwas dergleichen abzugeben hatte, war ich immer froh, wenn ich es in die Briefkästen einwerfen konnte und nicht persönlich übergeben mußte. Telegramme zustellen war freilich oftmals identisch mit Hiobsbotschaften bringen. Telegraphiert wurde seinerzeit, also zu unserer Zeit, ja fast nur im Todesfall. Von ein paar Telegrammen mit Glückwünschen oder »Komme am 14. dieses…« einmal abgesehen. Und wenn am Morgen nach der Frühmesse das sogenannte Zügenglöcklein, also die Totenglocke geläutet worden war, dann haben wir Briefträger immer wieder draußen auf den Weilern die Frage beantworten müssen: Für wen haben sie denn heute geläutet? Weil man aber die Glocken von weither, sogar von Mattighofen und den anderen umliegenden Pfarreien gehört hat, wenn der Wind gepaßt hat, sind wir oft auch überfragt gewesen und konnten keine Auskunft geben. Von der Nachkriegzeit, den Vermißtenanzeigen und den Gefallenennachrichten rede ich erst gar nicht. Das war zu trostlos.
Ach, seufzte da Ürdinger und sah auf die Karte, die er aus Redl-Zipf c/o Kirchenwirt Munderfing an seine Stammtischbrüder geschickt hat. Ich hab es so gut gemeint, vor allem mit dem Franz. An diesem Fräulein aus Willendorf ist doch mehr dran als an der Venus von Milo. Vielleicht wirkt sie auf dich, Franz, anregend und beflügelnd, wenn du, wie der Karl das nennt, den Pegasus besteigst und über den lateinischen Nachhilfelehrer deinen Bestseller schreibst? Wie weit bist du denn damit?
Ach, frag mich nicht, seufzte nun auch Blumauer seinerseits und: Wenn mich doch der Karl bei den Recherchen so im Stich läßt und den Abschlußbericht über das Dis-

ziplinarverfahren gegen den lateinischen Nachhilfelehrer nicht und nicht auftreibt. Stattdessen treibt er sich herum, besucht seine Verwandte in Ungenach und bereitet mir Ungemach.

Keine Späße mit Eigennamen, sag ich!, sagte Deuth. Wie oft muß ich das noch sagen! Lest doch bitte einmal, was der größte deutsche Dichter, nämlich Johann Wolfgang von Goethe, in seiner Autobiographie »Aus meinem Leben. Dichtung und Wahrheit« über Johann Gottfried Herder schreibt, der sich über seinen, Goethes, Namen lustig gemacht hat. Oh Goethe, schreibt der Herr Herder, wenn ich ein wenig frei nach Briefträgerart zitieren darf, »der du von den Göttern, den Goten oder dem Kote stammst« … Mit *Kot* meint Herder aber nicht das Excrementum, sondern einfach die *Erde*. So wie ja auch in unserer Innviertler Mundart *Keot*, also *Kot*, »Erde« und »Lehm« bedeutet und nicht »Sch..ße«. Ich mag das heute omnipräsente, allgegenwärtige Wort für das Fäkale gar nicht aussprechen und in den Mund nehmen. Immer hatten wir Briefträger Kot an den Stiefeln, auch wenn wir nicht gerade, was auch manchmal vorgekommen ist, in einen Hunde-, Hasen- oder Hühnerdreck oder, was häufiger vorkam, in einen Kuhfladen getreten sind. Wie oft habe ich meine Stiefel an einer der vielen Waschbänke in die Mattig gehalten und abgewaschen, bevor ich wieder weitergezogen bin! Viele Tritte aber in Hühnerhinterlassenschaften würde ich heute noch auf mich nehmen, wenn ich die armen Kreaturen in Freiheit wüßte und um die Bauernhäuser ihr Werk und auch ihre Notdurft verrichten sehen könnte und nicht in ihren unmenschlichen und nicht tiergerechten Käfigen und sogenannten Batterien eingekerkert. Es

hat mich immer verdrossen, wenn ich an der elendlangen fensterlosen Hühnerfarm unseres Ortskaisers vorbeigehen mußte. Post habe ich dem »Vonundzu« ja eh nicht zustellen müssen, denn der hat natürlich am Amt in Braunau sein Schließfach gehabt. Dort war ja auch sein »Lebensmittelpunkt«. Bei uns hat er nur die armen Hühner!
So ein nobler Mensch, der Karl Deuth, sagte Blumauer.
Drei Möglichkeiten oder Vermutungen von Herkünften gibt Herder also zum Namen *Goethe* an, setzte Deuth unbeirrt seine Belehrungen fort, aber keine stimmt. Mich hätte Herder fragen müssen. Denn ich, Karl Deuth in Munderfing, weiß die Etymologie von *Goethe*, wenn ich auch zugebe, daß diese Weisheit nicht auf meinem Mist gewachsen ist, sondern daß ich sie dem großen österreichischen Dialektologen Eberhard Kranzmayer, auf den ich mich gern berufe, verdanke. *Goethe*, liebe Kollegen, kommt von *Göd*, vom *Göden* also, dem »Paten«, dem Tauf- oder Firmpaten. Und *Göd* war ein ziemliches Allerweltswort für einen nahen oder eher weitschichtig Verwandten. So wie man zu fast jedem *Vetter*, in unserer Mundart *Feda*, oder *Fedamo*, »Vettermann«, gesagt hat, so hat man auch gern zu einem *Göd* gesagt. Goethe kommt von *Göd*, da gibt es für mich keinen Zweifel. Und zum Thema »Göd und Firmung« hätte ich noch viel zu sagen. Aber leider muß ich jetzt heimwärts gehen. Erinnert mich das nächste Mal an den Gödn, sagte Deuth und verabschiedete sich von Ürdinger und Blumauer.
Da wird es das nächste Mal wahrscheinlich mit dem Disziplinarverfahren gegen den Wiener Nachhilfelehrer wieder nichts, sagte Blumauer resignierend.
Geduld bringt Rosen, vertröstete ihn Deuth.

Stammtisch 18

Ich habe nachgeschaut, sagte Karl Deuth am Stammtisch beim Kirchenwirt in Munderfing zu seinen Kollegen, und es könnte sein, daß ich euch das letzte Mal vorige Woche einen Blödsinn gesagt habe.
Nein, protestierte Blumauer, das kann nicht sein, Karl Deuth hat immer recht! Wir haben dir ja nicht umsonst und unüberlegt seinerzeit eine Karte in den Personalraum an den Spind geheftet: *Hoheitsgebiet KARL! Hier gilt mein Kommando!*
Mach du dich nur lustig, sagte Deuth. Ich weiß, daß ich nicht unfehlbar bin. Aber der Goethe ist vielleicht wirklich nicht der *Göd*, für den ich ihn mit meinem Gewährsmann Eberhard Kranzmayer gehalten habe, sondern der *Gottfried*. Der Geheime Rat hat seine Wurzeln von seinem Großvater her in Nordthüringen, und dort sagen sie angeblich zum Gottfried *Göthe*. *Göthe*, nicht *Götze*! Den *Götze* gibt es aber auch, und grad der, der ein Herkunftswörterbuch geschrieben hat, das ich immer wieder konsultiere, heißt Götze. Eigentlich sind es ja zwei, die dieses sogenannte »Etymologische Wörterbuch« geschrieben oder zusammengestellt haben, der eine heißt Kluge und der andere Götze, und darum heißt es immer »Der kluge Götze«. Schlag nach beim klugen Götze!
Jetzt wissen wir also, woher du deine Weisheiten hast, sagte Ürdinger.
Meine Lieben, sagte jetzt Blumauer, wir haben heuer aber kein Goethe-Jahr, das haben wir ja vor kurzem gehabt und begangen – die Normalverbraucher wie wir, Ferdinand und ich, im Fernsehen, die Gebildeten wie der Karl Deuth

im Feuilleton der Frankfurter Allgemeinen Zeitung –, sondern wir haben…, ja, wer ist jetzt der Jahresregent oder die Jahresregentin, Karl?
Da gibt es einige, sagte Deuth.
Aber für uns Briefträger gibt es doch nur eine, die Anna Plochl, die Tochter des Postmeisters Jakob Plochl, die Freifrau von Brandhofen, die Gräfin von Meran. Das ist eine Karriere, Karl, die jeden aufrechten Postler mit Stolz erfüllen muß. Eine Bauersfrau als Powerfrau! Vom Landmädchen zur Landesherrin!
O Gott, o Gott, lieber Franz, das ist wieder einmal typisch österreichisch und ungenau und schlampig. Wir haben nicht heuer, 2010, ein Plochl-Jahr, sondern ein Erzherzog-Johann-Jahr, und das haben wir eigentlich auch nicht heuer, sondern voriges Jahr gehabt, weil sich sein Todestag am 11. Mai 1859 im Jahr 2009 zum 150. Mal gejährt hat… Aber deine Fernsehfilme und Rührstücke sind halt wieder einmal nicht rechtzeitig fertig geworden. Und wenn du mich fragst, dann begehe ich heuer nicht ein Erzherzog-Johann-Jahr, sondern ein Gustav-Mahler-Jahr, der am 7. Juli 1860 geboren ist, und ein Frederic-Chopin-Jahr, der 1810 geboren wurde, wie auch ein Robert-Schumann-Jahr, der am 9. Juni 1810 geboren wurde… Außerdem ist heuer ein Karl-Deuth-Jahr, weil ich im Oktober einen halbrunden Geburtstag habe… Deinen Geburtstag habe ich leider vergessen, lieber Franz, nimm es mir bitte nicht übel.
Angeber, Angeber, was wirst du von den musikalischen Kapazitäten schon kennen außer vielleicht die »Träumerei« von Robert Schumann und die »Kleine Nachtmusik« von Wolfgang Amadeus Mozart.

Nun, Franz, dann besuchst du mich einmal, und wir hören uns gemeinsam meine Shellaks und auch meine neuen CDs an. Aber da mußt du dir eine Woche Urlaub nehmen, den du dir als Pensionist ja gar nicht mehr nehmen kannst, denn ich habe nicht nur einen Tonträger mit der »Träumerei« von Robert Schumann oder der »Kleinen Nachtmusik« von Wolfgang Amadeus Mozart, sondern sämtliche Symphonien meines Favoriten Anton Bruckner, und alle seine Messen, und dasselbe gilt von Ludwig van Beethoven und Franz Schubert.
Der Briefträger mit den vielen Tonträgern …, sagte Blumauer.
Ich höre und sehe mir gern im Fernsehen den »Musikantenstadel« …
Es sei dir unbenommen, lieber Ferdinand, sagte Deuth. Ich habe natürlich vom Bauerntum und der Volkstümlichkeit eine etwas andere Vorstellung, als sie dort zu herrschen scheint. Ein Stadel, lieber Ferdinand, ist ein Teil des Bauernhauses oder auch ein freistehendes Wirtschaftsgebäude zur Aufbewahrung von Getreide, bis es, früher jedenfalls, wie im Freilichtmuseum Stehrerhof jährlich zu besichtigen, gedroschen wurde, um dann wieder in den Ösen neben der Tenne im Stadel als Streu für den Kuhstall gelagert zu werden. Zum Musizieren war der Stadel nicht gedacht. Die Musik, die dort erklungen ist, war das Rauschen der Dreschmaschine und das Wummern und Dröhnen der Mechanik, wenn die eingegebenen Garben von den Schlägern der Spindel »geboßt«, das heißt eben gedroschen wurden und wenn der sogenannte »Binder« vor der Dreschmaschine die großen Ballen gedroschenen Strohs, die sogenannten Schwaben, auswarf. Und

vor dem industriellen Zeitalter war die Musik, die auf der Tenne des Stadels gespielt wurde, der Takt der Drischel, der Dreschflegel, die im Rhythmus des Dreiviertel- oder Vierviertelaktes, je nach der Anzahl der Drescher, auf die aufgelösten Garben des Korns oder Weizens oder der Gerste niederprasselten. Ich habe noch die Arbeitslieder der Drescher im Ohr und bin auch einmal einem jungen Gelehrten von der Universität Salzburg, der solche Arbeitslieder gesammelt und analysiert hat, als Informant und Gewährsmann behilflich gewesen. Ja, so haben sie gesungen: *Ban Müna ban Becka tan s' d' Menscha afwecka.* Hebung, Senkung, Hebung, Senkung, musikalisch und muskulös, das hat sich ergänzt. Von den Müllern und den Bäckern, die die Mädchen aufwecken, wissen und singen die Schlagersänger in deinem »Musikantenstadel« sicher nichts. Dort geht es eher *volksdümmlich* als *volkstümlich* zu. Und man müßte den Veranstaltern ins Stammbuch den Satz Bert Brechts schreiben: Das Volk ist nicht tümlich …

Da setzte Blumauer zu einer Verteidigungsrede seines Freundes Ürdinger und seines musikalischen Geschmakkes und seiner Lieblingssendung, des Musikantenstadels an: Und ob auf der Tenne auch Musik gemacht wurde! Ja, Karl, erinnerst du dich denn nicht mehr daran, daß nach dem Dreschen in den Stadeln gesungen und getanzt wurde und ein Ziehharmonikaspieler aufgespielt hat?

In der Bauernstube, sagte Deuth, hat die sogenannte »Maschingaudi« stattgefunden, aber im Stadel doch kaum. Vom Staub, den Grannen und dem »Flaim« hatten die Leute genug. Sie haben sich nach der schweren Arbeit beim Drusch ja auch gewaschen und umgezogen.

Siehst du, Karl, sagte Blumauer, du bist zwar ein paar Jährchen älter als ich, aber trotzdem noch zu jung, um als Altertumswissenschaftler gelten zu können. Du könntest dich vielleicht aber noch an jenen Ausflug unserer Postgewerkschaft um das Jahr 1975 erinnern, den wir nach Wien unternommen haben. Wir haben uns damals in zwei Gruppen geteilt: eine Gruppe hat eine Besichtigung der Schwechater Brauerei unternommen, bei dieser war unser lieber Kollege Ürdinger, die andere aber, und dieser Gruppe haben wir zwei angehört, ist ins Kunsthistorische Museum gegangen. Und eines der Bilder, die wir dort gesehen haben, das dir sicher auch noch in Erinnerung ist, ist die »Bauernhochzeit« des holländischen Malers Pieter Brueghel des Älteren. Und auf diesem Gemälde sieht man eine Hochzeitsgesellschaft an einem großen Tisch, man sieht Musikanten, Sackpfeifer und Helfer, die die Speisen heranschaffen, und dies alles spielt sich auf einer Tenne ab, eingefaßt und eingerahmt von großen Schwaben Stroh und Futter. Zwei Garben hängen an der Wand. Nicht nur getanzt und gesungen, nein, auch geheiratet und Mahl gehalten wird auf der Tenne. Es geht lustig zu, und die Menschen freuen sich und haben ihre Gaudi. Einen Spaß hat sich der immer zu Späßen und zur Camouflage aufgelegte Maler Brueghel auch mit einem der Speisenauftrager im Vordergrund geleistet und erlaubt, dem hat er nämlich drei Beine angemalt, wahrscheinlich, um sinnfällig auszudrücken, wie beflissen da Proviant herangeschafft wurde oder was immer der Grund sein mag. Brueghel hat dem Mann Beine gemacht… Und man weiß auch, und man weiß es auch von den Bildern des »Bauernbrueghel«, daß es nach dem sozusagen offiziellen Teil solcher Hochzeitsfeiern, wenn die ebenfalls eingeladene hohe Geistlichkeit, die die Trauung vorgenommen hat, schon heimgegangen war, hoch hergegangen ist und ausgelassen gefeiert wurde. Und ein solcher Stadel hat natürlich in dieser Hinsicht für junge Leute und Verliebte einen großen Reiz ausgeübt, weil er sich ja auch zum Verstecken gut eignet … Wer läge nicht gerne auch einmal im Stroh oder auf dem Heuboden, überhaupt in Zweisamkeit – in intimer Gesellschaft abseits der Gesellschaft …

Womit du, lieber Franz, wieder bei deinem Thema bist, sagte Deuth. Zu sagen hast du auch vergessen, daß sich das Ganze nicht in Bayern oder in Österreich abspielt, sondern in Flandern. Und darum heißt das Bild nicht »Bauernhochzeit im Musikantenstadel«, sondern »Boerenbruiloft«. Und als Entschuldigung für die alberne postmoderne Kulisse und das Spektakel des »Musikantenstadels« eignet es sich schon gar nicht. Bei Brueghel ist alles echt und »authentisch« und im Musikantenstadel ist alles unecht und »verschmockt«. Was die Aufbauten betrifft, fällt einem dazu nur der Ausdruck »Lederhosenarchitektur« ein. Das ist kein Stadel, kein Bauernstadel, sondern eine urbane Stadthalle, die sich auf rustikal maskiert und geschminkt hat, oder wie oder was …

Bitte, lieber Karl, stürze den Ferdinand nicht in eine Identitätskrise!

So leicht ist ein gestandenes Mannsbild mit über zwei Zentnern Muskelfleisch nicht zu erschüttern, sagte Ürdinger. Da ist die »Identität« schon gut verankert. Wenn ich nur wüßte, was das genau ist, die »Identität« …

Das kann ich dir, lieber Ferdinand, schon erklären, und der Franz Blumauer darf auch zuhören, weil ich es anhand eines Beispiels und einer Ortschaft tue, die er neulich schon einmal ins Spiel gebracht hat, nämlich die seinerzeitige Bahnstation der »Haager-Lies«, die Ortschaft Weibern. Dort kenne ich mich deswegen gut aus, weil ich dort einen Schwager habe, nomine Roitinger, den ich öfters besuche und der mich auch mit Publikationen versorgt, wie jetzt eben mit einer Broschüre »1200 Jahre Weibern«, an denen er als Heimatkundler, wie auch am »Bundschuh« des »Historischen Vereins« in Ried im Innkreis, oft mitarbeitet. Identität! Da schlage ich also das Buch auf und finde eine Liste der Namen auf dem Kriegerdenkmal der Gefallenen des 1. Weltkrieges. Und was sehe ich, ich hab es schließlich gezählt: 11 haben mit Vornamen Franz geheißen, 6 Josef, 5 Alois, 4 Ferdinand, jeweils 2 Karl, Matthias und Johann, und je einer Friedrich und Georg. So viel zu bayrisch-österreichischer, christlicher, römisch-katholischer »Identität«. Aber die Familiennamen möchte ich euch eigentlich auch nicht vorenthalten, soweit ich sie noch auswendig kann: Anzengruber, Aigner, Baumann, Binder, Breitwieser, Buchleitner, Bugram, Bruckmüller, Gastelsberger, Geierhofer, Grabner, Götzendorfer, Hochreiner, Hofinger, Kettlgruber, Kriechbaum, Lemberger, Lienecker, Maier, Niederleuthner, Oberhumer, Ploberger, Pointner, Reisinger, Roitinger, Reischauer, Spanlang, Stüblreiter, Schmid, Trauner, Trompeter, Wiesinger, Wiesmüller, Simmer, Weinberger. Einige Namen kommen auf dem Kriegerdenkmal natürlich gleich mehrfach vor, weil Brüder oder Väter und Söhne oder gleichnamige Geschwisterkinder gefallen sind. Und wenn man die Namen, von denen leider jeder einzelne für eine Tragödie und unfaßbares Leid steht, das der Gefallene und seine Angehörigen erlitten haben, wenn auch die Leidenden, die den Tod erlitten haben, und die Mitleidenden in der Heimat, sozusagen schon lange das Zeitliche gesegnet (und sicher den Krieg verflucht!) haben und niemand mehr von ihnen lebt, so darf man sie doch auch als sprachliche Denkmäler für Herkünfte, Berufe, Müller, Bauer, Schmied und Trompeter, für die Lage ihrer Anwesen oder auch ihr Aussehen, wie zum Beispiel Spanlang … lesen und vielleicht als Anschauungsmaterial zur Demonstration von »Identität« verwenden …

Das wird mir jetzt zwar schön langsam zu ernst, sagte Ürdinger, aber wie ist das, wenn man in Tirol oder im Lesachtal oft auf großen Friedhöfen nur einige wenige und immer dieselben Namen findet? Ist das dann ein Ausdruck der Identität der Bewohner der engen und abgeschlossenen Bergtäler? Besteht da nicht die Gefahr, daß die Identität zu weit geht und es an Blutauffrischung fehlt? Ist dort dann »Identität« Inzest oder wie oder was? Geh, Karl, hast du zum Abschluß nicht noch etwas Lustigeres auf Lager? Ich muß dann bald gehen. »1200 Jahre Weibern« klingt ja eigentlich ganz lustig. Ist das nicht fast schon wie »Und ewig lockt das Weib«?

Ja, damit kann ich dienen, sagte Deuth. Und er erzählte Folgendes: Mein Schwager in Weibern lebt eigentlich nicht in Weibern, sondern in einer Ortschaft im Gemeindegebiet von Weibern mit dem Namen *Pledi*. Er *lebte* in *Pledi*, muß ich sagen. Aber »lebte« muß ich nicht deshalb sagen, weil er gestorben ist, das nicht, sondern weil die Ortschaft Mitte der 60er-Jahre »gestorben« ist, das heißt umbenannt wurde. Der Gemeindeausschuß hat am 21. Juli 1962 beschlossen, die Ortschaft fürderhin nicht mehr *Pledi*, sondern *Pesendorf* zu nennen, weil ein Gewerbetreibender aus *Pledi*, ein Schmied, in einem Schreiben an den Bürgermeister sich beschwert hat, daß »die Bewohner der Ortschaft *Pledi* bei der Nennung ihres Wohnortes des Öfteren erleben mußten, daß der Name der Ortschaft Anlaß zu Bespöttelung gab und namentlich die jungen Rekruten aus dieser Ortschaft dauernd unter der Bewitzelung ihrer Kameraden zu leiden hatten«, wie der Gewerbetreibende, der den Namen auch nicht hilfreich beim Werben fand, ausführte. Dazu schreibt der Historiker Anton Schörgendorfer: »Damit wurde ein Siedlungsname von Altweibern ausgelöscht, weil man seinen wahren Inhalt nicht kannte.« Der wahre Inhalt von *Pledi* ist nämlich *blatteche* und bedeutet »großblättrige Pflanze« und kommt auch im Mundartwort *Blätschen* für ein großes Pflanzenblatt vor. Nur die Dummen und Blöden haben *Pledi* sozusagen für *blöd* gehalten. Den Wunsch der *Pledier* nach einem neuen unverfänglichen Namen kann man schon verstehen, wie sie aber auf *Pesendorf* gekommen sind, ist mir schleierhaft, sagte Deuth. Und ist euch statt *Pledi* kein gescheiterer Name als *Pesendorf* eingefallen?, habe ich meinen Schwager gefragt. Ja, warum denn?, hat er gesagt. Was gefällt dir denn am Namen *Pesendorf* jetzt nicht? Ja, Herrgott noch einmal, habe ich gesagt, siehst du denn nicht, daß der Name *Pesendorf* ein bayrisch geschriebenes *Bösendorf* ist und der Name das Eigenschaftswort *böse* enthält. Der euch diesen Namen eingeredet hat, hat euch Pesendorfer wirklich für blöd verkauft. Der hat euch für Pledier gehalten, der hat euch zum Narren gehalten … Wenn ich auch zugebe, habe ich eingeräumt, daß der Mensch lieber für böse als für dumm gehalten wird. Die Bosheit hat ein höheres Ansehen als die Dummheit. Ja, es gibt geradezu eine Verehrung für große Bösewichte, ob die nun in der Politik oder in der Kultur unterwegs gewesen sind. Der Schauspieler Klaus Kinski ist wohl ein solcher Bosnigel und Bösewicht gewesen, der den Bösen nicht nur gespielt hat… Vielleicht auch der verstorbene Salzburger Schauspieler Herbert Fux, der auch gern finstere Typen gegeben hat. Mit der abgrundtiefen Bosheit und Hinterlist und Verschlagenheit des »Reineke Fuchs« von Johann Wolfgang von Goethe kann es freilich im Leben wie in der Kunst der Verstellung kaum jemand aufnehmen.

So also sind aus den Pledіern *Pesendorfer*, also *Bösendorfer* geworden. Hätte der Schmied in Pledi, der die Umbennung und den Namenswechsel betrieben hat, das »Lexikon der österreichischen Familiennamen« von Maria Hornung konsultiert, dann hätte er unter *Pesendorfer* folgende Eintragung gefunden: *Pesendorfer*, Herkunftsname, »Mann aus dem bösen Dorf«. Getröstet hätte ihn vielleicht, daß zu *böse* in Klammern (*klein*) steht. Damit ist der Pesendorfer nicht unbedingt ein schlechter Mensch, er stammt aber aus einem unbedeutenden Ort. Der *Ignaz Bösendorfer*, der im 19. Jahrhundert das Klavierherstellen so erfolgreich begonnen hat, ist natürlich kein *Pesendorfer*, sondern ein Wiener. Was aber *Wien* und *Wiener* letztlich bedeutet, sprachlich und real, darüber gehen die Meinungen auseinander.

Wir wissen, was wir an Wien haben, sagte Blumauer.

Jedenfalls ist unsere Haupt- und Residenzstadt kein »böses«, also kleines Dorf, sagte Deuth. Und es ist auf die Zuwanderung und den Zuzug aus anderen Bundesländern und anderen Ländern angewiesen, sonst »schauert«

es mit der demographischen Situation düster und böse aus. Im Telephonbuch von Wien stehen bekanntlich auch ganz andere Namen als auf den Kriegerdenkmälern in Innbayern.
Von einem Wolfgang Priklopil steht neuerdings immer viel in der Zeitung, sagte Ürdinger.
Das ist nun ein besonderer »Mädchenversteher« gewesen, sagte Blumauer.
Ja, der Priklopil … das ist wirklich ein »Bösendorfer« oder »Bösenstädter« … – gewesen, sagte Deuth. Ich bitte aber den deutschen Stammtisch, aus diesem Namen nicht die üblichen Schlüsse zu ziehen. Es gibt auch unter den Müllern, Maiern und Schulzen Gauner und Bösendorfer! …
Ein Bierliebhaber wie ich, sagte Ürdinger, schätzt die tschechischen Nachbarn schon ihrer guten und weltberühmten Biere wegen. Das ist für mich die Quelle der Sympathie … Es gibt nichts Besseres als Budweiser Bier, sagte er, das Pilsner ist für meine bayrischen Geschmacksnerven ein wenig zu raß. Eine Reise nach Budweis samt Brauereibesichtigung steht schon auf meinem Terminkalender.
Das ist ein schöner, versöhnlicher und völkerverbindender Abschluß für unser Meeting. Den wahren Frieden erzeugt man freilich erst durchs Zahlen, sagte Deuth und rief nach der Kellnerin.
Haben die Herren Brieftrager noch einen Wunsch?, fragte die Kellnerin Theresia. Nein?
Setzt, werteste Cellularia, unsere Consumation in Calculatione! Gebt uns denn den Frieden, den die Welt geben kann!

Stammtisch 19

Fuchs, du hast die Gans gestohlen, gib sie wieder her, sonst wird dich der Jäger holen mit dem Schießgewehr … Wie oft haben wir das als Kinder gesungen! Und jetzt frage ich mich, wie kommt die Post zum Fuchs und wie kommt der Fuchs zur Post, vielleicht auch, wie kommt der Fuchs dazu, daß er als Wappentier unserer Post herhalten muß? Das heißt, sagte Ürdinger, das habe ich meinen Neffen, den Internetspezialisten, meinen Türöffner für alle Fragen des modernen Lebens, gefragt und ihn gebeten, er soll doch meine Frage seinem Computer stellen. Sollte der aber nichts davon wissen, dann bringe ich diese entscheidende Lebensfrage auf die Tagesordnung unseres nächsten Stammtisches beim Kirchenwirt in Munderfing, wo sicher Kollege Deuth meiner Fragenot ein Ende machen wird. Ja, und da sind wir jetzt.

Haben die Herren einen Wunsch?, fragte die Kellnerin Resi die Postpensionisten. Deuth bestellte ein Fiakergulasch, Blumauer eine Würstelsuppe und Ürdinger eine Wurst in Essig und Öl. Und jeder eine Halbe Riedkerdinger Weißes.

Du hast einen Magen, sagte Blumauer zu Ürdinger, an einem Vormittag im Februar eine kalte und saure Knacker. Das ist doch etwas im Sommer am späten Nachmittag im Gastgarten. Da gibt es nichts Besseres. Na ja, du mußt es wissen.

Wissen, sagte Ürdinger, will ich jetzt endlich die Sache mit dem Fuchs. Ich will dem Fuchs auf die Schliche kommen und auf den Grund gehen. Leicht ist er bekanntlich nicht zu erlegen. Da müssen sich die Jäger schon etwas einfallen lassen, wenn sie ihn erwischen wollen und auch ihre speziell dressierten kleinen Dackel zum Assistenzeinsatz bringen, um ihn zur Strecke zu bringen… Aber wißt ihr, was mein Neffe Roland, der Internetfreak, mir da als Antwort von seiner Wundermaschine daherbringt? Ein Blatt Papier, auf dem steht: POSTFUCHS ÄRGERT KUNDEN. Da, Onkel, sagte er, das habe ich für dich ausgedruckt. Ich hoffe, du bist mit mir zufrieden. Ich habe mich höflich bedankt und gesagt, daß ich später in Ruhe studieren werde, was da auf dem Blatt steht. Das habe ich getan und mit Enttäuschung zur Kenntnis genommen, daß der Text nicht meines Rätsels Lösung ist. Ich habe das Papier mitgebracht. Der Blumauer soll's vorlesen. Ürdinger reichte dem Blumauer den Text.

Da tat Blumauer ein wenig feierlich und quasi oder »in samsing«, wie es in der Mundart heißt, kirchlich – wie ein Lektor am Ambo und las deklamierend: Lesung aus dem Internet: »Der Ärger der Kunden im Postamt Lienz sitzt tief. Von den fünf möglichen Schaltern sind nach dem Aufsperren am Morgen nicht immer alle besetzt. Aber damit nicht genug. Die Räumlichkeiten sind nach dem Um- und Abbau des Amtes beziehungsweise der Schalterhalle fast so eng wie Legebatterien im Hühnerstall…«

Es reicht, sagte Deuth, das stand ja auch alles in der Zeitung, von der Anfrage eines Lienzer Abgeordneten, der sich profilieren will, an die Postministerin im Wiener Parlament wegen der langen Warteschlangen, der großen Unzufriedenheit der Kunden und der Überlastung der Postmitarbeiter. Und daß es bei der Enge der neuen Räumlichkeit nicht möglich ist, bei persönlichen Bankgeschäften wegen der zu geringen Sicherheitsabstände die Privatsphäre zu wahren et cetera et cetera. Wo bleibt der Fuchs?, fragte Deuth, oder: Warum ärgert der Postfuchs als *Fuchs* die Kunden? Zu denken gibt einem bei dem ganzen ein wenig inszenierten

Lamento des »BZÖ-Politikers«, der Bürgermeister werden will, der Hühnerstall, von dem die Rede ist, der moderne Hühnerstall nämlich mit den »Legebatterien«. Wenn die Lienzer Post ein enger Hühnerstall ist, dann könnte dort wirklich ein Fuchs aufräumen … Und wer sind die Hühner, die in diesen Legebatterien ihr Ei legen sollen, die Kunden oder die Postmitarbeiter? Da mag man an das Bild vom Hühnerstall, den der Fuchs besucht, aber wirklich nicht denken. Wir Brieftrager auf dem Land haben ja alle nicht nur einmal, sondern immer wieder das »Wirken« von Füchsen in Hühnerställen beobachtet, oder vielmehr sein Ergebnis. Bäurinnen haben wir gesehen, aber vor allem auch die sogenannten »Hühnermenscher«, die Niedrigsten in der Hierarchie der Mägde oder sogenannten »Dirnen« auf den Bauernhöfen, die weinend vor jenen Hühnerställen gestanden sind, in die in der Nacht der Fuchs eingebrochen war, vor Bergen von toten, gerupften und zerfetzten Hühnern, die er gerissen hat, aus lauter Bosheit, wie wir Menschen in unserer naiven Vorstellung vom »sogenannten Bösen«, wie der Verhaltensforscher Konrad Lorenz gesagt hat, irrtümlich meinen, weil er ja gar nicht so viel fressen könnte, wie er »abgekragelt« hat. Manchmal ist ja auch ein Bauer in der Nacht durch den ungeheuren Tumult im Stall, wenn auch der Hahn in Todesangst zur Unzeit zu krähen angefangen hat, wach geworden, und wenn der Bauer ein Jäger war, hat er den mörderischen Fuchs auch noch in flagranti, wie der Lateiner sagt, ertappt und ihn mit einer Schrotladung aus seiner Büchse hingerichtet. Besonders gefährlich sind oder waren die Füchse – heute gibt es ja nicht mehr viele, sie sind wegen der Tollwut und weil sie überjagt wurden, fast ausgestorben –, besonders gefährlich waren sie seinerzeit, wenn

sie brünstig oder, wie die Jäger zünftig in ihrer Sprache sagen, wenn sie »rollig« oder »ranzig« waren.
Waren halt auch nur Menschen, sagte da Blumauer …
Da gab es kein Halten mehr. Das Hühnertöten war für die Füchse auch eine Ersatzbefriedigung für den unstillbaren und ungestillten Geschlechtstrieb. Da wurden die Augen größer als der Magen. Ich denke da an den großen Sigmund Freud, der gemeint hat, daß der Anerkennungs- und Selbsterhaltungstrieb größer sein kann als der Geschlechtstrieb. Und über allem und an erster Stelle steht wahrscheinlich der Todestrieb. Oder im Fall des Fuchses der Tötungstrieb. Die Füchse sind die wahren Amokläufer im Tierreich. Übrigens, sagte Deuth zu Ürdinger, ich habe natürlich auch Internet, ich bin also nicht auf deinen Neffen Roland, den du einen Internetfreak genannt hast, und der vielleicht wirklich mehr ein Freak als ein Experte ist, angewiesen. Und deshalb habe ich auch auf Grund von Augenschein mich überzeugt, daß im Internet der Ausdruck Fuchs den alten Ausdruck Post und jetzt auch den Ausdruck Telekom ersetzt. Jedenfalls ist selten nur von der Post, sondern fast immer vom »Postfuchs« die Rede. Wir leben im poetischen Zeitalter, aber nicht im »Poetischen Realismus«. Was du, Ferdinand, da mitgebracht hast – *Postfuchs ärgert Kunden* –, ist ja nur eine Meldung unter vielen. Da heißt es etwa auch: *Postfuchs wieder auf Freierspfoten.* Oder: *Der Postfuchs kocht mit Genußregionen*, oder: *Ist der Postfuchs terrorfrei?* Oder: *Der Postfuchs gibt nicht auf.*
Die schönste Meldung ist wohl die von den *Freierspfoten.* Die Redewendung heißt ja wohl »auf *Freiersfüßen* gehen«. Der Jounalist, der jene Meldung verfaßt hat, hat sie aber verändert, sie hat ihn sozusagen gefuchst, und so hat er sie

auf den Fuchs umgemodelt. Bezeichnenderweise geht es dort ja darum, daß in Tirol nach ersten Postamtsschließungen in den vergangenen Jahren nun viele weitere anstehen, über die der Tiroler Postdirektor den Tiroler Landeshauptmann unterrichtet hat. In Tirol geht also der Postfuchs auf *Freierspfoten*, das heißt unpoetisch und im Klartext, die Post oder eigentlich die Telekom Austria sucht neue Post- oder Telekom-Austria-Partner. Es ist also nicht unbedingt der Geschlechtstrieb, der den Postfuchs umtreibt, sondern das Verlangen nach »Verpartnerung«. Und die Kritiker der Füchse sagen, der Postfuchs setzt seinen Amoklauf fort. Das sei alles andere als die wahre Liebe, die den Postfuchs auf Freierspfoten gehen läßt. Es ist also wie im Tierreich, darum sage ich um des Reimes willen: Der Fuchs mordet hinterrucks! Der Fuchs ist ein Canide, also ein hundeähnliches Tier, der Wolf ist natürlich noch näher beim Hund, und der Wolfshund ist überhaupt ein Hund …
Da ist immer noch die Frage offen, warum man bei der Leitung unserer Post auf den Fuchs als Maskottchen verfallen ist, sagte Ürdinger. Das ist ja der Kern meines Problems. Da liegt doch der Hund begraben.
Mit dem Fuchs, wem immer die Idee zu verdanken ist, sagte Deuth, ist man auch zugleich auf den Hund gekommen. Denn die Frage, ob der Fuchs ein Hund ist, hat die Zoologie lange beschäftigt und eindeutig mit Ja beantwortet. Der Fuchs, belehrt sie uns, gehört zur Ordnung der Carnivora. Im Wort *Carnivora* steckt das Wort *Carne*, das »Fleisch« bedeutet. Der Fuchs ist also ein Fleischfresser. Und der Fuchs ist in Mitteleuropa der einzige wild lebende Vertreter der Caniden. Die *Caniden* sind die Hundeartigen. Der Fuchs als Canide. Er ist also, genau genommen,

fast ein Hund. Der Fuchs ist ein falscher Hund. »Hundsfott!« verfluchen ihn die Landwirte, denen er die Gänse »gerupft« hat … Der Fuchs ist ein hundeartiger Fleischtiger, ein hündisches Raubtier. Um frisches Fleisch zu bekommen, schnappt er sich Hühner auf dem Bauernhof, steht in meinem Zoologiebuch. Und: »Bei guter Laune kann er während einer Nacht den ganzen Stall ausräubern. Er jagt auch kleine Hasen, Kaninchen und Kids. Ein Leckerbissen für den Fuchs sind kaputte Tiere (Kadaver). Er frißt auch weggeworfenes Fleisch sowie die Fruchtblase der Kühe …« Soweit mein schlaues Buch, sagte Deuth.

Ürdinger sagte: Na, Mahlzeit!, und führte eine Scheibe Wurst nach der anderen von seiner Essigwurst zum Mund und dazwischen viel Zwiebel. Carnivora, also Fleischfresser, und Canide, Hundeartige, sagst du. Das gibt mir zu denken, wo doch jeder weiß, und nicht erst seit dem Sachbuch »Zu Lasten der Briefträger«, daß der Hund der größte und gefährlichste Feind der Briefträger ist. Wie viele Briefträger sind schon den Hunden in die Quere und in die sogenannte »Beschere«, also in ihr Raubtiergebiß zwischen die Kiefer geraten. Um Gottes willen, und jetzt soll ein Hund oder doch ein Hundeartiger unser Maskottchen und unser Schutzpatron sein! Ja, ist denn die Werbefirma, die sich das ausgedacht hat, noch zu retten? Eigentlich ist der Hund der natürliche Feind der Briefträger. Und der Fuchs ist nicht viel besser. Da lachen ja die Hühner. Mir kommt das vor, wie wenn sich ein Hühnerzüchter den Habicht als Wappentier aussuchen würde, oder die Fischzüchter, die uns zu Weihnachten die Karpfen liefern, den Hecht …

Da meldete sich auch Blumauer zu Wort, der die Würstchen in seiner Suppe zerlegt hatte und nun Löffel um Löf-

fel »inkorporierte«, und sagte: Ja, aber es gibt doch sicher auch Eigenschaften, die der Fuchs hat, die ihn für dieses Ehrenamt bei der Post empfohlen haben. Und weil der Karl Deuth mit seinem Fiakergulasch beschäftigt war und sich als Redner ein wenig zurückgenommen hatte, sinnierte Blumauer nach der Methode »Die allmähliche Verfertigung der Gedanken beim Sprechen« über jene positiven Eigenschaften des Fuchses, die ihn zu jenem »Ehrenamt«, wie er sagte, verholfen haben könnten. Er schaut ja nicht schlecht aus, der Fuchs, mit seinem rotbraunen Fell und dem langen buschigen Schwanz. Er ist putzig und niedlich und er gefällt den Kindern. Ja und dann ist er oder gilt er als besonders schlau. Die Schlauheit ist seine erste Eigenschaft und sein größter Vorzug.
Diese Schlauheit ist wahrscheinlich das herausragende Merkmal. Der Pfau ist eitel und der Fuchs ist schlau. Und da haben wir das tertium comparationis, also den Vergleichsgrund, zwischen dem Fuchs und dem Karl Deuth. Und sicher hat sich auch der Werbefritze darauf gestützt und gestürzt und sich auch selbst für schlau gehalten. Und der Fuchs hat einen guten Riecher, er hat fünfhundertmal so viele Riechzellen wie der Mensch! Da gleicht er wieder dem Hund, sagte Blumauer.
Ich kann Hunde nicht schmecken, sagte Ürdinger. Oder sagen wir so: Ich bin auf Hunde nicht gut zu sprechen, weil ich dreimal gebissen wurde. Und jetzt stinkt mir der Postfuchs eigentlich auch.
Ja, sagte Blumauer, der Geruch des Fuchses ist nicht jedermanns Sache. Denn die Füchse setzen, angeblich zur Verständigung untereinander, Geruchsstoffe ein, die aus Drüsen am After, an den sogenannten »Veilchendrüsen«

an der Schwanzwurzeloberseite, zwischen den Zehenballen und an den Mundwinkeln abgesondert und außerdem mit Urin und Kot abgegeben werden. Der Fuchs stinkt wie ein Iltis. Der Fuchs ist ein Stinktier und in diesem Punkt nahe verwandt mit dem Iltis und anderen Marderartigen – der Fuchs ist ein Schwein. Dort wo er gewütet hat, hinterläßt er einen Saustall.

Ach so ist das, sagte Deuth, als er aufgegessen hatte und sich wieder als Redner zurückmeldete. Indem ihr da aber gegen den Fuchs sprecht, sprecht ihr auch gegen die Post und euren Arbeitgeber, sagte er, jedenfalls gegen euren früheren Arbeitgeber. Als Pensionisten sind wir ja direkt beim Staat beschäftigt.

Neuerdings heißt es, daß immer mehr Füchse aus dem Umland der Städte in die Städte selbst und dort sogar bis ins Zentrum vorrücken. Die Füchse sind auf der Landflucht, und unter der Überschrift »Stadtfuchs« stand kürzlich in einer Zeitung: »Immer mehr Füchse sieht man in der Stadt. Sie jagen in Parks und Gärten und wohnen in Schuppen, Kellern und Abwässerkanälen.« Ja, der Fuchs ist eben schlau, der weiß, wo etwas zu holen ist, und darum wird er urban. Stadtluft macht frei, hat es früher geheißen, und das gilt auch heute noch. Im Dachs hat der Fuchs dort aber einen Konkurrenten bekommen, denn die Dachse suchen inzwischen auch schon das Weite und gehen in die Metropole. Fuchs und Dachs konkurrieren sich dort insofern nicht, als jeder eine andere, seine eigene »Zielgruppe« hat, was die Nahrung und den Lebensunterhalt betrifft. Der Dachs, der Frechdachs, hat sich – wie auch der Marder – auf die Kabel und die Elektronik der schweren Limousinen vor den Häusern und Villen der Reichen in den Außenbezirken Döbling

und Sievering spezialisiert. Seine Lieblingsspeise ist die Plastik der Ummantelungen. Aber natürlich verschmäht er ein Häschen oder eine Maus im Stadtpark auch nicht grad. Der Fuchs aber findet auch in den Schrebergärten der Außenbezirke reichlich Nahrung, wo ja viele Gärtner auch einen Hasenstall oder einen kleinen Hühnerstall stehen haben. Oft sind die Schrebergärtner Bauernsöhne aus dem Wald- oder Weinviertel, die es als Arbeiter oder Hilfsarbeiter nach Wien verschlagenen hat und die nun gewissermaßen als Erinnerung an das Land und die »verlorene Heimat« in der Freizeit garteln und »landwirtschafteln« …
Auf der Suche nach den »roots«, sagte der Anglist Blumauer.
Der Fuchs gilt als »Kulturfolger«, das heißt, er ist mobil und zieht immer dorthin, wo er sein Auskommen findet. So zieht oder flieht er mit den Kleinhäuslersöhnen und im Gefolge der Bauernsöhne aus Laa an der Thaya oder Gerungs nach Wien mit und um. Für die oberösterreichischen Füchse ist Wien natürlich zu weit. Sie suchen ihr Heil in Linz …
Plötzlich erschrak Deuth, als er auf seine Armbanduhr sah, die er von seinem Arbeitgeber beim Eintritt in den Ruhestand bekommen hatte. Ich muß heim, sagte er.
Warum so eilig?, sagte Blumauer. Naja, gegessen haben wir ja schon. Resi, bitte zahlen.
Ürdinger sagte: Der Mittagsschlaf wartet.
Power-Napping nennt man das, was bei uns früher *Napfetzen* geheißen hat.
Was du nicht sagst, sagte Ürdinger. Und alle verabschiedeten sich voneinander, nachdem sie bei der Kellnerin die Zeche bezahlt hatten.

Stammtisch 20

Weil wir das letzte Mal von der Landflucht gesprochen haben und dem Umzug der Füchse aus Niederösterreich nach Wien, sagte Karl Deuth, der Rentner-Redner – aber nicht »Sprecher« des Pensionistenverbandes und Funktionär, wozu er nach Meinung seiner Freunde Ürdinger und Blumauer hervorragend geeignet gewesen wäre –, müssen wir heute doch noch ein Wort über die Gegenbewegung sagen, die wir nach dem Krieg erlebt haben, als die Wiener zum sogenannten »Hamstern« aufs Land gezogen sind. Davon spricht ja bald keiner mehr, weil die Zeitzeugen allmählich aussterben. Scharenweise sind damals die Wiener, aber auch Linzer und Welser mit der Bahn von Steindorf her oder mit der »Haager-Lies« im Innviertel und im Hausruckviertel eingerückt, um Lebensmittel zu erbitten oder zu kaufen. Geld war freilich vor der Schillingeinführung und der Währungsreform nicht vorhanden oder aber Mangelware, und so wurde viel getauscht. Die Wiener hatten bei ihrer Ausfahrt Schmuckstücke oder andere mehr oder weniger wertvolle Luxus- oder Gebrauchsgegenstände in den Rucksäcken und Koffern und bei der Rückfahrt Lebensmittel, Butter und Schmalz, Eier und Brot und vor allem Mehl, wie sie es an den vielen Mühlen im Land käuflich oder im Tausch erworben hatten. Oft haben die Hamsterer ihre bei den Bauern erstandenen Viktualien auch zur Post in Mattighofen oder in Weibern oder sonstwo gebracht und »aufgegeben«, weil die Polizei in den Zügen auf der Rückfahrt nach Wien immer kontrolliert und auch viel Hamstergut konfisziert hat. Sie, die Polizisten, hatten halt noch die Kohlenklau-Mentalität der Nazi- und Kriegszeit und hielten die Hamsterer und Anhänger der kleinen Schattenwirtschaft für »Volksschädlinge«, die man bestrafen muß. Natürlich gab es wie immer nach Kriegen berufsmäßige Schleichhändler und Kriegsgewinnler. Not lehrt aber nicht nur beten, Not macht vor allem erfinderisch, und so haben viele »Hamsterer« in der Post und im Aufgeben ihrer Waren am Schalter des Postamtes den Ausweg aus dem Dilemma gefunden. Natürlich war die Post damals nicht so schnell und so flink wie das Wiesel oder der Fuchs, der »schnürt«, wie die Jäger sagen, und so ist natürlich auch manches auf dem Weg nach Wien verdorben und wertlos angekommen. Denn bei der Post geht's nicht so schnell … Was sich die Hamsterer damals an Nahrungsmitteln eingehandelt haben, ist natürlich längst gegessen und verdaut, was sie aber aufs Land geschleppt haben, gereicht heute noch mancher Bauernstube zur Zier. Ich, sagte Deuth, geniere mich ja ein wenig, es zu sagen, aber ich bin in diesem Sinne auch zum Kriegsgewinnler geworden, weil ich von meinem Onkel in Hohenzell bei Ried, der auch mein Firmgöd gewesen ist, eine Altwiener Laterndluhr bekommen habe, die er bei Hamsterern im 45er-Jahr eingehandelt hat. Weder mein Onkel und Göd, der Müller in Hohenzell, noch der Wiener, der ihm die Uhr angeboten hat, haben um den Wert der Uhr gewußt. Und erst als ich als ihr neuer und rechtmäßiger Besitzer viele Jahre später die Uhr ein wenig putzen und richten – und schätzen habe lassen, sind mir die Augen aufgegangen und ich habe gesehen, was ich da für eine Kostbarkeit besitze. Ich sage aber nicht einmal euch, liebe Freunde, was diese Uhr wert ist und wie sie in den Katalogen des Dorotheums notiert. Sonst sagt ihr es womöglich weiter, und es kommt an einen Unrechten, der bei mir daheim vielleicht in der Dämmerung einbricht, einen der üblich gewordenen Dämmerungseinbrüche durchführt, oder während ich hier beim Frühschoppen oder beim Stammtisch sitze. Eines ist sicher: Das war bestimmt der teuerste Butter oder das teuerste Schmalz, das sich der Wiener Hamsterer jemals auf das Brot geschmiert hat. Das war geschmalzen. Und eins ist auch sicher: Damals haben die Hamsterer manchmal und in Ausnahmefällen auch wahre Schätze aufs Land geschleppt, ohne um den wirklichen Wert der »heißen Ware« zu wissen. Dagegen ist das meiste, das dann auf den sogenannten »Flohmärkten« aufgetaucht ist und heute dort herumliegt, Plunder und Gelumpach!

Gerade über die Hamsterei steht auch in dem Buch »1200 Jahre Weibern«, das mir mein Schwager in Pesendorf, vormals Pledi, zukommen hat lassen, eine schöne Notiz, die ich euch nicht vorenthalten möchte: »Ludwig Dirisamer berichtet, daß die ›Hamsterer‹ ihre Waren vorwiegend per Post abschickten, um einer späteren Kontrolle im Zug oder im Heimatbahnhof zu entgehen. Das Postamt befand sich damals im heutigen Haus Wastlbauer. Die Hamsterer versteckten sich gern im Heuboden des Wagnerhauses, stellten eine Wache auf und brachten ihre ›Schätze‹ erst dann zur Post hinüber, wenn die Luft wieder rein war. So manche ›Hamsterfrau‹ versteckte ihr Gut unter einem eigens angefertigten breiten Rock, aber die Kontrollen schreckten auch nicht vor Leibesvisitationen zurück. Die Mühlen waren damals beliebte Zielobjekte dieser Zeit …« Soweit, Burschen, die Chronik, deren Wahrheitsgehalt ich als der Gödenbub eines Müllers in Hohenzell voll bestätigen kann. Mein Onkel und Göd hat übrigens ein gutes Herz gehabt,

nicht nur mir gegenüber, dem Patenkind aus einer armen Arbeiterfamilie, sondern auch den notleidenden Städtern gegenüber, die an seiner Mühlentür aufgetaucht sind und um Mehl oder Grieß gebettelt haben. Wie er genau in den Besitz der Altwiener Laterndluhr gekommen ist und was er dem Wiener Hamsterer für dieses Prachtstück der Biedermeierzeit gegeben hat, weiß ich nicht, nach dem wahren Wert hätte er dem Wiener oder der Wienerin ja einen ganzen Wagon hellstes Weizenmehl der Güteklasse Doppelnull geben müssen, aber dieses »Geschäft« war ja die große Ausnahme. Die Regel war wohl eher, daß die hungernden Städter auch oft ärmlichen Hausrat für die lebensnotwendigen Lebensmittel angeboten haben.
Vor allem sind die Müller und Bauern damals in den Besitz vieler merkwürdiger Bücher gekommen, mit denen sie kaum etwas anfangen konnten, die ihnen die Hamsterer wohl auch eher nur dagelassen haben, um sie los zu werden und sie nicht weiter im Rucksack oder Koffer herum- und womöglich wieder heimschleppen zu müssen. Und so bin auch ich als Erbe, als Erbe nicht der Mühle, für die gab es nähere Verwandte und vor allem Kinder, sondern einiger Nebensächlichkeiten, von der Uhr natürlich abgesehen, in den Besitz einiger sonderbarer Bücher gekommen, die die Wiener für Mehl in Hohenzell zurückgelassen haben, von denen die sonderbarsten die »Trotzkopf«-Bücher sind, die ich noch heute als Erinnerung an jene Zeiten bei mir daheim aufbewahre. Ich habe sie alle, den Originalband »Der Trotzkopf« von Emmy Rhoden aus dem Jahr 1885, aber auch die Fortsetzungen und Plagiate des Erfolgsbuches, »Trotzkopfs Brautzeit« und »Aus Trotzkopfs Ehe« und »Trotzkopfs Nachkommen – ein neues Geschlecht«

von Else Windhagen, und »Trotzkopf als Großmutter« von Suze La Chapelle-Roobol.

Ich werde dir, lieber Franz, als unserem Mädchen- und Frauenversteher demnächst den »Trotzkopf« mitbringen, vielleicht kannst du aus diesem Bestseller des vorigen Jahrhunderts beim Schreiben deines Erotikons über den lateinischen Nachhilfelehrer noch etwas lernen …

Warum nicht gleich die »Pippi Langstrumpf«! Du glaubst wohl, ich schreibe ein Kinder- oder Jugendbuch, sagte Blumauer. Du wirst dich anschauen! Bei mir wird es »hard«, nicht »soft«, mein Karl. Was mir noch fehlt, sind die Unterlagen über das Disziplinarverfahren, die du mir versprochen hast. Du bist schuld, Karl, wenn die Literaturgeschichte nicht in Schwung kommt!

Wird schon, sagte Deuth. Vorerst noch ein Wort über das *Hamstern*, über das Wort selbst nämlich. Mein Gott, sind die Wörterbücher ungenau – und streng! »Unrechtmäßig Vorräte anlegen« habe ich gelesen, soll es bedeuten. Der Hamster hat damit eigentlich nichts zu tun. Das Nagetier handelt instinktgemäß, aber nicht unrechtmäßig, wenn es Vorräte anlegt für die kalte Jahreszeit. Und mit der Gesetzlosigkeit der Hamsterer war es auch nicht weit her. »Hamstern« in diesem kriminellen Sinn tun vielleicht Produktenhändler, die ganze Schiffsladungen Mais oder Sojabohnen aufkaufen und die Schiffe dann ein wenig schwimmen lassen oder ganze Silofüllungen bunkern, bis die Preise gestiegen sind und sie dann mit allergrößtem Gewinn die Waren auf den Markt werfen. Weder das Nagetier Hamster noch die Hamsterer sind oder waren Spekulanten. Die Schleichhändler aber sind keine Hamsterer gewesen. Denn wenn die Hamsterer etwas auf Vorrat gelegt haben, dann doch

eher zum eigenen Gebrauch und zu persönlicher Verwendung. Sie waren ja keine Geschäftemacher. So wie jemand, der im Vorbeigehen sich eine Zwetschke von einem Ast des Zwetschkenbaumes pflückt, kein Dieb und kein Räuber ist, er begeht höchstens »Mundraub«. Und wenn einer in den Wald geht, ohne Waldbesitzer zu sein, begeht er auch keine Besitzstörung, weil der Wald per Gesetz »offen« ist und jedermann zugänglich. Natürlich darf er nicht eine drei Meter hohe Tanne für seinen Christbaum umschneiden. Und er darf auch nicht alle Schwammerl, die ihm unterkommen, niedermähen und mitnehmen. Und herumbrüllen und röhren wie ein brünftiger Hirsch soll er im Kobernaußen auch nicht und die scheuen Rehe verschrecken.
Im Übrigen, sagte Deuth, geschieht den lieben Tieren immer wieder unrecht, wenn die Menschen von ihnen sprechen. Denn die Kiebitze *kiebitzen* nicht, wie ich ja schon einmal im Zusammenhang des Kartenspielens »weiter vorne ausgeführt« habe. Und die Hamster *hamstern* nicht, zumindest nicht instinktlos. Und wenn dich, Ferdinand, der Postfuchs *wurmt* oder *fuchst* oder wenn uns der Verschluß an der Posttasche oder etwas am Waffenrad oder an der KTM *gefuchst* hat, dann waren die Würmer und die Füchse auch ganz unschuldig daran. Und weder die Schweine noch die Igel *schweinigeln*, Franz. Und die Hunde können für das *Hunzen* auch nichts, auch nicht die bösen Rottweiler.
Mit Verlaub aber und allem Respekt, Karl, die Rammler *rammeln* und die Vögel *vögeln*, sagte Blumauer mit Genugtuung.
Sie entsprechen aber damit nur ihrer natürlichen Disposition. Und die Vögel sind keine Ehebrecher und sie huren auch nicht und sie kennen keine Bordelle. Und kein Zie-

genbock ist geil, höchstens instinktmäßig »notgeil«.Und kein läufiger Hund sucht ein Laufhaus auf.
Fehlt nur noch, Karl, daß du sagst, der Hahn geht nie fremd und der Gemeindestier lebt monogam. Und daß die jungen geschlechtsreifen Hähne später die Henne, die sie ausgebrütet hat, also eigentlich ihre Mutter, beglücken, hast du wohl auch noch nie gehört. Der idealistische Illusionist sagt: Inzest ist der Mutter Natur fremd! Das Wort *beglücken* gefällt mir, Karl. Es steht für »erfreuen«, »froh«, eben »glücklich machen« …
Aber Themenwechsel, sagte Deuth, wir müssen zurück zu den Hamstern. Es fehlt noch ein kleiner Nachtrag zum *Hamstern.* Eigentlich das komplementäre Kapitel dazu. Haben die Wiener, die Haupthamsterer sozusagen, nach dem Ersten und vor allem nach dem Zweiten Weltkrieg Gegenstände im weitesten Sinne aufs Land gebracht, um damit Lebensmittel einzuhandeln, so haben sie später, nach der Nachkriegszeit, also in den späteren 60er-Jahren »Gegenstände« vom Land geholt und in die Stadt gebracht, vielleicht sogar manchmal etwas, was 15 Jahre davor aufs Land »übersiedelt« war. Meine Altwiener Laterndluhr haben sie aber nicht gekriegt, die ist auf dem Land und zwar bei mir geblieben, und sie wird in meiner Stube bleiben, bis ich sterbe. Dann soll meine Frau sie nach gutem altem Brauch anhalten und stehen lassen, damit sie meine Todesstunde anzeigt. Aber bitte nicht für immer, nach der Beerdigung soll sie sie wieder anstoßen und weitergehen und weiter die halbe und die volle Stunde schlagen lassen, wenn mir die Stunde geschlagen hat. Aber damals begann die große Zeit der Antiquitäten, der Nostalgie und der Bauernmöbel. Und wie oft wurden gerade wir Brief-

träger, die wir natürlich alle Häuser von außen und auch innen kannten, von Antiqitätenhändlern gefragt, ob wir nicht irgendwo eine alte Eferdinger Truhe, einen bemalten Bauernkasten oder ein barockes Kruzifix wissen, das vielleicht »hergeht«, das heißt verkauft werden könnte. Die Häuser kannten wir übrigens von innen deswegen, weil wir damals ja die Post noch abgegeben und ausgehändigt haben und auch oft in die Stuben gebeten wurden, wenn wir auch nicht bei jeder Kundschaft das sogenannte »Schnapserl« getrunken haben, wie uns oft boshafterweise unterstellt wird… So sind wir halt oft im Vorhaus neben der alten Truhe gestanden oder auch in der Stube beim Herrgottswinkel gesessen, wo die Objekte der Begierde der Antiquitätenhändler gestanden oder gehängt sind… Ich, sagte Deuth, habe den Bauern auch immer gesagt, daß sie hier Schätze besitzen, die sie schätzen, hüten und bewahren müssen und ja nicht verkaufen oder womöglich gegen irgendeinen Diskontramsch aus einem Möbelmarkt eintauschen sollen. Und wenn heute in der Gemeinde Munderfing noch viel altes Kulturgut vorhanden ist, dann ist es vielleicht auch ein wenig mein Verdienst, wenn ich so unbescheiden sein darf, und meiner Bewußtseinsbildung und »Öffentlichkeitsarbeit«zu verdanken. Ich jedenfalls habe den Wiener Altwarentandlern und Antiquitätenhändlern keine Tipps gegeben und Adressen genannt, sondern im Gegenteil die Bauern gewarnt. Bald haben die Landleute auch gewußt, daß das Alte etwas wert ist und nicht wertlos. Aber natürlich hat es auch sogenannte »dumme Bauern« gegeben, die sich auf die haarsträubendsten Geschäfte eingelassen haben. Und einmal habe ich erleben müssen, daß in einem Vorhaus, wo vorher ein alter

Bauernkasten mit wunderbaren Bildern und Girlanden und der Jahreszahl 1780 gestanden ist, plötzlich ein »moderner« Kasten aus gepreßten Sagscharten, also Homogenplatten und Furnieren stand … Und der unglückselige glückliche, überglückliche, fidele Bauer hat auch noch gemeint, er hätte ein tolles Geschäft und einen prima Tausch gemacht, als er diesen Resopalkasten gegen seinen Uraltkasten ausgetauscht oder eingetauscht bekommen hat. Ich war niedergeschmettert. Ich habe später dieses Haus nie mehr betreten. Diesem Bauern habe ich die Post nur noch beim Fenster hineingeschmissen …

In der Ortschaft Aichet zum Kobernaußen hin bin ich immer an einer uralten Bienenhütte vorbeigegangen, deren Vorderseite, wo die Einfluglöcher für die Bienen sind, auf und auf mit Bildern aus dem 18. Jahrhundert geschmückt war, mythologischen oder auch biblischen Darstellungen. Natürlich waren diese Bilder, da sie ja trotz eines kleinen Vordaches jahrein, jahraus und winters wie sommers der Witterung ausgesetzt waren, schon ein wenig verblaßt und ausgebleicht gewesen, aber immer noch wunderbar anzuschauen. Eines schönen Tages oder eigentlich eines traurigen Morgens waren die alten Bretter mit den Bildern abmontiert und von neuen, einfarbig gestrichenen oder lackierten ersetzt. Im Einvernehmen mit dem Besitzer dieser Bienenhütte hatte ein Altwarenhändler aus Linz die »Bildträger« herausgelöst und mitgenommen und neue Tafeln mit Einfluglöchern und Aussparungen eingesetzt … Als ich den Besitzer der Bienenhütte darauf ansprach, lachte der nur und meinte, ja, er hätte einen Dummen gefunden, der sich für diese kindischen Malereien interessiert und dafür nicht nur hundert Schilling hingeblättert,

sondern auch noch einen Tischler bestellt und bezahlt hat, der der Hütte eine neue Fassade gezimmert hat. Den Bienen ist sicher an ihren Portalmalereien nichts gelegen, und wenn sie vom Michelangelo oder vom Picasso gewesen wären. Sie waren aber nur von einem Bauernknecht aus dem 18. Jahrhundert, der vielleicht am Sonntag oder in seiner kargen Freizeit nach dem Feierabend ein wenig herumgepatzt hat. Diesem Bauern und Amateurimker habe ich dann auch die Post meistens nur vor die Tür geworfen! Ignorant! Solche Barbaren hätte ich am liebsten gar nicht betreut. Von einem Gewerkschaftsausflug nach Kärnten und einem Besuch des Bienenmuseums in Kirschentheuer habe ich später aber einmal einen Prospekt mitgebracht und diesem Banausen gezeigt, wie dort die sogenannten Bienenbretter ausgestellt und bestaunt werden und den vielen Besuchern der Eintritt 40 Schilling wert ist. Und als ich ihm gesagt habe, daß der Antiquitätenhändler die langen Bretter sicher zersägt und in Einzelbilder zerlegt und jedes einzelne dieser großartig naiven Bilder für mehr verkauft hat, als er ihm, dem Bauern, für alle zusammen gegeben hat, da ist er zuerst nachdenklich und dann wütend geworden, und er hat gefuchtelt, wie wenn er in einen Bienenenschwarm geraten wäre, und hat den Linzer Antiquitätenhändler einen Lumpen genannt und verflucht. Warum hast du nicht mich gefragt?, sagte ich, sagte Deuth, zu diesem naiven Verächter der naiven Malerei …
Da meldete sich, mit großer Verspätung gewissermaßen, weil er in der Zwischenzeit wohl nicht nur mit dem Nachdenken über das, was Kollege Deuth alles erzählte, sondern auch mit einem kleinen Imbiß beschäftigt gewesen war, Ferdinand Ürdinger zu Wort und sagte zu Deuth: Ja –

er begann gern mit »Ja« seine Redebeiträge – ja, Karl, hast du also damals von deinem reichen Gödn, dem Kunstmüller in Hohenzell, nicht die übliche Armbanduhr, sondern gleich eine ganze Kuckucksuhr gekriegt?
Ich habe keine Kuckucksuhr *gekriegt*, sondern eine Altwiener Laterndluhr *bekommen*, und das nicht gleich bei der Firmung, sondern später geerbt. Und eine Kunstmühle hatte mein Göd auch nicht, sondern eine alte Bauernmühle. Und auch die ist inzwischen verschwunden. Denn vor dem Postämtersterben hat es schon das Mühlensterben gegeben. Heute gibt es ja im ganzen Innviertel keine zehn Mühlen mehr. Und es gab einmal hundert oder hunderte, wenn wir nur an die vielen Mühlen an der Mattig denken!
Hoffentlich trifft es unsere Post nicht auch einmal so hart, sagte Blumauer. Nichts wie Sterben rundum und Niedergang, man könnte trübsinnig werden. Wir Pensionisten bewegen uns sowieso in der Todeszone. Vielleicht gibt es am Ende wirklich nur noch ein Postamt in Ried und in Braunau und in Schärding. Für die Müller ist leider die Möglichkeit der Postpartnerschaft auch zu spät gekommen. Jedenfalls habe ich noch nicht gehört, daß sich irgendwo ein Müller die Post in die Mühlstube geholt hat.
Ja, alles hat ein Ende, sagte Deuth, sogar unser Stammtisch. Für heute, weil ich noch etwas zu tun habe, aber einmal wohl für immer. Macht es gut!, sagte Deuth zum Abschied. Daß sich mit diesem Gruß aus dem Rotwelsch die Wiener Strizzi und Zuhälter gegrüßt und verabschiedet haben, weißt du aber schon, Karl?, fragte Blumauer. Und »Mach's gut!« bedeutet: Laß dich nicht erwischen! Wofür hältst du uns eigentlich? Ich sage: Grüß Gott!

Stammtisch 21

»Der Briefträger grüßt mit Heil Hitler!« hat es in einem Ukas des Reichspostministeriums im Dritten Reich geheißen. Ich, sagte Ferdinand Ürdinger zu seinen Pensionistenkollegen am Stammtisch beim Kirchenwirt in Munderfing, habe den Unfug natürlich nicht selbst erlebt, aber von meinem Vater, der damals ausgetragen hat, erzählt bekommen.
Und hat er den Unfug mitgemacht?, fragte Blumauer.
Ja, was hätte er denn als alter Aushilfsbriefträger anderes machen sollen?, fragte Ürdinger. Es ist ja immer wieder vorgekommen, daß eine Kundschaft einen Briefträger denunziert und bei der Postverwaltung angezeigt hat, weil er immer mit »Grüß Gott« statt mit dem Hitlergruß gegrüßt hat. So wie auch immer wieder Kunden in den Geschäften, die beim Eintreten mit »Grüß Gott« oder auch »Guten Tag!« gegrüßt haben, von den Geschäftsinhabern oder dem Verkaufspersonal zurechtgewiesen und angefahren worden sind: »Heil Hitler« heißt das! Bei der Reichspost und auf den Postämtern war der Hitlergruß a priori strengste Pflicht. »Mit Herz, Mund und Hand« mußte gegrüßt werden. Und einige hätten es wohl überhaupt gern gesehen, wenn vor dem Hitlerbild in den Ämtern die Kniebeuge eingeführt worden wäre. Es hat nicht viele gegeben, die sich dem Grußterror entzogen haben. In Mehrnbach, wurde immer erzählt, hat es einen Briefträger gegeben, der hartnäckig und demonstrativ beim »Grüß Gott« geblieben ist. Und wenn er zurechtgewiesen wurde: Es heißt nicht »Grüß Gott«, sondern »Heil Hitler«, soll er schnell erwidert haben, als hätte sein Zurechtwei-

ser geniest: »Helf Gott«! Später hat er jedes »Heil Hitler« prompt mit »Helf Gott!« beantwortet und bedankt … Er war den Mehrnbachern aber sonst wohl nicht unsympathisch, sie hielten ihn halt für einen Sonderling, wie ja wirklich auffallend viele Briefträger ein wenig sonderbar waren und vielleicht noch sind, und dieses Kauzige hat ihn wahrscheinlich geschützt. Die Despoten und Tyrannen und Diktatoren haben ja immer ihre Hofnarren gehabt und gehalten. Das waren die Einzigen, die die Wahrheit sagen durften. Du, Karl, wirst das alles ja besser wissen. Aber wenn es um die Nazizeit geht, kannst du halt nicht mitreden, weil du auch die Gnade der späten Geburt hast. Da müßt ihr schon mich fragen, den Ferdinand Ürdinger, der es von seinem Vater, also aus erster Hand weiß.
Ich behaupte von mir übrigens nicht, daß ich ein Widerstandskämpfer gewesen wäre. Dafür war ich natürlich zu jung. Wenn einer wie etwa mein älterer Bruder weiter nicht aufgefallen ist und auch in der Hitlerjugend keine Rolle gespielt hat, weil er bei den Appellen meistens gefehlt hat, so war es weniger aus ideologischen Gründen, sondern auch aus Bequemlichkeit. Da bei uns auch das Kirchegehen nicht der Brauch war, hat uns die Mutter am Sonntag immer ausschlafen lassen. So haben wir auch von den Feindseligkeiten zwischen den Jugendlichen, die von ihren Eltern ins Amt, also die Zehnuhrmesse, geschickt worden sind und den »Hajotlern«, die zur selben Zeit ihre »Exerzitien« und Geländespiele abgehalten haben, nicht viel mitbekommen …
Ihr habt also die Nazizeit verschlafen?, sagte Blumauer. Wer im Bett liegt, kann kein Mitläufer sein … Wer schläft, sündigt nicht.

Ja, sagte Ürdinger, mir ist jeder Eifer verdächtig. Die Eifrigen sind meistens Fanatiker, die Konsequenten, von den Frühaufstehern bis zu den Fundamentalisten aller Richtungen, den Vegetariern und den Nichtrauchern, den Umweltschützern und den Pornojägern, sie alle verfolgen immer ihre Prinzipien, und sehr schnell verfolgen sie auch die, die sie für prinzipienlos halten. Sie bekämpfen meistens lieber die Irrenden als den Irrtum. Es gibt aber keine Menschlichkeit ohne einen Schuß Anarchie. Und von den Weltverbesserern halte ich auch nicht viel, jedenfalls glaube ich nicht, daß sie die Welt verbessern werden, vielleicht »schlimmbessern«. Und das fängt eben beim Grüßen an. Es ist schön, wenn einer mit »Grüß Gott« grüßt, aber er soll trotzdem nicht so tun, als wüßte er genau, wo Gott wohnt. Wer aber mit »Heil Hitler« grüßt, und das vielleicht heute noch, was leider auch vorkommt, der hat offenbar giftige Schwammerl aus dem Kobernaußerwald gefressen. Drum finde ich es gar nicht so schlecht, wenn sich die Leute, vor allem die jungen Leute, heute mit »Hallo« begrüßen, obwohl ich sonst an vielem, was unter »Jugendkultur« läuft, keine besondere Freude habe. »Hallo« heißt einfach nur: Hier bin ich und ich will als Mensch wahrgenommen werden. Über Weltanschauung können wir später reden! Uns Alte verwirrt das »Hallo« ja nur deswegen, weil wir es noch als das Initialwort beim Telephonieren in Erinnerung haben: Hallo, hallo, hier ist Ürdinger, wer dort? Wie oft haben wir auch am Amt aus den Telephonzellen, die ja nicht ganz schalldicht waren, diese »Hallos« herausgehört und mitgehört. Und oft hat das ganze »Gespräch« des Telephonierenden nur aus »Hallos« in allen Tonhöhen und Lautstärken bestanden,

wenn die Verbindung nicht und nicht hergestellt werden konnte oder abgerissen ist und kein »Zwiegespräch« zustandegekommen ist: Hallo, HALLO, hallo, HALLO, hallo! Und vor den Jugendlichen hat das »Hallo« ja auch der frühe Rundfunk praktiziert: Hallo, hallo, hier ist Radio Wien. Und wir haben uns als Jugendliche damals darauf den Spottvers gemacht: Hallo, hallo, hier ist Radio Wien, wer nicht ausweicht, der ist hin!
Wer nicht ausweicht, der ist hin, wiederholte Deuth die Worte Ürdingers, und: Das hat vor allem auch politisch gegolten. Und einer, den die Fanatiker in Berlin wirklich vernichtet haben, war unser Innviertler Landsmann Franz Jägerstätter, der Mesner aus Sankt Radegund am Wald. Was denkt ihr denn über ihn?
Da sagte Blumauer: Karl, lieber Karl mein, laß bitte dieses Thema sein! Ist das nicht eigentlich eins von jenen Themen, über die man am Stammtisch nicht reden soll? Auch bei den Meetings der sogenannten Serviceclubs machen sie einen weiten Bogen um Weltanschauliches. Auch dort steht Jägerstätter nicht auf dem Programm. Wird es da nicht extrem ungemütlich?
Das sehe ich anders. Wie viele Stammtische hat nicht gerade er mit seinem Schicksal beschäftigt, sagte Deuth.
Und entzweit, sagte Blumauer. Stammtische und Familientreffen und Hochzeitsgesellschaften und Kameradschaftstreffen. Es geht ein tiefer Riß durch das Innviertel und Oberösterreich und Österreich, und auf der einen Seite stehen die Bewunderer und Verehrer des nun seliggesprochenen Wehrdienstverweigerers und Mesners und auf der anderen die Verächter. Und die Stellungnahmen und Leserbriefe für und wider füllen Bände. Eigentlich ist wirk-

lich alles gesagt. Man muß sich nur entscheiden, was man für das Richtige oder das relativ Richtigere hält, denn absolut richtig kann der Mensch vielleicht gar nicht handeln. Und auch wenn man das Regime, gegen das sich unser Landsmann aufgelehnt hat, für völlig verdorben und unendlich korrupt hält, worin wir, wir drei, wohl übereinstimmen, muß die Frage doch erlaubt sein, ob jeder wie er hätte handeln *müssen*, jeder Familienvater, jeder, der den Einberufungsbefehl bekommen hat. Eine größere Liebe hat niemand als der, der sein Leben hingibt für seine Freunde. Dieses Wort in Gottes Ohr. Aber ist dieses Wort anwendbar auf einen außer dem Einen, nämlich Jesus Christus?

Es gibt sogar Theologen, die vom heiligen Egoismus der Märtyrer sprechen und vom Fanatismus der Liebe, sagte Deuth. Und dann fragte er Blumauer: Warst du schon einmal in Sankt Radegund?

Ja, natürlich, sagte Blumauer. Auch an einem Gedenkgottesdienst habe ich teilgenommen.

Ich glaube, den Ferdinand brauchen wir nicht zu fragen, nachdem er keinen Wallfahrtsort besucht, wo es nicht auch eine Brauerei zu besichtigen gibt, sagte Deuth.

Ich fahre demnächst nach Engelhartszell, sagte Ürdinger, und dort gibt es ein Stift, aber keine Brauerei!

Aber Magenbitter, sagte Blumauer.

Hast du mich wieder durchschaut, sagte Ürdinger.

Es gibt an unserem Landsmann Jägerstätter eine Merkwürdigkeit und in seiner Biographie einen Punkt, sagte Blumauer, der mir viel zu denken gegeben hat und noch gibt. Weil er eigentlich nicht in das herkömmliche Bild eines Heiligen oder Seligen paßt.

Ich weiß schon, sagte Deuth, was du meinst. Es wäre ja auch ein Wunder, wenn der Blumauer nicht genau auf diesen Punkt zu sprechen kommen würde.

Aber, Karl, du irrst dich in mir, wenn du meinst, daß ich dem seligen Franz das uneheliche Kind übel nehme oder verarge. Ganz im Gegenteil, es macht ihn mir menschlich, menschlicher als manchen Märtyrer oder Bekenner, der die Sexualität besonders verteufelt hat. Und den Ferdinand wird wahrscheinlich anheimeln, daß der Jägerstätter, jedenfalls in seiner Zeit als Wanderarbeiter, die Innviertler Wirtshäuser nicht verschmäht und bei mancher Unterhaltung mitgemacht hat. Er wird sich schon auch manche Halbe Riedkerdinger Bier genehmigt haben. Er war ja wohl auch, von den Photographien her zu urteilen, eher pyknisch als leptosom.

Aber wundern, lieber Franz, sagte Deuth, wundern brauchst du dich über die Seligsprechung deines Namensvetters, Vornamensvetters, trotz deiner Bedenken nicht. Einer der ganz großen Heiligen des Altertums, ein Kirchenvater, der heilige Augustinus, der Bischof von Hippo in Algerien, hatte ja auch ein uneheliches Kind, und er hat seinem Sohn den Namen *Adeodatus* gegeben und hat sich, wie man in den »Bekenntnissen« nachlesen kann, rührend um ihn gekümmert. Und *Adeodatus* heißt immerhin »Gottesgeschenk«. Und mehr als ein Jahrtausend nach dem heiligen Augustinus, der 430 gestorben ist, hat auch Papst Pius II., der vormalige Pfarrer im Sarntal und dann in unserer Nachbarspfarrei Aspach in seinen »Confessiones«, die er aber »Commentarii« genannt hat, auch einiges anklingen lassen, was nicht ganz zum Bild eines Heiligen, der er auch nie geworden ist, passen würde.

Nicht jeder Heilige Vater ist auch per se ein Heiliger. Und was er Nachteiliges über die Sarntaler sagt, ihr erinnert euch daran!, das war ihm selbst nicht ganz fremd. Und bevor er sich zum Diakon und dann zum Priester weihen hat lassen, hat er wohl recht freizügig gelebt, und es ist auch von Kindern die Rede. Und er war wohl, bevor er der geistliche und Heilige Vater wurde, auch leiblicher Vater geworden. Es ist ein bißchen anachronistisch, wenn wir unsere strengen Vorstellungen von Jungfräulichkeit und Enthaltsamkeit und Ehe, die sich ja vom Bürgertum und seinen Moralansichten und seiner Prüderie herschreiben, aufs Altertum und aufs Mittelalter anwenden. Was darüber der große Lehrmeister des Altertums in Liebesdingen, der Ovidius Naso sagt, habe ich euch ja früher einmal erklärt, wenn ihr es nicht vergessen habt.
Kameraden, sagte Deuth, wie wäre es denn wieder einmal mit einer Wallfahrt zum heiligen Augustinus, zu unseren Chorherren nach Reichersberg, wo der große Gelehrte und Gottesmann in der Stiftskirche ein so großartiges Denkmal hat! Wie er dasteht mit seinem flammenden Herzen, ein Beherzter! Oder auf dem Gemälde, wo man ihn sieht, wie er seinen Chorherren die Regel übergibt! Für mich ist Reichersberg der Mittelpunkt des Innviertels und Innbayerns – und das ununterbrochen seit 800 Jahren trotz Plünderungen, Türkeneinfällen, Bauern- und Dreißigjährigem Krieg, Brandkatastrophen, Franzosenkriegen, Nazi-Terror und Einquartierungen von Lazaretten und Fliegerschulen! Das Verhältnis zu Bayern, auch zum heutigen Bayern ist natürlich eng, obwohl erst der Anschluß an Österreich im Jahr 1779 den Bestand des Stiftes gesichert hat. Wär's bayrisch geblieben, wär's säku-

larisiert worden. Nach München in die Bayerische Staatsbibliothek sind leider auch die Werke des großen Theologen Gerhoch von Reichersberg aus dem 12. Jahrhundert gekommen. Ich habe einmal bei einem Ausflug nach München mit meinen Freunden von der Rieder Humanistischen Gesellschaft einen Zuständigen in der Staatsbibliothek gefragt, ob ich wohl einmal den Psalmenkommentar des Gerhoch von Reichersberg einsehen könnte. Da hat er mich gefragt, von welcher Universität ich komme und ob ich Mitglied der Preußischen, der Rheinischen oder der Bayrischen Akademie der Wissenschaften bin. Da hab ich gesagt, nein, ich bin Briefträger in Munderfing am Kobernaußerwald, römisch-katholisches Mitglied der Postgewerkschaft und der Freiwilligen Feuerwehr und gebürtiger Innviertler und als solcher ein Landsmann Gerhochs. Ich habe aber gleich gesehen, daß ich noch fünf Vereine und Gesellschaften aufzählen hätte können, ohne daß er den »Codex Gerhohensis« herausgerückt hätte. »Autopsie« sei leider nicht möglich. Aber es werde eine Faksimile-Ausgabe bei der Akademischen Druck- und Verlagsanstalt in Graz vorbereitet und die könne ich mir für 10 000 Euro dann ja kaufen. Vielen Dank für die Auskunft und die guten Aussichten, habe ich gesagt. Ich hatte natürlich gemerkt, daß ihm vor allem mein »Testimonial«, das heißt mein Katholischsein, das ich angeführt habe, gar keinen Eindruck gemacht hat. Er hat mich so geringschätzig angesehen, als möchte er sagen: Katholisch ist bald einer. Oder: Katholisch auch noch!

Reichersberg war ja immer mehr nach Salzburg als nach Passau ausgerichtet, schließlich hat der Salzburger Erzbischof Konrad I. im Jahr 1132 den berühmten Magister

Gerhohus hier als Propst eingesetzt. Vielleicht rührt daher noch immer eine gewisse Passauer und auch Münchner Reserve gegenüber dem Innviertel und Reichersberg. Vielleicht kann Ihnen Salzburg weiterhelfen, sagte der Bibliothekar der Bayerischen Staatsbibliothek scheinheilig.
Also ich wäre für einen solchen Ausflug nach Reichersberg sofort zu haben, sagte Blumauer.
Und was ist mit dir, Ferdinand?, fragte Deuth den Ürdinger.
Ausnahmsweise, sagte Ürdinger, die Chorherren haben in ihrer Stiftstaverne und im »Klostershop« ja angeblich vorzügliche Weine aus ihren niederösterreichischen oder burgenländischen Besitzungen. Da kann ich bei einer solchen Wallfahrt ausnahmsweise ein Opfer bringen und statt Bier einmal Wein trinken. Weihenstephan wäre mir freilich lieber!
»Im ehemaligen Meierhof ist heute ein Speiserestaurant. Die Stiftskellerei hat einen guten Namen, und von der Qualität ihrer Weine kann man sich in der Stiftsgaststätte mit ihrem romanischen oder romantischen Keller und dem von mächtigen Linden überdachten Garten überzeugen«, steht im Fremdenverkehrsprospekt. Und das ist ausnahmsweise einmal nicht gelogen. Ein *Kapsreiter* wirst du dort schon auch kriegen, Ferdinand. Jetzt müssen wir nur den Frühling abwarten und ein freundlicheres Wetter. Dann steht einem Lustwandeln des Munderfinger Poststammtisches im Reichersberger Herrengarten nichts mehr im Wege …
Und unserem Weggehen steht jetzt nur noch die Begleichung unserer Schulden bei Schwester Theresia im Wege, sagte Blumauer.

Nach der »Zerstörung des Durstes durch Getränke« und der »Vernichtung des Hungers durch Weißwurst« die »Zerstörung der Schuld durch Bezahlung«, sagte Deuth, der wieder einmal das letzte Wort haben mußte …

Stammtisch 22

Theresia, sagte Blumauer beim Stammtisch der drei Postpensionisten beim Kirchenwirt in Munderfing am 27. Jänner 2010 zur Kellnerin, bitte bring mir ein Achterl von dem guten roten Franzosen und die heutige Zeitung, die »Oberösterreichischen Nachrichten«, bitte.

Was sind denn das für neue Bräuche, sagte Ürdinger, willst du vielleicht da anfangen, Zeitung zu lesen und ein gutes bayrisch-österreichisches Wirtshaus zu einem Wiener Caféhaus erniedrigen?

Nicht Zeitung *lesen* will ich, sondern euch *vorlesen*, sagte Blumauer.

Wir sind alphabetisiert, was wir durch viele Jahre Dienst bei der Österreichischen Post- und Telegraphenanstalt hinlänglich bewiesen haben. Der Ferdinand hat sogar Post gelesen, die ihn nichts angegangen ist, Franz, genau wie du …

Ich weiß, daß ihr der Kulturtechnik des Lesens mächtig seid, aber es kann ja sein, daß ihr heute in der Früh überlesen habt, was ich euch vorlesen will.

Und nachdem auch die Herren Ürdinger und Deuth bei der Kellnerin etwas Schärferes zur »Zerstörung des Durstes« geordert und in Auftrag gegeben hatten, und die Kellnerin die Getränke gebracht und dem Blumauer die Zeitung gereicht hatte, blätterte dieser bis zur Seite »Internationales« und las vor: »Frankreich will keine Burka im Postamt. So ist das mit dem Spagat. Er tut meist weh und ist nur selten hübsch anzusehen. Die Burka-Kommission des französischen Parlaments, die sich seit Monaten in dieser Übung versucht, kann das bestätigen. Tapfer hat sich das Gremium bemüht, zwei schwerlich zu vereinbarende Positionen zur Ganzkörperverhüllung der Frau in Einklang zu bringen: Einerseits paßt die selbst die Augenpartie hinter einem Gittergewebe verbergende Burka nicht in eine weltlichen Grundsätzen und der Gleichberechtigung der Frau verpflichtete Republik. Andererseits genießt der Bürger das verfassungsgemäße Recht, sich auch auf der Straße zu seinen religiösen Überzeugungen zu bekennen. Das Ergebnis, das die Kommission nun präsentiert, wirkt, gelinde gesagt, verkrampft. Die Empfehlungen laufen darauf hinaus, das Tragen der Burka in Postämtern, Krankenhäusern, Behörden und anderen Einrichtungen zu verbieten. Die Frau, die komplett verhüllt Briefmarken, Attest oder Wohnsitzbestätigung begehrt, soll das Gewünschte nicht mehr bekommen. Aus Sicherheitsgründen darf einer Burka-Trägerin außerdem der Zutritt zu einem mit Videokameras kontrollierten Ort verwehrt werden. Strafrechtliche Sanktionen sind aber nicht vorgesehen.« Und so weiter und so weiter, sagte Blumauer, und geschrieben hat das ein Axel Veiel aus Paris. (25. Jänner 10)

So, jetzt seid ihr dran, sagte Blumauer. Was ist eure Meinung dazu?, fragte er.

Dazu habe ich keine Meinung, lieber Franz. Und außerdem verschlägt es mir die Rede. Hier schweigt des Sängers Fröhlichkeit, sagte Deuth. Die Reden des Rentners sind verstummt… Als ich zum ersten Mal um das Jahr 80 in München ein Gruppe schwarz gekleideter Frauen mit langen Gewändern und Kopftüchern in der Nähe des Stachus gehen sah, dachte ich anfangs, weil ich ja auch meine Brille nicht auf der Nase hatte und so nicht gut sah, hier kommt ein ganzer Konvent Nonnen gegangen. *München* kommt zwar von den *Mönchen*, aber hier gibt es auch offenbar viele fromme Frauen, dachte ich. Fromme Frauen waren das ja auch, aber eben von keinem der katholischen Orden, der Karmelitinnen, der Ursulinen oder der Elisabethinen oder der Barmherzigen Schwestern, sondern von einer ganz anderen Konfession und anderen Kultur. Inzwischen gibt es ja auch im Innviertel viele Türken, die sich hier angesiedelt haben. Wo immer ein Haus verkauft wird, gibt es türkische Käufer. So löst sich auch die Frage der Leitkultur auf dem demographischen Weg. Es braucht keinen heiligen Krieg und keinen anderen Krieg, es werden wohl die übrig bleiben, die für Nachwuchs gesorgt haben. Und wenn dann ganze Landstriche frei werden, dann werden die wohl mit Recht nicht frei gehalten und für ein paar Pensionisten wie uns reserviert bleiben. Da werden eben Familien und Kinder aus anderen Weltgegenden nachrücken … Auf diese Weise ist ja bekanntlich Berlin nach Istanbul zur zweitgrößten türkischen Stadt geworden …

Plötzlich fragte Deuth den Ürdinger: Ferdinand, wie viele Kinder hast du?

Ürdinger sagte: Leider keine Kinder, nur den Neffen am Computer.

Und du, Franz?, fragte Deuth den Blumauer.

Blumauer fragte zurück: Ehelich oder unehelich?

Alle zusammengerechnet, sagte Deuth.

Drei, sagte Blumauer. Eins legitim und zwei Kinder der Liebe, im Rayon verstreut.

Bravo!, sagte Deuth. Leider bin ich wie der Ferdinand auch kinderlos. Wir liegen also im demographischen Durchschnitt. Genau genommen unter dem Durchschnitt. Wir sind der Stammtisch ohne Stammhalter, wenn man vom Franz einmal absieht. Wir sind die letzten unseres Geschlechts. Nach uns keine Nachkommenschaft. Und da kann es schon sein, daß wir einmal etwas länger hier beim Kirchenwirt in Munderfing beisammensitzen und dann bei der Rückkehr ins traute Heim zur Kenntnis nehmen müssen, daß dort Türken eingezogen sind und eine Housewarming-Party feiern… Denn eigentlich dürften wir ja gar keine Zeit für Stammtische haben, sondern als Großeltern unsere Enkelkinder betreuen und mit ihnen spielen und unsere Söhne und Töchter entlasten. Babysitten müßten wir Stammtischler. Stattdessen sitzen die Rentner herum und reden herum über die Schlechtigkeit der Welt und lassen sich's gut gehen…

Weißt du, Karl, was mich wurmt?, fragte Blumauer.

Nein, was denn?, fragte Deuth.

Daß ich mir vom Morgenland eine so falsche Vorstellung gemacht habe, gerade, was die Frauen und Mädchen betrifft. Ich habe mir das Leben dort wie im Paradies oder im Schlaraffenland vorgestellt. Dabei bin ich ein Opfer der Kunst. Mich haben Delacroix und Ingres auf dem Gewissen! Ich habe den Bildern, wie sie etwa der französische Maler Jean-Auguste-Dominique Ingres in seinen vielen Odalisken- und Haremsbildern dargestellt hat, Glauben geschenkt. Was hatten wir doch für eine sagenhafte Vorstellung vom Morgenland, bevor die Morgenländer im Abendland aufgetaucht sind und uns in der Burka besuchen kamen. Ich weiß ja gar nicht, ob der Ingres einmal ein Serail oder einen Harem von innen gesehen hat. Angeblich ist er ja nur bis Rom gekommen…

Sind doch alles nur »Männerphantasien«, Franz, und sehr triviale und banale noch dazu, wenn du mich fragst und ich es dir auf Latein beantworten darf. Aber wundern tut es mich nicht, daß gerade du darauf hereingefallen oder, wie man heute sagt, darauf abgefahren bist, du, der »Damenbriefträger«, der »Postillion d'amour«, wie sie dich auch genannt haben …

Einmal bin ich sogar nach Linz gefahren, sagte Blumauer, als dort eine Gruppe Bauchtänzerinnen aufgetreten ist und den orientalischen Bauchtanz vorgeführt hat. Irgendetwas von »tausend und einer Nacht« stand auf dem Programm. Aber mir ist an diesem einen Abend gleich so gewesen, als seien die Tänzerinnen gar nicht aus Ägypten oder Arabien, sondern aus dem Mühlviertel und auch nicht mehr die Jüngsten, mehr Matronen als Mädchen. Einen gewissen Bauch muß eine Bauchtänzerin bei aller Unterleibsbeweglichkeit ja wohl haben. Später bin ich bei einem »gemütlichen Beisammensein« an der Hotelbar mit einer Tänzerin ins Gespräch gekommen. Sie war aus Gallneukirchen … Vielleicht liegt mein orientalisches Interesse daran, daß ich mit den Orientalen das weibliche Schönheitsideal teile. Mir gefallen die Frauen, die Ingres in seinen Odalisken- und Haremsbildern gemalt hat, die sogenannten »Vollschlanken« oder auch »Molligen«, die sich ein wenig träge oder müde auf den Divanen räkeln. Da sieht man kräftige Schenkel und Arme, an denen Fleisch ist, von den Brüsten und Gesäßen nicht zu reden! Sie gähnen wohl auch manchmal und langweilen sich, weil sie immer warten müssen. Die Frauen sehen bei Ingres ganz anders aus als die mageren Mädchen des Playboy-Kalenders. An sie kommt auch der Jungbäurinnen-Kalender nicht heran. Im Orient galt in alter Zeit dann ein Mann als reich, wenn er eine gewisse Zahl an Frauen ernähren konnte. Und wenn die Frauen »etwas gleichschauten« …

Einige wirken aber schon wie gemästet, sagte Ürdinger, wenn ich mich an die »Odalisken« erinnere, die du im Amt an deinen Kasten gepickt hast. Die hätten sich ja schon mit mir messen können.

Das alles interessiert heute offenbar niemanden mehr, sagte Deuth. Ich habe mir die Mühe gemacht, als du, Franz, seinerzeit deine Odalisken-Bilder aus dem Ingres-Album ins Amt geschleppt und affichiert hast, im Lexikon das Stichwort Odaliske nachzuschlagen. Aber siehe da, es fehlt! Dem »Großen Meyer« ist das kein Stichwort mehr, wahrscheinlich, weil die Sache, für die es steht, inzwischen verschwunden sein dürfte. Dem Großen Konversationslexikon, dem Meyer aus dem Jahr 1908 ist es dagegen noch eine ganze Spalte wert. Und das ist auch genau der Eintrag, der im Internet zitiert wird.

Geh, Resi, sagte Deuth zur Kellnerin, sei so gut und google einmal auf dem Computer im Extrazimmer eures modernen Wirtshauses das Stichwort *Odaliske* aus. Google und drucke aus, was die Wikipedia dort aus dem »Großen Meyer«, dem »Konservationslexikon«, wie Ferdinand gern sagt, von 1908 abgeschrieben hat. Die Kellnerin war anfangs zwar verdutzt, sie war aber nicht begriffsstutzig und nicht faul, ging ins Extrazimmer und kam schon nach wenigen Minuten mit dem Gewünschten, einem Blatt Papier, auf dem stand, was der »Meyer« 1908 noch gewußt, in der Zwischenzeit aber offenbar vergessen hat. Deuth nahm das Papier und gab es Blumauer mit den Worten: Lesen muß unser Frauenversteher!

Die Kellnerin sagte: Sind sich die Herren auch bewußt,

daß ich diese außerordentliche Dienstleistung als nicht meiner Dienstplatzbeschreibung und meinen Pflichten entsprechend entsprechend in Rechnung stellen werde?
Es soll ihr Schade nicht sein, sagte Deuth. Und dann sagte er zu Blumauer, dem er den Ausdruck reichte: Tolle, lege! Lese er vor, was er geschrieben findet …
Da las Blumauer: Odaliske (türk. eigentlich Odalyk, »Zimmergefährtin«), türk. Bezeichnung für eine weiße Sklavin, die zu ihrem Herrn in ein vertrauteres Verhältnis getreten ist. Sobald sie ihrem Herrn ein Kind gebiert, wird sie frei, und ihr Kind ist legitim. Im kaiserlichen Harem gibt es hunderte von Odalisken, meist Kaukasierinnen, aus deren Zahl der Sultan, der niemals eine freie Türkin heiraten darf, in der Regel seine Kadinen (legitimen Frauen) wählt, unter denen die übrigen Odalisken als Dienerinnen verteilt werden. Zu den Odalisken gehören die Favoritinnen, Ikbal (»Glück«) genannt, das heißt, diejenigen Insassen des Harems, denen der Sultan tatsächlich seine Gunst zugewendet hat, ferner die Gösdes (gösde »im Auge«), auf die der Sultan sein Auge geworfen hat, die aber noch nicht zu Favoritinnen erhoben sind, und schließlich die übrigen Sklavinnen, die in Kaifas (Meisterinnen, d.h. Kammerfrauen, welche die Aufsicht über die übrigen Dienerinnen des Harems haben) und Halaiks (niedere Sklavinnen) zerfallen, von denen die hübschesten als Musikantinnen, Sängerinnen, Tänzerinnen und Schauspielerinnen für Pantomime ausgebildet werden. Mit dieser Stellung beginnt die Mehrzahl der Odalisken ihre Laufbahn. Alle Odalisken stehen unter dem Oberbefehl der Hasnadar Usta, Schatzmeisterin oder Generalintendantin und Zeremonienmeisterin des kaiserlichen Harems. Die Odalisken

sind Sklavinnen in bevorzugter Stellung, nicht Mägde. Auch die Odaliske, die nicht Kadin ist, kann Valide Sultan, d.h. Sultanin-Mutter werden, nämlich sobald ein von ihr geborener Sohn den Thron besteigt.«

Nun, sagte und fragte Deuth, was sagt der Frauenversteher zu dieser Welt? Kann man dafür schwärmen wie Ingres oder Delacroix, oder ist sie zum Vergessen, wie der Große Meyer sie neuerdings in seiner Neuauflage vergessen hat? Die Lateiner reden, wenn sie etwas nicht verstehen, von der »Alterität« des Fremden, Unverstandenen, weil *alterum* »das Andere« heißt. Und »das Andere« ist das Unzugängliche. Von Gott sagen die Theologen, daß er im »unzugänglichen Licht« wohnt …

Blumauer sagte: Damit wir uns recht verstehen, ich bin nicht für die Sklaverei, wo immer sie sich zeigt oder auch verdeckt und im Geheimen wuchert. Es hat sogar Postämter gegeben, wo eine Art Sklaverei geherrscht hat, sei es, daß einer der Briefträger die anderen unterjocht und dominiert oder zumindest kommandiert hat. Und in manchem Amt wurde auch ganz kräftig »gemobbt«, obwohl das Wort *mobben* damals noch nicht bekannt war … Die Hunde haben die Briefträger gebissen und die Briefträger haben manchen Kollegen »hinausgebissen«, wenn sie ihn nicht »schmecken« konnten, weil er einer anderen politischen Partei zugesprochen hat …

Ja, das hat es gegeben, sagte Ürdinger, aber nicht bei uns!

Oder, sagte Blumauer, was auch vorgekommen ist, daß sich ein Postmeister beim Postfräulein zu viel herausgenommen und gegrapscht oder sonstwo danebengegriffen hat … Snatching nennt es der Anglist. »Unzucht mit Abhängigen« hat dieses Delikt bei den Juristen geheißen, oder wie im Fall des lateinischen Nachhilfelehrers »Ausnützung eines Abhängigkeitsverhältnisses«. Die Künstler aber wie der göttliche Ingres haben nicht die Sklaverei verherrlicht, sondern die schönen weiblichen orientalischen Menschen. Denn schön ist der Mensch, wenn er erscheinet im Licht, Karl. Und das ist nicht vom Franz Blumauer, sondern von Friedrich Hölderlin …

Bist du als Pensionist, Franz, nicht eigentlich schon ein bißchen zu alt zum Schwärmen? Ist das nicht ein bißchen kindlich, um nicht zu sagen kindisch?

Kindlich laß ich mir gefallen, sagte Blumauer, *kindisch* nicht. Ich bewundere die Künstler, die Bewunderer, und ich schwärme, wenn man es so sieht, für die Schwärmer. Selbst bin ich ja nicht imstande, etwas Bewundernswertes hervorzubringen. Ich habe immer nur Briefe zugestellt … Und manchmal einer Kundin schön getan. Ich bin weder groß noch schön und jetzt leider zu allem Überfluß auch noch alt … Aber ich habe einen großen Respekt vor den Großen oder vor denen, die ich für groß halte. Darin stimme ich nicht immer mit meiner Umwelt überein. Und zum Bewundern ist man nie zu alt, Karl. 83 Jahre war Ingres, als er das wunderbarste Bild orientalischer Frauen gemalt hat, das weltberühmte »Türkische Bad«. Mit diesem Bild aber, habe ich gelesen, vollendete der greise Maler seinen Lebenstraum von schönen Frauen als natürlicher Quelle gesunder Sinnlichkeit und Liebeslust. In Dutzenden Studien zeichnete er sich aufbäumende, geduckte, entspannt auf dem Faulbett liegende und stürmisch atmende Frauenleiber, um in der Harmonie der Kurven, der gerundeten und welligen Linien die aufregende und berauschende Wirkung des Orients zu erfassen … So ähnlich habe ich es irgendwo gelesen. Mit 70 Jahren hat Ingres noch einmal geheiratet, nachdem ihm seine erste Frau gestorben war. Oder denk an den großen Maler und Frauenverherrlicher Renoir, der noch im hohen Alter und mit seinen von der Gicht verkrüppelten Fingern die wunderbarsten jungen Mädchen gemalt hat. Für die Liebe, Karl, ist der Mensch nie zu alt …

Aber für diese schwachsinnigen geriatrischen Redensarten und Rentnersprüche, sagte Deuth … Lassen wir's gut sein!

Stammtisch 23

Dieses Jahr wird, ich sage es euch, Kollegen, sagte Karl Deuth zu seinen Kumpanen Ferdinand Ürdinger und Franz Blumauer an ihrem Stammtisch beim Kirchenwirt in Munderfing, dieses Jahr wird als das Jahr des »Kampfes um die Post« oder des »Postkrieges« in die Geschichte eingehen, und heute ist ganz sicher ein besonderer Tag. Die Schlacht ist in vollem Gange. Der Kampf tobt ja schon länger, ungefähr seit wir in Pension gegangen sind, aber jetzt eskalieren die Feindseligkeiten. Es gibt Pressekonferenzen der Postgeneraldirektion und der zuständigen Ministerin und es gibt Aussendungen und Stellungnahmen der Gewerkschaften und der Kommunen. Die einen wollen überall nur noch »Postpartner«, nur noch in den Ballungsräumen soll es eigene Postämter geben. Die anderen, die Gegner dieser radikalen »Umstrukturierung«, kämpfen gegen den »Kahlschlag« und für die Arbeitsplätze, sagen sie.

In meiner Zeitung habe ich heute beim Frühstück unter der Überschrift »Post ade« etwas recht Merkwürdiges über die Postler gelesen, sagte Blumauer, zu dem ich eine Frage an die Kollegenschaft habe. Post ade, Scheiden tut weh! Da hat es also geheißen: »Die Möglichkeit, von der Post zur Polizei zu wechseln, ist bisher auf wenig Nachfrage gestoßen. Umstritten sind die posteigenen Karrierecenter, in denen rund 500 Postler ›geparkt‹ sind. Postchef Georg Pölzl möchte Postler auch an Länder und Gemeinden abgeben.« Kann man denn Menschen parken?

Darauf sagte Deuth, das sei eben die Sprache der neuen Zeit der »Mobilität«. Die Bilder und der sprachliche Ausdruck seien schon famos und auch ein wenig verräterisch.

Karriere heiße doch eigentlich »Laufbahn«, da bewegt sich etwas, und zwar mit Karacho nach vorne. Die im »Karrierecenter« »geparkten« Postler befinden sich aber in der Nähe des Abstellgleises. Es ist zu hoffen und es ist ihnen zu wünschen, daß sie nicht gänzlich ausrangiert werden, sondern wieder in Verwendung kommen, beim Land oder bei den Gemeinden, warum nicht. Ein Heer von Postlern auf dem Rückmarsch! Vielleicht aber gibt es bald auch »Abwrackprämien« für die nutzlos herumstehenden und »geparkten« Postler. Gern werden die Alten, die Oldtimer, ja auch mit dem »Golden Handshake« in Pension geschickt, mit den entsprechenden »aliquoten Abschlägen« von der Regelrente. Wenn aber die »geparkten« Postler »umgepolt« werden Richtung Polizei oder Kommunen, dann kommt eben auch, wenn diese »Umpolung« zu lange dauert, die Frühpension als Karriereziel in Sicht.
Da werden die »geparkten« Postler also auch den Kommunen zur Wiederverwertung empfohlen und »angeboten«, sagte Ürdinger, wo die doch selbst »konzentrieren« und ihren Personalstand reduzieren. Die Gemeinden könnten ihrerseits freigesetztes Personal als Leiharbeiter anbieten. Wer hätte zum Beispiel Interesse an den vier Wegmachern, die der Bauhof der Gemeinde Munderfing in den 70er-Jahren »abgebaut« und »freigesetzt« hat?
Wegmacher!, rief Deuth wie elektrisiert. Ferdinand, das ist das Thema! Wegmacher! So ein schöner Ausdruck und so ein schöner Beruf!
Ausgestorben!, sagte Blumauer, und: Requiescat in pace.
Schön gesagt, Franz!, sagte Deuth. Durch die Wegmacher, sagte er, durch den Anton Steinwendner, den Matthias Reichenpfader, den Georg Straßer und den Otto Umlauft be-

kamen die Straßen und Wege ein Gesicht. Die Wegmacher haben sich für ihre Schotterstraßen stechen und hauen lassen. Sie haben sich mit ihren Straßen »identifiziert«! Sie haben einen großen Ehrgeiz entwickelt und mit Animo, ja schon Libido, eingeschottert, mit Schaufel, Besen und Kotkrücke, Scharre und Rechen planiert und gestampft und gescharrt. Liebevoll haben sie den Weg bearbeitet, die Wegmacher. Für uns Brieftrager waren die Wegmacher natürlich die ersten Gesprächs- und »Ansprechpartner«. Täglich haben wir sie getroffen. Meistens um dieselbe Zeit am selben Ort, weil sie ja in ihrem Turnus auch meistens an derselben Stelle begonnen und dann die vier Kilometer ihres ihnen zugeteilten und zugemessenen Straßenstücks arbeitend abgegangen sind. So emsig sie auch waren, es war natürlich immer noch Zeit zu einem kurzen Schwatz zwischen uns Brieftragern und ihnen. Gegrüßt haben sie grundsätzlich jeden, der zu Fuß, mit dem Rad oder mit einem Pferdefuhrwerk oder später dann auf dem Traktor vorbeigekommen ist, sie betrachteten eben alle Straßenbenützer als ihre Kundschaften. Als dann die Autos daherkamen und immer mehr wurden, war das mit dem Grüßen schon etwas schwieriger. Die Wegmacher gaben aber Handzeichen und die meisten Autofahrer grüßten wohl mit ähnlichen Gesten zurück. Der Gemeindearzt, der immer mit Hut in seinem Opel zu Kranken unterwegs war, zog sogar diesen Hut, während ein Tierarzt einer Nachbargemeinde, der auch in unserem Gemeindegebiet Bauern betreute, im Auto grundsätzlich niemanden grüßte. Er ist aber, wie mir der Umlauft erzählt hat, einmal bei ihm stehen geblieben und hat sein Verhalten erklärt und ihn gebeten, es ihm nicht übel zu nehmen, es sei rein die Vorsicht beim Fahren, die ihn nicht rechts noch links schauen lasse. Der Tierarzt sagte selbstironisch, er sei »in dieser Hinsicht ein sturer Bock«. Mit der Straße des Umlauft ist er aber sehr zufrieden, sagte er, »damit wir uns verstehen«. Ist schon recht, Herr Doktor, hat der Umlauft gesagt.

Die Wegmacher waren Verkehrsspezialisten, jedenfalls mit dem »Fuhrwerken« mit Pferden mehr als vertraut. Oft sind sie, bevor sie in den Gemeindedienst getreten sind, ja auch Roßknechte oder Stallburschen bei einem Bauern gewesen, oder es handelte sich bei ihnen um sogenannte »weichende Bauernsöhne«, also um jene Kinder, die entsprechend der Erbfolge nicht Hoferben gewesen sind und auch keine kinderlose Tante gehabt haben, von der sie ein Bauerngut erben hätten können, und die auch nicht in ein Bauernhaus eingeheiratet haben. Bei der Post sind nach den Kriegen ja oft auch Kriegsversehrte und Invaliden untergekommen, bei der Wegmacherei konnte die Gemeinde aber nur starke Burschen oder Männer brauchen, wetterfeste, denn das Wegmachen ist weiß Gott keine Schönwetterangelegenheit gewesen. Ja, gerade bei Gewitter mit Wolkenbrüchen und Schlagregen mußte der Wegmacher zur Stelle und auf dem Damm sein, um die Gräben am Straßenrand und die Durchläufe und Spülrinnen, die sich gern verlegten, freizuhalten, damit das Wasser abfließen und keinen Schaden anrichten konnte. Auch wenn ein Platzregen niederging, ja, gerade dann mußte der Wegmacher am Platz und zur Stelle sein. Die Arbeitszeiten waren darum auch mehr als flexibel, und der Wegmacher mußte oft Tag und Nacht unterwegs sein und er durfte auch nicht drei Wochen hintereinander auf Urlaub gehen. Denn gerade, wenn der Wegmacher einmal wirklich »weg« war, ist meistens irgendwo ein Unglück passiert. Oft hat ein Hochwasser ein Loch in die Straße gerissen oder überhaupt die halbe Straße weggeschwemmt. Und alles hat nach dem Wegmacher geschrien!

Ja, bei den Pferden haben sie sich ausgekannt! Und es konnte ihnen auch kein Bauernknecht, der für die Gemeinde und seinen Bauern Robot leistete und Schotter aus einer der Schottergruben auf der Welser Heide, von Gunskirchen her, zu einem der vier Schotterdepots entlang der Straße herankarrte, von denen sie der Wegmacher dann mit seiner Scheibtruhe dorthin brachte, wo er sie definitiv brauchte, ein X für ein U oder, wie es hieß, ein Kiss für ein Kummet vormachen. Und wenn der Fuhrmann statt des Pechschotters, den der Wegmacher bestellt hatte, »rogligen« Schottersand daherbrachte, dann wußte der Wegmacher sofort, daß der Knecht statt der weiter entfernten Schottergrube in Wimpassing die nähere Schottergrube in Straß angefahren ist. Was du mir da daherbringst, hat er dann zum Bauernknecht gesagt, das eignet sich für den Feinputz oder für eine Sanduhr, aber nicht für die Befestigung des Banketts. Heißt Straßer und will keinen Schotter aus Straß!, sagte der Knecht kopfschüttelnd.

Der Wegmacher Steinwendner wiederum war ein Fahrradspezialist und hätte gut und gern auch als Fahrradmechaniker arbeiten können. Und er hat manchem Radfahrer beim Reparieren seines Fahrrades, das ihm unterwegs gebrochen ist oder an dem er sich einen sogenannten »Patschen« eingefahren hatte, weil ein Nagel auf der Straße gelegen ist, aus der Patsche geholfen.

Ich habe aber gehört, lieber Karl, weil du vom Steinwendner sprichst, sagte Blumauer, daß er Frauen lieber als Män-

nern behilflich war und daß er für seine Hilfsdienste ganz gern Gegenleistungen von Seiten der Frauen gesehen hat.
Darauf sagte Ürdinger: Ein Seelenverwandter des Brieftragers Blumauer! Fahrradfachmann und Mann …
Schließlich gab es in den Wiesen zwischen der Mattig und seiner Straße einige Stadeln und Heuhütten, die nicht nur zum Reparieren von Fahrrädern geeignet gewesen sind …, sagte Blumauer. Auch als Unterschlupf …
Hierin zeigt sich wieder einmal die erotische Obsession des Erotikon-Bestsellerautors Franz Blumauer aus Munderfing, sagte Deuth …
Der aber von seinem Kollegen Karl Deuth mit der Zulieferung entsprechender Materialien zur Geschichte des lateinischen Nachhilfelehrers schon elendslang hingehalten wird und so auf der Stelle tritt, sagte Blumauer.
Wäre es, lieber Franz, nicht anständiger und für einen alten, pensionierten Brieftrager geziemender und manierlicher, ein Buch über die Wegmacher zu schreiben und diesem ausgestorbenen Beruf ein großes literarisches Denkmal zu setzen, statt irgendwelchen postpubertären Schlüpfrigkeiten nachzuhängen? sagte Deuth.
Denk an den Ingres, Karl, sagte Blumauer, der war auch nicht mehr der Jüngste, als er das »Türkische Bad« malte!
Aber dir schwebt doch etwas ganz anderes vor, Franz!, sagte Deuth.
Ja, nicht das phantasierte »Türkische Bad«, sondern das wirkliche und realistische »Gänsehäufel« habe ich im Sinn. Auch das Thalia-Bad würde sich freilich als Schauplatz eignen. Vielleicht ein »Badewaschl« als Satyriast, der immer in der Nähe der Umkleidekabinen herumkrebst … Das ginge freilich mehr ins Perverse. Mein Lateinlehrer hingegen ist

aus einem anderen Holz geschnitzt … Ich halte mich ja an den tatsächlichen Kriminalfall. Die Wirklichkeit ist nicht zu überbieten. Außerdem, Karl, das Thema, das du vorschlägst … Gibt das denn noch etwas her, außer dem, was du da an Folklore und Arbeitswelt schon genannt hast?
Eine Menge, Franz, die Menge! Die Wegmacher waren vor allem auch Weg-Weiser! Wie oft wurden sie von ratlosen Suchenden gefragt, wo es dahin oder dorthin gehe. Und wie viele Menschen hätten sich in den letzten Jahrhunderten im Kobernaußen verirrt, der damals ja noch unwirtlicher und größer als heute, ja, ein Urwald war, wenn sie sich nicht auf die Wegekompetenz der Wegmacher als Wegweiser hätten verlassen können. Heute im Zeitalter des »GPS« und des elektronischen Wegleitsystems kann man ja gar nicht mehr ermessen, was eine verläßliche Auskunft eines »Autochthonen«, also »Ortskundigen« und »Ortsansässigen«, seinerzeit wert war, sie war oft buchstäblich lebensnotwendig und lebensrettend. Der Wegmacher als Navigator … Die Wegmacher haben genau die Wegkreuzungen und Gabelungen gewußt und beschrieben, die Abstände zwischen den einzelnen Fixpunkten und Objekten, die Wege und Scheidewege. Dort siehst du eine Waldkapelle, die läßt du links liegen, nach ungefähr vierhundert Schritt taucht rechts ein Köhler auf, den grüßt du von mir und so weiter und so fort. Auch die Milchsammelstellen am Wegrand, wo die Bauern im Morgengrauen ihre gefüllten Milchpitschen ablieferten, von wo sie der sogenannte »Mülifführer«, der Milchtransporter, dann zur Molkerei nach Mattighofen transportierte, waren markante Orientierungspunkte. Wie im Spessart gibt und gab es auch im Kobernaußen ein Wirtshaus, ja mehrere, und der Wegma-

cher sagte einem, wo man gut essen kann und nicht »übernommen« wird und wo im Gegenteil die Räuber hocken … Die Menschen holten sich damals Rat beim Wegmacher, damit sie nicht den Wegelagerern, die es auch gegeben hat, in die Hände gefallen sind. In der Kirche haben sich die Menschen vor langen Reisen oder Wallfahrten den Reisesegen vom Pfarrer geholt, beim Wegmacher die Route und Beschreibung der Wegstrecke, die Routenplanung. Und es gab genug fromme Wegmacher, die einem Reisenden zu Fuß oder auf dem Pferd geraten haben, zu dieser oder jener Filialkirche hinaufzuschauen und beim Anblick des Christophorus über dem Portal, des Schutzpatrons der Reisenden und der Wegmacher, einen guten Gedanken zu fassen, was bekanntlich als Garantie für eine glückliche Heimkehr und gesunde Wiederkehr gegolten hat. Ja, das Wegweisen hatte und hat eine tiefe, geradezu spirituelle Dimension. Und wenn Christus von sich sagt: »Ich bin der Weg, die Wahrheit und das Leben«, wie es bei Begräbnissen zitiert wird, dann gibt das viel zu denken und Stoff für profunde Meditationen! Und wie oft haben wir mit Schubert gesungen: Wohin soll ich mich wenden …
Es gibt in Österreich den Familiennamen *Gehmacher* und einen prominenten Träger dieses Namens, der sich vielleicht *Gemacher* schreibt, was aber nichts zur Sache tut. Ein *Gehmacher* ist dem Wortsinn nach einer, der etwas zum Gehen oder Laufen bringt. Und die Wegmacher waren in diesem Sinn auch *Gehmacher*, sie haben den Leuten Beine gemacht, nicht aber, daß sie sie vertrieben haben, sie haben sie angetrieben und ihnen Mut gemacht, weil Reisen und Fahren immer auch mit Gefahren verbunden war. Es gibt in unserer bayrisch-österreichischen Mundart die vielsa-

gende Redensart »Machen wir es gehend!«. Sie bedeutet eine Aufforderung zum Handeln und eine Ermunterung, mit einer Sache zu beginnen. »Machen wir es gehend!«, hat etwa der Maschinist beim Maschindreschen, wenn die Vorbereitungen, das Aufstellen der Dreschmaschine, das Einrichten des Binders und des Dampfers abgeschlossen, der große Treibriemen aufgelegt war und alle Beteiligten auf ihrem Platz bereit standen, den Leuten zugerufen. Ich will euch, liebe Kollegen, ja nicht mit Sprachwissenschaft überfordern, aber wenigstens in den Wind gesprochen möchte ich haben, daß es sich bei dieser schönen bayrischen Konstruktion um einen sogenannten »Adhortativ«, einen »Aufforderungsmodus« in der ersten Person Mehrzahl handelt. So haben ja auch wir Briefträger im Amt in Munderfing uns am Morgen zum Ausgehen und Austragen und Zustellen gegenseitig ermuntert und aufgefordert: »Machen wir es gehend!« Das kann man auch sagen, wenn man selbst und zu Fuß geht. Da hätten wir freilich auch sagen können: »Machen wir uns gehend!« »Alsdann, gemma's an!« Wenn einer die Pferde einschirrt und anspannt oder auch wenn einer ein Moped, wie wir später die KTM, startet, hat der Satz natürlich seinen vollen Sinn. Auch »Auf geht's!« wurde gern gerufen, wenn ein großes Werk ins Werk gesetzt werden sollte. »Auf geht's!«, oder »Machen wir's wieder gehend!« haben auch die Wegmacher oft zu den Brieftragern nach einem kleinen »Zwischenstopp« und einem kurzen »Gedanken- und Meinungsaustausch« gesagt.

Beim Reisen ist es immer schon sehr auf das Wetter angekommen, und auch was die Witterung betraf, hatten die Wegmacher eine hervorragende Witterung. Mehr als der Arbeitsplatz der Bauern war die Werkstatt der Wegmacher

die freie Natur. So sind sie wie automatisch zu Naturbeobachtern, ja Natur-Wissenschaftlern geworden, auch zu Meteorologen … Sie waren aber auch Verhaltensforscher, was die Tierwelt betraf, sie wußten ja um jeden Wildwechsel, um die Laichplätze der Frösche, die Eigenheiten der wilden Tiere und des Wildes und um diejenigen der zahmen Tiere und der domestizierten um die Bauernhöfe. Zwanzigmal reicht nicht, hat der Straßer einmal zu mir gesagt, daß er jährlich einen ausgerissenen Stier, eine Kuh oder auch ein Schwein den Bauern einfangen geholfen hat. Damit haben natürlich auch wir Briefträger unsere Erfahrungen. Ein Landbriefträger ist wie ein Wegmacher immer auch ein Einspringer beim Einfangen entsprungener Tiere. Das gehörte gewissermaßen zum »Ruraldienst«, den schon der Kaiser Franz Josef im Jahr 1873 den Landbriefträgern aufgetragen hat … Würde und Bürde! Ich bin selbst bei Bauern öfter beim sogenannten »Kälblziehen« als Geburtshelfer eingesprungen. Oft aber sagte ein Bauer, wenn irgendwo Not am Mann war: Holt's den Wegmacher! Und ein Kind machte sich auf den Weg, den Wegmacher zu holen: »Der Vater tat schen bitten, ob's d' nit kemmen mechtest …« Der Wegmacher hat es auch immer wieder mit streunenden Hunden und läufigen Katern und Katzen zu tun. Wie viele daheim ausgerissene Hunde oder Katzen hat er aufgebracht und den überglücklichen Frauerln zurückgebracht!
Wird sich wohl auch manche in ihrem Glück dem glücklichen Finder gegenüber ein wenig zugänglich erwiesen haben, sagte Blumauer, und nicht nur den Flocki gestreichelt haben …
Ja freilich, Franz, du sagst es!, sagte Deuth, und fuhr fort: Der Wegmacher konnte auch wie sonst niemand die Jäger

auf bedenkliche Zustände in den Revieren aufmerksam machen. Nicht einmal die scheuen Füchse waren ihm fremd, und bei den Vogelnestern hat er sich ausgekannt wie in seiner Hosentasche. Ich habe auch nie gehört, daß die Wegmacher im oder um den Kobernaußen nicht gewußt hätten, wo sie eigentlich sind und sich befinden, wie es denen aus dem Sauwald nachgesagt wird. Die Leute im und um den Sauwald sind von einer großen Desorientiertheit. Nur die Kopfinger wissen angeblich, wo der Sauwald wirklich ist, wo er anfängt und wo er endet. Ein Sauwald, das heißt ein wildschweinreicher Wald, war übrigens auch der Kobernaußer Wald, und mancher Wegmacher hat auf einem Güterweg unliebsame Bekanntschaft mit einem wild gewordenen Keiler gemacht und war heilfroh, wenn er bei einem Köhler in dessen Hütte Zuflucht und Unterschlupf gefunden hat. Die Köhler selbst haben sich bekanntlich vor Wildschweinen nicht gefürchtet, und sie hatten einen eigenen »Vorteil«, eine besondere Art, sie unschädlich zu machen, ohne sie zu erschießen, was ja aufgefallen und als Wildern ausgelegt worden wäre. Es soll trotzdem mancher Köhler den Wegmacher auf einen herzhaften Wildschweinbraten eingeladen haben …

Mir rinnt das Wasser im Mund zuammen, sagte Ürdinger. Ein Wildschweinbraten und eine Maß Riedkerdinger. Was Besseres gibt's nicht. Und zur Kellnerin sagte er: Bitte, Theresia, erbarme dich meiner und schöpfe noch einmal für mich.

Bitte sehr, bitte gleich, eine Halbe, sehr gepflegt mit Krone, sagte die Kellnerin.

Der Niedergang und das Unglück der Wegmacher beginnen um die Mitte des 19. Jahrhunderts, fuhr Deuth fort.

Da hat ein Basler Ingenieur namens Merian den Asphalt erfunden und 1849 die erste Asphaltstraße gebaut. Und 1909 wurde die erste Autobahn errichtet. Und seither wird asphaltiert und betoniert, was das Zeug hält und was die Erde an Bitumen und Schotter hergibt. Inzwischen sind die letzten Güterwege asphaltiert, und es gibt in der ganzen Gemeinde Munderfing keine Schotterstraße mehr. Nur die Waldwege im Kobernaußen sind noch nicht asphaltiert, einen Wegmacher aber braucht man für sie auch nicht mehr. Die Bezirksstraßenmeisterei hat alle Agenden mit den Staats-, Landes- und Bezirksstraßen an sich gezogen. Der Straßenmeister thront über allem und wird reich, weil er die Straßenbauaufträge an die Straßenbaufirmen vergibt, wofür sie sich natürlich erkenntlich zeigen. Und die Gemeindestraßen sind auch Bezirksstraßen geworden und so den Kommunen entzogen. Munderfing hat keine Wegmacher mehr. Sie sind in Pension oder gestorben. Sogar die Schneeräumung wird zentral organisiert. Man hört nur noch »Asfinag« und »Strabag« und »Illbau«, und wenn irgendwo eine Straße begradigt, befestigt und asphaltiert wird, dann ist das auch kein »Job« für einen Wegmacher. Dann kommen Leiharbeiter aus Portugal oder Polen.

Nichts gegen Portugal und Polen, sagte Blumauer.

Damit hat das nichts zu tun!, sagte Deuth.

Machen wir uns denn auf den Weg nach deiner Wegmacher-Lektion, lieber Karl, sagte Ürdinger.

Aber nicht ohne vorher der Theresia alle Wohltaten an Bier und Weißwürsten vergolten zu haben, sagte Deuth.

Resi, bitte zahlen!, rief Blumauer die Kellnerin Theresia Kranebitter.

Stammtisch 24

Aller Anfang ist schwer, sagte Blumauer zu seinen Freunden Ürdinger und Deuth am Stammtisch beim Kirchenwirt in Munderfing. Wer weiß das besser als ein Rentner oder Pensionist.

Ja, sagte Ürdinger, aber ist es nicht gerade umgekehrt, daß den Neopensionisten das Aufhören schwerfällt? Der Pensionsschock kommt doch daher, daß einer mit der neuen Situation nicht fertig wird, weil er mit sich und der Welt nichts anfangen kann, nachdem man ihm die Arbeit, die einem Langgedienten doch zur Spielerei geworden ist, weggenommen hat.

Es ist wohl damit – wenn ich ein Bild gebrauchen darf und ihr mir eine Metapher gestattet – so ähnlich wie mit einem alten Gewölbe. Es ist die Belastung und die Last, die auf dem Gewölbe liegt, die es aufrecht hält. Man muß schwächelnde Gewölbe belasten, wie jeder Baumeister weiß, um sie zu erhalten. Wenn man sie entlastet und die Gewichte von ihnen nimmt, brechen sie alsbald zusammen. Auch den Briefträgern, die die Tasche ablegen, bekommt diese Entlastung nicht immer. Eine Entlastung »zu Lasten der Briefträger«! Bei den Pensionisten gilt das dritte als das verflixte Jahr, wo mancher abtritt. Wer die kritischen ersten drei Jahre überstanden hat, hat sich im neuen Zustand eingerichtet, er ist »in der Pension angekommen«, wie gern gesagt wird, und er hat gute Chancen, als Pensionist alt zu werden. Gut haben es in dieser Hinsicht die Eisenbahner, die oft schon vor dem 50. Lebensjahr in Pension gehen dürfen. Ein so junger Mensch stellt sich leichter um und gewöhnt sich im neuen Lebensabschnitt ein, sucht sich vielleicht auch noch einen neuen »Lebensabschnittspartner«. Mancher hat in der Pension einen neuen Beruf erlernt und angefangen. Oder ein sogenanntes »Seniorenstudium« begonnen … Ich habe auch anfangs gemeint, obwohl ich nicht bei der Bahn war und über 60, als ich »demissionierte«, ich fahre nach Salzburg und studiere noch ein wenig. Latein hätte mich interessiert. Ich habe es aber dann sein lassen. Das Leben ist kurz, die Kunst ist lang. Ich gehe lieber zum Stammtisch und in die Sauna. Sauna klingt eh so lateinisch … Stammtisch statt Mensa und Sauna statt Seminar …

Wenn man bei euch irgendetwas anfängt, man braucht nur ein Wort oder ein kurzes Sätzchen wie »Aller Anfang ist schwer« oder sonst ein Gemeinplätzchen zu sagen, dann kommt ihr, vor allem der Karl, gleich vom Hundertsten ins Tausendste, sagte Blumauer. Ihr hättet mich ausreden lassen sollen, dann wüßtet ihr, was ich mit »Aller Anfang ist schwer« eigentlich sagen wollte. Also, Freunde, ich habe den Bestseller über den lateinischen Nachhilfelehrer zu schreiben begonnen! Ein vielversprechender Anfang ist gemacht!

Bravo!, sagten Deuth und Ürdinger wie aus einem Mund, und Ürdinger sagte zur Kellnerin: Resi, eine Runde Prosecco zur Feier des Tages auf Rechnung des Bestsellerautors Franz Blumauer aus Munderfing. Wir müssen ein geistiges Kind aus der Taufe heben!

Der Anfang soll herrschen!, sagte Deuth, Ürdinger korrigierend: Ein fleischliches Kind, Ferdinand … Und den Blumauer fragte er: Wie viele Seiten hast du schon?

Was heißt Seiten? Ich habe erst einen Satz, aber dieser eine Satz hat es in sich, und er ist über fünf Zeilen lang, sagte Blumauer.

Deuth sagte lächelnd: Ja, es gibt Sätze, die man nicht in einem Satz sagen kann… Der erste Satz eines Romans muß vielsagend sein und doch alles offen lassen. Bewährt haben sich in diesem Zusammenhang Sätze über das Wetter. Mit einem solchen fängt bekanntlich »Der Mann ohne Eigenschaften« von Robert Musil an.
Hab ich nicht gelesen, sagte Blumauer, ich mache es auf meine Art. Ich habe beim Formulieren dieses ersten Satzes übrigens an das gedacht, was du, Karl, uns das letzte Mal über die Wegmacher und die Gehmacher gesagt hast. Ich habe mir auf gut Bayrisch auch selbst gesagt und zugerufen: Franz, machen wir's gehend! Der erste Satz ist eine Initialzündung… Ein Paukenschlag… Ein Peitschenhieb… Ein Hammer!
Aha, sagte Deuth, den »Mann ohne Eigenschaften« kennst du nicht. Dann kennst du wahrscheinlich auch nicht »Die Pest« von deinem Kollegen, dem Bestsellerautor und Nobelpreisträger, dem Franzosen Albert Camus.
Was, die Post?, fragte Ürdinger.
Die Pest!, sagte Deuth. Geh zum Ohrenarzt nach Schärding, Ferdinand. Ich kann nicht so laut reden. Dort hinten spielen zwei Herren Schach, die will ich in ihrer Konzentration nicht stören… Und an Blumauer gewandt: Franz, ich habe mir im Jahr 1965, also vor bereits 45 Jahren, diesen Roman »Die Pest« gekauft und gelesen, und jetzt, wo du von deinem ersten Satz deines Erotikons sprichst, erinnere ich mich lebhaft an eine Szene in diesem düsteren existenzialistischen und pessimistischen Buch, das vom Ausbruch der Pest im nordafrikanischen Oran handelt. Der Held des Buches ist ein Arzt, Bernard Rieux. Eine Nebenfigur ist ein kleiner Magistratsbediensteter, der be-

zeichnenderweise *Grand* heißt, was ja eigentlich »groß« bedeutet. Er ist in dieser schrecklichen Zeit an diesem Ort, wo überall tote Ratten herumliegen und wie am Fließband gestorben und beerdigt wird, unter anderem mit statistischen Erhebungen über die Bevölkerungsentwicklung beschäftigt. Dieser Grand hat ein Geheimnis, und eines Tages offenbart er es dem Doktor Rieux: Er dichtet in seiner Freizeit oder er will dichten, er hat ein gewaltiges Werk im Sinn. Alles aber, was er bis jetzt geschrieben hat und dem Epidemiearzt vorliest, ist dieser erste Satz: »An einem schönen Morgen des Monats Mai durchritt eine elegante Amazone auf einer wunderbaren Fuchsstute die blühenden Alleen des Bois de Boulogne.« Du, Franz, bist der neue Grand, du bist der Grand Munderfings und des Innviertels.

Danke für das Kompliment! Leider klingt es nicht schmeichelhaft, sagte Blumauer. Schmeichelhaft wäre, wenn du sagen würdest, ich bin der neue Camus des Innviertels oder der deutschsprachigen Literatur. Aber mit diesem, wahrscheinlich Ärmelschoner tragenden, kleinen Beamten hat sich doch ein Großer über die kleinen Leute lustig gemacht, ein großer Schriftsteller über die Amateurschriftsteller, ein Profi über die Dilettanten. Ich kenne das Buch nicht, finde es aber nicht gut.

Da urteilst du ja schon wie ein routinierter Literaturkritiker… Du hast das Zeug zu einem Literaturpapst! Deuth lachte und sagte: Nein, lustig ist dieses niederschmetternde und trostlose Buch über die Pest natürlich nicht. Das Groteske daran ist aber, daß ein mit allem Elend der Welt, mit Krankheit und Tod konfrontierter Mensch wie Grand, dieser geistige Zwerg und Winzling, einen solch roman-

tischen und weltfremden Kitsch produziert. Eskapismus nennt man diese Haltung, Weltflucht, Realitätsverlust!
Bei mir wird es um die Sexualität und also um das pralle Leben gehen, sagte Blumauer. Ich bin Realist und verarbeite auch eigene Erfahrungen. Fuchsstuten und Amazonen kommen bei mir sicher nicht vor …
Na ja, sagte Deuth, eine Autobiographie wird es auch nicht werden. Und gerade die Autobiographien sind ja voll von Lügen und strotzen nur so von Schutzbehauptungen und Rationalisierungen, falschen nämlich. Im Übrigen, Franz, wirst du als der aufsteigende Briefträger-Schriftsteller und Erotikon-Bestsellerautor weniger mit Camus oder seinem Helden oder der Nebenfigur Grand in der »Pest«, sondern vor allem natürlich mit Charles Bukowski verglichen werden, dem Autor des Briefträgerromans »Der Mann mit der Ledertasche«.
Lieber Karl, ich habe das Buch des Bukowski über die Post mit Hilfe meiner Frau sogar in der englischen Originalfassung »Post Office« gelesen und fürchte mich vor dem Vergleich nicht. Außerdem schreibe ich über einen Wiener lateinischen Nachhilfelehrer und seine Nachhilfeschülerin und nicht über einen New Yorker Briefträger Chinaski, der bei der Post bloß jobbt. Aber auch wenn ich einen Briefträgerroman schreiben würde, brauchte ich mich vor der Konkurrenz nicht zu fürchten. Ich würde das besondere Flair und die Atmosphäre des österreichischen Postwesens schon deutlich machen und »herüberbringen«, daß jeder, der mein Werk liest und das des Bukowski-Chinaski kennt, sagen würde: Es ist anders, eigen und es ist authentisch. Es liegen Welten zwischen der Alten und der Neuen Welt, zwischen Munderfing und New York.

Meine literarische Bezugsperson ist nicht der Dosenbiertrinker Buk, sondern der edle Felix Salten.
Dosenbier? Pfui Teufel!, entsetzte sich der Brauereisachverständige und Nebenerwerbslandwirt Ferdinand Ürdinger.
Lieber Franz, sagte Deuth, es freut mich natürlich, dich so zuversichtlich zu sehen. Und natürlich wünsche ich dir, daß sich auch für dich das erfüllt, was sich Grand in der »Pest« erwartet, wenn er sagt, daß sein Buch vom Anfang an, von dem zitierten Satz über die elegante Amazone so überzeugend sein wird, daß jeder, der dies liest, sagen wird müssen: »Hut ab!« Mich, Franz, kannst du übrigens in deine Subskribenten-Liste eintragen. Ich nehme ja doch an, daß du schon eine solche Liste führst?
Oh Karl, ich bin noch ganz mit der Produktion beschäftigt und habe mich um die »Distribution« und um die »Rezeption« noch gar nicht bekümmert. Ich habe noch nicht einmal einen Verlag. Aber da wird sich sicher einer der großen Innviertler Verlage in Braunau, Ried oder Schärding das Geschäft nicht entgehen lassen wollen. Sogar ein Salzburger Verlag kommt vielleicht in Frage.
Aber laß dir nicht zu viel Zeit, sagte Deuth, du bist zwar ein Jungpensionist, aber die möglichen Interessenten für dein »opus maximum« sind wie ich nicht mehr die Jüngsten und könnten dir wegsterben. Und wenn du dann eine Liste von Abnehmern und Subskribenten hast und die sterben dir weg, dann kann es sein, daß die Witwen dieser Subskribenten das Buch, das ihr Verblichener bestellt hat, gar nicht haben wollen, überhaupt, wenn dein Buch in den Ruf der Zweideutigkeit oder gar der Obszönität geraten ist, was ja bei deinem Thema leicht passieren könnte.

Noch ist sicher auch dir und dem Ferdinand in Erinnerung, wie in den 80er-Jahren ein Schwindler und Betrüger im ganzen Land Rechnungen über Bücher einschlägigen pornographischen Inhalts an Frauen verschickt hat, die gerade Witwen geworden waren. Diese Witwen sind aus allen Wolken gefallen, was ihr verstorbener Mann für ein Doppelleben geführt und ohne ihr Wissen für verdorbene, heiße Ware bestellt hatte. Und die verstorbenen, als Lüstlinge und notgeile Voyeure verdächtigten Männer haben sich in ihren Gräbern von ihren Witwen böse Vorwürfe anhören müssen. Um jeden Skandal zu vermeiden und um Ruhe zu haben, sozusagen ewige Ruhe, haben diese Witwen und Alleinerbinnen nach ihren Männern diese Rechnungen schnell und unauffällig beglichen. Der Betrüger mit seiner Scheinfirma wäre reich geworden, wenn er nicht schließlich in die Kriminalitätsfalle getappt wäre. Es ist natürlich aufgefallen, daß gerade ein bestimmter Personenkreis, die Witwen eben, nach einer gewissen Trauerzeit nach dem schlimmen Ereignis entsprechende Post bekommen haben, oft scheinheilig an den Gatten adressiert: »Sie haben bei uns am Soundsovielten das Druckwerk ›Die Analystinnen‹ bestellt, welches wir Ihnen am Soundsovielten postlagernd zugestellt haben. Nach Auskunft der Post haben Sie die Ware auch abgeholt. Nun stellen wir zu unserem Bedauern fest, daß die Rechnung über den Betrag von 700 Schilling noch offen und unbeglichen ist. Hiermit mahnen wir Sie zur Zahlung der Schuld, andernfalls wir uns gezwungen sehen würden, den Rechtsweg zu beschreiten, welcher bei Weigerung durch den Schuldner bis zur Pfändung führen kann. Indem wir hoffen, daß es sich Ihrerseits nur um ein Versehen handelt und Sie den

angeführten Betrag zuzüglich 10 Prozent Verzugszinsen mit dem beiliegenden Erlagschein überweisen, verbleiben wir hochachtungsvoll und in Erwartung weiterer Bestellungen Ihre Firma Sowieso in Liechtenstein.« Auch wir im Amt haben schließlich solche »Liebesbriefe« schon von außen auf Grund gewisser Diskretionsmerkmale identifiziert und der »irdischen Gerechtigkeit«, das heißt der Polizei zugeführt und übergeben. Dazu mußte man wirklich kein überschlauer Postfuchs oder Detektiv sein!
Jetzt wollen wir aber endlich das Glas Champagner der Marke Spumante auf den glücklichen Beginn der zweiten Karriere unseres Briefträgerkollegen Franz Blumauer als Schriftsteller erheben, sagte Ürdinger. Heut saufen wir die Fässer leer!
Karl Deuth aber sagte, das Glas erhebend, in das ihm die Kellnerin Resi eingeschenkt hatte: Crescat, floreat, valeat!
Österreicher, sprich deutsch!, sagte Ürdinger, und: Prosit!
Deuth aber sagte: Es wird Latein sein und wir werd'n nimmer sein!
So jung kommen wir Alten nie wieder zusammen, sagte Ürdinger.
Ex!, befahl Blumauer.

Stammtisch 25

Jetzt hast du, lieber Franz, dein großes literarisches Lebenswerk eh angefangen, ohne noch auf meine Mitteilungen über das Disziplinarverfahren des lateinischen Nachhilfelehrers und das Protokoll der Prozeßbeobachterin der Wiener Landesschulbehörde, das ich mir zu verschaffen wußte, zu warten. Gut so, sagte Deuth. Aber weil ich mir nicht nachsagen lassen will, ich hätte mein Versprechen nicht eingehalten, bringe ich dem Bestsellerautor Franz Blumauer und der interessierten Öffentlichkeit, das ist Blumauer plus Ürdinger, den Wortlaut der Expertise der Frau Oberstudienrat im Landesschuldienst Isolde G. zur gefälligen Kenntnis.

Ich warte darauf, sagte Blumauer, und das nicht erst seit heute. Und begonnen habe ich meinen Roman nur, weil ich umdisponiert habe und in einem ersten Teil nur die erotische Geschichte des lateinischen Nachhelfers und der Nachprüfungskandidatin bis zum ersten Höhepunkt erzählen will und dann erst den Zivilrechtsprozess und das Disziplinarverfahren.

Da schau her, sagte Deuth bewundernd zu Ürdinger: Ferdinand, unser Freund Franz schreibt eine Trilogie. Nicht nur einen einfachen Roman, sondern eine Saga, einen Fortsetzungsroman! Das nimmt Ausmaße an wie »Krieg und Frieden« oder »Die Brüder Karamasow«. Und wir werden sagen können, wir sind dabeigewesen! Wir sind des Zeugen, Zeitzeugen! Ich kenne einen Briefträger, gewesenen Briefträger, in Ohlsdorf. Was glaubst du, Ferdinand, was der alles mit dem großen ortsansässigen Dichter erlebt hat und zu erzählen weiß! Und wie er immer

wieder von Germanisten und Journalisten aller möglichen europäischen, ja sogar überseeischen Universitäten nach seinen Erfahrungen mit dem großen Dichter gefragt und interviewt wird! Er hat auch schon ein Buch angekündigt! Und alle, die mit dem großen Sohn der Heimat in dem großen Vierkanthof in Berührung gekommen sind, vom Stromableser bis zum Rauchfangkehrer, vom Nachbarn bis zum Feuerwehrmann, der jährlich zum Florianitag um die Jahresspende bitten kommt, sie alle haben Bücher über den Dichter gedichtet oder werden noch welche dichten. Eine Verehrerin des großen Dichters hat sogar ein Buch über ihn geschrieben, obwohl sie mit ihm gar nicht zusammengekommen ist, sondern nur mit seinem Bruder, dem Arzt in Gmunden, den sie aufsuchen mußte, weil sie auf ihrer vergeblichen Suche nach dem Dichter krank geworden war! Das nennt man Umwegfreundlichkeit. Kein Wegmacher hat ihr die Zufahrt gezeigt. Wir zwei, Ferdinand, werden freilich wahrscheinlich nicht dazu kommen, über den Franz Blumauer zu schreiben: »Ich war Blumauers Kollege«, weil er ja der Jüngste von uns dreien ist, und wir, wenn es mit rechten Dingen zugeht, vor ihm gehen müssen. Hoffen wir, daß er dann über uns ein Buch schreibt.
Warum sollte er, Karl? Ich glaube, sagte Ürdinger, es ruhen diejenigen Toten, die man in Ruhe läßt und über die keine Bücher geschrieben werden, auch nicht schlechter oder unruhiger als die vielberufenen und vielbesungenen und vielbeschriebenen Toten. Sie mögen ruhen in Frieden!
Wie jetzt, sagte Blumauer, wollt ihr mit euren Spöttereien über den ortsansässig gewesenen Dichter in Ohlsdorf und über mich, den Newcomer aus Munderfing, fortfahren,

oder beginnst du, Karl, endlich wie versprochen mit der Verlesung des geheimen Protokolls der Isolde G.?
Da bestelle ich mir aber doch davor bei der Theresia noch ein gepflegtes Riedkerdinger zur Stärkung. Denn der Stil der Frau Amtsrätin ist, wie wir ja schon einen Vorgeschmack gehabt haben, ein sehr trockener und schwer zu verkraften, sagte Ürdinger.
Mein Gott, ist halt österreichisches Beamtendeutsch, sagte Deuth. Dann zog er ein zerknittertes Blatt Papier aus der Innentasche seiner Lederjacke, strich es glatt und gab die folgende Wortspende zum Besten: Frau Isolde G. schreibt: »Ich, Amtsrätin Isolde G., Beauftragte des Wiener Stadtschulrates und Mitglied der Disziplinarkommission desselben, habe in meiner Eigenschaft als weisungsgebundene Beamtin an dem Zivilrechtsprozesse gegen den Lateinprofessor des Humanistischen Gymnasiums in der Krainergasse beobachtend teilgenommen und annonciere sein Ergebnis wie folgt: Herr OSR Professor Magister Dr. phil. R. S. wurde, angeklagt von Staatsanwalt Dr. juris N. L. und verteidigt von Rechtsanwalt Dr. juris E. B., von Richter Dr. juris D. O. der ›erwiesenen Unzucht mit Abhängigen und Ausnützung eines Autoritätsverhältnisses‹ schuldig erkannt und zu einer bedingten Haftstrafe von sechs Monaten oder entsprechenden Tagsätzen und einer unbedingten Geldstrafe von Euro 2000 verurteilt. Obwohl der Beschuldigte nach einer Bedenkzeit und einer Besprechung mit seinem Anwalte das Urteil nicht annahm und sich dahingehend äußerte, daß er in die Berufung zu gehen willens sei, kann gegen denselben nun doch auch disziplinarrechtlich eingeschritten und vorgegangen werden. Der Beschuldigte, Verurteilte und somit Vorbestrafte ist, ohne

dem Ergebnis der Verhandlungen der Disziplinarkommission vorgreifen zu wollen, nach dem Vorgefallenen als Pädagoge unhaltbar und unverzüglich vom Schuldienste auszuschließen. Sein Leumund und sein bisheriger, unbescholtener Lebenslauf, die den Übergriff auf die 17-jährige Nachhilfeschülerin eher als einen im Volksmunde sogenannten ›Ausrutscher‹ erscheinen lassen und weil er sich, wiewohl Anhänger der Freikörperkultur, im Dienste nie eine Blöße gegeben hat, lassen, trotz fälliger Entpflichtung vom Schuldienste, den Weiterbezug des vollen Gehaltes, abzüglich von Überstunden gleichwohl berechtigt erscheinen. Damit wird die soziale Konsequenz der Verfehlung in erträglichen Grenzen gehalten und kommt angesichts des Alters des Beschuldigten von 58 Jahren einer Frühpensionierung gleich. Das entspricht vielleicht auch dem Grundsatze ›Gnade vor Recht‹ bei nicht gänzlicher Rechtswidrigkeit. Es ist ein Unterschied zwischen Vergehen und Verbrechen, von welch letzterem nicht eigentlich gesprochen werden könne. Die Kommissionsmitglieder werden das Für und Wider abzuwägen und einzuschätzen wissen. Die Verteidigung hat vorgebracht und ins Treffen geführt, daß eine immerhin 17-jährige, geschlechtsreife Schülerin, welche von einem Nachhilfelehrer zum Unterricht in eine Nacktbadeanstalt bestellt wird, ahnen, ja wissen hätte müssen, was sie dort erwartet, vor allem ein entblößter älterer Mann ›mit naheliegenden Absichten‹. Indem sie sich auch selbst dem Ambiente durch Ablegen ihrer Kleider anbequemte, mußte sie im Voraus sehen, daß sie der Schaulust und der Lust des senioren Instruktors ein großes Stück entgegenkam. Namentlich die Verlegung des Unterrichtes infolge Schlechtwetters vom Freigelände in das Badezimmer des Pädagogen wäre dazu angetan gewesen, die wahren Absichten des Nachhilfelehrers als nicht ausschließlich unterrichtsbezogen zu durchschauen. Der Kern der Verfehlung, der von der Disziplinarkommission in ihrer Verantwortung zu bewerten sein wird, bestand nicht eigentlich in einem Übergriffe des Lehrers auf seine Schülerin in der Wanne, sondern eher in der Bitte des alten Lehrers um einen Übergriff der Schülerin auf sich, respective ihn selbst. Daß die Schülerin dieser nachgekommen ist, mag mit Autorität erklärt und dem Pädagogen als ›Ausnützung und Mißbrauch eines Autoritätsverhältnisses‹ angelastet werden. Indem ich der Kommission durch meine Protokollierung der Prozessbeobachtung und mein persönliches Urteil über das Vorgefallene und Anliegende und meine eigene Bewertung des Gerichtsurteiles gedient zu haben hoffe, verbleibe ich mit dem Ausdrucke meiner Hochachtung vor dem hohen Disziplinargericht Seine Oberamtsrätin I. G. pleno titulo …«

Gibst du mir das mit?, fragte Blumauer, nachdem Deuth seine Lesung beendet hatte.

Zu treuen Handen, sagte Deuth, und nur unter der Bedingung, daß du dir diesen Text nicht als stilistisches Vorbild nimmst. Inzwischen ist das Urteil der Disziplinarkommission ja auch ergangen. So fehlerhaft meiner Meinung nach das Gerichtsurteil gegen den lateinischen Nachhilfelehrer war, so harmlos, ja günstig ist für ihn das Disziplinarverfahren ausgegangen. Eine etwas ungebräuchliche Art von Frühpensionierung bei vollen Bezügen. Jetzt braucht er sich nicht nur die Ferien durch Nachhilfeunterricht, jetzt braucht er sich auch die Schul- und Unterrichtszeit nicht mehr durch Dienst und Unterricht »versauen« zu lassen, wie er sich bekanntlich ausgedrückt hat. Jetzt kann er schon am frühen Morgen ins Gänsehäufel gehen. Vielleicht wird er sich neue Freunde und einen neuen Stammtisch suchen müssen, denn die alten Stammtischbrüder werden ihm seinen Fehltritt wohl doch übel nehmen, noch dazu, wo einer der Stammtischbrüder und Tarockpartner, nämlich der Vater des »verführten« Mädchens direkt betroffen war. Der Nebenkläger wird nicht, als wäre nichts geschehen, weiterhin neben dem Angeklagten auf der Bank sitzen und mit ihm als Tarockpartner zusammenspielen wollen, nach allem, was sich abgespielt hat, wird wohl jetzt ausgespielt sein. Obwohl man sich über die Versöhnungsfähigkeit und die Bereitschaft zum Verzeihen gerade in Wien keine zu engen Vorstellungen und Sorgen machen muß. Und wenn einer bittet: Seien wir wieder gut!, dann ist auch schon mancher schwer Beleidigte »wieder gut« geworden und gewesen. Das Versöhnen ist dann immer wieder ein Fest, ein rührseliges. Vor allem Leute, die wie der Ürdinger gern trinken, zerstreiten und versöhnen sich gerne.

Ich brauche keinen Streit und keine Versöhnung, sagte Ürdinger, ich trinke aus freien Stücken, unabhängig, uneigennützig, unbeeindruckt und unbeeinflußt von den Appellen des Gesundheitsministers, damit ihr es wißt!

Wir wissen es, sagte Deuth. Wenn ich aber an jene denke, die sich, wie um sich versöhnen zu können, von Zeit zu Zeit streiten und entzweien, dann denkt der Lateiner und Fromme in mir an den großen Hymnus der Kirche am Karsamstag: O felix culpa, das heißt: »Oh glückliche Schuld!« Vielleicht ist das an einem Stammtisch ein wenig hoch gegriffen, denn in diesem großartigen Gesang wird

die Schuld der Stammeltern gepriesen, weil sie zur Erlösung durch Christus geführt hat … Was aber die Versöhnung von Stammtischbrüdern betrifft, muß ich gern an den Witz denken, den mir einmal eine Kundschaft an der Tierkörperverwertung draußen erzählt hat. Die Witze dieses Mannes, von denen ich mir fast täglich einen anhören mußte, begannen oft mit: Da sagt ein Fleischhauer zu seiner Frau … Oder: Da sagt ein Briefträger zum Herrn Maier … Damals also sagte der Witzbold Folgendes: »Da sagt der Fritz zum Karli: Sind wir wieder gut! Darauf Karli: Aber das sage ich dir, wenn du mir noch einmal ein Auge ausschlägst, dann schaue ich dich nicht mehr an!« Akademiker mit einem ausgeprägten Langzeitgedächtnis tun sich mit dem Versöhnen vielleicht schwerer als Sandler, Land- oder Stadtstreicher. Um den lateinischen Nachhilfelehrer mache ich mir trotzdem keine Sorgen. Vielleicht gründet er einen Nudistenstammtisch.
Im Wirtshaus werden sich die Stammtischbrüder eines Nudistenstammtisches aber wohl auch anziehen müssen, sagte Blumauer.
Ja, warm anziehen, sagte Ürdinger, sonst stellen ihnen sittenstrenge Briefträgerinnen wie jene in England, von der mir mein »Computerneffe« die Internetmeldung gebracht hat, keine Post zu. Und die Ansichtskarten mit den Nackten aus allen möglichen Museen vom Prado bis zum Louvre und der National Gallery, die die Nudisten an ihren Stammtisch schreiben, werden womöglich gar nicht zugestellt und fallen der Zensur anheim.
Die Zeiten sind Gott sei Dank vorbei, sagte Blumauer. Heute kannst du sogar Schiele schicken, und keiner verdreht die Augen und zuckt mit der Wimper, nicht einmal

der Martin Humer in St. Marienkirchen an der Polsenz, der als »Pornojäger« berühmt oder auch berüchtigt wurde.
Deuth autem dixit: Ein angezogener oder gar ein fein gekleideter Nudist ist eigentlich eine contradictio in adiecto, ein »Widerspruch« in sich. Ich gehe gern in die Sauna nach Ried, bin aber kein Nudist oder FKK-Bader. Du, Franz, sagte Deuth zu Blumauer, fährst ja sicher nach Linz in die Sauna, weil die dort »gemischt« ist? Was soll's, der Mensch ist und bleibt ein widersprüchliches Wesen. Schaut, Kameraden, ein rührendes Denkmal dieser Widersprüchlichkeit ist zum Beispiel der Wandschrank des Sparvereins dort drüben in der Ecke neben Tisch 4 mit den vielen kleinen Fächern und Schlitzen wie an einem Bienenhaus, in die die Sparvereinsmitglieder mit einem an einer Schnur hängenden Hölzchen ihre Geldscheine in ihre Fächer drücken. Dann kommt der Sparvereinspräsident mit seinen Vorstandskollegen und leert die Fächer und bringt das Geld in ein Geldinstitut, wo es eigentlich hingehört, wenn es leider auch wenig Zinsen bringt, weil die Banken ja vor allem ihre Generaldirektoren bezahlen und, wenn wieder einmal einer wegen Unregelmäßigkeiten entlassen wird, mit Millionen abfertigen müssen … Aber das ist eine eigene Geschichte. Der Widerspruch bei den kleinen Sparern des Sparvereins liegt darin, daß sie bei ihren Zusammenkünften und Sparvereinsauszahlungen gar nicht sparsam sind und rauschende Feste feiern und einen draufhauen und oft mehr verprassen, als sie das Jahr über eingeworfen haben.
Recht haben sie, sagte Ürdinger. Man lebt nur einmal. Umsonst ist nur der Tod, und der kostet das Leben! Prost Extrapost!, sagte er und prostete mit seinem Riedkerdinger den Confratres zu!

Blumauer sagte: Es gibt die unterschiedlichsten Motive, warum ein Mann oder neuerdings auch eine Frau das traute Heim verläßt und sich mit anderen in einem Club oder einem Café oder einem Wirtshaus trifft. Sie wollen alle der Einsamkeit entgehen. Darum geht es letztlich und im Grunde, wie immer die Runden an den viereckigen Tischen sich nennen. Die feinen Leute haben ihre feinen Zirkel und Separees und Extrazimmer und machen die Türen zu … Séancen finden unter Ausschluß der Öffentlichkeit statt. Und Männerbünde sitzen wie die Ritter der Tafelrunde um den König Arthur gern an runden Tischen. Das Urbild der Abendmahlgesellschaft hat Leonardo da Vinci an die Wand der Marienkirche in Mailand gemalt, wenn er auch aus kompositorischen Gründen und um alle Apostel en face oder wenigstens im Profil zcigen zu können, eine Seite des Tisches frei und unbesetzt gelassen hat. So dürfen sich die andächtigen Betrachter, die davor stehen, auch zu den Auserwählten zählen. Inzwischen darf man sich ja wirklich glücklich schätzen, wenn man als Tourist in die Kirche hineingelassen wird. Das geht nur nach Voranmeldung. Und langes Verweilen und Betrachten ist leider auch nicht möglich und erlaubt, wie ich von einem Gewerkschaftsausflug nach Mailand weiß.
Die Fürsten, Franz, haben aber, wie Shakespeare schreibt, »seltsame Humore«, also ihre eigene Art. Dort sagt sicher keiner zu einem anderen, der ein wenig unglücklich am Eck zu sitzen kommt: Kriegst eine böse Schwiegermutter …
Gibt es eigentlich den legendären Club 47 im ersten Stock über dem Café Demel in Wien noch?, fragte Deuth.
Daß du einmal etwas nicht weißt, Karl. Wohin sollen wir das denn schreiben? Vielleicht bringe ich es in meinem

Bestseller unter. Der Club, den du meinst, heißt aber *Club 45*, der *Club 47* heißt *Gruppe 47* und ist längst Geschichte. Dort haben sich die Bestsellerautoren getroffen. Natürlich gibt es den Club 45 noch oder wieder, es ist ja gleich geblieben: Ihr da oben, wir hier unten! Wenn natürlich auch schon Hausherren gestorben sind, wie man in Wien sagt, wie schon gesagt. Vor allem der Boss von damals, der österreichische »Meister im Schifferlversenken«, wie sie ihn genannt haben, ist tot, im Gefängnis gestorben. Immer wollen sich die Menschen von ihren Mitmenschen absetzen. Einige sind feiner, andere tun nur feiner. Menschen sind sie alle, nur Menschen, die Mitglieder des Sparvereins »Die Emsigen« im Vorstadtbeisel geradeso wie die Nobelpreisträger bei ihrem Stammtisch auf der Insel Mainau.

Wie viele Vereine und Verbindungen sind nicht auch schon verschwunden! Sie sind mit der Zeit *gegangen*. Sie sind mit der Zeit *gegangen*, weil sie nicht mit der *Zeit* gegangen sind … Sie wurden von der Zeit überrollt, sagte Deuth. Und wenn du heute einen jungen Munderfinger fragst, ob er weiß, wozu das kleine Gebäude neben der Kegelbahn hinter dem Wirtshaus Kallinger gebaut ist, wird er dir die Antwort schuldig bleiben müssen. *Wir* wissen noch, daß das eine Anlage der sogenannten »Kühlhausgemeinschaft Kolming« gewesen ist, ein Kühlhaus einer Genossenschaft, deren Genossenschafter dort ihre Kühltruhen, eigentlich Kühlräume gehabt haben. Wie es »Maschinenringe« und »Druschgenossenschaften« gegeben hat, hat es eben auch »Kühlhausgemeinschaften« gegeben. Ich weiß noch und habe gut in Erinnerung, wie die Bauern und Beuntler, die Groß- und Kleinhäusler, dieses Kühlhaus in Eigenregie mit Robotleistung errichtet haben. Heute hat natürlich längst jeder Haushalt seine eigene Kühltruhe im Keller und die Hausfrau und Köchin braucht nicht mehr aus dem Haus zu gehen, wenn sie die Schnitzel zum Braten holen will. Aber rationell war das alte Kühlhaus. Aber heute, wo es Atomstrom in Hülle und Fülle gibt, kümmert das ja niemanden mehr. Die Kühlhausgemeinschaft hat sich beim Kallinger-Wirt natürlich nicht nur einmal im Jahr bei der Generalversammlung getroffen, wenn der Kassier dem Vorstand die Stromrechnung vorgelegt und den Betrag auf die Genossenschafter umgelegt und aufgeteilt hat, sie haben sich auch sonst während des Jahres öfter versammelt, um sich »auszutauschen«, wie man heute sagt, um sich zu unterhalten, wie man früher gesagt hat. Sogar getanzt haben die »Kühlhäusler«, wie sie genannt wurden, bei ihren Meetings! Sie hatten auch einen eigenen Gruß. So wie sich die Fischer mit »Petri Heil!« begrüßen, haben sie sich mit »Wärm dich kühl!« begrüßt! Und der Gegrüßte erwiderte: »Kühl dich warm!« Die »Kühlhäusler« einer anderen Gemeinschaft, jener in Stocker, haben sich mit »Kalt-warm!« begrüßt!

Wenn und weil wir schon von Vereinen und Gemeinschaften auf dem Land reden, sagte Blumauer: Wer zählt die Völkerballer, kennt die Namen, die festlich hier zusammen kamen …

Bravo, sagte Deuth, »Die Kraniche des Ibykus«! Respekt, Respekt! Den Schiller, den Friedrich hätte ich dem Franz aber wirklich nicht zugetraut!

In jedem Dorf, fuhr Blumauer unbeeindruckt fort, wurde hinter einem Bauernhaus von der Jugend nach Feierabend »Völkerball« oder auch »Eins, zwei, drei, Abschlagen« gespielt. Ich weiß nicht, wo die jungen Leute heute sich aufhalten, wahrscheinlich vor dem Fernseher oder wie dein »Computerneffe«, Ferdinand, am Internet beim Chatten, Skypen und Twittern, im Facebook oder wie das neumodische Zeug heißt. Ein paar Jünglinge sieht man auf dem Fußballplatz, aber bei lustigen Völkerballschlachten sieht man die jungen Leute heute nicht mehr.

Völkerball war halt unsere Möglichkeit, die Mädchen zu treffen. Heute treffen die Buben und Burschen die Mädchen ganz woanders und ganz anders als wir. Heute braucht keiner mehr Völkerball spielen, um ein Mädchen »abzuschießen«, wie wir es bezeichnet haben, wenn wir mit einem scharfen, gezielten Schuß einen Mitspieler oder eine Mitspielerin des gegnerischen »Volkes« aus dem Spiel geschossen haben, daß sie »hinausgehen« haben müssen.

Wenn ihr euch schon so sehr der Trauer über das Verschwinden alter Gemeinschaften und Bräuche hingebt, dann will auch ich nicht zurückstehen und ein kurzes Abschiedslied in Moll auf die Innviertler Zechen anstimmen, sagte Ürdinger. Es war von altersher im Innviertel und in Innbayern Brauch, daß sich die jungen Männer zu sogenannten Zechen zusammengeschlossen haben.

Brauch ja, sagte Blumauer, aber auch Mißbrauch. Denn was die Zechen betrifft, so waren sie am Schluß nicht so sehr ordentliche Jungmännerbünde, sondern Räuberbanden. Sie waren berüchtigt wegen der Raufhändel, die sie in den Innviertler Wirtshäusern veranstaltet haben. Sie haben, wie jedermann weiß, auch die jungen Mädchen im Dorf eingeteilt und sich zugeteilt. Und wenn einer von einer auswärtigen Zeche ein Mädchen zum Tanzboden geführt hat, von dem die einheimischen Zechenbrüder gemeint haben, es gehöre ihnen und nur ihnen, dann war schnell ein Streit vom Zaun gebrochen, und es wurde gekämpft und geschlagen und gedroschen, und oft leider auch mit Schlagringen. Ich brauche euch als gelernte Innviertler ja nicht an die Prozesse erinnern, die in Ried und Braunau auf den Bezirksgerichten in Fortsetzung des Kampfes mit anderen, juristischen Mitteln geführt wurden. Für die Innviertler Rechtsanwälte waren die Zechen natürlich ein gutes Geschäft. Die besonders berüchtigte Zeche von Kopfing im Sauwald hat sich richtiggehend einen Hausjuristen gehalten und mit genug Arbeit versorgt. Jedes Wochenende gab es Catching and Fighting and Wrestling!

Du übertreibst, Franz, sagte Ürdinger. Du warst ja im Gegensatz zu mir nie bei einer Zeche. Dazu bist du zu weich, nimm es mir nicht übel. Lassen wir also die Zechen sein, es gibt sie ja nicht mehr oder nicht mehr so, wie wir sie in Erinnerung haben. Aber ein weiteres und abschließendes Liedlein des Bedauerns in Moll über das Verschwinden der Kegelbahnen und der Kegelscheiber muß noch angestimmt werden. Die Kegelscheiber auf den guten alten, den sogenannten »deutschen« Kegelbahnen mit dem Laden und dem Kegeltisch und der Rückrollrinne an der rechten, mit Brettern oder Latten vernagelten Außenwand der Kegelbahn gibt es nicht mehr. Die wenigen übrig gebliebenen Bahnen benützen die Wirte heute als Depots zur Lagerung der Brauereitische und Bänke für den Gastgarten. Einige Kegelbahnen sind auch abgerissen worden. Holzhändler haben den Wirten das wertvolle, jahrhundertealte Lärchenholz abgekauft, und darauf spezialisierte Tischler haben daraus alte Kredenzen,

Eckschränke und anderes »antikes« Mobiliar hergestellt, das reißenden Absatz findet. Gerade stand ja auch in den Zeitungen, daß in Nöring in Oberkärnten die Rückwand eines alten Stadels aus Lärchenholz gestohlen, das heißt nachts abmontiert und heimlich weggebracht wurde. Eine »Ostbande« wird hinter der Untat vermutet … Der Versuchung, mit der Kegelbahn »abzufahren« und damit viel Cash zu machen, sind auch manche Wirte erlegen. Stattdessen haben einige von ihnen sogenannte amerikanische Bowlingbahnen errichtet, auf denen riesige runde Kugeln mit zwei Löchern für den Daumen und den Mittelfinger auf Asphalt in Richtung der Kegel bewegt werden, die an einer Schnur hängen und automatisch aufgestellt werden. Die Kugel ist, wie gesagt, rund und nicht wie die Kugeln der altdeutschen Kegelbahn gewuchtet, mit der Möglichkeit, über die sogenannte »Scheibm« oder die »Pumpern« zu schieben. An diesen Bowlingbahnen kann sich kein Kegelbub mehr mit dem Aufstellen der Kegel ein Geld verdienen, das beim Erreichen der sogenannten »Sau« oder des »Kranzels« fällig geworden ist. Für mich waren, ich gebe es zu, die früheren Kegelbahnen in Bradirn und Pfaffing eine große Versuchung, und ich bin dieser Versuchung manchmal erlegen. Ich habe mich extra mit dem Austragen besonders beeilt, daß ich auf einer der Bahnen, an denen ich vorbeigekommen bin, ein paar Schanzen mitscheiben hab können. Im Winter habe ich mich gern ein wenig bei den Eisschützen eingefunden und mit ihnen einige Schanzen ausgespielt und auch von ihrem »Zielwasser«, dem Schnaps, dem sauhäutenen, den einer der Bauernschützen, der »Landschützen«, mitgebracht hatte, zu mir genommen … Das hat, postalisch gesehen, weniger

Schwierigkeiten gemacht, weil der Postfluß, wie ihr wißt, im Winter sehr dünn war, wie eingefroren. Damals lag ja alles, nicht nur der Postfuchs, im Winterschlaf, und die Bauern hatten einen sogenannten »Bauernfeiertag« nach dem anderen. Die merkwürdigsten Heiligen im Kalender wie Basilius, Makarius und Severin wurden seinerzeit durch Nichtstun im Winterhalbjahr geehrt. Oder, wenn ich ein wenig gekegelt oder ein bißchen Eisstock geschossen habe, dann hat eben einer der Bauern hinten im Kobernaußen seinen »Bauern«, die Zeitung der Landwirtschaftskammer, eine Stunde später gekriegt. Oder ich hab dem Bauern den »Bauer« am nächsten Tag zugestellt. Da hat sich nie einer beschwert.

Kegelclubs wie heute, sagte Ürdinger, hat es damals nicht gegeben, obwohl sich auf den Kegelbahnen natürlich auch immer dieselben Männer und Burschen mit demselben Laster und derselben Spielleidenschaft eingefunden haben. Mich haben die Partien in Bradirn und Pfaffing als »vorübergehenden« Mitspieler akzeptiert, sonst haben sie natürlich mit x-Beliebigen, die vorbeigeschaut haben und mitmachen wollten, keine Freude gehabt. Kegeln kann man bekanntlich individualistisch, jeder für sich, oder sozial und mannschaftsmäßig, drei gegen drei oder vier gegen vier. Meistens waren die Hereingeschneiten zu schlecht oder zu gut, jedenfalls brachten sie Unruhe in den geregelten Kegelbetrieb. Verpönt waren auch die, denen man ansah, daß sie aufs Gewinnen, das heißt aufs Kassieren, aus waren. Auf einigen Kegelbahnen wurde freilich so hoch gespielt, daß ein armer Briefträger keine Chance hatte, mitzumischen. Da hätte ich mich auch nicht getraut, mitzumachen. Komm nur, Ürdinger, hat einmal

ein protziger Bauer zu mir gesagt, heut hast du ja die Rentengelder in der Tasche! Leck mich am Arsch!, habe ich da dem Lackel ein wenig unfein erwidert.
Es geht alles vorüber, sagte Deuth, es geht alles vorbei! Leider auch unser Stammtisch, für heute jedenfalls. Das Alte ist vergangen, Neues bricht an. Auf alle Fälle kann der Franz Blumauer jetzt loslegen und endlich seinen Bestseller schreiben. Meinen Beitrag zum Gelingen dieses Jahrhundertunternehmens habe ich mit der Verlesung des Protokolls der Amtsrätin Isolde G. heute geleistet. Es gibt keine Ausreden mehr. Ich hoffe auch, daß uns Blumauer demnächst Kapitel um Kapitel des »in statu nascendi« befindlichen Bestsellers vorlesen wird, das nächste Mal hoffentlich wenigstens den ersten Einleitungssatz, von dem er heute gesprochen hat.
Dann bitte ich mir aber Aufmerksamkeit und Andacht aus, sagte Blumauer, und keine Zwischenreden. Dem Rentner Deuth fällt das Reden bekanntlich leichter als das Zuhören. Das Reden geht ihm leicht von der Hand.
Und dem Ürdinger geht das Bier leicht zum Mund, sagte Deuth.
Ich bin ein stiller Zecher, sagte Ürdinger.

Stammtisch 26

28 Vereine, sagt mir der Bürgermeister, sagte Karl Deuth beim Stammtisch beim Kirchenwirt in Munderfing zu seinen Kollegen, 28 Vereine sind bei der Vereinsbehörde der Bezirkshauptmannschaft in Ried im Innkreis aus Munderfing gemeldet. Ich habe ihn neulich gefragt, weil mir nach unserem letzten Diskurs noch einiges unklar geblieben ist. Viele Vereine sind natürlich überregional wie der Tierschutzverein oder der ARBÖ oder der ÖAMTC, davon gibt es in Munderfing nur Sektionen und Filialen. Aber einige Vereine sind ausschließlich hier zu finden, sind Eigenbau und ortsspezifisch. Oder es gibt sie ähnlich auch anderswo, aber nicht unter einem gemeinsamen Dach und einer überregionalen Führung. Und es gibt nur ganz wenige Orts- oder Gemeindebewohner, die nicht mindestens bei drei Vereinen Mitglied sind, aktives Mitglied, zahlendes Mitglied oder Ehrenmitglied. Es gibt viele Stufen der Mitgliedschaft, sagt der Bürgermeister.
Und einen Verein der Vereinslosen gibt es nicht?, fragte Blumauer.
Es gibt durchaus Individualisten, die nirgends mitmachen und alle Mitbürger, die irgendwo vereinsmäßig organisiert sind, für Vereinsmeier und Gschaftlhuber halten. Vor allem die Zugezogenen aus den Städten mit ihren Zweitwohnsitzen sind sehr abstinent. Wie es bei den Türken ist, sagt der Bürgermeister, weiß er selbst nicht. Organisiert sind die Unorganisierten nicht. Auch von einem Singleclub oder einem Verein der einsamen Herzen weiß der Ortschef nichts. Nur wenn es brennt, sind doch auch die Vereinsverächter froh, wenn die Mitglieder der Freiwilli-

gen Feuerwehr ausrücken und Gemeinschaftssinn zeigen. Und wenn im Sommer am Sonntagvormittag die Sonne scheint, hören sie der Blasmusik auch ganz gern einmal zu.
Das Vereinswesen ist in Bewegung geraten, sagte Ürdinger. Ich war zum Beispiel jahrelang Mitglied im »Schaubverein«.
Was soll denn das sein?, fragte Blumauer. »Schaubverein« habe ich noch nie gehört.
Siehst du, sagte Ürdinger, jetzt lernst du wieder was dazu. Der Karl weiß natürlich, um welchen Verein es sich handelt?
Das will ich meinen, wenn ich doch selbst Mitglied im »Ziegelverein« gewesen bin, sagte Deuth.
Jetzt wird's immer schöner, sagte Blumauer. »Ziegelverein«? Habt ihr da nach fernöstlicher »Taekwondo«-Manier Mauerziegel mit der Handkante zertrümmert oder habt's ihr Ziegelweitwurf praktiziert? Strange, very strange indeed! Wenn unser Nebenerwerbslandwirt und Berufstrinker Ferdinand Ürdinger Mitglied des Ziegelvereins gewesen wäre, dann wüßte ich oder könnte mir denken, was das für ein Verein gewesen sein könnte: Schließlich sagen die Landsleute »Ziegel« zum Rausch … Und wenn die Maurer am Bau nach dem »nassen Ziegel« rufen, dann ist damit der Mostkrug gemeint …
Der »Ziegelverein«, lieber Franz, war der Nachfolgeverein des »Schaubvereins«, in den der Ferdinand eingetreten ist, sagte Deuth. Beide Vereine waren Selbsthilfevereine, deren Mitglieder sich wie Genossenschafter oder Konsorten im Katastrophenfall, im Wesentlichen bei Brandkatastrophen, gegenseitig ausgeholfen haben. Der Verein hat

die Ziegel für den Wiederaufbau oder früher die Dachschaub für ein neues Strohdach beigesteuert.
Obwohl ich, modern wie ich schon immer war, ein Ziegeldach auf meinem Haus hatte, war ich beim Schaubverein, sagte Ürdinger schmunzelnd …
Nomina ante res, sagte Deuth, wenn ihr wißt, was ich meine. Nicht gelungen ist mir, trotz wiederholter Offensiven, euch hartgesottene Verweigerer für den Philatelistenverein St.Gabriel zu werben, dessen Vorsitzender und einziges Mitglied der Gilde Munderfing vor euch sitzt. Der Erzengel Gabriel ist bekanntlich der Patron der Post und der Philatelisten, und der nach ihm benannte Verein veranstaltet jährlich große Briefmarkenausstellungen von Sonderbriefmarken mit christlichen Motiven aus aller Welt. Ein Versuch, euch im Jahr 95 zu einem Ausflug nach St. Gabriel in Mödling bei Wien zu bewegen, ist gescheitert. Du, Ferdinand, hast gefragt, ob es dort auch eine Brauerei zu besichtigen gibt, und dir, dear Frank, war die Destination zu fromm. Wie oft sind meine Bekehrungsversuche an euch gescheitert. Ich als praktizierender Kathole habe da manche Abfuhr und manche Wunde erlitten.
Ein weltanschaulich mir verwandter Briefträgerkollege hat mir einmal erzählt, daß er seinem Pfarrer in vielem behilflich war, daß der Pfarrer aber allmählich übertriebene Ansprüche an ihn gestellt hat. So hätte er ihm zugemutet, er soll als Briefträger doch auch das Pfarrblatt mitnehmen und in seinem Rayon verteilen, gratis und portofrei. Herr Pfarrer, das geht nicht, hat er zum Pfarrer gesagt, das bringt mich doch in Konflikt mit dem Gesetz, ich bin doch bei der Post angestellt und kein Pastoralassi-

stent. Ich bin bei der Post und nicht beim Papst unter Vertrag. Womöglich soll ich auch noch die Elisabethsammlung der Caritas im August durchführen und Geld für die Dritte Welt sammeln, daß mir die Rentengelder und die Spendengelder durcheinanderkommen … Führen Sie mich nicht in Versuchung, Herr Pfarrer. Erlöse mich von dem Übel! Ich bin Brieftrager im Hauptberuf und nicht Apostolatshelfer! Oder Sonderbeauftragter des Vatikans, was er aber ganz gern wäre, hat er zu seinem Pfarrer gesagt, wenn dieser sich dafür verwenden will … Für Katholiken, Postenthusiasten und Mitglieder des St. Gabriel Philatelistenverbandes ist der Vatikan natürlich eine besondere Adresse. Wenn der Heilige Vater als Staatsoberhaupt des Vatikanstaates nicht seine weltweit gefragten Briefmarken hätte, müßten die Diözesen der Weltkirche öfter als einmal im Jahr den »Peterspfenning« nach Rom schicken … Die Briefmarken des Papstes sind sehr beliebt, beliebter als manche »Enzyklika«, also mancher »Rundbrief«. Die Briefmarken sind oft beliebter als die abgebildeten Päpste … Und an Motiven für die Sondermarken hat der Papst auch keinen Mangel, wenn man an die Vatikanischen Museen, die Paläste und die Stanzen und vor allem an die Vatikanischen Gärten und seinen Sommersitz Castel Gandolfo am Albanersee denkt. Die Post ist für den Papst ein Segen!

Mir fehlen auf den Briefmarken des Vatikans die schönen Frauen, sagte Blumauer.

Ja, sagte Deuth, eine Nackte wie die auf der österreichischen 55-Cent-Sondermarke nach einem Bild der Dina Larot, gegen die aber nichts zu sagen ist, weil sie Geschmack hat, oder eine solche Marke wie die mit der

Venus von Willendorf mit der enormen Oberweite, dem enormen Nennwert von 325 Cent, also drei Euro fünfundzwanzig Cent, aus Anlaß des Hundertjahrjubiläums ihrer Auffindung im Jahr 2006 hat der Vatikan nicht. Aber statt Dina Larot Raffaelo Santi. Und der hat bekanntlich die schönsten Madonnen und auch sehr gut proportionierte weibliche Heilige gemalt.

Übrigens, Franz, für dich, den Frauenversteher, habe ich von meinem Schwager aus Weibern, genaugenommen aus Pesendorf, dem früheren Pledi, eine Mitteilung bekommen, die ich dir nicht vorenthalten möchte, weil sie wunderbar zu unserem Thema »denkwürdige Vereine« und eben zu dir mit deinen besonderen feministischen Interessen paßt, die wir ja bald, wenn dein Erotikon abgeschlossen sein wird, noch genauer kennen werden. Schwager Erich schreibt mir also, es habe sich im benachbarten Pichl bei Wels eine Gruppe Frauen zusammengefunden und einen Verein mit dem Vereinsnamen »Weiberroas« gebildet. Schwager Erich, ein literarischer Feinspitz, schreibt »konstituiert«. Vereinszweck der »Weiberroas« sei, für ihre Mitglieder – vorwiegend Frauen der Spezies »fünfzig plus« – regelmäßige wöchentliche Wanderungen oder auch Radpartien zu organisieren. Eine der ersten größeren Ausfahrten der »lustigen Weiber von Pichl«, wie sie sich selbstironisch nennen, hat sinnigerweise 15 Kilometer den Innbach aufwärts nach Weibern geführt, wo man sich im Gasthaus Roitinger für die Rückfahrt gestärkt hat. Die Frauen kommen aus allen gesellschaftlichen Schichten. Mein Schwager schreibt: »Sie rekrutieren sich sozial diversifiziert.« Es gibt unter ihnen pensionierte Sekretärinnen, Friseurinnen, Verkäuferinnen, auch eine

Wirtin, die Witwe nach einem Schlachthofbesitzer… Präsidentin des Clubs sei die Frau eines Tischlers. Da viele Frauen der »Weiberroas« nicht – oder vor allem nicht mehr – verheiratet sind, weil ihre Männer gestorben sind – »Da deren Männer das Zeitliche gesegnet haben«, so Erich –, ist der Kreis natürlicherweise exklusiv weiblich. Das bedeutet aber nicht, daß sich nicht hin und wieder auch ein Mann der Reisegruppe »Weiberroas« anschließen könne. Da könntest du, Franz, vielleicht einmal als »kooptiertes Mitglied« oder auch als »Auskunftsperson« mitgehen… Die »Lizenz für Männer« bedeutet aber nicht, daß irgendein Gedanke an »Partnerschaftsstiftung«, so Erich – also Heiratsvermittlung –, vorgesehen sei. Anbahnung von Anbandelung ist keinesfalls Vereinszweck. »Die Pichler Frauen genügen sich selbst«, formuliert Erich, sind halt »lustige Witwen«. Die »Weiber« der »Weiberroas« tragen natürlich keine Uniform oder »uniformes Outfit«, so Erich, haben aber doch alle ähnliche Tücher, in die sie nach Art der früher bei Wanderungen oder Wallfahrten üblichen »Bschoadpinkerl« (Bescheidpinkerl), setzt Erich in seinem Schreiben zur Erklärung in Klammern hinzu, ihren Reiseproviant wickeln, den sie vor Antritt der Reise daheim selbst zubereiten oder in einer der beiden verbliebenen Gemischtwarenhandlungen kaufen. Weniger Wurstsemmeln als vielmehr Obst, da gesunde Ernährung »innerhalb ihrer Interessen« liegt, wie Erich schreibt. Einige »Weiber« tragen einheitliche bunte Rucksäcke in Signalfarben, damit sie im Verkehr gesehen werden, »um sich keiner verkehrsbedingten Gefährdung auszusetzen«, wie Erich formuliert. Was das Gehen selbst betrifft, so veranstalten die Frauen spezielle

Wanderungen, »deren Tempo eher einem Schlendern entspricht«, aber auch Termine für das sogenannte »Nordic Walking« stehen auf dem Programm, für das sie sich bei »Intersport« in der Bezirkshauptstadt Wels, wo eine Vereinsmitgliedin beschäftigt gewesen ist und darum für ihre Kolleginnen von der »Weiberroas« Prozente erstritten und gesichert hat, »die entsprechenden Stöcke zu besorgen gewußt haben«, laut Erich. Diese Stöcke zeigen einheitlich die Vereinsfarbe Pink. Das Tempo der »Reisen«, der Fußmärsche der »Weiberroas« richtet sich natürlich nach den Möglichkeiten der älteren Mitgeherinnen. Die Routenplanerin achtet auch immer darauf, daß möglichst günstige »Stationen« und Rastplätze am Weg liegen, wo gewisse Bedürfnisse, die naturgemäß gerade bei älteren Menschen dringlich sind, befriedigt werden können. Die freie Natur macht freilich vieles leichter und unkompliziert, wie überhaupt Schamhaftigkeit, auch bei den Gesprächen, nicht übertrieben wird. Man oder nein, diesmal wirklich *frau*, praktiziert genau das, was man nach der alten Wallfahrerterminologie »Stationenbeten« nennt. Auch ausgesprochene Wallfahrten auf dem Jakobsweg zu den Filialkirchen St. Jakob am Irrach und St. Valentin im Sulzbachtal stehen am Patroziniumstag und am Valentinstag auf dem Programm. Meinem Schwager in Weibern/Pesendorf macht die Pichler »Weiberroas« offenbar großen Eindruck. Er schreibt, daß ihm daran gefällt, daß sich die Pichlerinnen am Ursprünglichen der Idee der »Weiberroas« orientieren, und nicht wie in anderen Gemeinden, wo von sogenannten Kopftuch- und Goldhaubengruppen »legendäre Weiberroaspartys« und entsprechende »Events« mit »Showeinlagen, Musik zum Tanzen und Abfeiern« veranstaltet werden, wo also vom Gehen oder Wandern und einer »Roas« keine Rede mehr ist und der ehrwürdige alte Name für unwürdige neumodische Spektakel mißbräuchlich verwendet wird und herhalten muß. Er hat auch seine Frau, meine Schwester, ermuntert, in Weibern selbst einen solchen Verein nach Pichler Vorbild zu gründen, und mich gebeten, auf meine Schwester »dahingehend einzuwirken«. Sie will davon aber nichts wissen und hat mir am Telephon gesagt: Karl, dein Schwager geht mit einer blöden Idee schwanger. Ich weiß nicht, warum er mich so gern mit anderen Weibern aus Weibern auf Weiberroas schicken möchte… Sie bezweifelt stark, hat sie gesagt, daß ihr Mann wirklich nur ihre Gesundheit im Auge hat, wie er behauptet, und die Liebe zum Brauchtum.

Als Ferdinand Ürdinger die Kellnerin herbeiwinkte, um noch ein Riedkerdinger zu bestellen, sagte er zu ihr: Nun, Resi, wirst du dich auch einmal an einer »Weiberroas« beteiligen, wenn es in Munderfing damit losgeht?

Ach, hört mir auf mit der »Weiberroas«, sagte die Kellnerin. Eine Kellnerin, sagte sie, rennt am Tag schon durchschnittlich acht Kilometer im Lokal herum, von den Tischen zur Schank und von der Küche zu den Gästen. Ich bin hier im Wirtshaus dauernd auf »Weiberroas«. Die Gäste halten mich auf Trab und sind meine Schrittmacher. Resi hier, Resi da! Und das haben sie auch herausgefunden, daß wir armen Kellnerinnen in so altmodischen Wirtshäusern wie in diesem, wo geraucht wird, am Tag das Nikotin von zehn Zigaretten inhalieren, auch wenn wir selbst nicht rauchen. Wir Kellnerinnen sind Sklavinnen und die Gäste sind Sklaventreiber. Mit euch alten Brief-

tragern bin ich ja nicht unzufrieden, wenn ich von deinen Virginiern einmal absehe … Ihr habt selber ein Leben lang parieren müssen und seid pflegeleichte Gäste. Euch bring ich das Bier und die Bierwärmer, die Debreziner und die Weißwurst und dann hat sich's. Aber es gibt auch andere Gäste. Vor allem auch solche, die die Kellnerin für eine Hostess halten, um's milde auszudrücken. Ich höre immer, daß der schöne Franz ein Buch schreiben will. Warum, lieber Franz, schreibst du nicht einmal ein Buch über uns Kellnerinnen? Dann kannst du mich fragen und bist nicht auf den Deuth Karl angewiesen.
Oh, danke, wenn mit dem »schönen Franz« ich gemeint sein soll, sagte Blumauer. Und danke für das freundliche Angebot, auf das ich gerne bei Gelegenheit zurückkommen werde. Setzen wir uns doch einmal zusammen!
Setzen!, sagte die Kellnerin und lachte, damit wir uns verstehen! Setzen, nicht legen …
Wir werden uns schon verständigen und verstehen, sagte Blumauer und machte zwinkernd den charmanten Briefträger.
Hast ein Augenleiden?, fragte Deuth. Apropos Roman, sagte Deuth, als sich die Kellnerin entfernte. Wann können wir denn endlich mit der ersten Dichterlesung aus dem Erotikon über den lateinischen Nachhilfelehrer rechnen? Du solltest es nicht zu lange hinausschieben, lieber Franz. Denk daran, ein Stammtisch von Pensionisten ist immer auch eine Art von »Sterbeverein«. Wir sind nur Gast auf Erden und gehn mit mancherlei Beschwerden der letzten Heimat zu … Wir sind nicht nur beim Kirchenwirt, sondern auch auf der Erde nur Gast … Laufkundschaft … Wir befinden uns auf einer »Roas« und sind leider oder

Gott sei Dank schon nahe am Ziel. Am Punkt Omega. Ich habe mich neulich hingesetzt und meine Schwermut wegen dieses deprimierenden Sachverhalts mit einem Gedicht nach der Art des Liedes »Zehn kleine Negerlein« zu bekämpfen versucht. Ich habe es mir ein bißchen erleichtert und habe bei fünf angefangen: Fünf kleine Rentnerlein, … Aber dieses Gedicht, das ich mir gegen meine prosaische Natur abgerungen habe, lese ich euch ein anderes Mal vor …

Ich, Franz Blumauer, verspreche hoch und heilig, das nächste Mal mindestens den ersten Satz meines Bestsellers zu Gehör zu bringen.

Dann können wir ja beruhigt die Heimreise antreten, sagte Ürdinger.

Nicht ohne vorher die Zeche bezahlt zu haben, sagte Deuth. Theresia, der Poststammtisch bittet um die Faktura!

Stammtisch 27

Demento, Dementi, sagte Karl Deuth am Stammtisch beim Kirchenwirt in Munderfing, kaum daß sich die Stammtischbrüder gesetzt hatten. Kehre zurück, alles verziehen … Es muß etwas richtiggestellt werden, bevor wir uns dem literarischen Genuß einer Lesung unseres Mitgliedes Franz Blumauer widmen und hingeben können.
Was bedarf des Dementos?, fragte Blumauer. Und was kann so wichtig sein, daß es hinsichtlich meiner Lesung und Rezitation aufschiebende Wirkung hat?
Der arme Franz!, sagte Ürdinger, fiebert seinem Debut entgegen und wird im Sprung gehemmt!
Hilft nichts, sagte Deuth, Mander, es muaß sein! Die Redlichkeit gebietet es. Die Vermutung und Verdächtigung, die wir das vorvorige Mal diskutiert haben oder die ich naiver Zeitungsleser zitiert habe, daß nämlich eine sogenannte »Ostbande« – nach anderer Lesart in einem anderen Printmedium »Ostmafia« – für die ungeheuerliche Demontage einer großen Lärchenholzwand einer Scheune in Nöring mit dem Schätzwert von 40 000 Euro verantwortlich ist, hat sich als falsch erwiesen. Die kuriose Ungeheuerlichkeit haben nicht die bösen Rumänen oder Bulgaren auf dem Gewissen. Vielmehr hat sich erwiesen, daß der Pächter des Stadels ohne Wissen des Besitzers einen rüstigen Rentner und fitten Zimmermann mit dem Abtragen beauftragt und dieser den Auftrag prompt ausgeführt hat. Der Besitzer hat von alldem nichts gewußt und ist wie aus den Wolken gefallen, als er nicht mehr die Bretterwand, sondern das klaffende Loch im Stadl sah, »der Abwesenheit der Wand ansichtig wurde«. »Mit einem

kuriosen Kriminalfall beschäftigt sich derzeit die Polizei in Gmünd in Oberkärnten: Unbekannte Täter haben die ganze Hinterwand eines 300 Jahre alten Stadels in Nöring professionell abgetragen und abtransportiert.« So stand es in der Zeitung. Bis dahin hat ja alles gestimmt oder »gepaßt«, wie die Kärntner gern sagen. Vor allem das »professionell« hat gestimmt, weil der Pächter wie erwähnt einen Profi, einen professionellen, wenn auch pensionierten Zimmermann engagiert hat. Der hat sicher eine Kralle als Werkzeug benutzt und die Holzschrauben und Holznägel fachgerecht herausgewunden und herausgezogen und kein Brett im Hirnholz und am Bart beschädigt und zerschlagen. Die 300-jährigen Lärchenbretter der gestohlenen Hauswand werden sich sicher in der Nähe, vermutlich beim pensionierten Zimmermann finden lassen. Dort hat er sie wahrscheinlich zwischengelagert, um sie dann auf Anordnung des Auftraggebers, des Pächters des Stadels, zu jenem Tischler zu bringen, der sie für 40 000 Euro gekauft hat und zu alten Jogltischen, Bauernstubenvertäfelungen, Eckbänken und Schmucktruhen verarbeiten wird. Der Pächter aber kann sich für einen Bruchteil des Geldes, das er für die alten Lärchenbretter bekommen hat, neue Fichtenholzbretter kaufen und die Wand vom Zimmermann wieder einsetzen lassen. Der wird freilich diesmal keine Holznägel verwenden, sondern Metallschrauben, Sparks und Drahtstifte und Nägel und Dübel. Der Zimmermann hat bei der Demontage »ganze Arbeit« geleistet, er wird auch bei der Reparatur »sein Bestes« geben. Vielleicht ist er eh einer von jenen Kärntner Spezialisten, die die vielen alten Bauernhäuser aus Holz im ganzen Land abgetragen und im Freilichtmuseum von Maria Saal wieder aufgestellt haben, die Scheunen, die Wohnhäuser, die Troadkasten, die Preßhäuser und Bienenhäuser, die Flodermühle und das Venezianergatter, alles, was wir bei unserem Gewerkschaftsausflug – wie auch den Dom mit der »römischen Postkutsche«, die keine Postkutsche, sondern ein Leichenwagen ist – besichtigt und bewundert haben. Was den Kriminalfall in Nöring betrifft, hat er durch die Entdeckung des wahren Sachverhalts natürlich sehr an Unterhaltungswert verloren. Wahrscheinlich machen sie jetzt gar keinen Kriminalfilm fürs Fernsehen daraus, wie es sicher schon geplant war, als noch die »Rumänenbande« und die »Ostmafia« hinter dem Verbrechen vermutet worden ist. Womöglich handelt es sich gar nicht um ein »Verbrechen«, sondern nur ein »Vergehen« oder gar nur um ein Versehen und ein Versäumnis, begangen vom Pächter, der durch den Übereifer des pensionierten Zimmermanns nicht mehr dazugekommen ist, den eigentlichen Besitzer rechtzeitig zu verständigen und zu entschädigen. Vielleicht ist die Geschichte jetzt nur noch unter dem Titel »Die Panne« oder »Kommunikationsdefizite« – oder als satirischer Heimatfilm verwertbar. Die Kriminalisten sprechen ja bei ihren Fällen gern von der »Handschrift« der Verbrecher, wirklich spannend wird es freilich erst, wenn anfangs keine »Handschrift« erkennbar war, das Untypische ist auch das für die Kriminalfilmmacher das Interessante. Der Nöringer Fall hatte dieses »gewisse Etwas«, bis er sich jetzt eben als Wirtschafts-Kleinkriminalität entpuppt hat und entlarvt wurde. Während aber die Täter sehr an »Kriminalwert« verloren haben, bleibt das »Corpus delicti«, das gestohlene Gut, die Stadelwand, doch etwas Besonderes. Sie ist als solche verdächtig nahe

an einer Eintragung ins Guiness-Buch der Rekorde. Einen Regenschirm läßt bald einer mitgehen, aber eine Stadelwand ist doch als Diebsgut etwas sperrig …
Mir, sagte Deuth, haben es ja unsere Innviertler Stadelmalereien angetan. Ich bin nie an einer solchen Stadelwand oder einem Stadeltor mit dem Sonnenrad, das die Zimmerleute vor dreihundert Jahren mit Naturfarben dort hingemalt haben, vorbeigegangen, ohne hinaufzuschauen und eine kleine Andacht zu verrichten, obwohl ich kein Sonnenanbeter bin. Ich habe ja im »Bundschuh«, der Zeitschrift des Innviertler Historischen Vereins, die ich abonniert habe, öfters über die Malereien und Schnitzereien auf den Innviertler Bauernhäusern Aufsätze gelesen. Ich bin auch in meiner Freizeit und ohne die Posttasche und auch jetzt im Ruhestand, nach der »Entlastung der Briefträger«, einmal die sogenannte »Straße der Stadelmalereien« mit einem Museumsführer abgegangen, um das, was ich dort gelesen habe, in natura zu erleben und bestätigt zu finden. Bestätigt oder widerlegt. Denn ich habe auch einiges anders gesehen, als es die Verfasser dieser Aufsätze im »Bundschuh« gesehen haben wollen. Denen habe ich dann auch geschrieben und sie auf Verschiedenes aufmerksam gemacht. Und natürlich war ich dann ein wenig stolz, wenn ich irgendwo zitiert wurde: »Wie uns der Briefträger Karl Deuth aus Munderfing mitteilt …« Oder: »Mein besonderer Dank gilt dem Briefträger Karl Deuth in Munderfing für den Hinweis …« Einer hat behauptet, wenn die Sonnenscheibe auf dem Stadeltor so oder so ausschaut, dann sei im linken oberen Zwickelfeld als Ornament immer dieses und jenes und im rechten Zwickelfeld dieses oder jenes zu sehen. Und wenn ich

das als unzutreffend eingestuft habe, habe ich manchmal sogar meinen Photoapparat mitgenommen und eine Aufnahme von einem Stadel gemacht und die der Redaktion des »Bundschuh« mit der Bitte um Weiterleitung an die Verfasserin des Artikels »Innviertler Zimmermannsmalereien aus dem 18. Jahrhundert« geschickt. Einmal ist ein solches Photo sogar veröffentlicht worden. Ich hatte mich neben den sogenannten »floralen Motiven«, also Blumen, Blüten, Blättern und Stengeln, auf den Zimmermannsmalereien vor allem aber auch für die oft schematische und ornamentale Wiedergabe von Tieren interessiert und auf einem Bauernhaus in Mehrnbach einen Fuchs gefunden. Den habe ich dann natürlich auch photographiert und eingeschickt, und das Bild ist im Berichtsteil des »Bundschuhs« erschienen, mit der ein wenig reißerischen Unterschrift: »Postfuchs aus dem 18. Jahrhundert auf Mehrnbacher Bauernhaus«.

Um Gottes willen, sagte Ürdinger, heut kommen wir aber wieder weit herum, Karl. Die »Straße der Stadelmalereien« ist lang, ich weiß es. Mir kommt langsam vor, du willst die Lesung des Franz hinausschieben oder verhindern.

Lieber Ferdinand, sagte Deuth, wir können nicht immer nur Brauereien besichtigen. Und den Franz behindern und seine Lesung verhindern will ich schon überhaupt nicht. Seine Lesung soll im Gegenteil der krönende Abschluß unseres Stammtisches sein.

Da rief Ürdinger die Kellnerin herbei und bestellte noch eine Halbe Riedkerdinger, »zum Drüberstreuen«, wie er sagte.

Deuth aber wußte noch eine ganz andere Geschichte von Fauna und Flora auf Gemälden auf Gebäuden. Erinnert

ihr euch noch an die »Micky Maus« in Malta, also gar nicht so weit entfernt von Nöring und dem Stadel mit der fehlenden Rückwand? »Micky Maus auf Kirchenfresko macht Furore«, hieß es vielsagend in den Zeitungen. Gegen diese sogenannte »Micky Maus«, die die Restauratoren eines riesigen 700 Jahre alten spätromanischen Freskos entdeckt und zum Vorschein gebracht haben, ist mein »Mehrnbacher Postfuchs« natürlich ein Lercherl. Die Maus ist, wie gesagt, 700 Jahre alt, gegen sie ist mein Fuchs ein Jungspund. Gegen diese auf der ganzen Welt bewunderte Maus, die wirklich von Walt Disney stammen könnte, kann mein Mehrnbacher Postfuchs natürlich nicht anstinken. Ich habe eine regionale und Innviertler oder oberösterreichische, die Kärntner Kirchenrestauratoren aber haben eine Weltsensation ans Licht gebracht, wenn auch die größten Gelehrten nicht einig sind, ob das wirklich eine Maus ist, die da der staunenden Weltöffentlichkeit präsentiert wurde. Ich bin sicher, es IST eine Maus. Aber ein Theologe hat gemeint, es könnte sich auch um eine bildhafte Darstellung der Wiesel-Legende handeln. »Laut dieser Legende«, schreibt der Theologe, »empfangen Wiesel durch den Mund und gebären durch die Ohren, die deshalb auch so groß dargestellt werden, obwohl Wiesel in natura kleine Ohren haben.«
Aha, sagte Blumauer, Oralverkehr im Tierreich gibt es also auch. Perversitäten, wohin man blickt.
Es gibt nichts, was es nicht gibt, sagte Deuth. Du müßtest nur einmal im »Buch der Natur« von Konrad Megenberg lesen, Franz. Da würdest du aber staunen, was das Mittelalter, als der Maler die »Micky Maus« ins Christophorus-Bild an der Außenmauer der Kirche in Malta ge-

malt hat, vom Geschlechtsleben der Tiere für wunderbare und phantastische Vorstellungen gehabt hat. Der Konrad spricht immer vom Paaren als dem »Unkeuschen« der Tiere. Und nicht nur die Wiesel treiben seltsame Sachen, wenn sie »unkeuschen«. Der Professor Konrad Lorenz, der Verhaltensforscher, wird am Namensvetter Konrad von Megenberg keine Freude gehabt haben. Und auch wir von der Post müßten uns eigentlich von unserem Wappentier, dem Fuchs, distanzieren und verabschieden, wenn es sich so benimmt, wie Konrad, gestützt auf Aristoteles und Plinius, das beschreibt. Dort heißt es nämlich, der Fuchs ist ein Schmarotzer, er läßt den Dachs für sich arbeiten und eine Höhle graben. Und wenn die Höhle fertig ist, dann scheißt er ihm, der Fuchs dem Dachs, vor die Höhle und vertreibt ihn durch seinen Gestank. Und wenn die Höhle dem Dachs stinkt und er weiterzieht, dann setzt sich der Fuchs, dieses Schwein, ins gemachte Nest.
Und du Ferdinand, öfters von Hunden insultierter und dreimal gebissener Briefträger und darum kein besonderer Freund der Tiere, die den Briefträger als ihren natürlichen Feind betrachten und nicht von Mitgliedern der »Ostbanden« unterscheiden können, die in die Häuser einbrechen, du würdest dich staunend freuen über den Konrad von Megenberg, wenn du ihn einmal lesen würdest, statt mit deinem Riedkerdinger vor dem Musikantenstadel zu sitzen, dem mehr als eine Rückwand fehlt! Die Hunde haben eine böse Gewohnheit, schreibt Konrad, daß sie nämlich die allerschönsten Stätten »verunrainent« und »benetzent« – und »schoen gewant«, fügt er hinzu. Ja, Konrad, auch unsere Postler-Uniformen, von denen du noch nichts wissen konntest! Und schon

Ulrich von Lichtenstein schimpft über die Hundehalter, die Ritter nämlich, die sich neuerdings mehr mit ihren Hunden als mit ihren Frauen und dem Minnesang abgeben. Heute betreffen die Beschwerden in einer nicht abreißenden Flut von Leserbriefen vor allem die fehlenden »Sackerl fürs Gackerl«, an die sich die Hundehalter nicht gewöhnen können … So müssen sich halt umgekehrt die Leute an die Hundstrümmerl gewöhnen. Wird wohl auch der sogenannte »Hundeführerschein«, von dem so viel geschrieben wird und der eigentlich »Hundeführschein« heißt, die Lösung nicht bringen. Die Herrln und Frauerln werden den Führerschein einstecken und weiterhin ihren Rottweiler zum Gassimachen auf einen Kinderspielplatz führen.
Bestialität?, fragte Blumauer.
Mag sein, sagte Deuth. Jedenfalls hat man Hunden, die Menschen, vor allem Kinder, gebissen oder gar zu Tode gebissen hatten, im Mittelalter förmlich den Prozeß gemacht und sie zum Tod verurteilt und hingerichtet. Und Hundefriedhöfe hat es auch noch nicht gegeben, aber viele Wasenmeister landauf – landab. Wasenmeister, sagte Deuth, auch so einer von den aussterbenden Berufen.
Wie Wegmacher und Briefträger …, sagte Ürdinger. Wegen der Hundstrümmerl, sagte Ürdinger, waren die Vierbeiner am Land bei uns kein Problem, sie hatten ja genug Auslauf und Gelände, ein Problem aber waren die streunenden Hunde eher für die Jäger, weil sie, die Hunde nämlich, natürlich Wilderer waren. Wie viele Feindschaften und Nachbarschaftsstreitigkeiten haben sich gerade den Hunden verdankt, wenn wieder einmal ein Jäger vom Hochstand herunter einen Hund erschossen hat, den er

»beim Wildern betreten« hat, wie sich der Richter in Ried beim Prozeß fein ausgedrückt hat …
Erinnert ihr euch noch an den Freilinger Matthias?, fragte Ürdinger.
Dunkel, sagte Blumauer.
Ja, natürlich, sagte Deuth.
Er hat ja in meinem Rayon draußen am Kobernaußen, wo sich wirklich Fuchs und Hase gute Nacht gesagt haben, gewohnt, und ich habe ihm die Post gebracht. Viel Post hat er ja nicht gekriegt, der Mindestrentner, der alleinstehende alte Bauernknecht. Er war weitum bekannt und berüchtigt als Liebhaber von Hunde- und Katzenfleisch. Und seine Rente hat er sich durch Verkauf von Hundeschmalz, das er ausgelassen hat, immer ein wenig aufgebessert.
Pfui Teufel!, sagte Blumauer.
Du sagst pfui, Franz, sagte Ürdinger, bist aber auch kein Vegetarier und hast dir vorhin Schweinsbratwürstel bestellt. Warum darf es nicht auch Menschen geben, die Katzen- oder Pferdefleisch verspeisen und Stutenmilch oder Ziegenmilch statt Kuhmilch trinken? Vor Gott sind alle Kreaturen gleich, Mäuse und Hunde und Schweine und Ratten. Nur der Mensch ist insofern etwas Besonderes, als er sich für etwas Besonderes halten kann. Bildung ist auch eine Einbildung … Der Mensch ist beseelt vom Gedanken der unsterblichen Seele …
Bravo, Ferdinand, sagte Deuth, das hast du großartig gesagt. Könnte von mir sein! Was, sagte er jetzt, haltet ihr von einem Ausflug ins Maltatal, einer Wallfahrt nach Malta an der Malta, das sich zu einem Mekka der Micky-Maus-Fans entwickelt hat, zu einer Pilgerstätte von Comic-Enthusiasten, zur »Malontina«, wie die 700-jährige Maus, die Be-

gleiterin des Heiligen Christophorus in der einschlägigen Literatur jetzt genannt wird, Micky Malontina!
Sehr komisch, sagte Blumauer.
Wieviel Riedkerdinger muß ich eigentlich noch trinken, bis der Franz endlich mit seiner Lesung beginnen kann?, fragte Ürdinger den Deuth.
Ich fürchte, das müssen wir verschieben, sagte Deuth. Die Zeit rennt uns davon, ja, sie ist uns für heute schon davongelaufen. Ich schlage vor, wir fangen das nächste Mal gleich mit der Lesung an.
Wenn nicht wieder eine Maus oder ein Hund oder eine Stadelwand dazwischen kommt, sagte Blumauer.
Zahlen tut der, sagte Ürdinger, der am meisten geredet hat, also der Karl.
Ich dachte derjenige, der am meisten getrunken hat, sagte Deuth, der Ferdinand.
So kann man sich täuschen, sagte Blumauer.

Stammtisch 28

Ja, es kam wirklich noch einmal etwas dazwischen. Beim Stammtisch am 8. Februar 2010 warteten Ferdinand Ürdinger und Karl Deuth vergeblich auf ihren Kollegen Franz Blumauer. Der war durch »maior vis«, höhere Gewalt, wie Deuth vermutete, verhindert.

Ürdinger sagte aber, der Franz wird nicht von einem Major Wisch oder sonst wem abgehalten, Karl, ich sage dir, der Franz schwänzt den Stammtisch. Wird wohl eine Frau im Spiel sein. Jedenfalls sollten wir vorsichtig sein, wenn uns seine Hauptfrau, seine Angetraute, irgendwo trifft und fragt, ob ihr Franz-Mann auch brav beim Stammtisch gewesen ist!

Gerade heute, sagte Deuth, wo er seinen Vortrag halten sollte.

Vielleicht schwänzt er aber auch gerade deswegen, sagte Ürdinger. Ich bin auch in der Hauptschule manchmal »dem Unterrichte unentschuldigt ferngeblieben«, wenn eine Schularbeit auf dem Programm stand … Wenn ein Test auf dem Programm steht, dann steht bei vielen Schülern das Schwänzen auf dem Programm …

Sensible Kinder werden ja auch wirklich krank, sagte Deuth, sie kriegen echtes Fieber, wenn es ernst wird. Die Schul- und Prüfungsangst ist eine Krankheit, und gar keine leichte, Ferdinand.

Dafür hast natürlich du, Karl, als Intellektueller besonderes Verständnis. Und bist ja auch als unser Wetterfühliger selbst manchmal beim Brieftragen ausgefallen und wir haben einspringen müssen und Überstunden machen, sagte Ürdinger.

Einer trage des anderen Last …, sagte Deuth vielsagend. Der Franz kann sich aber heute sicher nicht auf das Wetter ausreden. Von Föhn ist keine Rede, die Straßen sind praktisch schneefrei. Na ja, er wird uns das nächste Mal dann wohl sagen, was ihn am Kommen gehindert hat. Wenn er uns nicht früher »Post tut«, wie man vor unserer Zeit fürs »Nachrichtgeben« gesagt hat. Das Telephon ist eigentlich auch schon erfunden. Und wenn wir »Altisten« auch alle drei Handy-Muffel sind, haben wir wie auch der Kirchenwirt doch unseren Festnetzanschluß …
Vielleicht hat er Rauchzeichen gesetzt?, sagte Ürdinger, und wir haben es nicht bemerkt …
Auch ohne Dichterlesung ist heute ein ereignisreicher Tag. Es gibt Nachrichten, die nach Kommentierung geradezu schreien, sagte Deuth und fragte den Kollegen Ürdinger: Ferdinand, hast du heute früh wohl schon die Zeitung gelesen?
Nein, sagte Ürdinger, das tue ich mir grundsätzlich nicht an. Meine Frau liest mir hin und wieder eine Nachricht vor, wenn sie meint, die könnte mich interessieren. Ich bin im Ruhestand und will mich nicht schon am hellen Morgen durch Berichte über Erdbeben und Tsunami und Börsenkrach und Weltwirtschaftskrise und Geldentwertung verrückt machen und in Aufregung und Unruhe versetzen lassen. Geld habe ich außerdem nicht, das ich verlieren könnte. Was hat es denn heute wieder Erhebendes oder Niederschmetterndes gegeben?, fragte Ürdinger.
Zwei Meldungen, die den Postler Ferdinand Ürdinger, den dreimal von einem Hund gebissenen, direkt angehen, sagte Deuth. Die erste handelt von einem Hundehasser in Kärnten.

Erstens bin ich kein Hundehasser, bin trotz mehrmaliger Attacken durch Rottweiler und Schäferhunde Tierfreund geblieben, ich habe also die Tierliebe – und die große christliche Tugend der Feindesliebe, und mit Kärnten habe ich auch nichts zu tun. Und die zweite, für mich so wichtige Nachricht?, fragte Ürdinger.
Da zog Deuth aus seiner Rocktasche ein ziemlich zerknittertes Zeitungsblatt, glättete es und las vor: Raubüberfall durch Burka-Posträuber mit Ganzkörperschleier. Das muß man sich im Originalwortlaut der »Agence France Press«, der französischen Nachrichtenagentur, in deutscher Übersetzung – keine Angst! – zu Gemüte führen. Zitat: »Paris. Ungewöhnlich getarnt haben zwei Männer in der Nähe von Paris eine Postfiliale überfallen. Statt ihr Gesicht mit der in Gangsterkreisen üblichen Sturmhaube zu verdecken, hüllten sich die Räuber in muslimische Ganzkörperschleier. Erst als sie eine Waffe zogen, bemerkten viele der Postkunden, daß es sich bei den beiden Burka-Trägern nicht um muslimische Frauen handelte … Laut der Tageszeitung ›Le Parisien‹ erbeuteten die Täter bei dem Überfall am Samstag nur 4500 Euro. Im Anschluß an die Tat sollen sie in aller Seelenruhe das Gebäude in Athis-Mons verlassen haben. Die Polizei konnte sie trotz Großfahndung zunächst nicht fassen.«
Bravo, sagte Ürdinger.
Hast du vielleicht Sympathie mit den raffinierten Verbrechern?, fragte Deuth. Bist du Anarchist und empfindest du »klammheimliche Freude«, wenn die Staatsmacht lächerlich gemacht wird?
Ferdinand, Ferdinand, denk an den Eid, den du bei Antritt deines Dienstes als Postbeamter und Staatsdiener geleistet

hast! Du willst das Ansehen des Staates mehren und allen Schaden von ihm wenden …

Mir kommt dieser Überfall nicht lächerlich, aber sehr verdächtig vor. Das ist kein anständiger Überfall, kein redlicher Postraub. Er wirkt offensichtlich wie bestellt, weil doch in Frankreich gerade jetzt der bekannte Kampf um die Burka tobt, in dessen Verlauf immer wieder die Postämter als Beispiel für jene Ämter genannt wurden, die Burkaträgerinnen nicht mehr betreten dürfen sollen. Und ausgerechnet auf ein Postamt ist nun der Überfall der beiden Ganzkörperverschleierten erfolgt. Daß es Frauen gewesen sein könnten, davon geht laut Zeitungs- und Polizeibericht offenbar niemand aus. Das waren keine Musliminnen und sicher auch keine Muslime, also Männer muslimischen Glaubens oder »Mohammedaner«, wie wir früher unkorrekterweise, aber ohne bösen Willen gesagt haben, weil wir uns nach Christus Christen und die Anhänger des Propheten Mohammed dementsprechend Mohammedaner genannt haben. Ferdinand, ich sage dir, die zwei Räuber waren Christen! Keine guten Christen! Sie haben aber sicher der »christlichen«, also der abendländischen Partei im Streit um das Burkaverbot gegen die morgenländische Argumente und Munition liefern wollen. Um das Geld, die lächerlichen 4500 Euro ist es dabei gar nicht gegangen. Es geht um den exemplarischen Fall und das Sichtbarmachen jenes Teufels, der immer an die Wand gemalt wird. Die Abendländer haben den Morgenländern ein Kuckucksei ins Nest gelegt. Ich bin kein Prophet, Ferdinand, aber das sage ich dir, diese beiden Räuber wird und will die französische Polizei gar nicht finden. Die Staatsmacht hat ein Interesse daran, daß das unaufgeklärte Verbrechen unaufgeklärt bleibt! Es gibt Kriminalfälle, die nennen sie Präzedenzfälle, und es gibt Prozesse, die nennen sie Musterprozesse. Dieser Fall wird auch ein Sonderfall werden und der Prozeß, wenn es denn dazu kommt, ein Muster- und ein Monsterprozeß. Wenn es in ganz Frankreich nur 1900 Burka-Trägerinnen gibt, deren Gesicht also noch niemand gesehen hat als ihre Männer, dann wäre der in Frage kommende Personenkreis ja schon sehr eingeengt. Eine wirkliche Burkaträgerin würde, wenn sie eine solche Tat begehen möchte, ihren Schleier ablegen, um sich anonym und das riesige Heer unverschleierter Frauen verdächtig zu machen. Verschleiert antreten, unverschleiert auftreten und verschleiert wieder abtreten. Ein perfektes Inkognito. Wer aber wirklich glaubt, die beiden Burkaträgerinnen seien Musliminnen gewesen, der darf getrost auch glauben, hinter dem Räuber mit der Reagan-Maske, dem »Pumpgun-Ronnie« habe sich wirklich der pensionierte amerikanische Präsident Ronald Reagan befunden und versteckt! Reagan war zwar nicht nur Präsident, sondern auch Schauspieler, einige sagen, er hätte auch den Präsidenten nur gespielt … Die Hauptrolle in der neuen Verfilmung des »Pumpgun-Ronnie« mußte freilich ein anderer »Actor« übernehmen, weil Reagan mittlerweile leider in die ewigen Jagdgründe eingegangen ist …

Eine Stelle in jenem Zeitungsbericht fällt mir besonders auf und gefällt mir ausnehmend gut, Ferdinand, nämlich die, wo es heißt: »Statt ihr Gesicht mit der in Gangsterkreisen üblichen Sturmhaube zu verdecken, hüllten sich die Räuber …« »In Gangsterkreisen« klingt hübsch, wie »in Bankerkreisen« oder »in Gewerkschaftskreisen«. Ja, sind denn die Gangster auch eine fest umrissene Gruppe und vereinsmäßig organisiert, vielleicht mit Pensionsberechtigung und Krankenschutz? Und die »übliche Sturmhaube« klingt mir auch nach Berufskleidung und nach Tracht. Offenbar gibt es »in Gangsterkreisen« eine Untergruppe, die die Sturmhaube trägt, und eine andere, die den Strumpf bevorzugt, Nylonstrumpf, der Durchsicht und Überblick ermöglicht. Da scheint es Auffassungsunterschiede zu geben. Inkorrekt ist der Text insofern, als einfach nur von »Räubern« die Rede ist, nach neuerer Sprachregelung müßte es bekanntlich RäuberInnen heißen, noch dazu, wenn man nicht weiß, wer sich hinter der Burka verborgen hat.

Der Postfuchs ist heute wieder sehr schlau, sagte Ürdinger. Schade, daß der Franz nicht da ist und mithören kann. Trinken wir zwei, Karl, auf sein Wohl! Vielleicht soll die Resi auch ein kleines Bier für den abwesenden Kommilitonen herstellen, wie es beim Trauerkommers bei den Philistern und den alten Herren der Burschenschaften der Brauch ist …

Woher weiß denn der Abgänger der Munderfinger Hauptschule Ferdinand Ürdinger dies?, fragte Deuth grinsend.

Du unterschätzt mich, wie immer, sagte Ürdinger. Und dann sagte er: Der Franz ist aber Gott sei Dank nicht tot. Er schwänzt nur die Prüfung.

Wir nehmen es an. Der »Zweimannstammtisch« nimmt es an, sagte Ürdinger.

Für heute, sagte Deuth, bleibt nur noch das Thema »Hundehasser« … Hör dir bitte folgende Nachricht an. Dann wandte Deuth sich an die Kellnerin: Theresia, bist du so gut und bringst du mir bitte die heutigen »Nachrichten«? Und

nachdem ihm die Kellnerin die Zeitung gebracht hatte, blätterte er vor bis zur Seite »Lokales« und las: »St. Veit. Polizei setzt nach heimtückischem Giftköderanschlag von Untermühlbach auf Hinweise.« Das ist die Überschrift, sagte Deuth, und nun der Text: »Er heißt Bongo, ist sechs Jahre alt, ein Dalmatinermischling und der Liebling seiner Besitzerfamilie in Untermühlbach. In der Streusiedlung hat Bongo viele vierbeinige Freunde. Am Freitag nahm der gutmütige Hund einen mit Draht, Nägeln, einer dreieinhalb Zentimeter langen Schraube und mit Rattengift durchsetzten Hackfleischköder auf einer Böschung auf. Die Besitzerin konnte dem Hund den Knäuel noch rechtzeitig aus dem Maul reißen. Ein St.Veiter Tierarzt hat den Köder analysiert und war entsetzt. Ebenso der Polizist J. R. – er ist liebevoller Besitzer eines Schäfers – der die Ermittlungen leitet.«
Unentschuldbar, abstoßend, widerwärtig!, sagte Ürdinger. Und so etwas Unerfreuliches bietest du mir als Ersatz für die ausgefallene Liebesgeschichte vom Franz … Deine Hunde-Geschichte handelt nicht nur von einem »Hundehasser«, sondern vor allem von einem Tierquäler, einem Sadisten. Man kann den Hunden aber kritisch gegenüberstehen, vor allem der Hundehaltung in den Städten, ohne ein Tierfeind zu sein, ja, im Gegenteil aus einem Motiv der tiergerechten und artgemäßen Haltung, die in den urbanen Beton- und Asphaltwüsten nicht möglich ist. Und man muß wissen, daß in jedem Hund der Wolf einmal durchbrechen kann. So dressieren und abrichten kann man kein Tier, daß es auf seinen Instinkt verzichtet. Ein Tier muß Tier und »tierisch« bleiben dürfen. Und oft benimmt sich ein altersschwacher, kranker Dackel noch wie

ein wilder Hund, wie ein Wolfshund, wie ein Wolf. Sogar im Schäfer kann man sich täuschen.

Der Schäfer ist kein Schläfer, reimte Deuth dazwischen.

Und Berhardiner klingt so fromm, sagte Ürdinger, als handle es sich um einen christlichen Orden. Man hat aber auch schon Bernhardiner ausrasten gesehen. Und, Karl, mit radikalen Tierschützern und Vegetariern ist auch nicht gut Kirschen essen. Es gibt Tierschützer, die gehen über Leichen. Die möchten dir am liebsten deine Schuhe aus Schweinsleder von den Füßen reißen. Ich habe meiner Frau einmal von einem Dreizehnten einen Pelzmantel gekauft. Der hängt aber inzwischen schon jahrelang im Kasten. Er dient jetzt der Raubtierfütterung. Den fressen nämlich die Motten. Anziehen traut sich meine Angetraute diesen Pelzmantel schon lange nicht mehr, seit sie in Linz einmal gesehen hat, wie ein Tierschützer eine Pelzmantelträgerin angespuckt hat. Es gibt Tierschützer, vor denen man sich schützen und in Acht nehmen muß. Denen geht man am besten aus dem Weg. Haben sie die Tollwut? Wenn die einen Menschen wie mich, 100 (Kilo) plus, sehen, dann wissen sie natürlich, daß sich diese Leibesfülle nicht dem Salate verdankt. Da wird man von Vegetariern schnell einmal »angepflaumt«, Karl. Dich halten sie natürlich für ihresgleichen. Aber ich habe mir schon einiges anhören müssen! »Backhendelfriedhof« für meine Wampe ist noch das Harmloseste… Ein Briefträger, ein Mann mit einer Ledertasche, wie ich einer war, der gern eine lederne Kniehose, einen Lederrock und im Winter auch einen gefütterten Schaffellmantel angehabt hat, dazu schwere Lederstiefel, halten die Tierschützer ja für einen Wolf im Schafspelz oder ein Schaf im Wolfspelz, oder wie ich sagen soll… Wie viele Tierschutzkalender habe ich im Laufe der Jahre ausgetragen und zugestellt, dafür haben mich die Hunde aus Dankbarkeit dreimal gebissen und immer wieder angesprungen und böse angeknurrt. Und trotzdem habe ich den Giftköder in Untermühlbach sicher nicht ausgelegt.

Weil du vom Pelzmantel deiner Alten gesprochen hast, den sie sich nicht mehr tragen traut, Ferdinand, da gäbe es heute natürlich die Möglichkeit eines Kunstpelzes, wie wär's damit? Aber auch die Kunstpelze müssen schon von weitem als solche erkennbar sein, am besten mit einer großen Tafel ausgeschildert: Das ist ein Kunstpelz!, damit nicht Verwechslungen passieren und ein rabiater Schützer den Pelz für echt hält.

Und wo, sagte Ürdinger, sind eigentlich die Muffs – oder heißt es Muffe? – hingekommen, die unsere Mütter und Schwestern noch gehabt haben, diese praktischen Pelzrollen, in die sie im Winter die Hände gesteckt haben und die auch mit kleinen Täschchen versehen waren?

Genauso Geschichte und verschwunden wie die »Füchse« der Frauen, die sie sich als Nackenwärmer um Nacken, Hals und Schultern gelegt haben. Sogar die Köpfe oder doch die Gesichter waren – wie bei ausgestopften Tieren – präpariert noch am Fell, und natürlich der Schwanz. In die Augenhöhlen waren Perlmutter- oder Glasaugen eingearbeitet. Es sah prächtig aus! Nein, es sah gräßlich aus! Wenn man vor einer Frau mit einem solchen Fuchs stand, wußte man nicht, in welche Augen man schauen sollte! Wenn einer nicht überhaupt wie wahrscheinlich unser »Schulschwänzer«, unser Stammtischschwänzer Blumauer den Frauen auf die Brust geschaut hat.

Der Muff, »der Handwärmer aus Pelz«, ist verschwunden, aber einen Muff aus Stoff habe ich einmal irgendwo als »coolen Muff für kalte Tage« angepriesen gesehen, sagte Ürdinger. Und *Muffen* habe ich in allen Größen in meinem Werkzeugschrank im Keller …
Nein, sagte Deuth, am Wasser habe ich mich noch nie vergriffen, am Wasser und am Strom, Ferdinand. Da hole ich grundsätzlich den Professionisten, den Installateur und den Elektriker …
Unpraktischer Mensch!, sagte Ürdinger, weltfremder Intellektueller, Lateiner mit zwei linken Händen, Baumarktmuffel!
Sonst noch was?, fragte Deuth. Die gute Nachricht der Woche ist nach den beiden schlechten Nachrichten, den »Bad News« vom Pariser Postüberfall und dem St. Veiter Hundehasser, die Nachricht vom Auftauchen eines Wolfs in der Gemeinde Glödnitz in Unterkärnten, der einem Jäger und Biobauern in die sogenannte Foto-Falle gegangen ist. Das erste Mal, heißt es, das erste Mal in der Menschheitsgeschichte! ist in Kärnten ein Wolf photographiert worden. Eine Sensation! Und gegen eine Foto-Falle werden auch die Tierschützer nichts einzuwenden haben.
Das weiß ich nicht, sagte Ürdinger. Ist das nicht vielleicht doch eine Paparazzi-Frechheit? Ein Übergriff und Eingriff in die Persönlichkeitsrechte? Ein Wolf ist schließlich auch nur ein Mensch.
Hoffentlich haben uns die Karantanen da mit dem Wolf keinen Bären, keinen Karawankenbären gewissermaßen, aufgebunden, sagte Deuth.
Und die Sache mit dem Hund von St. Veit ist vielleicht auch eine Ente, eine Zeitungsente, sagte Ürdinger. Und:

Mißtrauen ist gesund und immer angebracht, nicht nur Kärnten gegenüber. So ein Foto von einem Wolf läßt sich leicht fingieren. Da war die sogenannte Mondlandung der Amerikaner schon schwerer im Film zu simulieren, Karl! Aber da war schließlich Hollywood und die Trickfilmindustrie dahinter und am Blend-Werk! Nicht ein einsamer Biobauer in Glödnitz!
Leider ist meines Bleibens hier nicht länger, Ferdinand, sagte Deuth.
Was ist denn los, Karl?
Der Bär ist los, gesundheitlich. Ich habe heute noch einige Arzttermine in Salzburg, sagte Deuth.
Gleich einige?, fragte Ürdinger.
Ja, der Mensch hat ja auch mehrere Organe, Ferdinand! Herz, Magen, Niere. Und die sind leider alle so alt wie ich, alle in meinem Alter! Und ein bißchen altersschwach …
Meine Leber ist auch mit mir nicht ganz zufrieden, Karl, sagte Ürdinger. Dabei habe ich sie nie beleidigt. Und die Lunge scheint mir neuerdings die Virginier zu verübeln. Mimose!
In diesem Sinne servus, Ferdinandus!, sagte Deuth.
Servas!, sagte Ürdinger.
Und zahlen tut der Herr Vater, wenn er am Nachmittag mit der Heufuhr vorbeikommt?, fragte die Kellnerin.

Stammtisch 29

Freitag, den 12. Februar 2010, also zwei Tage vor Valentin, gegen 9 Uhr 30 trafen Franz Blumauer und Ferdinand Ürdinger beim Kirchenwirt in Munderfing zu ihrem Stammtisch ein.

Gut, daß du da bist, Franz, sagte Ürdinger. Du hast uns letzten Freitag sehr gefehlt! Und, ehrlich gesagt, wir haben dich im Verdacht gehabt, daß du unsere Konferenz schwänzt. Hast wahrscheinlich einen »Termin« gehabt?

Ohne sich zu erklären oder zu entschuldigen, wieso und warum er nicht erschienen war, sagte Blumauer: Übermorgen ist Valentin, also ist heute ein günstigster Tag, um mit meiner Lesung aus dem Erotikon zu beginnen. Jetzt muß nur noch der Karl erscheinen. Denn es gilt, was er immer in seiner lateinischen Muttersprache sagt: »Tres faciunt collegium.«

Redest du auch schon so geschwollen? Was heißt denn das?, fragte Ürdinger.

»Drei Hörer bilden ein Kolleg«, sagte Blumauer. Darunter tut es ein Professor nicht, für zwei »liest« er nicht, für zwei Hörer hält er seine Vorlesung nicht, da läßt er sie ausfallen. Und bei den Wirten hat es geheißen: Wegen einem hängt der Wirt den Reif nicht auf…

Aber drei Hörer, wie du sagst, bringen wir ja nie zusammen, Franz. Auch wenn der Karl jetzt gleich auf den Plan tritt, sind wir immer erst zwei.

Eigentlich richtig, sagte Blumauer, aber die Sophisten sagen, sagt Deuth, der Redende hört sich auch selbst zu. Den muß man auch als Hörer mitzählen. Der Deuth hört sich ja tatsächlich selbst gern reden.

Sonst müßte glatt einer von uns beiden, Karl oder ich, oder auch du das nächste Mal seine Frau mitbringen, sagte Ürdinger. Oder wir verpflichten die Resi zum Zuhören!
Da lachte Blumauer. Nichts gegen deine Katharina, lieber Ferdinand, und auch die Deuthin ist keine Unebene. Aber die Art von Literatur, wie ich sie liebe und wie ich sie jetzt schreibe, ist eine Männerangelegenheit. Die Frauen sind doch heute so streng geworden, daß nicht einmal ein Mann, der sie liebt und es gut mit ihnen meint, vor ihnen bestehen kann. Für die Frauen und ihre Ministerin ist jedes Foto eines hübschen Mädchens in der Werbung schon »Sexismus«, wie sie es nennen. Alle Frauenverehrung halten sie für Frauenfeindschaft. Ferdinand, gerade hat die erwähnte Ministerin in einem viel beachteten Artikel strenge Strafen für sogenannte »sexistische Werbung« verlangt. Womöglich die Todesstrafe? Wir stehen also schon mit einem Fuß im Kriminal, Ferdinand, wenn uns die Kellnerin wegen meiner Lesung aus meinem Erotikon zur Anzeige bringt. Noch gibt es freilich auch Wortmeldungen gegen diese Verschärfung. Einer hat recht ironisch als Antwort an die Frau Ministerin in einem Leserbrief geschrieben: Sexistische Werbung ist doch die einzige Art der Werbung, die etwas taugt. ALLES ANDERE gehört verboten. Ein anderer hat geschrieben, die verständnislose Ministerin soll sich doch eine Maus fangen.
Wo bleibt nur der Karl, unser »Onkel Jolesch«?, fragte Ürdinger.
Ja, er läßt auf sich warten, sagte Blumauer. Und: Hoffentlich warten wir nicht auf Godot!
Wie, erwartest du noch wen? Soll leicht noch wer kemmen, Franz?, sagte Ürdinger.

Ferdinand, Ferdinand! »Warten auf Godot« ist ein anderer Ausdruck für »vergeblich warten«. Die Reaktionen auf die Strafandrohung für sexistische Werbung sind übrigens teilweise wirklich sexistisch. Die mittelalterliche Frau Ministerin will jungen, attraktiven Frauen das Geschäft vermasseln, schreibt einer. Die unschönen oder minder schönen Frauen wollen aus Neid die Werbung mit schönen Frauen und Mädchen verhindern, ein anderer. Sie wollen, ohne daß ihnen das bewußt ist, eigentlich nicht die männlichen Werbefritzen, sondern ihre Geschlechtsgenossinnen und ihre überlegenen Konkurrentinnen strafen.
Wie ist denn das im Hause Ürdinger?, fragte Blumauer: Sind dort am Valentinstag Blumen für die Frau des Hauses der Brauch?
Nein, sagte Ürdinger. Jeden Brauch, den sie von irgenwoher importieren, mache ich nicht mit. Und von der Wirtschaft lasse ich mir schon gar kein schlechtes Gewissen machen. Nichts gegen Blumen, Franz, gegen Blumen ist nichts einzuwenden, aber man muß sie nicht auf Kommando an einem bestimmten Tag bestimmten Personen überreichen. Alle die Tage, der Muttertag und der Vatertag und der Tag des Apfels und der Tag des Brotes und was weiß ich welche Tage noch, entsprechen doch weniger einem Bedürfnis der Menschen als dem Bedürfnis der Wirtschaft. Sie lassen weniger die Herzen höher schlagen als die Kassen klingeln. Zwei von diesen neuen Bräuchen sind mir besonders zuwider, und am widerwärtigsten ist mir Halloween. Dieser dumme Faschingsunfug zu dieser absolut unpassenden Zeit geht mir auf den Geist. Er hat die Zerstörung des stillen Ernstes des Allerheiligenfestes auf dem Gewissen. Statt früh ins Bett zu gehen und

am Allerheiligentag ausgeschlafen den Frühgottesdienst zu besuchen, rennen die Kinder nicht nur *wie* verrückt, sondern *buchstäblich* verrückt die ganze Nacht in der Gegend herum, läuten Leute heraus, betteln und treiben den verrücktesten Schabernack. Verrückt! Und die Scherzartikelindustrie reibt sich die Hände oder wäscht sie in Unschuld … Geht's der Wirtschaft gut, geht's uns allen gut, sagt der Industriellenverband …
Die Gespenster gehen dir auf den Geist, Ferdinand. Ist aber ein uralter keltischer Brauch!, sagte Blumauer.
Dann sollen ihn die Kelten pflegen, wer immer und wo immer die sind. Aber sie sollen mich damit in Ruhe lassen, sagte Ürdinger.
Die Ruhe ist dem Ruheständler heilig, sagte Blumauer. Gefällt er dir vielleicht, der Mummenschanz »an Halloween«, Franz?
Ich habe durch meine Frau, »die Anglistin«, wie ihr gern sagt, eine etwas andere »Herangehensweise« an die angloamerikanische Geisteswelt, sagte Blumauer.
Gespensterwelt, Franz. Gelichterwelt … Der zweite Brauch, den ich auch unnötig finde, ist das Aufstellen von Störchen aus Pappendeckel oder Sperrholz mit dem Wickelkind im Schnabel vor dem Haus von Wöchnerinnen. Hat die Mutter ein Mädchen zur Welt gebracht, dann hängen die »Brauchtumspfleger« gern eine Schnur mit Blechbüchsen an die Attrappe als Anspielung auf das Geschlecht des Babys. Diese Büchsen und Dosen klappern dann im Wind wie die Störche klappern. Und was die Büchse Anzügliches bedeutet, ist ja wohl bekannt! Diesen unnötigen Brauch hat sich die Landjugend einfallen lassen. Ungefähr seit ich aufgehört habe, Post auszutragen, ist er im Schwange.

Ich bin gegangen, der Storch ist gekommen, ohne daß ich damit einen ursächlichen Zusammenhang andeuten will. Also ich brauche diesen Brauch nicht!
So spricht der Kinderlose gegen den Storch!, sagte Blumauer. Und so kann nur ein quietistischer Pensionist reden.
Was soll ich sein? Ein Quietist, Franz?, sagte Ürdinger in Fragenot. Was ist denn das?
Einer, der die Ruhe über alles liebt, sagte Blumauer. Wenn man dich so reden hört, Ferdinand, dann glaubt man, man hört genau jenen Grantler und Pensionisten, den der Dichter Josef Weinheber in seinem Gedicht »Waaßt? Net? Verstehst?, Selbstgespräch eines Biertipplers« in »Wien wörtlich« reden und sagen läßt: »Wann i, verstehst, was z'reden hätt, i schaffert alles o!«
Aus dir, Franz, spricht langsam der Deuth, dein Lehrmeister… Dieses Gedicht kenn freilich sogar ich, erkenne mich darin aber nicht wieder und kann deshalb deinen Vergleich nicht anerkennen. Ja, ich muß ihn auf das Entschiedenste zurückweisen, sagte Ürdinger. Und: Ich bin ein Liebhaber des bayrischen Weizenbiers und ein Genußtrinker unseres Riedkerdinger Gerstensafts, aber kein versoffener Wiener Biertippler. Die Wiener Biertippler sind nämlich jene Alkoholiker, Stadtstreicher und Asozialen, die in den Beiseln der Haupt- und Residenzstadt die anderen Gäste um einen »Pfiff« anbetteln und auch die sogenannten »Hansln« aussaufen. Jetzt sag bitte, willst du mich mit einem solchenen Individuum, oder wie man in der Mundart sagt: Idifiduum ernsthaft vergleichen? Erinnerst du dich an die letzte Strophe dieser heimlichen Hymne Wiens? »Wo unseraner do nix wül, waaßt, als sein

Ruah. Sogar die Tschecherln, in mein Schwül, verstehst, i sperrert s' zua.« Nimm den Vergleich zurück, lieber Franz. Ich bin, wie gesagt, ein Bierliebhaber aus dem alten Innbayern, ich kenne keinen Schwül, und in Munderfing gibt es kein Tschecherl, sondern unseren angestammten Kirchenwirt mit der trefflichen Kellnerin Theresia, die mir, bitte, noch einen Krug Riedkerdinger bringt …

Resi, bitte, mir noch ein Krügerl!, rief Ürdinger der Kellnerin zu.

Den Karl, glaube ich, müssen wir für heute abschreiben, sagte Blumauer. Und meinen für heute bestellten Bestseller kann ich auch einpacken.

Aber ein Satz daraus ginge sich vielleicht doch noch aus, vorausgesetzt, daß der Karl doch zu guter Letzt noch einlangt. Für mich, überhaupt für mich allein, ist sowieso Hopfen und Malz verloren. Meinetwegen brauchst du sowieso nicht lesen. Ich bin höchstens Zu- oder Mithörer. Ankommen tut es allein auf den Karl. Bei ihm muß es »ankommen«, das heißt Zustimmung finden. Er ist der Literaturpapst.

Wie man den Esel nennt, kommt er g'rennt, sagte jetzt die Kellnerin Theresia Kranebitter, die dem Ürdinger sein Riedkerdinger brachte. Ich bitte die Herren Oberposträte vielmals um Entschuldigung, aber ich habe leider ganz zu melden vergessen, daß die Frau eures Freundes Deuth heute in der Früh angerufen hat, daß ihr Mann nicht kommen kann. Schuld daran, soll ich sagen, ist ein Salzburger Urologe, der ihn ins Allgemeine Krankenhaus zu einer Operation geschickt hat.

Da herrschte bei Blumauer und Ürdinger große Betroffenheit, bis sich aber Blumauer wieder erfing und sagte:

Unkraut verdirbt nicht, Ferdinand. Wird schon nicht so schlimm sein, wahrscheinlich das übliche Männerleiden. Die Doktoren in Salzburg werden ihn, wie bei älteren Herren üblich, »auskratzen« und dann, frisch operiert und frisch und munter nach Munderfing zurückschikken. Und aufgekratzt und übermütig wie zuvor wird er uns beim übernächsten Stammtisch hier beim Kirchenwirt seine Salzburger Abenteuer mitteilen. Für ihn, den scharfen Beobachter, eröffnet sich mit dem Spital ja ein ganz neuer Erfahrungsbereich. Ich glaube, Ferdinand, sagte Blumauer, wir werden uns auf unerhörte, wirklich noch nicht erörterte Themen und Traktate durch unseren Freund Karl einstellen und freuen dürfen.
Das vielleicht auch, Franz, sagte Ürdinger, fürs Erste aber schlage ich vor, daß wir dem Karl ins Salzburger Krankenhaus über FLEUROP Blumen bringen lassen, damit er sieht, daß wir an ihn denken und daß er uns fehlt. Und seiner Frau könntest vielleicht du ein Sträußchen vorbeibringen, aus Freundschaft aber, nicht wegen dem unnötigen Valentinstag...
Mach ich!, sagte Blumauer. Was die Blumen für den Karl betrifft, müssen wir nur klären, welchen Strauß wir in Auftrag geben. Du weißt, Ferdinand, daß Blumen eine Sprache haben und zu den Beschenkten sprechen, der Mensch spricht »durch die Blume«, auch die Zahl der Blumen spielt eine Rolle. Es gibt ganz knifflige Leute, die einem eine gerade oder andere, die einem eine ungerade Zahl von Rosen übel nehmen. Auch eine zu niedrige, aber auch eine zu hohe Zahl kann Befremden auslösen.
Der Karl wird uns den Strauß schon nicht zurückschicken lassen. Annahme verweigert. Nicht bestellt, sagte Ürdinger.

Das nicht, sagte Blumauer, aber den Blumenhandlungen ist nicht zu trauen. Ich habe gehört, daß bei Fleurop auch schon Sträuße und Buketts verwechselt wurden und einem Mädchen ein Trauergebinde zugestellt wurde, das für einen Aufgebahrten sein sollte. Schließlich gibt es auch Blumen, die unweigerlich Grab assoziieren.
Wir werden ihm schon keine Brennesseln oder Disteln schicken lassen, sagte Ürdinger, oder dieses stinkende asiatische Springkraut, dieses Stinkkraut, das jetzt wie die Pest über Europa kommt …
Die Brennessel sagt und besagt: »Wir haben dich durchschaut!«, sagte Blumauer, und die Distel sagt: »Die Sache ist mir zu gefährlich.« Das würde wohl wirklich nicht auf den Deuth deuten, Ferdinand. Ein Kranz aus Buchenlaub würde ihm zutreffenderweise sagen: »Wir wünschen Wohlergehen!« Und ein bißchen Farnkraut dazwischen würde auf uns zwei Blumenspender als seine Lieblingshörer gut passen: »Wir machen nicht viele Worte.« Vergißmeinnicht würden alles sagen. Und die Ringelblume wäre ein starkes Kompliment: »Du sprichst so klug.« Klatschmohn würde Deuth vielleicht auch nicht übel anstehen und übelnehmen: »Man muß im richtigen Augenblick schweigen können.« Und dem Lateiner in unserem Latinisten Deuth würde gerade der klassische Narzissus konvenieren. Er sagt freilich: »Du bist ganz schön!« Du bist ganz schön eitel! …
Franz, wir wollen den Karl bestimmt nicht beleidigen. Wenn ich auch glaube, daß er zwar die Sprache der Römer oder vielleicht sogar die Sprache der Hellenen versteht, aber nicht die Sprache der Blumen, die sich irgendein überspanntes Frauenzimmer im 18. Jahrhundert ausge-

dacht hat. Wir aber wollen nicht etwa mit dem Knabenkraut eine Anspielung auf sein urologisches Problem machen, das ich ja als Leidensgenosse mit ihm teile. Das ist die wahre Freundschaft. Nicht nur mit einem lieben Menschen leiden, sondern am selben Leiden leiden.
Mir sind im Übrigen die Leute, zu denen die Natur unmittelbar spricht, wie sie behaupten, unsympathisch, seit mich einmal ein Passant an meiner Thujenhecke blöd angeredet hat. Er hat sich als Liguster-Anhänger deklariert und die Thuje einen Friedhofbaum genannt. Haben Sie hinter Ihren Säulenthujen einen privaten Friedhof?, fragte er frotzelnd.
Blumen per FLEUROP sind vielleicht doch nicht das Richtige für den Karl, sagte Blumauer. Ich glaube jetzt, wir sollten uns etwas anderes überlegen. Blumen für seine Frau finde ich gut, Ferdinand. Und wenn ich der lieben Deuthin die Blumen bringe, kann ich sie ja fragen, wie es um den Karli steht und worüber er sich freuen würde. Und ein solches Geschenk können wir ihr dann sicher auch mitgeben, wenn sie ihn nach Salzburg besuchen fährt. Da wird er sehen, daß wir an ihn denken. Darüber wird er sich sicher freuen. Es ist ja nicht einfach. Was kann man einem Menschen schon schenken, der nicht trinkt und nicht raucht und schon mehr als ein Buch besitzt. Jetzt wär natürlich gut, wenn mein Bestseller schon fertig und gedruckt wäre. Aber das dauert noch ein wenig.
Ja, so wollen wir verfahren. Nicht verzagen, die Rosi fragen …, sagte Ürdinger. Und: Theresia, bitte zahlen!, rief er in die Küche hinein, wo sich die Kellnerin aufhielt. Dann gingen die beiden Postler auseinander und ihrer Wege.

Stammtisch 30

Es ist zum Haareraufen. Es ist zum Kinderkriegen, sagte Ferdinand Ürdinger am Freitag der Woche nach dem Valentinstag beim Kirchenwirt in Munderfing zu seinem Stammtischbruder Franz Blumauer. Gerade jetzt, wo wir den Karl so dringend brauchen, legt er sich in ein Salzburger Krankenhaus und läßt uns in Munderfing sitzen.
Was steht an? Was liegt an?, fragte Blumauer. Karl fehlt natürlich, wenn er fehlt, immer. Aber warum fehlt er diesmal besonders, wieso geht er jetzt besonders ab, Ferdinand? Kann ich dir vielleicht helfen?
Es ist Not am Mann, Franz. Die Post ist in Gefahr. Rette sie, wer kann! Und rette sich, wer kann!
Und du glaubst, der Karl könnte?, fragte Blumauer. Worum geht's denn, Ferdinand? Worin liegt, wie Deuth gern fragt oder sagt, die »causa desperationis«, der Verzweiflung Grund?
Darauf sagte Ürdinger: Jetzt stell dir vor, mein »Computerneffe«, der mich mit Weisheiten aus dem Internet versorgt, mit Weisheiten und Bosheiten zum Thema Post und anliegenden Themen, kommt vorgestern mit ganz gehässigen Aussagen über die Post zu mir. Da hat doch einer zum Vorschlag der Telekom-Oberen, Ex-Post-Bedienstete als Schülerlotsen einzusetzen, Folgendes abgesondert und ins Netz geschissen: »In jeder Firma werden Mitarbeiter gekündigt, wenn es keine Arbeit mehr für sie gibt. In diesem Fall kann man sie auf Grund ihrer Pragmatisierung nicht kündigen, und deren Riesengehalt oder riesen Gehalt wird von Steuergeldern bezahlt. So weit die Tatsachen. Hier meine Meinung: Wenn man diese Leute schon nicht

loswerden kann, dann sollen sie gefälligst was tun für ihr Geld – das wir mit den Steuern aufbringen müssen –, und wenn es nur Taubenscheiße wegmachen in der Stadt ist. Ich würde mich glücklich schätzen, wenn ich Taubenscheiße entfernen dürfte – mit dem Gehalt eines Postlers.«

Diese Ausdrucksweise ist natürlich drastisch und spricht für – oder gegen einen dezidierten Posthasser. Aber ganz unverständlich sind mir die heftigen Reaktionen auf den merkwürdigen Vorschlag des Innenministeriums mit den Schülerlotsen nicht, sagte Blumauer. Als Postpensionist habe ich die entsprechende Berichterstattung in der Zeitung und die Reaktionen im Netz natürlich verfolgt. Dazu habe ich leider keinen »Computerneffen« wie du, so muß ich meine eigene bescheidene Anlage benützen. Bevor du dich also über die Bosheiten der »Posthasser« ärgerst, Ferdinand, mußt du den merkwürdigen Artikel über das Vorhaben des Innenministeriums zur Kenntnis nehmen, der die Reaktionen ausgelöst hat. Und dort hat es geheißen: »Das Innenministerium hat offenbar eine neue Verwendung für die von der Post und Telekom Austria zum Polizeidienst gewechselten Bediensteten gefunden. Demnach sollen sie künftig nicht nur im Innendienst, sondern auch als Schulweglotsen tätig sein. Ziel sei es, damit die Polizeiinspektionen zu entlasten. Zuvor müßten die Mitarbeiter aber vom jeweiligen Stadtpolizeikommando die ›theoretische und praktische Einschulung‹ erhalten. Die ehemaligen TA-Mitarbeiter könnten erst nach Ausstellung eines Ausweises tatsächlich als Schulweglotsen arbeiten, etcetera etcetera.«

Ist es da, wenn man so etwas liest und hört, nicht wirklich schwer, ernst zu bleiben und keine Satire zu schreiben,

Ferdinand? Wenn ein Schulweglotse die Hand hebt und vor dem Zebrastreifen den Autoverkehr anhält, damit die Kinder die Straße überqueren können, tut er sicher ein gutes Werk, wie es viele Schulweglotsen und darunter viele Pensionisten schon bisher ehrenamtlich und in ihrer Freizeit getan haben, eine »praktische Einschulung« dafür wird sich aber in Grenzen halten können. Ein Hauptschulabschluß wird für den Lotsen reichen, vielleicht die Matura, aber ein Hochschulstudium wird wohl nicht nötig sein. Und ein Schülerlotse wird ja auch nicht einen übertriebenen Ehrgeiz für große Gesten und ein ausdrucksstarkes Mienenspiel entwickeln wie der berühmte »Karajan vom Schwarzenbergplatz«, jener Polizist, der auf einer der belebtesten Kreuzungen der Stadt Wien seinen Dienst so akrobatisch und ästhetisch vollzogen hat, daß sich auf den Gehsteigen Zuschauer gedrängt haben, die nur seinetwegen gekommen waren, um ihn zu bewundern. Sogar Klatschen und Applaus hat es gegeben. Der Ausdruck »Karajan« war übrigens eigentlich unpassend, weil der Maestro Herbert von Karajan bekanntlich immer mit geschlossenen Augen dirigiert hat. Und das wäre das Letzte gewesen, was der »Krajan am Schwarzenbergplatz« brauchen hätte können. Augen auf!, gilt nicht nur für jenen »Helmi«, die animierte Comicfigur, die die Kinder im Fernsehen zum richtigen Verkehrsverhalten erzieht, sondern natürlich auch für die Verkehrspolizisten und die Schülerlotsen.

Und auch die »theoretische Einschulung«, die von den ehemaligen Post- und TA-Mitarbeitern, die nun als Schülerlotsen oder Schulweglotsen fungieren sollen, wird nicht besonders »elaboriert« sein müssen. Lediglich Grund-

kenntnisse in Theologie, Philosophie, Jus und Medizin werden reichen, vielleicht noch ein wenig Betriebswirtschaftslehre.
Mach du dich nur lustig über die braven Postler, die sich nun dem Dienst an der Menschheit und den Schwächsten der Menschenfamilie, den hilflosen Kindern, weihen und widmen. Dabei würde ein solcher Dienst, sagte Ürdinger, auch uns pensionierten Briefträgern gar nicht schlecht anstehen. Wäre vielleicht verantwortungsvoller als unser ewiges Stammtischpalavern, Franz!
Aber Munderfing braucht ja gar nicht drei Schulweglotsen, seit die eine, durch den Ort führende Hauptstraße für die Fußgeher untertunnelt ist, sagte Blumauer.
Wir könnten uns ja auch für die städtischen Ballungszentren in Schärding, Braunau oder Ried und die dortigen Schulzentren melden, sagte Ürdinger.
Und womöglich im Greisenalter noch auspendeln?, fragte Blumauer. Die Rieder und die Braunauer und die Schärdinger werden wohl selbst genug selbstlose Pensionisten für diesen Job oder auch »geparkte« Postler haben, die sich umschulen lassen und als Schulweglotsen ihre Erfüllung suchen! Ich jedenfalls komme dafür nicht in Frage. Ich habe etwas anderes und – nimm es mir nicht übel, wenn ich sage – etwas Besseres zu tun.
Ja, du mußt ja die Menschheit mit deinem Roman beglükken, sagte Ürdinger.
Lieber Ferdinand, du kannst mich gern für überheblich halten. Aber für einen Schülerlotsen bin ich »überqualifiziert«, wie sicher auch die meisten Postler und TA-Mitarbeiter, die die Innenministerin aus ihrem Innendienst abziehen und auf die Straße stellen will. Ich könnte mir für

mich eher vorstellen, daß ich Schüler unterrichte oder aus meiner Lebenserfahrung heraus ihnen den Weg ins Leben aufzeige. Ich könnte und möchte die jungen Menschen Ethik lehren und ihnen meinetwegen auch Mores beibringen. Denn an solchen Menschen fehlt es in der Gesellschaft, nachdem unsere Lehrer völlig auslassen und sich von Ethik und Religion oder Weltanschauung vollständig abgemeldet haben. Vielleicht vermitteln einige noch ein wenig Wissen, sofern sie selbst eines haben, aber den Schülern Grenzen setzen und damit Halt geben und Grundsätze fürs Leben vermitteln, liegt ganz und gar nicht in ihrer Intention. Wie sollen sie etwas geben, was sie selbst nicht haben?

Blumauer, Blumauer, du nimmst den Mund sehr voll, sagte Ürdinger. Überschätzt du dich da nicht ein wenig, wenn du dich als Menschenbildner hinstellst? Bist du wirklich aus dem Holz geschnitzt, aus dem solche Menschenbildhauer geschnitzt sein müssen? Blumauer, der neue Pestalozzi, Franz Blumauer, der neue Rousseau! Rousseau hat freilich seine eigenen Kinder auch schlecht erzogen.

Meine Kinder sind in Ordnung, sagte Blumauer, sowohl das eheliche als auch die beiden unehelichen oder außerehelichen.

Ja, Franz, Sexualkundeunterricht könnte ich mir von dir vorstellen, sagte Ürdinger. Ob du freilich auf diesem Gebiet den Jugendlichen jenen Halt und jene Zurückhaltung beibringen könntest, von der du als Erziehungsziel gesprochen hast, darf bezweifelt werden. Worte bewegen, Beispiele reißen hin, heißt es. Das Beispiel, das du aber auf diesem Gebiet gegeben hast, ist nicht hinreißend. Aber du, Franz, könntest dich ja beim sogenannten Kulturservice des Unterrichtsministeriums als Vortragender für sogenannte

Schullesungen melden. Die österreichischen Dichter sind ja heute sehr viel in Schulen unterwegs. In den Schülern, denen im Deutsch-Unterricht solche Lesungen verordnet werden, haben die österreichischen Dichter ihre wehrlosen Opfer gefunden. Die Schulen sind für diese Dichter so eine Art »geschützter Werkstatt«, wo sie sich austoben können und ein Publikum finden, das sie auf dem freien Markt nie erreichen würden. Oft ist der Lehrer, der den betreffenden Dichter von der »Liste der lesewilligen Schriftsteller« des Ministeriums angefordert hat, der Einzige, der an der Lesung eine Freude hat, wenn auch oft nur, weil er sich das Unterrichten erspart. Ich weiß es von meinem Computerneffen. Die Schüler fadisieren sich und gähnen sich durch diese Literaturstunden. Sie lassen sie über sich ergehen, sagt mein Neffe. Für die Dichter ist es natürlich auch nicht erquicklich, wenn im Anschluß an die Lesung in der sogenannten »anschließenden Diskussion« immer dieselben naiven Fragen kommen: Warum schreiben Sie überhaupt? Und: Was wollen Sie mit Ihrem Geschreibe erreichen?
Aber Ferdinand, lieber Gutmensch, der du offenbar plötzliche altruistische Anwandlungen hast, hat dir dein Computerneffe denn nur die eine Reaktion auf die Ankündigung des Schulweglotsendienstes der Expostler mit dem Taubendreck mitgeteilt? Ich kann mir das gar nicht vorstellen bei seinem guten Verhältnis zu seinem guten Onkel und den verschiedenen Maliziositäten, die er dir, dem Exbriefträger, früher gezeigt hat, wie du uns ja oft wissen hast lassen. Ich kann mir also gar nicht vorstellen, daß er dir andere Publikumsreaktionen im Netz vorenthalten haben sollte. Hat er dir wirklich verschwiegen, was einer oder eine, vielleicht ein besorgter Vater oder eine

skeptische Mutter, online repliziert hat: »Ups! Und wer macht bei denen die Alkotests mehrmals am Tag? Einige Zusteller sind ja mittags schon blau! Müssen dann die Kids auf die Lotsen aufpassen?« Ferdinand, Ferdinand, der das geschrieben hat, scheint dich zu kennen!
So eine Gemeinheit!, sagte Ürdinger. Auf eine solche Bosheit muß man erst einmal kommen! Kinder, die die Schulweglotsen lotsen, damit die sicher ins Wirtshaus kommen? Das nenne ich verkehrte Welt. Ade, böse Welt! Aber weil in diesen »Rückmeldungen« offenbar ein Klischee und eine völlig unzutreffende Ansicht vom betrunkenen Briefträger reproduziert wird, wollen wir uns doch nicht abhalten lassen, auf all die wohlmeinenden Postkritiker und Briefträger-Verächter noch einmal das Glas zu erheben. Bitte, Resi, rief er Richtung Kellnerin, bist du so gut und bringst mir, dem Gutmenschen Ürdinger, noch ein gepflegtes Riedkerdinger?!
Lieber Ferdinand, sagte Blumauer, wenn du wirklich als kinderloser alter Mann dein Herz für die Kinder, heute Kids genannt, entdeckt haben solltest, mußt du ja nicht gerade als Schulweglotse anheuern, es gibt da noch einige andere lohnende Aktivitäten. In Ried gibt es eine Initiative von Pensionisten und Pensionistinnen, die einen regelrechten Journaldienst für Babysitter und Babysitterinnen eingerichtet haben, so ein Art Call-Center für gestreßte Mütter, damit die einmal eine Stunde entlastet werden und einkaufen gehen können.
Dazu fehlen mir vielleicht die Nerven, Franz! Und die Kenntnisse. Da müßte ich womöglich vorher noch einen Wickel- oder Stillkurs inskribieren.
Nein, sagte Blumauer, die Brust geben wird nicht erwartet.

Ein Babysitter ist kein Ammer! Gefragt ist bei diesem Sozialdienst Erzählen und Vorlesen. Die Kinder- und Hausmärchen wirst du ja wohl »draufhaben«?
Hab ich auch schon vergessen, wenn ich sie überhaupt einmal gekonnt habe. In meinem Heranwachsen haben die Älteren und die Eltern und auch die Alten, die Großeltern, mit den Kleinkindern ja kaum geredet. Die Kinder hat man zu meiner Zeit im Innviertel, das ja als besonders robust und hart bekannt ist, vor allem »ruhiggestellt«. Es gab ja im Innviertel, wie auch bekannt, kein Halsen und Herzen und Abbusseln von Kindern, auf keinen Fall durch den Vater. Als »brav« gelobt wurden die Kleinen dann, wenn sie sich möglichst nicht gerührt haben. Und »ruhiggestellt« hat man sie bekanntlich mit einem in Honig und Most getunkten oder gar in Schnaps getauchten Schnuller, sodaß die Kleinen, benebelt und leicht berauscht, eigentlich schon kleine Räuschlein ausgeschlafen haben – und zur Freude der Alten recht still gewesen sind.
Hat deine Karriere als Trinker also auch so begonnen, wie es dem Innviertler Brauchtum entspricht?, fragte Blumauer.
Erstens bin ich und war ich kein Trinker im Sinne des Alkoholikers, Franz, sagte Ürdinger, und zweitens auch kein Rauschkind. Aber dem Vater aus dem Keller im irdenen Krug Most holen, sobald man eben laufen und die Pipe öffnen und vor allem verläßlich schließen konnte, und dann am Haustrunk ein wenig »mitnaschen«, gehörte zum Hausbrauch. Und wenn ein kleiner Bub gleich kräftig angezogen hat, haben die Landleute bewundernd gesagt: So ein Spitzbub, der trinkt ja schon wie ein Alter!
Also den Kleinen vorlesen fällt für dich flach, Ferdinand?

Das wäre doch gerade etwas für dich, Franz, unseren Schriftsteller in spe, sagte Ürdinger.
Von Kindertümlichkeit und Kindgemäßheit hast du also auch noch nie etwas gehört, Ferdinand!, sagte Blumauer. Ich schreibe, wie du wissen müßtest, an einem Erotikon und an keinem Märchen, höchstens einem Märchen für Erwachsene. Außerdem ist mein sozialer Ehrgeiz nicht so stark ausgeprägt wie bei anderen Gutmenschen. Und ich finde, die Erzeuger sollten auch vor allem selbst für die Brutpflege sorgen und nicht immer nach dem Staat oder freiwilligen Helfern Ausschau halten. Wir, meine Frau und ich, haben uns um unseren Nachwuchs selbst gekümmert. Und für die beiden »Äußeren« habe ich nicht wenig Alimente bezahlt. Drum habe ich es auch nie wie du und der Karl zu einem eigenen Haus gebracht. Aber diese Nöte haben nun ja auch ein Ende, nachdem die Kinder erwachsen sind. Und wenn mein Bestseller über den lateinischen Nachhilfelehrer erscheint, kann ich mir von den Tantiemen das Schloß Zell an der Pram oder ein anderes Lustschloß kaufen.
Hoffentlich kein Luftschloß, Franz. Wenn du aber dann Herr auf Zell bist, wirst du uns dann überhaupt noch kennen, den Karl und mich, deine alten Briefträgerkollegen?, fragte Ürdinger.
Wir werden unseren Stammtisch vom Kirchenwirt in Munderfing in die Zeller Schloßtaverne verlegen, sagte Blumauer.
Und du glaubst, wir zwei Greise werden wöchentlich auspendeln?, fragte Ürdinger. Von Munderfing nach Zell ist es doch eine Weltreise, Franz. Du solltest lieber eins von den näheren Schlössern kaufen. Sigharting vielleicht?

Ich lasse einspannen und euch holen, sagte Blumauer. Heute nur noch so viel: Ich fahre übermorgen nach Salzburg und besuche den lieben Karl im Landeskrankenhaus. Und ich werde ihn fragen, wie es ihm geht, aber auch, wie er sich das vorstellt, uns schon die zweite Woche mutterseelenallein beim Kirchenwirt in Munderfing sitzen zu lassen.

Da tust du ein gutes Werk, und, bitte, grüß ihn von mir, sagte Ürdinger.

Und auch von mir, sagte die Kellnerin Theresia, die Ürdinger zum Zahlen herbeigerufen hatte: Der Schloßherr von Zell an der Pram bittet um das Saldo.

Stammtisch 31

Mitte März 2010 war der Postler-Stammtisch beim Kirchenwirt in Munderfing wieder vollzählig, das heißt, Karl Deuth war nach seiner »Salzburger Operation« wiederhergestellt und fast der Alte, wenn auch noch einige Kilo schlanker und eine Spur langsamer im Reden und auch »schneller ermüdbar«, wie er sagte. Redelust und Redefähigkeit waren ihm Gott sei Dank nicht vergangen. Und er hatte nun auch viel zu erzählen. Wenn jemand eine Reise tut … Mehr Bekanntschaften und Begegnungen mit Menschen, Mitpatienten, Pflegern, Schwestern und Ärzten als im Krankenhaus kann man ja kaum machen. Deuth hielt sich aber an den Grundsatz, daß »das Pathologische« am Stammtisch nichts verloren hat. Auch jetzt, nach seinen Spitalserfahrungen, blieb er dabei, die »Morbi«, wie er es nannte, also die Krankheiten und Wehwehchen eher zu den »materiae vitandae« also zu den tunlichst zu vermeidenden Themen zu zählen. Wenn wir damit anfangen, können wir gleich aufhören, sagte er, da kommen wir bis zu unserem seligen Hinscheiden an kein Ende. Mir liegt ganz etwas anderes am Herzen und auf der Zunge, sagte er, nicht vom Landeskrankenhaus in Salzburg soll heute bei meinem Wiedereinstieg am Stammtisch in Munderfing die Rede sein, sondern von dem großen Haus daneben. Ferdinand, sagte er zu Ürdinger, von welchem Haus spreche ich?

Ich bin in Salzburg nicht so bewandert, sagte Ürdinger.
Da meldete sich Blumauer, der eben dieses Haus, von dem Deuth sprechen wollte, mit ihm, »dem rekonvaleszenten Karl«, am vorletzten Tag seiner Behandlung besucht hatte,

zu Wort und sagte: Geh, Ferdinand, daß dir die Brauerei des Augustinerstiftes Mülln und das dortige »Bräustüberl«, das ja eigentlich ein großer Saal ist und dem Münchner Hofbräuhaus gleichschaut, bei deinen »Brauereibesichtigungen« bisher entgangen sein soll, ist ja kaum möglich.
Ich habe mich auf Niederbayern und das Innviertel spezialisiert, sagte Ürdinger, das ist allein schon eine Lebensaufgabe! Salzburg steht aber auch schon auf meinem Programm!
Da kannst du etwas erleben!, sagte Deuth. Ich bin ja aus dem Staunen nicht mehr herausgekommen, als ich im großen Saal des Müllner-Bräu an der Wand hinter den massiven Eichentischen die vielen Tafeln und Schilder der dort residierenden Stammtische gesehen habe. Ich habe mich nach unserem Besuch mit dem Franz am letzten Tag noch bei einem Zuständigen kundig gemacht und zu meiner Verblüffung erfahren, daß im Bräustüberl sage und schreibe 104 Stammtische existieren und wöchentlich abgehalten werden und daß die Tische täglich von Vereinen, Bruderschaften, Klubs und allen erdenklichen Gruppen, vor allem von Männern, aber neuerdings auch von »Stammtischschwestern« »frequentiert« werden, wie sich mein Auskunftgeber ausdrückte. Die 104 Stammtischrunden sind großteils »bunt zusammengewürfelt«, sagte mein Guide. Es gibt aber auch »Expertenstammtische«, wie einen »Braumeister-Stammtisch«, den Stammtisch der Schuldirektoren und einen der Eisenbahner. Bezeichnenderweise hat sich ein Postler-Stammtisch nach »natürlichen Abgängen« vor einiger Zeit aufgelöst. Leider sind auch wir hier in Munderfing »endlich«. Und wenn sie mich in Salzburg nicht wieder zusammengeflickt hätten,

wäre ja wohl mit mir, das heißt, ohne mich auch unser Brieftragerstammtisch gestorben. Vielleicht hättet ihr beide euch dann noch ein paar Mal »in memoriam« getroffen. Am Schluß wartet immer der »Einmannstammtisch«. Vor der Leermeldung.
Wird hoffentlich dann die Telekom bald wieder mit neuen »Postpartnern« einsteigen, sagte Blumauer …
Daß sich ein Stammtisch »ergibt«, das heißt auflöst, ist aber die Ausnahme. Es gibt ja immer Leute, die darauf warten, zu diesem oder jenem Stammtisch zugelassen und eingeladen zu werden. Schließlich ist die Mitgliedschaft an einigen Stammtischen wie dem klerikalen der sogenannten »Zwölf Apostel«, an dem sicher auch der Abt des Augustiner-Stiftes, dem sich dies alles letztlich verdankt, Platz nimmt, eine Auszeichnung und Ehre und selbst so etwas wie ein Orden. Es muß ein Mitglied sterben, damit ein anderes nachrücken kann. Das ist so ähnlich wie in den Akademien oder dem Verfassungsgerichtshof. Es gibt auch einen Stammtisch der sogenannten »Alumni«, also der Abgänger der Universität, wo es sicher etwas akademischer zugeht als bei uns hier in Munderfing. Der älteste Stammtisch, nämlich der der sogenannten »Schlapp-Gesellschaft« ist übrigens schon 150 Jahre alt! 151 Jahre, um ganz genau zu sein, denn der Stammtisch wurde 1859 gegründet. Ich bitte euch, euch das Datum zu merken. Da lebt also von den Gründungsmitliedern kein Mensch mehr, an diesem Tisch sitzen heute die Ur-Urenkel der Gründerväter! »Schlapp« bedeutet aber nicht »müde«, hat mich mein Informant aufgeklärt. Es ist dieses Wort einmal ein Kommando bei einem ausgestorbenen Kartenspiel gewesen, das sie am Stammtisch gepflegt haben:

»Schlipp, schlapp, schlorum!« wurde dabei gerufen. Heute spielt natürlich auch die »Schlapp-Gesellschaft« Skat oder Tarock oder Watten. Gerade das Watten soll neuerdings durch den berühmten Ohlsdorfer, der eine Erzählung mit dem Titel »Watten« geschrieben und dieses alpenländische Kartenspiel selbst bei einem Wirten mit dem vielsagenden Namen »Papst« in Laakirchen gepflegt hat, wieder in Mode gekommen sein. So ehrt Österreich seine großen Dichter! Im Stadtteil Mülln gibt es übrigens neuerdings auch einen H.-C.-Artmann-Platz, benannt nach jenem Dichter, der lange in der Nähe gewohnt und auch manch glückliche Stunde im Bräustüberl zugebracht hat, wenn er auch als echter Wiener mehr dem Wein als dem Bier zugesprochen haben wird. Zum Watten braucht man übrigens vier Spieler, je zwei in zwei »Mannschaften«. Was an den Stammtischen, an denen überhaupt gespielt wird, dann wirklich gespielt wird, hängt oft von der Zahl der erschienenen Stammtischbrüder ab. Die Stammtischschwestern haben natürlich ihre eigenen Spiele und Späße. Sie spielen wohl gern Rommee oder »Jolly«. Darüber wird sicher der Franz, unser Frauenversteher, Genaueres wissen.
Darauf meldete sich aber nicht Blumauer, sondern Ürdinger: Gib doch zu, Karl, du warst gar nicht krank und im Krankenhaus, sagte er, du warst in einem Salzburger Hotel und hast an der Universitätsbibliothek und im Müllner-Bräu über die alpenländische Stammtischkultur recherchiert und »Feldforschung« betrieben und für den »Bundschuh«, die Zeitschrift des Historischen Vereins in Ried, einen Aufsatz geschrieben: »Die Rolle des Kartenspiels ›Schlipp, schlapp, schlorum‹ und des Wattens an den Stammtischen der Gasthäuser im Flachgau und

im Innviertel unter besonderer Berücksichtigung unterschiedlicher Spielregeln.« Wolltest du einmal von uns und Munderfing deine Ruhe haben?
Ja freilich, sagte Deuth. Und das nächste Mal bringe ich dir meine Befunde des Landeskrankenhauses mit. Dann siehst du, was mit mir wirklich los war. Ich bin in Salzburg durch die Hölle gegangen!
Durch die Hölle und das Müllner-Bräu!, sagte Ürdinger.
Dort war ich ein einziges Mal zum Schluß, kurz vor meinem Austritt, zur Feier des Tages und in Begleitung des hier anwesenden Franz Blumauer, gewesener Briefträger zu Munderfing, sagte Deuth.
Ich bezeuge es, sagte Blumauer.
Lieber Ferdinand, sagte Deuth jetzt zu Ürdinger, hast du dir das Gründungsdatum des ältesten österreichischen Stammtisches »Schlapp« in Mülln gemerkt?
Schon vergessen, sagte Ürdinger.
Nicht genügend, setzen!, sagte Deuth. Und wie steht es mit dir, Schüler Blumauer?
1859, sagte Blumauer nach Art eines Primus und Vorzugschülers.
Eminenter, eminenter!, sagte Deuth, und zu Ürdinger gewendet: Nehm Er sich am Schüler Blumauer ein Beispiel. Das Jahr 1859 war ein besonders fruchtbares Gründerjahr. Jedenfalls hat sich im selben Jahr auch der berühmteste Stammtisch in Deutschland das erste Mal zusammengesetzt: »Die ehrlichen Kleiderseller zu Braunschweig«. Ein Privatgelehrter namens Carl Schiller hat dort einige Honoratioren der Stadt zu einer Herrenrunde eingeladen und sie gebeten, ihm bei der Gründung eines Heimatmuseums durch Sammeln von Gegenständen der Volkskultur behilf-

lich zu sein. In scherzhafter Anlehnung an die Tätigkeit der Altwarenhändler und Trödler, die in Braunschweig »Kleiderseller« genannt wurden, gaben sie sich den merkwürdigen Namen. Daran sieht man auch etwas von der zentralen Eigenschaft aller Stammtische, nämlich die unausrottbare Neigung zu humoriger Rede. Am Stammtisch wird auch viel geneckt. Das prominenteste Mitglied der »Kleiderseller« hat geschrieben: »So wollen wir bleiben, wie wir sein müssen: bescheiden und frech, still und großschnauzig, kurz – so bunt wie möglich.« Das Wort »Kleiderseller« hat bescheiden, ja abwertend geklungen, wie für uns heute »Fetzenklauber«! Die »Kleiderseller« werden den tragischen und ernsten Themen auch eher ausgewichen sein, denn wenn sie, diese vielen würdigen alten Herren, unter denen sich kein einziger bartloser befand, wie man auf einem Photo aus dem Jahr 1890, also 31 Jahre nach der Gründung, sieht, über ihre Krankheiten gesprochen hätten, wäre ihnen das Lachen wohl auch schwer gefallen oder vergangen. Der berühmteste »Kleiderseller«, Wilhelm Raabe, von dem auch die vorige Definition der Ideale des Stammtisches stammt, war auch zugleich einer der größten, geistreichsten und mit einem ganz außerordentlichen Humor gesegneten Dichter Deutschlands. Ein anderes Mitglied dieser unkonventionellen und zugleich bürgerlichen Stammtischrunde war der Erfinder und Fabrikant Heinrich Büssing. Schade, daß es keine Tonbandprotokolle der Gespräche der »Kleiderseller« gibt. Was gäbe man darum, wenn man allein eine Unterhaltung zwischen Raabe und Büssing, den Herstellern von Romanen und Lastautos, mithören könnte, zwischen einem Dichter des »Poetischen Realismus« und einem »Realitätenbesitzer«! Sicher hat Heinrich Büssing öfter von seinen Erfolgen, seinen 140 Patenten, seinen Fahrrädern, seinen »Velocipedes«, seinen Stellwerken und Gleisanlagen, gegen Ende des 19. Jahrhunderts aber sicher auch von seinen Plänen erzählt, die er im Hinblick auf Lastkraftwagen und Autobusse geschmiedet hat. Ja, der gelernte Schmied Büssing, der bei Wolfsburg eine einklassige Volksschule besucht hatte, war ein großer Pläneschmied und Erfinder, ein »Pionier der Schiene« und ein »Pionier der Straße«, wie man sagt. Sein Gesellenstück nach der Lehre bei seinem Vater, dem Dorfschmied von Nordsteimke bei Wolfsburg, war ein Hufeisen. Und das hat nicht nur ihm, dem sozialen Unternehmer, sondern indirekt auch den tausenden Mitarbeitern und Arbeitern seiner Fabriken Glück gebracht. Und die Braunschweiger sind mit Recht heute noch stolz, wenn sie ihr Wappentier, den Löwen, auf dem Logo der Autobusse des Herstellers MAN, in dem die Firma Büssing, die »Transportgesellschaft zur Beförderung von Waren und Gütern« aufgegangen ist, in der ganzen Welt, auf den modernen Londoner Doppeldeckerbussen genauso wie in Sydney oder in Sankt Petersburg wiederfinden. Heinrich der Löwe, schau oba! Gut gebrüllt, Löwe! … Büssing hieß nicht umsonst auch Heinrich! Von Raabe heißt es freilich, daß er mehr zugehört und geschwiegen als geredet hat. Vor allem hat er ungern von seinem Beruf und seiner Schriftstellerei gesprochen. Und erst als ihm einmal anläßlich eines Dichtertreffens in Braunschweig die berühmtesten Kollegen aus ganz Deutschland ihre Aufwartung gemacht haben, merkten einige uninformierte Stammtischbrüder am Echo in den Zeitungen, wen sie da wöchentlich in ihrer Mitte hatten.

Karl, Karl, sagte da Blumauer besorgt. Kann es sein, daß im Protokoll deiner Anamnese nach der Untersuchung vor der Operation im Salzburger Landeskrankenhaus auch das Wort »Gedankenflucht« vorkommt?
Sehr freundlich!, sagte da Deuth. Ich kann dir aber versichern, daß ich nicht »verloren« bin. Und ich bin auch nicht haltlos und ausschweifend. Und wenn du fragst, was das alles mit uns und der Post zu tun hat, dann kann ich dir versichern, daß die Büssing- und Kleidersellergeschichte mitten ins Herz der Post führt. Ja, weißt du denn wirklich nicht, daß Büssing der Erste war, der Menschen und Post mit seinen Autobussen befördert hat? Dreimal täglich hat er die Strecke Braunschweig–Wendeburg und zurück fahren lassen. In einer Art Holzverschlag im hinteren Teil saßen die gewöhnlich Sterblichen auf Holzbänken, das bessere Publikum saß vorne auf lederbezogenen und gepolsterten Bänken hinter dem Fahrer und fuhr Erster Klasse oder »Business-Class«. Aber das Schönste am ganzen Fahrzeug war natürlich ein großer gelber Postkasten im Kastenwagen, denn Heinrich Büssing wurde von der Oberpostdirektion Braunschweig »privilegiert«, Briefe und Pakete zu befördern. »Damit ist der Wendeburg-Bus der erste Kraftpostomnibus der Welt!« Ich bitte um Andacht und eine Gedenkminute für den Kleiderseller Heinrich Büssing! Und auch für den wunderbaren Ausdruck KRAFTPOST. Das war jene Sparte der Post neben Paket und Brief und dem Telephon, »die sich mit der Beförderung von Personen unter Zuhilfenahme von Omnibussen« beschäftigte. Heute schwächelt ja leider nicht nur die Post an sich, sondern auch die Kraftpost schwächelt, die mit Büssing so stark begonnen hat ... Weil halt der Ei-

gensinn des Individualverkehrs grassiert. Büssing war der Motor und Promotor und Pionier einer Institution, die heute »Fahrgemeinschaft« heißt …

Trinken wir auf ihn, sagte Ürdinger. Ich will mir auch, weil wir heute offenbar einen norddeutschen Tag haben, zur Feier dieses Tages eine Wurstsemmel mit Braunschweiger bestellen. Und Richtung Kellnerin rief er: Bist so gut, Resi, und bringst mir eine Wurstsemmel mit extra feiner Braunschweiger, dem Blumauer eine Göttinger. Der Deuth ist leider noch etwas geschwächt und darf nichts so Starkes zu sich nehmen. Für ihn ein paar oberfränkische Nürnberger! Dann erhob er das Glas und sagte Prost Post! Prost Büssing! Daß er ein Preuße war, wollen wir ihm heute nachsehen!

Ein Niedersachse, sagte Deuth korrigierend. Ich bitte um »Political Correctness«. Wenn es vielleicht auch einen kleinen Schönheitsfehler am Postprivileg für den Heinrich Büssing gibt, sagte Deuth nachdenklich.

Inwiefern, Karl, erklär dich!, urgierte Blumauer.

Nun, sagte Deuth nach einer Pause, ich habe da einen kleinen Verdacht, was das Postprivileg für den Heinrich Büssing betrifft. Wie man ja bei allen Privilegien und Vorrechten einen Verdacht haben muß. Es geht bei der Erteilung von Rechten und Vorrechten nicht immer gerecht zu. Und im Falle Büssings könnte seine Freundschaft mit einem anderen »Kleiderseller«, der zufällig Braunschweiger Oberpostdirektor gewesen ist und den er wöchentlich im Club getroffen hat, eine gewisse Rolle gespielt haben.

Protektion?, fragte Blumauer.

Protectio heißt eigentlich »Schutz«, sagte der Latinist Deuth. Protektion genießt ein Mensch, wenn ein Mächti-

ger seine Hand schützend über ihn hält. Heinrich Büssing war selbst ein Mächtiger, der vielen »Protektion« gewährt hat, sicher auch »Kleidersellern«, wenn auch das Geschäftliche bei den eigentlichen Treffen der Stammtischbrüder ebenso »außen vor« bleiben mußte wie das »Pathologische«. Aber es spielte natürlich trotzdem herein. Und so wird Büssing schon auch über seine Autobusse, seine Patente und Privilegien manchmal ein Wörtchen fallen haben lassen. Ich denke mir, es wird ihm bei der Zuerkennung des Post-Privilegs schon das Klubmitglied von der Oberpostdirektion »behilflich« gewesen sein. Vielleicht hat der Heinrich Büssing zum Oberpostdirektor einmal gesagt, er möchte nach dem Stammtisch noch ein privates – oder wie wir sagen – ein »prifates« Wort reden … Ich habe gesagt, »behilflich«, dementsprechend ist es vielleicht nicht eigentlich um »Protektion«, sondern um »Auxilium«, also »Hilfe« gegangen, Nachhilfe sozusagen.
Amtshilfe durch den Herrn Oberpostdirektor … sagte Blumauer vielsagend.
Die »Kleiderseller« waren ja kein sogenannter »Expertenstammtisch« wie der erwähnte Braumeisterstammtisch in Mülln. Wir drei hier in Munderfing sind ein Expertenstammtisch. Die »Kleiderseller« waren eine gemischte Partie, ähnlich den heutigen Serviceclubs, den »Round Tablern« oder den »Rotariern« oder den »Schlaraffen«. Die »Freimaurer« sind natürlich ein Kapitel für sich. Solche Vereinigungen legen Wert auf »Inhomogenität«. Sie haben gern von jeder Profession ein oder höchstens zwei Mitglieder, einen Baumeister, einen Braumeister, einen Bürgermeister, einen Schulmeister und einen Schuldirektor, einen Notar, einen Fabrikanten, einen Richter und so

fort. Solche Vereine sind das Gegenteil von einer Innung, wo sich die Mitglieder derselben »Zunft« zusammenschließen, um Strategien für die Standespolitik zu besprechen, weshalb dabei in der Öffentlichkeit sehr schnell der Verdacht des Kartells und der Preisabsprache auftaucht. Was nun den Heinrich Büssing betrifft, so war er in seinem Klub der weitaus reichste und so gesehen der honorigste unter den Honoratioren. Der geistig Höchststehende und Angesehenste und der sozusagen »Humorigste« war aber sicher Wilhelm Raabe. Und es existiert, wie erwähnt, ein Photo von den »Ehrlichen Kleidersellern zu Braunschweig« aus dem Jahre 1890, wo Wilhelm Raabe, Heinrich Büssing und Wilhelm Brandes nicht zufällig in der ersten Reihe fußfrei sitzen, während sich die übrigen Mitglieder im Mittel- und Hintergrund drängeln. Es ist ein »Gruppenbild mit Raabe« oder ein »Gruppenbild mit Büssing«. Auch der Dritte im Bunde der ersten Reihe, Wilhelm Brandes, ist ein bedeutender deutscher Schriftsteller und ein Altphilologe. Er war Raabes bester Freund und Vertrauter. Drei Jahre nach dem erwähnten Photo der Kleiderseller wurde er Direktor des Wolfenbüttler Gymnasiums. Büssing war sicher der einzige Autobushersteller und Fuhrunternehmer in der Gruppe der »Kleiderseller«, und wenn ihn der Oberpostdirektor mit dem Postbeförderungsprivileg »beehrt« hat, so ist das mehr als naheliegend. Es gab außer dem konkurrenzlosen Heinrich Büssing keinen, der für diese Dienste in Frage gekommen wäre. Sicher hat auch der Schuldirektor Wilhelm Brandes dem Autobusunternehmer Heinrich Büssing von Wolfenbüttel her später manches Geschäft mit Schulausflügen zukommen lassen. Deshalb sind ja Schuldirektoren heute noch gern gesehene Gäste in Wirtschaftskreisen, weil sie viel zu bestellen haben, Schulmöbel etwa oder Lehrmittel … Und hin und wieder ist auch schon ein Schulmann in Verdacht geraten, eine Firma mit einem Auftrag betraut zu haben, die nicht der Bestbieter an sich, sondern der Bestbieter einer Provision für ihn selbst war. Über solche Verdachte ist Brandes und sind die Kleiderseller natürlich erhaben. Sie sind im besten Sinne »treudeutsch«.

Wilhelm Brandes oder »Barde Brandanus«, wie er von den anderen Kleidersellern genannt wurde, war, wie gesagt, Schulmann, Altphilologe und Dichter, wenn auch nicht von Raabes Graden. Was er schrieb, nämlich humorvolle Balladen, reichte für den Hausgebrauch der Stammtischbrüder, denen er immer wieder herzhaft akklamierte Vorträge gehalten hat. Brandes hat Vorträge gehalten und Raabe hat sich zurückgehalten … Als guter Organisator und Administrator gründete Brandes nach dem Tod Raabes 1910 und dem Begräbnis, bei dem er die Trauerrede gehalten hat, im Jahr 1911 die Wilhelm-Raabe-Gesellschaft, eigentlich die »Gesellschaft der Freunde Wilhelm Raabes«, deren Kern die Stammtischbrüder der »ehrlichen Kleiderseller« bildeten, über den sie dann freilich bald hinauswuchs …

Karl, Karl, sagte Ürdinger, was du heute wieder alles hervorholst und heranziehst! Da kommt unser Hausdichter, Barde Franz Blumauer, heute natürlich wieder nicht zu seinem Auftritt. Sein erotisches Literaturprojekt über den lateinischen Nachhilfelehrer und seine Schülerin muß also weiter warten. Bitte warten, heißt es bei der TELEKOM. Bitte warten! Sobald eine Leitung frei ist, werden Sie verbunden. Und bei manchem Anruf, vor allem bei den Behörden, muß man lange warten. Da wird Musik eingespielt, und wenn es einen nicht verdrießt und man nicht den Hut draufhaut und auflegt, kann man sich ganze Symphonien anhören. Die Beamten am Finanzamt oder am Magistrat oder wo immer man angerufen hat, sitzen bei ihrem Gabelfrühstück oder bei ihrem Bürostammtisch, den sie vielleicht »Arbeitsbesprechung« nennen, und das Telephon haben sie auf Beethovens Neunte gestellt… So ähnlich kommt mir die Sache mit Blumauers angekündigter Lesung auch langsam vor. Eigentlich schade. Jetzt hätten wir Postler wie jeder Stammtisch, der auf sich hält, einen Hausdichter und einen Barden, und er kommt nicht zu Wort!

Der Franz wird es erwarten können, sagte Deuth, er ist ja noch jung. Das nächste Mal, also in einer Woche, wird er, so Gott will, wenn also kein Weltkrieg und kein Vulkanausbruch und kein Erdbeben und kein Tsunami dazwischenkommt, drankommen. Für heute bitte ich nur noch sagen zu dürfen, sagte Deuth, daß meine »Exkursion« über Salzburg nach Braunschweig kein unmotivierter Abstecher und keine Fahrt ins Blitzblaue gewesen ist, sondern eine innere Logik hat.

Und worin besteht dieser Zusammenhang?, fragte Blumauer.

Der Zusammenhang besteht darin, daß sowohl die zweitgrößte Stadt Niedersachsens wie auch die zweitgrößte Stadt des Innviertels mit Braun- beginnen, und daß sich der berüchtigtste Braunauer in Braunschweig im Februar des Jahres 1932 »einbürgern« hat lassen. Er ist dort als Vertreter des Freistaates Braunschweig für Berlin geführt und bezahlt worden, nachdem eine Berufung an die Techni-

sche Universität auf einen für ihn konstruierten Lehrstuhl »Politik und organische Gesellschaftslehre« – zur Ehre der Hochschule sei es gesagt – am Widerstand des akademischen Senats und des Bildungsbürgertums gescheitert war. Er beantragte aber bereits sieben Monate später seine »Entpflichtung«. Im Internet kann man lesen: »Sein Gastspiel in Braunschweig war nur von kurzer Dauer. Schon vor 1932 war er selten in der Stadt, das letzte Mal am 17. Juli 1935, als er das aufgedeckte Grab Heinrichs des Löwen im Braunschweiger Dom sowie die NS-Neubausiedlung Lehndorf besichtigte.« Diese »Einweihung« des Braunschweiger Doms Sankt Blasius als »nationale« oder »nationalsozialistische Weihestätte« war eigentlich eine widerwärtige Profanierung und nach christlichem Verständnis und in meinen Augen keine Ein-, sondern eine Entweihung! Auch am Quedlinburger Dom haben sich die Nazis ähnlich vergriffen und versündigt!
Und die Kleiderseller, fragte Blumauer, wo waren »die ehrlichen Kleiderseller von Braunschweig« abgeblieben?
Ja, das ist eine gute Frage. Sie ist so schwer, daß ich sie nicht beantworten kann, sagte Deuth. Vielleicht das nächste Mal.

Stammtisch 32

Franz, wir hören, sagte Karl Deuth.
Wir sind ganz Ohr, sagte Ferdinand Ürdinger. Schieß los!
Geschossen wird später, sagte Franz Blumauer, der Anfang muß vielsagend harmlos und offen klingen. Zu Beginn muß man es unterkühlt und beiläufig angehn lassen, im Laufe der Erzählung wird es allmählich wärmer und schließlich brennheiß und leidenschaftlich. Die Temperatur steigert sich aus dem grünen Bereich ins Erhöhte, vom Erhöhten ins Überhöhte und zuletzt in ein tödliches Fieber, daß das Thermometer explodiert. Man kann doch nicht gleich am Anfang das Pulver verschießen, wie du, lieber Ferdinand, dir das vielleicht vorstellst. Die Sache beginnt immer mit dem sogenannten Vorspiel.
Also nach den Bräuchen im Fußball, wo vor dem Auftritt der »Ersten«, der Kampfmannschaft, die Schülermannschaft, dann die Jugend und die Reserve spielt?, fragte Ürdinger. Die Zuschauer kommen aber erst zum Hauptspiel, Franz! Da werden die Leser deines Bestsellers vielleicht auch den Anfang überblättern und gleich die »Stellen« mit den »Stellungen« suchen.
Fußball und Bier, das ist die Welt des Ferdinand Ürdinger! Meinetwegen, sagte Blumauer. Ich aber darf nicht mit der Tür ins Haus fallen, sagte Blumauer. Darum habe ich auch die erste Begegnung zwischen dem 58-jährigen lateinischen Nachhilfelehrer und seiner 17-jährigen Nachhilfeschülerin, anders als es sich nach dem Polizeibericht und den Artikeln der Gerichtsreporter zugetragen hat, nicht gleich im Gänsehäufel und in der Nudistenecke stattfinden lassen, sondern auf neutralem Boden, sozusagen exterri-

torial in einem Caféhaus im 2. Bezirk, von dessen Fenster aus man einen Blick auf die Badeinsel und das Abundationsgebiet zwischen Alter Donau und Donaukanal hat. Bei dieser Vorbesprechung im Caféhaus klärt der Professor nach Rückfragen bei der Schülerin, worin und von welchem lateinischen Autor sie sich Hilfe erwartet, die Vorfragen, eben den Text betreffend, den sie behandeln wollen. Mit Ovid kommt er seinen geheimen Absichten schon ein Stück näher. Er bittet sie, sie duzen zu dürfen und auch ihn zu duzen. Schließlich ist er ein Freund ihres Vaters … Dann spricht er auf das Freibadgelände hinunterblickend von seinen Ferienplänen … Und dann natürlich die bei solchen Gelegenheiten grundlegende Frage: Haben Sie, oder jetzt: Hast du einen Freund?
Kommt jetzt dann das Angebot und die Einladung, dem Mädchen in seiner Wohnung die Briefmarkensammlung zu zeigen?, fragte Deuth, seinen Kollegen Blumauer unterbrechend.
Es geht um Nachhilfe in Latein, Karl, nicht um Postwertzeichen. Es geht um einen »Nachzipf«, nicht um Stempelmarken!, sagte Blumauer. Ich muß doch Kurs auf das Thema halten!
Lieber Franz, sagte jetzt Karl Deuth, ich bin der Meinung und Hoffnung gewesen, du trägst uns heute schon den fertigen Text des ersten Kapitels deines Bestsellers vor. Und jetzt ist doch wieder nur von Absichten und theoretischen Überlegungen und Gedanken über das Schreiben an sich und das Beginnen von Romanen oder Erzählungen im Allgemeinen die Rede. Von der Rede ist die Rede. Ich bin auch ziemlich enttäuscht, weil du deine Sache nicht nur zu theoretisch, sondern auch zu zögerlich angehst. Weit besser und

erfolgversprechender wäre es nach meinem Empfinden, wenn du deinen Roman mit einem Knalleffekt beginnen lassen würdest. Das Pferdchen muß von vorne aufgezäumt werden! Ich würde mit dem Höhepunkt anfangen, ich sage nur in Erinnerung an den Wiener Gerichtsfall: *Erektion!* EREKTION! Dieses Wort würde ich wie eine Brandfakkel in die Geschichte hineinschleudern. Oder überhaupt: *Orgasmus!* ORGASMUS! Die Eruption und der Ausbruch eines Vulkans als Initialsensation. Den Latinisten beim »Nachzipf«, also beim Schwanz aufzäumen! Die Krisis als aller Laster Anfang. So ähnlich haben ja auch die Gerichtsberichterstatter begonnen: »Da ist es halt passiert«, hat es in einem Bericht gleich zu Beginn geheißen, erinnere dich. Du darft dich doch nicht von Journalisten, was Überraschung und Spannung betrifft, überflügeln lassen. Du darfst dich nicht beschämen lassen! Nur keine falsche Scham! Elementare Wucht statt Ziererei! Ein Bestseller auf diesem Gebiet muß ungeniert sein. Hau auf die Pauke! Und erst im Anschluß an den Paukenschlag kannst du episch werden und umständlich und breit erklären, wie es dazu kommen konnte. Und wohin das Ganze geführt hat, zum Prozeß nämlich und den vielen Verwicklungen. Und zum Disziplinarverfahren. Aber das ist erst der Tragödie zweiter Teil. Den ersten Teil der Sexualkomödie würde ich nach der Art des Felix Salten und den zweiten Teil nach der Art des Albert Drach erzählen. Ich bin ja ganz baff, daß du offenbar wie der Grand, diese Karikatur eines Amateurschriftsellers in »Die Pest« von Albert Camus vorgehen willst. Wohin soll denn das führen und wozu soll das gut sein? Da schnarchen dir ja die Leser weg. Schau dir doch die Bestsellerliste vom vorigen Jahr an: Das erfolgreichste

Buch überhaupt war eins, auf dem auf den ersten beiden Seiten ein Analverkehr beschrieben wird, wie ich gelesen habe. Ich habe das Buch selbst ja nicht gelesen, weil mich die Spekulation mit dem Erotischen eher anödet als »antörnt« und aufregt. Aber um mich geht es nicht. Mir sind die Spekulanten der Bestsellerei so unsympathisch wie die Spekulanten an der Börse. Aber wenn du schon einen Bestseller schreiben willst, dann mußt du dich an die korrupten Gesetze der Bestsellerei halten und den Affen Zukker geben, sonst erzeugst du eins dieser Nischenprodukte für Spezialisten und Liebhaber. Und das Schloß Zell an der Pram wirst du dir mit einem solchen Libell nicht verdienen. Zell kannst du dir dann abschminken! Das reicht dann nicht einmal für ein Schloß wie das in Zwickledt bei Schärding! Zwickledt bei Schärding hat seinem Besitzer Alfred Kubin auch weniger der Roman »Die andere Seite« eingebracht, ein Roman, den viele, vor allem Intellektuelle und Literaturkritiker, gelobt, wenige aber gelesen haben, sondern seine Zeichnungen! Und seine wohlhabende Frau. Als Zeichner aber war Kubin ein respektabler und veritabler Erotomane, der sich auch vor Tabus oder Tabubrüchen in der Kunst und im Leben als Anhänger der Vielweiberei nicht gefürchtet hat. Und Erektionen waren durchaus eine Spezialität von ihm, der Phallus steht bei ihm an erster Stelle! Daran lag ihm! Feigenblätter hat er nicht gezeichnet! Den Aufgerichteten und Aufrechten hat er auf vielen Blättern »verewigt«. Da hat er sich kein Blatt vor den Mund genommen! Am liebsten aber hat er Hengste gezeichnet, ganze Mappen voller Hengst-Zeichnungen gibt es von ihm. Und oft sind Stuten in der Nähe. Und wenn die Stuten auch nur im Hintergrund sind, erkennt man deren Wirkung an den Hengsten! Es herrscht ein munteres Springen, und auch Bespringen im Liebesspiel… Ziemlich viele Ziemer hat der Zwickledter deliniert. Die steilste und monströseste Erektion hat er im Jahr 1900 in einer Zeichnung mit dem Titel »Maibaum« dargestellt. Hier hat er bildlich die Frage deines Mädchens, Franz, an den lateinischen Nachhilfelehrer, wie das mit der Erektion sei, drastisch beantwortet… Und auch an den Frauen hat er alles sichtbar gemacht, was sie Wunderbares haben, oder was ihnen fehlt, weil er ja, dem Zeitgeist entsprechend, als Frauenverächter begonnen hat. Die Frauen leiden an Penisneid, haben die Sexualforscher damals gemeint und geschrieben. Wie man bei Kubin aber sieht, haben sie den Männern gegenüber auch manches Surplus, sie haben stattliche Brüste und ins Auge springende Derrieres! Schade, daß Kubin tot ist, er wäre der gegebene Illustrator für dein Erotikon »Minnesota« oder »Weibern« oder wie es dann heißen soll, lieber Karl. Dazu müßte es ihm freilich gefallen und zusagen, es müßte ihm einleuchten. Für eine notgeile Maulhurerei wäre er bestimmt nicht zu haben gewesen! Kennt ihr die Bilder von Kubin, Ferdifranz? Frauenversteher Franz Blumauer?, fragte Deuth.

Nie davon gehört, sagte Ürdinger.

Warst halt wieder nur in der Brauerei Kapsreiter in Schärding! Ferdinand, Ferdinand Nebenerwerbslandwirt!, sagte Deuth seufzend. Und du, Franz, fragte er Blumauer, wirst womöglich statt Kubin *Rubin*, also *Club Rubin*, verstanden haben?

Sehr witzig!, sagte Blumauer. Aber ich kann dich beruhigen. Ich kenne beides. Ich bin ein Allrounder… Natürlich weiß ich auch, wer Kubin gewesen ist. Schließlich waren wir mit

der Gewerkschaft einmal in Zwickledt. Ein »Schloß« haben wir dort aber nicht gesehen. Nur ein kleines Landhäusl mit einem Türmchen als Dachreiter. Mehr traust du mir, lieber Karl, also nicht zu. Bestsellerautoren und erfolgreiche Maler haben heute aber andere Residenzen. Denk an das Schloß Prinzenhof des Hermann Nitsch in Niederösterreich. Dagegen ist ja Zell an der Pram nur ein Stöckl. Jetzt sage ich zu meinem großen Buchprojekt übrigens nichts mehr. Die Lesung unterbleibt. Zumindest für heute.
Habe ich dich beleidigt?, fragte Deuth. Hältst du uns, den Ferdinand und mich, also für jene Säue, vor die du keine Perlen mehr werfen willst?
Das hast jetzt du gesagt, sagte Blumauer.
Auch auf die Gefahr hin, bei dir noch tiefer ins Fettnäpfchen zu treten und in Ungnade zu fallen, sagte Deuth, stoße ich noch einen Kassandraruf aus: Paß bloß auf, Francisce, daß du dir nicht zuviel vornimmst und dann die Latte, die du dir zu hoch gelegt hast, nicht überspringen kannst und unten durchkriechen mußt. Daß nicht aus dem Buchprojekt ein Bruchprojekt wird, aus der Buch-Landung eine Bruch- und Bauchlandung und aus dem Bestseller ein Brestschneller und Rohrkrepierer! Nimm dir ein Beispiel – oder vielmehr nimm dir kein Beispiel – an jenem österreichischen Autor, der nach einem vielversprechenden Jugend- oder Erstlingswerk ein ganz epochales Romangroßprojekt angekündigt hat, eine Riesensaga, ihr Erscheinen aber von Jahr zu Jahr hinausgeschoben hat. Hat man ihn auf seinen Jahrhundertroman angesprochen, dann hat er gesagt, er hat jetzt sein Vorhaben erweitert und vergrößert, er sprach davon, daß er jetzt eine Trilogie, dann, daß er eine gigantische Tetralogie und schließlich

ein mehrteiliges Triptychon schreibe. So hat er sich selbst belogen, denn es blieb alles ungetan und ungeschrieben, phantastisch und virtuell, wie man heute gern sagt. Und es ging kläglich aus, wie das berühmte »Hornberger Schießen«! Der Schuß ging nicht einmal nach hinten los!
Sei unbesorgt!, sagte Blumauer. In meinem Fall ist alles anders.
Innviertler, Briefträger, Autor! Noch ist ja dein Erotikon nomine »Minnesota« über den akademischen Wiener Strizzi offenbar nicht fertig oder, wie ich nach deiner heutigen, eher dürftigen Stegreifdarbietung fast befürchte, kaum richtig begonnen, sagte jetzt Deuth. Da hätte ich für einen Schriftsteller mit dem angedeuteten geographischen und sozialen Hintergrund aber einen anderen, außerordentlichen Themenvorschlag. Und einen wahrlich erfolgversprechenden! Warum denn in die Ferne, ins Wiener Gänsehäufel, schweifen, wenn das wirklich Gute so nahe, vor der Haustüre im Innviertel liegt? In Reichersberg nämlich und vielleicht in Mauerkirchen! Es ist mir ganz und gar unverständlich und schleierhaft, daß über die »Rubens-Oma« noch niemand den Kriminalroman des Jahrhunderts geschrieben hat!
Wer soll denn das sein?, fragte Ürdinger.
Wie, Ferdinand, du kennst die »Rubens-Oma« nicht?, fragte Deuth. Ja, liest du denn deine »Krone« nicht?
Ich weiß grad, wer der Rubens ist, aber von seiner Großmutter habe ich noch nichts gelesen.
Unter der »Rubens-Oma« versteht man nicht die Großmutter des Peter Paul Rubens, lieber Ferdinand, auch keine alte Frau mit einer sogenannten »Rubensfigur«, also eine Vollschlanke wie die Venus von Willendorf, die du uns aus

Redl-Zipf vor einiger Zeit geschickt hast, eine Korpulente also mit Fleischwülsten und Schwimmreifen, Orangenhaut und Hängebrüsten, sondern jene unbekannte alte Frau im Innviertel, die das teuerste Bild der Welt, einen »Bethlehemitischen Kindermord« des flämischen Meisters besessen hat, das sie, wahrscheinlich, weil es für ihr Schlafzimmer zu groß war und weil es ihr wegen des Sujets nicht gefallen hat – welche Frau hängt sich schon ein Bild über ein Massaker an Kindern übers Bett! –, den Augustiner Chorherren von Reichersberg zu treuen Händen übergeben hat, die es dann lange Jahre in einem eher finsteren Gang hängen hatten. Ich habe das Bild selbst noch bei einer Landesausstellung im Stift hängen gesehen. Es wurde als das Bild eines unbedeutenden Rubens-Schülers namens Jan van den Hoeke mehr geschmäht als beachtet. Nach seinem Reichersberger Aufenthalt aber wurde das Gemälde schließlich, als echter Rubens erkannt, zur Versteigerung ins Auktionshaus Sotheby's gebracht, wo es, das »Horror-Bild«, wie es in der Zeitung hieß, für den absoluten Rekordpreis von 45 Millionen Pfund, das sind 73 Millionen Euro, das sind sage und schreibe eine Milliarde und 22 Millionen alter Schilling, dem Londoner Antiquar Sam Fogg zugeschlagen wurde, »der sich im Auftrag eines bisher ungenannten Kunden gegen das unermeßlich reiche Getty-Museum und gegen einen anonymen Telephonbieter durchsetzte. Dem Londoner Altmeister-Händler Johnny van Haeften war bei 34 Millionen Pfund die Puste ausgegangen. Noortmann aus Maastricht hatte noch bis 36 Millionen mitgezogen«, wie man in der Zeitung gelesen hat, wenn man Zeitung, aber nicht nur wie der pensionierte Briefträger Ferdinand Ürdinger die »Krone«, sondern wie der passionierte und

informierte und pensionierte Briefträger Karl Deuth die Samstagausgabe der Frankfurter Allgemeinen Zeitung und dort die Seite über den Kunstmarkt liest.
Ja, sagte Blumauer, das sind die Fakten, sie sind spektakulär und sensationell, aber was sollte man darüber noch viel schreiben?
Die Besitzgeschichte, Franz, die Besitzgeschichte! Wer ist die »Rubens-Oma«? Da stellen sich doch tausend brennende Fragen. Wie kommt eine betagte Innviertlerin in den Besitz eines solchen Bildes, das der berühmte Flame, der doch nur für die reichsten Kirchen und Kathedralen, das Domkapitel und den Hochadel gemalt und eine große Malschule mit vielen Schülern beschäftigt hat, die in seinem Sinn und in seinem Stil seine Bilder ausgefertigt oder überhaupt kopiert haben, eigenhändig und unverwechselbar geschaffen hat? Wer ist diese Frau, diese Milliardärin, die »Rubens-Oma«? Gibt es sie überhaupt, oder verbirgt sich hinter dieser mythenhaften Gestalt etwas ganz Anderes, ein großes Mysterium? Hat vielleicht die Kirche oder hat das Stift, das die Existenz einer solchen »Rubens-Oma«, der Mauerkirchner Pensionistin, die die Kronenzeitung sogar abgebildet gebracht hat, energisch dementieren hat lassen, gleichwohl ein Interesse am Entstehen einer solchen Mystifikation gehabt, um von sich selbst als Besitzerin abzulenken und nicht die Hunde des Neides und der Mißgunst und des Antiklerikalismus aufzuwecken? Ist die »Rubens-Oma« eigentlich die Mutter Kirche selbst? Und hat die Mutter Kirche dem Vater Staat mit einem Ablenkungsmanöver wegen seiner Steuern, Abgaben und Gebühren ein Schnippchen geschlagen? Dann wäre der Klerus freilich wirklich so raffiniert und verschlagen, wie ihn

Johann Wolfgang von Goethe in seiner Dichtung »Reineke Fuchs« dargestellt hat. Und ihr Wappentier müßte nicht das Osterlamm, sondern der Fuchs sein, den man unserer Post angedichtet hat. Neuerdings verkaufen sie in den wenigen übriggebliebenen Postämtern einen ganzen Satz Briefmarken mit Fridolin, wie sie jetzt den Postfuchs getauft haben. Und wer hat vielleicht immer schon gewußt, das das »Massacre of the Innocents« vom Weltmeister selbst stammt und nicht von einem Gehilfen oder Auszubildenden, wie sie heute den Lehrling nennen?

Das ist freilich alles eine äußerst merkwürdige Angelegenheit, sagte Blumauer, und das Auktionshaus wird seine Gründe haben, warum es den »Einbringer« des Bildes nicht bekanntgibt, lieber Karl. Wie auch den derzeitigen Besitzer und den Ort, an dem sich das Bild jetzt befindet. Warum aber soll gerade ich oder ein anderer pensionierter oder aktiver Briefträger diesen Fall, der ein Kriminalfall sein könnte, aufgreifen? Für mich ist der Plot auch zu wenig erotisch. Ich habe andere Interessen. Ich mißtraue jedem nichtsexuellen Gedanken.

Auch so etwas ist sicher in der Geschichte verborgen. Vielleicht hat die »Rubens-Oma« einen jüngeren Liebhaber?, sagte Deuth. Und der will Geld sehen! Besonders naiv finde ich aber die Frage: »Warum ein Briefträger?« Francisce, Francisce, glaubst du nicht auch, daß es im Innviertel oder in Oberösterreich einen gibt, der alles wissen muß und tatsächlich alles weiß? Der Rentmeister des Stiftes, ein Geistlicher, vielleicht auch der Beichtvater der »Rubens-Oma«, ist sicher im Besitz der Wahrheit. Und bestimmt kennt auch ein Briefträger die Wahrheit! Und diesen Briefträger, diesen Collega in Posta mußt du suchen, und wenn du ihn gefunden hast, dann hast du auch den Schlüssel zur Wunderkammer. Der Brieftrager, der der Oma oder der Besitzerfamilie jahrelang die Post gebracht hat, muß etwas gemerkt haben! So wie ja auch wir nolens volens Bescheid gewußt haben, was unsere Kunden abonniert oder welche anonyme Post sie woher bekommen oder von wem sie Briefe erhalten haben … Was hat nicht auch der Wernsteiner Briefträger über den Alfred Kubin Bescheid gewußt! Und weil Kubin bekanntlich ein Frauenversteher war wie du, Franz, wenn auch wahrscheinlich ein erfolgreicherer, weil er neben seiner angetrauten Gattin Hedwig immer wieder außereheliche Liaisonen und Liebschaften gehabt hat, mußte ihm der Briefträger auch viel heikle Post von Verehrerinnen zustellen. Manchmal ist der Kubin dem Briefträger auch entgegengegangen und hat die Post im Freien entgegengenommen, wenn er mit etwas Brisantem gerechnet hat … Wer intensiv leben will, muß manchmal eben ein Doppelleben führen, wenn er nicht auffallen will und ihm an dem Bild, das sich die Mitmenschen von ihm machen, etwas liegt. Kubin hat zuletzt freilich ganz ungeniert als Bigamist oder Polygamist gelebt. Der Briefträger war jedenfalls mit Kubins Lebensweise vertraut … Nicht viel weniger als seine legendäre Haushälterin nach dem Tod seiner Frau … Oder denk an den Ohlsdorfer Briefträger und sein Verhältnis zum »ortsansässigen Dichter«! Wöchentlich hat er dem Dichter Telegramme und Verständigungen über Literaturpreise gebracht. Dann hat er angeblich zum kleinen Fenster neben der Haustür in den Hof in Obernathal hineingerufen: Herr Bernhard, ein Einschreibbrief der Deutschen Akademie für Sprache und Dichtung! Oder: Herr Bernhard, der Wildgans-Preis! Herr Bernhard, der Österreichische Staatspreis! Leider aber waren dann die Krankheit und der Tod schneller als das schwedische Nobelpreiskomitee.

Ein Briefträger weiß mehr als ein Beichtvater! Er ist ein Datenträger und Datenspeicher. Ihm bleibt nichts verborgen. Die Leute sind ja heute mit ihren sogenannten Daten sehr empfindlich und zimperlich geworden. Viele möchten am liebsten nicht einmal ihre Adresse bekanntgeben. Alles soll anonym sein. Und auf keinem Stammblatt soll das Religionsbekenntnis aufscheinen. Nicht einmal zur Bekenntnislosigkeit möchten sie sich bekennen. Nur noch über Passwörter soll der »Access« möglich sein. Wir Briefträger sind keine Schnüffler gewesen, aber verborgen geblieben ist uns kaum etwas! Die Post verrät den Menschen. Sage mir, mit wem du korrespondierst, und ich sage dir, wer du bist! Der liebe Gott und der Briefträger wissen alles! Dagegen hilft auch ein Postfach nichts. Denn dort muß ja auch einer die Post einwerfen. Das Stift in Reichersberg hat natürlich am Amt ein Postfach gehabt und die Post vom Personal holen lassen. Die Briefträger aber haben doch genau gewußt, wer an das Stift schreibt. Sicher hat die »Rubens-Oma« auf ihre Briefe nicht »Rubens-Oma« als Absenderin geschrieben. Und ganz sicher ist dem Briefträger von Reichersberg und dem Postmeister und dem Postfräulein aufgefallen, daß sich vor dem Verkauf der »Unschuldigen Kinder« im Jahr 2002 der Postverkehr zwischen dem Bundesdenkmalamt und dem Stift auffallend intensiviert hat und daß viele Schreiben hin- und hergegangen sind. Damals ging es ja bekanntlich um die Ausfuhrgenehmigung des von den Vertretern der angeblich 89-jährigen Besitzerin als relativ wertlos bezeichneten Bildes von Jan van den Hoecke, den jedenfalls für Österreich als unerheblich und uninteressant bezeichneten zweitklassigen Rubens-Epigonen, den offenbar das Denkmalamt kaum gekannt hat … Denn erst im Ausland und auf dem Weg nach England wurde das Bild von Experten als eindeutig von Rubens stammend und sogar als eins seiner Hauptwerke erkannt … Dabei müßte den sogenannten Experten doch ein ähnlicher »Kindermord« in der Pinakothek in München bekannt gewesen sein. Diejenigen, die damals das Bild dem Rubens-Schüler zugeschrieben und es in seiner Qualität und Originalität so sträflich unterschätzt und unterbewertet und zum Export freigegeben haben, müssen entweder fachlich minderbemittelt oder – und das wäre der spannende Punkt eines Kriminalromans – moralisch unzulänglich, oder sagen wir's heraus: schlecht gewesen sein. Und so konnte der teuerste jemals versteigerte »Alte Meister« unbehelligt die Grenze bei Braunau oder Schärding passieren und sich buchstäblich auf Nimmerwiedersehn aus Österreich verabschieden. Das Gemälde hat sich oder wurde von seinem neuen anonymen Besitzer aus der Öffentlichkeit zurückgezogen. Überall stehen in dieser Geschichte Strohmänner und namenlose Agenten und Stellvertreter und Beistände herum. Und wenn du, lieber Franz, nach deinem Erotikon oder gleich jetzt und parallel dazu diesem Stoff deine Aufmerksamkeit und deine Kunstfertigkeit widmest, dann mußt du als erstes die Frage klären, wie es zu diesem Fehlurteil und zur Ausfuhrgenehmigung für den »Bethlehemitischen Kindermord« durch das Bundesdenkmalamt kommen konnte. Ist vielleicht dort oder da eine »Gefälligkeit« im Kriminalspiel, oder noch klarer und deutlicher und naheliegender: Ist ein gewisser Prozentsatz der Milliarde, die das Bild wert

war, irgendwohin und zurückgeflossen? Gab es Provisionen für die »Experten«, für jene, die es in Österreich unterschätzt, und jene, die es gleich in Simbach oder Passau richtig eingeschätzt und als waschechten und wasserdichten Peter Paul Rubens erkannt haben? Und als Historiker könnte sich der Autor dieses Krimis auch noch bewähren und zu klären versuchen, wie und woher und von wem das Bild Ende der zwanziger Jahre des vorigen Jahrhunderts in den Besitz der »Rubens-Oma« oder ihrer Familie gelangt ist. Viele dunkle Spuren wären da zu verfolgen und verschlungene Wege zu gehen, um die Wahrheit ans Licht zu bringen. Heute ist die sogenannte »Provenienzforschung« in prächtigem Flor, weil in allen Museen enteignete und gestohlene, den eigentlichen Besitzern abgepreßte und dem Staat »anheimgefallene« Bilder als »Raubgut« herumhängen oder herumhingen. Die Erforschung der Herkunft der Kunstwerke konzentriert sich aber vor allem auf die Nazizeit. Im »Bethlehemitischen Kindermord« hätte ein Autor wie du, lieber Franz, aber einen lohnenden älteren Fall, der zugleich in die jüngste Vergangenheit und in die Gegenwart hereinspielt. Und gerade ein Postmensch und Briefträger hätte gute nachrichtendienstliche Voraussetzungen, der Wahrheit auf die Spur zu kommen und der Gerechtigkeit auf die Sprünge zu helfen. Und bei der Vermittlung von Kontakten zur Reichersberger und Mauerkirchner Post und auch zum Stift könnte ich dir sogar behilflich sein, weil ich dort zufällig einige Persönlichkeiten kenne.
Schreib dir diesen Krimi selber, lieber Karl. Ich bleibe bei meiner Erotik und beim Sex-Appeal. Da habe ich genug Stoff und zu tun, sagte Blumauer. Mich zieht das Weibliche hinan – oder wie es im »Faust« von Goethe heißt.

Du bleibst also bei deinem Leisten, sagte Deuth, und schusterst weiter am Leisten des lateinischen Nachhilfelehrers herum!

Ich weiß, was ich will und was ich nicht will, sagte Blumauer.

Schade!, sagte Deuth. Dabei hätte ich dir für eine fiktive Szene noch ein paar gute Ideen liefern und zur Verfügung stellen können.

Mach's kurz, Carolus, sagte da Ferdinand Ürdinger. Ich habe schon das dritte Riedkerdinger in Arbeit, so durstig hat mich dein künstlerischer oder künstlicher Vortrag gemacht. Du redest dir den Mund wund und ich werde langsam besoffen. Außerdem habe ich noch ein Ass im Ärmel, das ich heute noch ausspielen und loswerden möchte, das heißt eine Meldung aus meinem Kleinformat, das Heldenleben der Briefträger betreffend!

Einen Augenblick, Ferdinand, wenn du es noch zurückhalten kannst, sagte Deuth. Mein Plan für einen Einakter oder ein Minidrama ist schnell erzählt. Mein Stück heißt »Kunst und Krempel«. Am Expertentisch sitzen zwei Kunstsachverständige, ein Deutscher und ein Österreicher, und warten auf ein Bild, das Saaldiener hereinbringen und vor ihnen aufstellen. Da das Bild so groß ist wie eben »Der Bethlehemitische Kindermord«, um den es sich ja handelt, müssen zwei Helfer anpacken. Hinter der Prozession der Bildträger geht die Besitzerin, ein rüstiges altes Weiblein in Innviertler Tracht. Die »Rubens-Oma«! Als sich alles beruhigt hat und das Bild vor den Experten aufgestellt ist, sagt der eine der Experten recht zutraulich zur Besitzerin: Was bringen Sie uns denn da Schönes, gnädige Frau? Da kichert die Alte und sagt: I bi koa Gnädige, liaba Mo. I bi a Pensionistin aus Mauakira en Iviachtl, und i tat holt schen bittn, obts ma net sogn kinnats, ob des Buidl do an Wecht hot. Wei wonn s a bissal wos bracht, tat i s vakafm und s Göld en Franzl gebm, en Buam vo mein Bruader, en Obermoa z Mauakira – den s ös vielleicht eh kennts –, weil a an neian Mähdrescha brauat.

Ja und dann das Urteil, das Fehlurteil der Experten – eingeleitet von einigen Fragen zur Herkunft des Bildes. Der eine Experte: Dürften wir, liebe Frau, noch eine Frage zur Provenienz des Bildes stellen? Rubens-Oma: Wos mechtn S' wissn? Wie ist das Bild in Ihren Besitz gelangt? Oma: Jo, des is a longe Gschicht. I hon s vo mana Godn. De ist ban Grofn vo Oastasham in Deanst gwen. Und weil sie si um den oetn Grofn so angnumma und bekimmert hat, wia a oed und kronk woan is, hod ea ihra testamentarisch des Buid vamocht. Mia gfollts jo ned gor a so, wia do jo der grauslige Herodes a Bluadbod anricht und de Kina umbringa loßt. Und weis via mein Wohnung a z greoß gwen is, ho i s amoe an geistling Hean von Reichersberg, der wo aus Mauakira stammt, mitgebm, daß a s im Stift aufhenga soed, wo s jo gmua Plotz homd. Ach so ist das also, sagt der deutsche Experte. Um dann seine Expertise abzugeben, die aber weniger für die »Rubens-Oma« als für das gelehrte Fernsehpublikum bestimmt ist: Es handelt sich hier um eine Darstellung jener bei Evangelist Matthäus erzählten, aber sonst nirgends verbürgten, biblischen Erzählung vom sogenannten Bethlehemitischen Kindermord, den der König Herodes aus Angst vor dem »neugeborenen König der Juden«, der in die Welt gekommen sein soll, in Auftrag gibt. Es handelt sich bei diesem Bild eindeutig um das Werk eines Schülers des flämischen

Malers Peter Paul Rubens, vermutlich des Jan van der Hoecke, sicher nicht um einen authentischen Rubens etc. etc. etc.… Nach dem Österreicher kommt noch einmal der Deutsche zu Wort und sagt: Ja nun, gnädige Frau, zur Schätzung und zum Preis. Es handelt sich um eine interessante Schülerarbeit, die sicher nicht ohne Reiz ist, und für die es durchaus Liebhaber gibt. Und ein solcher könnte ohne weiteres bereit sein, zwei- bis zweieinhalbtausend Euro hinzublättern. Da fährt die »Rubens-Oma« wie von einer Tarantel gestochen auf und schreit: Bist narrisch, guada Mo, zwoatausend Euro, des ist do a Poppenstü! Do ist ja de Leinwad alloa schon mera wecht! Fia zwoatausend Euro konn si da Fronz koan Mähdrescha kafm, da kriagt a jo ned amoe a Moped. Na, do nimm i s liaba glei wieda mid und schenks e de Reichersberega Patan. Dann kim ich sicha in Himmö! Vielleicht sagt sie auch noch: Leckts mi olle midanond am Oasch!
Vielleicht, sagte Deuth, sollte es noch ein kleines Nachspiel, sozusagen einen zweiten Akt, geben. Der österreichische Experte läuft der »Rubens-Oma« nach, erreicht sie, die wütend das Feld geräumt hat, bei der Garderobe im Vorraum und sagt: Liebe Mauerkirchnerin, ich glaube, mein Kollege hat Ihr Bildnis gröblich unterschätzt. Ich glaube, das Bild kann durchaus einen doppelt so hohen Preis, also viertausend Euro erzielen. Ja, ich wäre sogar selbst bereit, Ihnen das Bild für diese Summe abzukaufen, auch um Ihnen die Unannehmlichkeiten des Rücktransportes von München nach Reichersberg zu ersparen… Schleich di!, sagt die Rubens-Oma.
Im dritten Akt befinden wir uns im Auktionshaus Sotheby's in London, und man sieht den Schluß der Versteige-

rung, nur jenen Teil, in dem es über die Milliarde Schilling hinausgeht …
Auch nicht übel!, sagte Ürdinger. Und sehr unterhaltlich, deine Geschichte, Karl. Fast wie dem Franz seine Weibergeschichten …
Man bedankt sich, sagte Deuth.
Darf zur Abwechslung und zum Schluß ich noch an ein trauriges Briefträgerschicksal erinnern, das sich dieser Tage zugetragen hat?, fragte Ürdinger. Oder habt ihr es eh auch gelesen? Weil ich im Gegensatz zu euch, Karlifranz, kein Dichter bin, erlaube ich mir einfach mein Kleinformat zu zitieren, auf das du, Karl, mich ja heute schon so respektvoll angesprochen hast.
Tu, was du nicht lassen kannst, sagte Deuth, und Ferdinand Ürdinger las aus der »Oberösterreich-Krone« vom 25. Februar 2010 die nachfolgende Meldung: »Freches Frettchen biß Post-Zusteller. Keutschach. Im Krankenhaus endete der Arbeitstag für einen Post-Zusteller. Ein eigentlich zahmes Frettchen hatte sich in seiner Hand festgebissen und ihn nicht mehr losgelassen.«
Es ist nicht zu fassen!, sagte Blumauer.
Ürdinger aber sagte, das sei ja nur der Hinweis auf den eigentlichen Artikel auf Seite 19. Und dort komme es noch schlimmer! Und er las weiter auf Seite 19: »Auch Schlangen und Hähne gingen schon auf Zusteller los! Ungewöhnlicher Arbeitsunfall: Postler von Frettchen gebissen. Im UKH Klagenfurt endete der Arbeitstag für einen Post-Zusteller in Keutschach: Ein auf den ersten Blick niedlich anzuschauendes Frettchen hatte dem Postler (43) seine starken Zähne in die Hand geschlagen. Somit mußte dieses Frettchen als allererstes seiner Gattung in die Liste der Post-Gegner auf-

genommen werden. Rund 100 Zusteller werden jährlich in Österreich gebissen, meist von Hunden, weiß Post-Pressesprecher Stephan Fuchs. Doch Freitag schlug erstmals ein Frettchen zu. Ein Zusteller marschierte auf ein Haus zu, das freche Frettchen stellte sich auf seinen Fuß. ›Ich kenne es ja, es lebt in einem Käfig und ist zahm. Doch als ich es wegheben wollte, biß es zu und ließ nicht mehr los‹, erzählte Karl Heinz Pickelsberger. Der nächste Hausarzt auf der Tour des Keutschachers schickte den Postler ins UKH, um die 5 Millimeter tiefen Wunden versorgen zu lassen. Indessen verschwand das Frettchen. Und Fuchs kennt noch andere schmerzhafte Vorfälle mit Tieren: ›Einmal bückte sich ein Zusteller nach Post und wurde dabei von einer Schlange gebissen. Einem anderen hackte ein Hahn seinen Schnabel in den Knöchel.‹ (Christina N. Kogler)

Ein neues Mitglied auf der Liste der Postgegner. Auf einen mehr oder weniger kommt es an sich nicht an. Aber ein Frettchen ist freilich etwas Besonderes!, sagte Deuth. Du bist ein Freund der Jagd, sagte Deuth zu Ürdinger, wenn auch kein Jäger, denn dazu fehlt einem Briefträger oder einem pensionierten Briefträger die notwendige Brieftasche und das erforderliche Portemonnaie. Aber bis zum Treiber hast du es immerhin ja gebracht, Ferdinand. Frage an den Fachmann: Sind die Frettchen nicht eigentlich so etwas wie Jagdhelfer, »Miniaturjagdhunde«, wenn es um die Jagd auf Kaninchen geht?

Das siehst du richtig, sagte Ürdinger. Die sogenannte »Fretterei« ist eine spezielle Hasenjagd, bei der die Frettchen die Kaninchen buchstäblich mit einem Gestank, den sie aus Geruchsdrüsen lassen, aus ihren Höhlen hinausstinken. Sie ekeln sie hinaus! Nestbeschmutzer, oder Nestverstin-

ker! Die Frettchen sind Treiber und werden dort eingesetzt, wo ein Treiber wie ich mit über zwei Zentnern nicht mehr hin kann. Ähnlich den Dackeln bei der Fuchsjagd. Ob das Keutschacher Frettchen den Briefträger nur gebissen oder auch, was wahrscheinlich ist, »angestunken« hat, steht nicht in meiner Zeitung. Sie stinken ja nicht »wie Iltisse«, sondern tatsächlich wie Iltisse, deren nahe Verwandte sie ja eigentlich sind. Ich nehme jedenfalls stark an, daß das Frettchen auch »Geruch gelassen« hat. Die Tiere können ja oft Menschen mit einem bestimmten Geruch buchstäblich nicht riechen. Vielleicht war auch der Keutschacher Kollege zu parfumiert? Jeder Imker wird dir sagen, daß er jedes Rasierwasser oder gewisse andere Parfums oder Lotions unbedingt meidet, weil das die Bienen rebellisch macht. Da stechen sie zu! Die Bienen haben eine Aversion gegen Pitralon. Der Schweiß, wie wir ihn beim Austragen im Sommer reichlich vergossen haben, macht Tieren noch am wenigsten aus. Auch an Schweißfüßen nehmen sie keinen Anstoß. Schwitzen ist naturgemäß und natürlich!
Das mögen aber die Frauen wieder nicht, sagte Blumauer. Ich habe daher immer in meiner Tasche einen Spray mitgehabt. Auch Mundgeruch wurde bei mir nicht gespielt! Wozu gibt es »Chewing gum«, sagte der anglophile Blumauer.
Franz Blumauer, der duftende Briefträger!, spöttelte Ürdinger. Uns, dem Karl und mir, ist es oft vorgekommen, als hättest du in deiner Posttasche mehr Deodorants als Briefe und Karten herumgetragen. Auch einen Kamm, eine Haar- und eine Kleiderbürste hatte der Briefträger von Welt in seinem Gepäck! Deine Briefträgertasche war wie der Musterkoffer eines Reisenden in Pharmaka und

Kosmetika, Franz. Und daß du zweimal bei jedem Austragen Station gemacht und dich »frischgemacht« hast, ist uns und den Munderfingern natürlich auch nicht verborgen geblieben: einmal in der Waschütte am Mühlbach in der Nähe der »Mühle in der Ach« und einmal im »Paradies«, im Vorraum der Filialkirche St. Valentin, wo bekanntlich eine Quelle mit angeblich wundertätigem Wasser sprudelt. Dein Austragen war also wirklich das, was man »Stationenbeten« nennt, Stationenbeten ohne Beten, sondern zur Körperpflege …
Jetzt fehlt nur, daß du, dear Ferry, sagst, ich habe mich in der Valentinskirche geschminkt, mir die Lippen angestrichen, Wimperntusche aufgetragen und die Lidschatten nachgezogen. Pfui Teufel! Ein Ferkel wollte ich aber nicht sein. Oder einer, dem man den Nebenerwerbslandwirt schon zehn Meter gegen den Wind anmerkt.
Aha, sagte Ürdinger, wie mir?
Wenn du dich betroffen fühlst, ist es deine Sache, sagte Blumauer. Und: Es gibt halt saubere und heikle Menschen und grobe und rohe auch. Ich gebe zu, dass ich mich bei meinem letzten Besuch auf deiner Ranch über das »Hygienepapier« in deiner Freilufttoilette, sprich Plumpsklo, die zerschnittenen Zementsäcke und alten Zeitungen, ein wenig gewundert habe. Und erinnern könnte man hier vielleicht daran, daß du uns selbst einmal erzählt hast, daß du dich zur Reinigung deiner Rauhledermontur einer Drahtbürste bedienst …
Was du nicht sagst!, sagte Ürdinger. Das soll ich gesagt, geschweige denn getan haben?
Ja, der Ferdinand!, sagte Deuth. Rauhe Schale und weicher Kern! Aber streiten wir nicht!, sagte Deuth. Halten

wir zusammen! Wir haben genug äußere Feinde! Das Briefträger-Los ist hart genug! Der Briefträger – Freiwild für Hähne, Schlangen, Hunde, Katzen und Frettchen, also auch für Iltisse und Wiesel. Die Hornissen, Wespen, Bienen, Bremsen, Stechmücken und auch die Ameisen nicht zu vergessen! Ja, die Liste der Postgegner ist wahrhaftig lang. Aber auf einen Punkt in der Geschichte von der Attacke des Frettchens möchte ich doch noch hinweisen. Wie, liebe Kollegen, findet ihr es denn, nach allem, was wir schon über Personennamen und Ortsnamen wie *Weibern* und *Aspach* und *Pledi* diskutiert haben, daß der Pressesprecher der Post *Fuchs* heißt, mit Vornamen Stephan, leider nicht Fridolin. Fuchs hat man ursprünglich einen Rothaarigen oder einen besonders Schlauen genannt. Und schlau muß der Pressesprecher und Öffentlichkeitsarbeiter der Telekom heute ja wirklich sein, wenn er auf dem Wege der Sprachregelung all die häßlichen kapitalistischen Notwendigkeiten der Umstrukturierung und Redimensionierung der alten Post als Fortschritt verkaufen und darstellen muß. Er muß das Ungenießbare genießbar, ja sogar schmackhaft machen. Die Pressemitteilung über den armen Briefträger, der vom Frettchen gebissen wurde, und die Bekanntgabe der Statistik mit den hundert von verschiedenen Tieren verletzten Briefträgern wird ihm dagegen ein Leichtes gewesen sein. Denn das macht die Post ja sympathisch. Wer sieht sich nicht gern ein wenig als Märtyrer! *Frettchen* kommt übrigens aus dem Lateinischen und bedeutet genaugenommen »kleiner Räuber«, »Räuberlein«. *Furetto* heißt es im Italienischen, damit ihr es genau wißt!

Da schau her!, sagte Ürdinger. Und ein *Fretter* ist in mei-

ner Innviertler Mundart ein Bauer oder ein Bäuerlein, das sich nur mühsam fortbringt. Und seit wir nicht mehr im Dienst sind und austragen, ist es auch mit der Post und den Postpartnern ein großes Gefrette, ein »Gfrett«.
Da zitierte Deuth wieder ein Gedicht seines Lieblingsautors Josef Weinheber, wo es heißt: Wär net Wean, wenn net durt, wo ka Gfrett is, ans wurt …

Stammtisch 33

Was ist eigentlich mit dem Wetter los?, fragte Franz Blumauer Mitte März 2010 noch im Vorhaus des Kirchenwirts in Munderfing vor dem Stammtischtreffen seinen Kollegen Deuth, während er den Schnee von seinem Schladminger schüttelte und den Hut von einer Schneehaube befreite, indem er ihn mit seiner Rechten gegen den linken Oberarm schlug. Sind wir schon mitten in der Klimakatastrophe? Hält sich die Jahreszeit schon wieder nicht an den Kalender?

Das wird ein teurer Winter, sagte Deuth, die Hälfte der Pension habe ich schon verheizt. Demnächst werde ich bei der Gemeinde um den Heizkostenzuschuß ansuchen! Hier beim Kirchenwirt haben wir's Gott sei Dank warm.

Aha, sagte Blumauer, gehst du deswegen ins Wirtshaus? So wie die Sandler ins Wartezimmer am Bahnhof? Stellst du während deiner Ausgehzeit die Heizung daheim vielleicht auf Sparflamme? Standby? Damit deine Frau auf keine dummen Gedanken kommt? Deuths Alte sitzt also daheim im Zobel im Kobel oder im Persianer in der Wohnküche, während sich der Göttergatte beim Kirchenwirt wärmt und es sich wohl sein läßt …

Genau so ist es, du hast es wieder einmal erfaßt, Francisce! Du selbst hast es in deiner Substandardwohnung im Wohnblock der Bundeswohnbau-Genossenschaft natürlich praktisch. Da hast du die Fernwärme aus dem Heizwerk, in dem der Grafenauer, Bauer im Haupterwerb und Heizungsunternehmer im Nebenerwerb, die Pflanzen aus seinen Energiewäldern in den Brenner wirft. Du aber brauchst nur aufdrehen. Thermostat heißt das Zauberwort, und es bedeutet ja wohl, die Temperatur steht fest und auf hohem Niveau.

Genau so bequem hättest du es auch haben können, wenn du dir nicht in den 70er-Jahren die eigensinnige Dummheit eines Einfamilienhausbaus eingebildet hättest, diesen asozialen Schwachsinn des »Eigenheims im Grünen«, der Zersiedelung und der landvernichtenden Wohnraumbeschaffung!, sagte Blumauer.

Mea culpa, sagte Deuth, mea maxima culpa! Und nach einer Pause: Wo bleibt der Ferdinand?

Der hat wohl ein ähnliches Problem wie du, nur daß er im Unterschied zu dir selbst den Schnee aus seiner Einfahrt schaufelt, während du deine Gattin schuften läßt nach der Devise: Hauptsache ich bin gesund und meine Frau hat eine Arbeit? …

Da wird ihr warm!, sagte Deuth. Da kann sie den Pelz wieder ausziehen … Das spart Heizkosten … Weil wir von der Wärme reden, liebe Theresia, sagte er zur Kellnerin, sei so gut und bring mir heute einmal einen heißen Tee, am besten einen russischen mit einem Schuß Inländer- oder meinetwegen auch Ausländerrum, rief er der Kellnerin zu.

Also nicht eigentlich einen Tee, sondern einen Jagatee also!, sagte Blumauer. Einen alkoholfreien Blasentee würde der Stammtisch vielleicht gar nicht akzeptieren … als sittenwidrigen Brauchtumsverstoß. Wenn das der Ferdinand sieht!

Ferdinand Ürdinger trat genau jetzt, als Blumauer von ihm sprach, auf den Plan. Er hatte seinen Mantel auf die Garderobe im Vorhaus, seine Sturmhaube an den Haken gehängt und betrat gut gelaunt wie einer, der ein ordentliches Stück Arbeit erledigt und hinter sich gebracht hat, in Stiefeln die Gaststube. Briefträger Ürdinger meldet sich zum Rapport, sagte er, als er nach der marschmäßigen Durchquerung des Schankraumes den Tisch der Stammtischbrüder erreichte, nicht ohne vorher im Vorübergehen bei der Kellnerin »das Übliche«, also eine Maß Riedkerdinger, bestellt zu haben. Außer Schneegestöber keine besonderen Vorkommnisse!, meldete er.

Ist es zum Biertrinken heute nicht ein wenig zu kalt?, fragte Deuth.

Erstens ist mir heiß vom Schneeschaufeln, Karl, und zweitens muß Bier immer und allerwegen getrunken werden. Denn Bier, das nicht getrunken wird, hat seinen Beruf verfehlt, zitierte er einen Spruch aus dem Deutschen Reichstag von anno dazumal, als dort über den Bierpreis verhandelt wurde. Ein Biertrinker ist außerdem ein abgehärteter Mensch, der trinkt seine Maß, ob gelegen oder ungelegen, bei jeder Witterung. Und wenn es sein muß, bringt er im Winter auch einmal ein Opfer. Maß für Maß. Trinkfest und wetterfest ist der Innviertler Briefträger. Und wenn er sich auch einmal im Gasthaus eine Gastritis holt! Der echte Biertrinker braucht auch keinen Bierwärmer. Er verschmäht den Tauchsieder!

Und als sich Ürdinger am Stammtisch häuslich niedergelassen hatte, sagte er: Ja, reden wir doch endlich einmal über das Wetter. Ist doch eigentlich das Thema Numero 1 an allen Stammtischen der Welt! Das Wetter ist das herausragendste aller Allerweltsthemen! Denkt ihr noch an die Zeit, als die Wirte im Winter Eis gebrochen und Fuhre um Fuhre, das heißt Schlitten um Schlitten die aus den Teichen gesägten Platten in ihre Erdkeller verfrachtet und damit ihre Kühlung auf die natürlichste Weise bis in den nächsten Herbst hinein bewerkstelligt haben? Was könnten die Wirte in diesem strengen und ausdauernden Winter Eis ernten! Eis ist doch gefrorene Energie! Aber die Wirte drehen heute auch wie seinerzeit die Kühlhäusler einfach den Strom auf. Wir haben ja genug Atomstrom aus Temelin und Bohunice. Das Wetter ist für die Wirte kein Thema mehr, oder nicht das Thema Nummer 1.

Mein Thema Number one ist an und für sich auch nicht das Wetter, lieber Ferdinand, sagte Blumauer …

Ich weiß, ich weiß, sagte Ürdinger. Aber spielt nicht auch in der Liebe oft das Wetter eine Rolle oder überhaupt die Hauptrolle? Outdoor-Loving? … Dein Erotikon über den lateinischen Nachhilfelehrer im Gänsehäufel kann nur im Sommer spielen. Stimmt's? Der Held und sein Wetter!

Da hat der Ferdinand aber wirklich recht, sagte Deuth. Es gibt übrigens, Carissimi, ein Buch mit dem Titel »Winter in Wien« von Reinhold Schneider. Ich hab es gelesen und war davon beeindruckt, es ist ernst, katholisch und melancholisch. Für den Franz wäre es aber vielleicht nicht die Lektüre, die ich ihm empfehlen würde.

Ich schreibe »Ein Sommer in Wien«, sagte Blumauer.

»Ein Sommer in Österreich« gibt es schon, sagte Deuth, der Roman ist von Carl Zuckmayer. Das wäre vielleicht schon eher ein Buch, von dem du, Collega Francisce Blumauer, etwas lernen könntest, weil das Buch im englischen Fabrikantenmilieu spielt und das sommerliche Österreich und das Salzburger Land als Reiseziel einer merkwürdigen Hochzeitsreise vorkommen. Aber über den Zusammenhang mit dem Sommer als der Jahreszeit, in der man sich der Kleider entledigt und der Liebe näherkommt, wäre da vielleicht etwas zu erfahren und zu lernen.

»Die Liebe braucht Wärme«, sagte, nein rezitierte Deuth plötzlich zur Überraschung und zum Staunen des Stammtisches in einem jener Extempores, die er manchmal lieferte, wenn er bei Laune und gut aufgelegt war, mit leicht erhobener, an Psalmodieren erinnernder Stimme, »der ewige Sommer ist ihre Saison. Das Paradies verlangt das tropische Klima, die Liebe hat eine Vorliebe für die Erwärmung. Das Werkzeug des liebenden Mannes ist sein Heißsporn, sagte der lateinische Nachhilfelehrer und zeigte auf sein »membrum virile«, welches sich zu bewegen und zu rühren begonnen hatte. Dies, sagte der Lehrer, sei das »Perpetuum mobile« (Antrieb und Trieb) des männlichen Menschen. Die gelehrige Schülerin aber staunte über den Lehreifer und die Glut ihres Mentors. Warum, fragte der Lehrer seine Schülerin, spricht unsere Sprache von Kleidungsstücken als »Liebestötern«? Doch deswegen, sagte der Nachhelfer, weil sie der Ausübung der Liebe im Wege stehen. Sie sind im wahrsten Sinne des Wortes hinderlich. Unter solchen Reden befreite er die Elevin von jenem Streifen Stoff, der ihre Brust verhüllend bedeckte, indem er ein zugeknöpftes Band an ihrem Rücken löste. Mädchen sollen nicht zugeknöpft sein, sagte er schelmisch. Und Mieder sollen sie meiden. Zu voller Wirkung und Größe wird das Werkzeug des liebenden Mannes gesteigert, wenn alles textile Zeug und alles stofflich Gewirkte fällt und in den Hintergrund tritt oder geworfen wird. Die wunderbare Wärme, die strahlende Sonne macht es möglich und bringt die Natur zum Erblühen. Die Sonne bringt es an den Tag. Der lateinische Nachhilfelehrer exemplifizierte den Konnex, den Zusammenhang zwischen Thermometer und Geschlecht mit der unter den Anhängern der Freikörperkultur üblichen Rede über die Wassertemperatur. Das »membrum« ist das Thermometer des Mannes. Es ist seine »Membrane«. Wenn ein Nudist einen anderen, der aus dem Freibad steigt, nach der Temperatur des Wassers fragt, und der Fröstelnde sagen will, daß es leider kalt sei, dann kann er dies verbal, mit Worten, oder nonverbal, also bloß gestisch dadurch zum Ausdruck bringen, daß er ihm die Botschaft mit dem Daumen und dem Zeigefinger der rechten Hand, die er nahe zusammenführt, signalisiert. So kalt, heißt das, ist das Wasser, so klein schrumpft und verkriecht sich der Stolz des Mannes, wie eine Schnecke, die sich ins Haus zurückzieht. Dort wartet er, der Entmutigte und Erkaltete, auf die Wärme, um sich dann in der »Hitze des Gefechtes« wieder zu erheben und unübersehbar in Erscheinung zu treten. Um ausgebrütet zu werden. Ja, die Wärme wirkt anregend. Und erregend wirkt auf »ihn« das Weibliche, das »ihn« hinanzieht! Es verhält sich hier ganz ähnlich wie in der Bäckerei beim Brotbacken. Der angerichtete Teig muß bekanntlich »gehen«. Man macht dem Teig sozusagen Beine. Diese Erektion des Laibes bewirken Hefe, Wärme und gutes Zureden. Die Hefe wirkt auf ihn als Viagra. *Viagra* von *via*, »der Weg«. Die Hefe ist der »Wegmacher« für den Teig. Sie ist der Bahnbrecher! Zu diesem »Gehen«, eigentlich Aufgehen und Garen – das also mehr ein Steigen ist als ein horizontales Fortbewegen – braucht er unbedingt Wärme. Das weiß ja auch jede Hausfrau, die einen Gugelhupf oder einen Reindling zubereitet. Der Teig braucht Ruhe und Wärme. Darum legt man auch ein Tuch über den Trog oder den Topf mit dem Teig. Wenn irgendwo eine Tür aufgeht und Zugluft entsteht, stürzt der Teig ein und rührt sich nicht mehr vom Fleck. Kälte und

Frost machen den Teig impotent, Frigidität lähmt ihn. Jetzt ist er beleidigt. Deshalb wird der Teig vom Bäcker in eine geheizte Garkammer geschoben. Dort hebt er sich, und dort schwellen die Laibe in ihren präservativen Strohbehältern an, daß sie schier über den Rand dieser »Simperl« hinauswachsen und sie zu sprengen drohen. Dann muß sie der Ofenmeister rechtzeitig »einschießen«, das heißt in den Backofen schieben. Siehst du, liebe Nikki, wohl das »tertium comparationis«, also den Vergleichsgrund meiner Allegorese? Das Mädchen nickte. *Gradus* heißt die »Stufe«, sagte der Instruktor. Und mit den Graden steigt auch die Durchblutung. Und es kommt mit der Durchblutung und Durchflutung zur »abundantia«, zum Überfluß. Klima und Climax und auch Klimakterium haben alle eine gemeinsame Wurzel. Es folgt die Krise, das Glück der kritischen Erlösung. »Gladium e vagina educere«, dozierte der Magister, heißt »das Schwert aus der Scheide ziehen«, »gladium vaginae reddere« aber, »das Schwert wieder in dieselbe geben«. Hier, sagte der Lehrer, hier im Gänsehäufel und »coram publico«, also in der Öffentlichkeit, ist nicht der Ort, um die Nachhilfe auch als Anschauungsunterricht und »in vivo«, also am lebenden Objekt, fortzuführen und abzuschließen. Um *abzuschießen*, sagte er. Hier muß alles theoretisch bleiben. Doch »theoria sine praxi est currus sine axi«, heißt es im Lateinischen, das bedeutet: Grau ist alle Theorie, wie ein Wagen ohne Achse und Räder! Hier darf es nicht zum Kommen kommen. Hier muß es beim Gehen bleiben. Wir müssen uns dafür einen anderen Schauplatz und einen geeigneteren Lehrplatz suchen, wo wir ungestört und ungehindert »ad rem«, zur Sache, kommen können. Der Lehrer sagte zur gut gebauten und gebildeten Nachhilfeschülerin, deren Defizite rein im Kognitiven, nicht aber im Korporalen und Anatomischen lagen, wir leben nicht mehr im ungenierten Altertum, sondern in der prüden Gegenwart. Damals habe Diogenes vor seinem Faß viele Tabus gebrochen. Der Clown und Eulenspiegel unter den Philosophen hat, wie die Quellen berichten, dort einmal sogar öffentlich onaniert. Masturbavit! Horribile dictu! Incredibile auditu! Es ist schrecklich, dies zu sagen. Es ist kaum zu glauben! Er tat es aber nur, um zu demonstrieren, wie leicht es ist, sich zu befriedigen, und wie schwer dagegen, den Hunger zu besänftigen und zu besiegen, der sich nicht durch Bauchmassage abstellen läßt. Quod erat demonstrandum, »was zu beweisen war«, wird er wohl nach vollbrachter Tat gesagt haben. Die pädagogische Absicht dieses Selbstversuchs hat die Obrigkeit offensichtlich milde gestimmt. Jedenfalls wurde Diogenes nicht abgeführt und eingesperrt wie die Wiener Aktionisten nach der damaligen sogenannten »Uni-Ferkelei«, über die sich 1968 ganz Österreich aufgeregt und empört hat – auch wir in der Post in Munderfing.

Ein besonderer Fall und ein besonders schwerwiegender Fall, sagte Deuth, ist im Hinblick auf den Zusammenhang von Wetter und Liebe der Föhn. Der Föhn ist ein Verbrecher oder doch ein Verursacher vieler Verirrungen im Leben und im Liebesleben der Älpler. In Kärnten und in den Karawanken nennen sie ihn *Jauk*. Der warme Fallwind ist der Hauptschuldige am Kopfweh der Menschen und an der Migräne der Frauen. Was er bewirkt, hat keiner so gut beschrieben wie der Dichter Gerhard Fritsch in seinem Roman »Fasching«. Und Deuth, der wetterfühlige Briefträger, der sich, wie man im Roman »Zu Lasten der

Briefträger« nachlesen kann, bei Föhnlagen und Wetterumbrüchen gern krank meldete und seine Kollegen Ürdinger und Blumauer »supplieren« ließ, zitierte aus diesem Roman des Gerhard Fritsch, als er rezitierend und prononzierend fortfuhr: »Horch, wie der Föhn aus den Wäldern herunterorgelt, eine Lokomotive mit platzenden Kesseln, das Haus ächzt, aber es hält stand. Besessene jaulen im Rauchfang, die Geister der Bosheit. Schwache lassen sich hinreißen, bei solchem Wetter werden Väter, die nicht sterben wollen, in Senkgruben gelegt, fallen debile Ergebnisse jahrhundertelanger Inzucht den erstbesten Kittel an, beginnen einsame Weiber zu kreischen, als säßen sie auf einem mit Seife beschmierten Pfahl. Ich kenne den Föhn, da wächst der Neid wie eine Lawine, da fährt in den Wallach die Geilheit, in den übermütigsten Bock schlotternde Impotenz, da verfluchen Pfarrer die hochheilige Jungfrau, da platzen Köpfe wie Mohnkapseln, da schnellt die Gemeinheit von Tür zu Tür …«
Franz!, rief jetzt Ürdinger plötzlich und laut dazwischen, schreib mit! Schreib mit! Oder schalt ein Magnetophon ein oder einen Recorder!
Was du hier über die Hitze hörst, musst du herunterbrennen! Der Karl, der Kerl, erzählt doch glatt deinen Roman! Das ist doch die Geschichte, die du erzählen willst! Der stiehlt dir deinen Bestseller, Franz!
Aber, sagte Deuth, eins muß ich zum Thema der Heißblütigkeit und der Hitze leider noch hinzufügen: Wir Alten sind nun leider in einem Alter, gegen das auch die Wärme und ein Ofen nicht mehr viel ausrichtet. Ein Alter ist ein Kalter, wenn ihr wißt, was ich meine, sagte Deuth. Wir können höchstens noch in Gedanken und Worten sün-

digen, nicht mehr aber in Werken. Da beißt keine Maus einen Faden ab. Vielleicht kann der Franz auf dem Gebiet der erotischen Literatur noch eine Rolle spielen, wie er sich das denkt, in einem Pornofilm aber könnte er nicht mehr mitspielen, und wenn es in dem Studio durch die Jupiterlampen 30 Grad Celsius hätte … Ich erinnere mich da gern oder eigentlich ungern an die Geschichte vom König David aus dem Buch der Könige im Alten Testament. Für den unwahrscheinlichen Fall, daß ihr sie nicht kennt, helfe ich gerne mit einer Nacherzählung aus: Der König David war alt und hochbetagt geworden. Obwohl man ihn in Decken einhüllte, konnte er nicht warm werden. Da rieten ihm seine Diener: Man sollte für den Herrn König ein junges Mädchen suchen, das ihm zur Seite sein könnte. Wenn es dann an seinem Busen liegt, wird der Herr König schon warm werden. Man suchte nun im ganzen Land Israel nach einem schönen Mädchen und fand Abisag aus Sunam und brachte sie zum König. Das Mädchen war ausnehmend schön. Sie wurde nun des Königs Pflegerin und bediente ihn. »Der König aber erkannte sie nicht«, heißt es zum Schluß wörtlich in der Bibel.

Ich hoffe doch, Ferdinand, du weißt, was die Bibel meint, wenn sie vom »Erkennen« spricht. Das ist nämlich das Gegenteil vom »Dirty Talking«, wie es sich der Franz vorgenommen hat. Und David hat als jüngerer Mensch manches Mädchen und manche Frau »erkannt«. Er war ja auch nicht zimperlich, als er die Bathseba heißblütig verführt und ihren Mann Urias kaltblütig umbringen hat lassen …

Interessant, sagte Blumauer. Aber das ist nicht meine Geschichte und nicht die meines Lateinlehrers. Ja, vielleicht

der Plot an sich, aber ich habe einen ganz anderen Zugang zum Stoff und auch einen ganz anderen Wortschatz. Ein euphemistisches »Erkennen« für das, was »Sache« ist, gehört nicht dazu. Das wirst du in meinem Erotikon nicht finden. Bei mir heißt es Date und Quicky und Cum und Shot und Cock und Cunt.
Ach so, sagte Ürdinger, ich habe gemeint, du nennst alles beim Namen.
Mach ich doch, sagte Blumauer, aber beim englischen, nicht beim griechischen oder lateinischen wie der Herr Doktor Deuth, der hier den Gynäkologen spielt. Ich schreibe über einen Nachhilfelehrer der Gegenwart. Meine Methode und mein Erfolgsrezept hört auf den Namen *Dirty Talking*, wie der Karl vorhin gerade gesagt hat …
Was heißt denn das wieder?, fragte Ürdinger.
Deuth antwortete für Blumauer: Schmutziges Reden als Kunst. Ferdinand, der liebe Franz nennt mich einen Gynäkologen. Mit einem solchen kann er nichts anfangen. Ich fürchte, er braucht einen Psychiater, der ihn von seinen Obsessionen und Blockaden befreit und heilt, und von seiner Schreibhemmung, einer schweren Krankheit bei einem Schriftsteller. Die schwerste Krankheit, die einen Schriftsteller befallen kann. Impotentia scribendi! Sie gleicht der Ladehemmung beim Liebhaber. Impotentia coeundi.
Ja und was war das vorhin, Charles, fragte Blumauer, was du da zum Thema »Temperatur und Geschlecht« oder »Die Wärme, die Warmen und die Heißen« von dir gegeben hast?
Heiße Luft! Parodie und Komödie, Travestie und Persiflage, sagte Deuth. Wie alles, was wir sind und was wir sagen. Theatrum mundi, Welttheater! Es ist alles lächer-

lich, wenn man an den Tod denkt, sagte der Ohlsdorfer. Recht hat er gehabt! Es gibt nur zwei Themen in der Literatur, hat der Literaturpapst gesagt: die Liebe und den Tod. Es gibt aber vielleicht überhaupt nur den Tod. Und auch die Liebe ist lächerlich, wenn wir an den Tod denken.
Was heißt »wir«?, fragte Blumauer. Sprichst du schon im Majestätsplural, Karl?
Nein, Franz, ich rede bloß im Namen der Menschheit ...
Aber du bist heute wieder von einer atemberaubenden »Political Correctness«. Du kommst noch einmal ins Gefängnis, wenn die Theresia draußen erzählt, was sie hier herinnen von deinen Reden mitbekommt, von diesen Exzessen des Patriarchats und der Männerphantasien.
Ja, freilich, sagte Deuth. Der Karl Deuth hat ja den verheerenden Wirbelstürmen und Tornados und Hurrikans der letzten Jahre die Mädchennamen verpaßt. Catarina, Lee, Rita, Maria, Wilma. Von mir stammt der Ausdruck »Altweibersommer«. Und ich habe den Wein, den ich mir immer aus dem Rheingau importiere, »Liebfrauenmilch« getauft. Und das alles aus Bosheit gegen die Frauen. Lieber Franz, lieber Frauenversteher, wenn man die Proteste von gewissen Feministinnen – und ihren männlichen Sympathisanten! – gegen althergebrachte Sprachgewohnheiten oder solche Bezeichnungen und Benennungen hört, dann könnte man angesichts dieser Proteste wirklich an den Frauen verzweifeln und meinen, es sei womöglich etwas dran am »biologischen Schwachsinn des Weibes«. Brustschwach und knieweich kommen mir manche der Empfindlichkeiten und Animositäten – und »Mimositäten« vor.
Da rief Blumauer zur Kellnerin hinüber: Resi, hör nicht her und hör nicht hin, der Deuth hat seine kritischen

Tage! Er bringt wieder alles durcheinander. Es geht hier zu wie am Stammtisch!
Ach, Franz, es gibt ja noch so viel zu tun und es müßte ja nach dem manifesten auch noch der verkappte und inhärente Machismus in so vielem bekämpft und abgestellt werden. Denk doch nur zum Beispiel an die Schwarzwälder Wetterhäuschen, wie du sicher das am Hause Ürdinger schon gesehen hast. Mit seiner Schwarzwälder Kuckucksuhr, deren Kuckuck sich aber abstellen läßt, damit er nicht etwa während des »Musikantenstadels«, der Lieblingssendung unseres Kollegen, immer dazwischenschreit, und dem Wetterhäuschen hat man bei ihm ja den Eindruck, man sei in Württemberg oder Baden, aber nicht im Innviertel.
Was soll an meinem Schwarzwälder Wetterhäuschen denn verkehrt oder verdächtig sein?, fragte Ürdinger. Daß es dir nicht gefällt, das weiß ich. Dir gefallen ja auch meine originellen Gartenzwerge nicht!
Ich sehe das Schwarzwälder Wetterhäuschen als ideologischen Ausdruck – und als Ausbund des Sexismus, sagte Deuth. Wie komme ich dazu, mir das schöne Wetter immer von einer Frau in Schwarzwälder Tracht anzeigen zu lassen und das schlechte von einem unsympathischen Mann mit einem Regenschirm? Die Frau mit ihren roten Bäckchen lacht übers ganze Gesicht, und der Mann im Wetterfleck schaut drein wie sieben Tage Regenwetter. Ich also, Mann Deuth, glaube, daß das Schwarzwälder Wetterhäuschen den Männern unrecht tut und die Frauen hofiert. Im Altertum hat man ja bekanntlich die Boten und Überbringer von schlechten Nachrichten für die »Schlechtigkeit« der Nachricht büßen lassen und oft überhaupt umgebracht. Heute beschimpft höchstens einmal ein be-

schwipster Besitzer eines solchen Wetterhäuschens den Mann mit dem Schirm oder beflegelt ihn und schmäht ihn »Tiefdruckheini«, wenn er sich über seine »schauerliche« Prognose erzürnt. Oder er schüttet ihm den Rest aus seinem Bierglas entgegen und über den Parapluie. Ein Bauer, der auf Regen wartet, wird den »Schlechtwetter«-Propheten natürlich ganz anders empfangen – und ihn freudig begrüßen. Die Frauen aber, die modernen Frauen nämlich, sind mit der Rolle der Frau im Schwarzwälder Wetterhäuschen alles andere als zufrieden. Hier handelt es sich um ein durchschaubares Ablenkungsmanöver. Sie sagen, die trachtige Schwarzwälderin ist ein Inbegriff und Symbol für den mangelnden Respekt dem weiblichen Geschlecht gegenüber. Die Frau wird nicht ernst genommen. Sie wird in dieser »Institution« als SMILY, als Dauerlustige und Permanentlächlerin mißbraucht und vergewaltigt. Bei Regenwetter aber zieht sie sich schmollend in ihre Kate zurück. Einer Frau, von der man sagt, sie hat »ein sonniges Gemüt« oder gar sie IST ein »sonniges Gemüt«, sagt und tut man ja eigentlich nichts Gutes. Das ist ein anderer Ausdruck für »beschränkt« oder auch »bescheuert«, wie die Nordlichter »snaken«. Ein anderer meteorologischer Ausdruck dafür ist »verhagelt«. Und wenn jemand eine unsinnige Frage stellt, sagt man schließlich ja auch: Der fragt nach dem schönen Wetter. Es gibt jedenfalls für Männer und Frauen wie immer genügend Gründe, mit der Rollenverteilung im Wetterhäuschen unzufrieden zu sein. Entweder der Mann oder die Frau ist »aus dem Häuschen« … Heut läßt sie sich aber wieder einmal »schön tun«, denkt sich der Mann, wenn die Schwarzwälder Wetterhexe nicht und nicht aus ihrer Wetterküche herauskommen will. Der Mann aber muß hinaus in die Unwirtlichkeit der Elemente. Dabei würde man heute keinen Hund ins Freie jagen… Dem Ganzen liegt ja die grundsätzliche Frage zu Grunde, was ist ein *gutes* und was ist ein *schlechtes* Wetter. Es gibt nur ein subjektiv günstiges und ein für den einzelnen ungünstiges Wetter. Hagel im Juli ist sicher objektiv schlecht. Aber die Urlauber und die Bauern, auch die »Urlauber am Bauernhof« und die Bauern selbst haben andere und unterschiedliche Meinungen über *gut* und *schlecht*. Und beim Wetter ist es nicht viel anders als im Moralischen und Ethischen. Meteorologen und Moraltheologen sind hierin derselben Meinung… Mir ist ein diesbezüglicher sogenannter »Spontispruch« in Erinnerung, den ich einmal im Saarland gelesen habe: »Vieles ist schlechter geworden. Nur eines ist besser geworden: Die Moral ist schlechter geworden.« »Schlechtes« Wetter aber, sagen die Meteorologen, gibt es gar nicht. Und auch Caterina oder Sally oder Mary sind nicht »böse«! Sind alle keine Hexen. Es ist ja sogar ein Kompliment für eine Frau oder ein Mädchen, wenn man sagt, sie oder es sei ein »Wirbelwind«. Das spricht von Agilität und Unternehmungslust. Das Gegenteil heißt »Schlaftablette«. »Fade Nockn« sagt der Innviertler. Früher hat man auch »Blaustrumpf« gesagt, wenn sich eine wie ein weiblicher Hagestolz benommen und viel auf ihre Bildung eingebildet hat, oder »Mauerblümchen«, wenn es sich um sogenannte »eingezogene Jungfrauen« gehandelt hat. Ein anderer Frauentyp wurde wegen einer gewissen Grobschlächtigkeit als »Dragoner« verspottet.

Heißt nicht die Alternative zum sexistischen Schwarzwälder Wetterhäuschen dann Laubfrosch?, fragte Blumauer.

Da kommst du aber vom Regen in die Traufe, sagte Deuth. Da kriegst du einen Krieg mit dem Tierschutzverein. Denn einen wärmeliebenden, oder eigentlich wechselwarmen Froschlurch oder Laubfrosch, der sich, wie sein Name sagt, gern im Laub verkriecht oder sich auf Stauden, Büschen und Laubbäumen aufhält, in ein kaltes Gurkenglas mit einer Leiter zu sperren, ist wohl wirklich keine artgerechte Haltung. Er steht ja sicher nicht zu Unrecht auf der sogenannten »Roten Liste« der vom Aussterben bedrohten Tiere. Wäre auch wirklich schade um ihn, den einzigen Bergsteiger oder Baumkraxler unter den einheimischen Amphibien.
Am sichersten sind immer noch die Bauernregeln, sagte Ürdinger. Und die Naturbeobachtungen der Ökonomen. Ich jedenfalls habe in meinem Rayon den Billinger, vulgo »Moar in Lichteneck«, gefragt: Billinger, was macht der Estrich? Was sagt die Kellerstiege? Und wenn er gesagt hat: Sie schwitzt, dann habe ich Bescheid gewißt, und daß ich mich beeilen muß, wenn ich nicht naß werden will. Eine todsichere Prognose haben seinerzeit auch die beinamputierten Kriegsinvaliden geliefert, deren Phantomschmerzen jeden bevorstehenden Wetterumschlag angezeigt haben.
Einen Schirm wie ihn der Schwarzwälder aus dem Wetterhäuschen aufgespannt hat, kann ein Briefträger ja nicht brauchen, sagte Deuth. Wir haben die Hände immer frei haben müssen zum Anläuten, zum Tascheöffnen und Postentnehmen.
Und zum Umarmen, sagte Blumauer, der Frauenversteher.
Ein leichter Regen hat mir auch nichts ausgemacht, sagte Deuth. Und als ich einmal ungeschützt im warmen Mai-

regen über Land gegangen bin, hat mir ein Bauer zugerufen: Willst noch wachsen, Karl? Ich aber habe bei mir gedacht: »Asperges me, Domine…«, wie es in der Kirche heißt oder geheißen hat, wenn der Pfarrer die Gemeinde vor der Messe mit Weihwasser angespritzt oder »besprengt« hat. Und wenn ich gut aufgelegt oder »gut drauf« war, wie die Youngsters heute sagen, dann habe ich, die getaufte Maus, auch schon einmal mit dem Propheten Ezechiel ein herzhaftes »Vidi aquam« wie zu Ostern angestimmt! Unser Regenschutz ist sonst der große Wetterfleck gewesen, der alles abgedeckt hat: den Mann, die Tasche, die Pakete und das Waffenrad. Ich bin mir unter diesem XX-large-Mantel immer wie der Zelebrant und Liturge in seinem Vespermantel, dem »Pluviale«, beim Schlußsegen nach dem Hochamt vorgekommen, sagte Deuth. Da kommt der Segen ja auch wie ein Weihwasser-Sprühregen über die Leute in der Kirche… Und mein Meßbuch ist die Posttasche gewesen, aus der ich die Episteln nicht des Apostels Paulus an die Römer, die Galater oder Korinther, sondern der Kirchenbeitragsstelle an die Munderfinger, des Finanzamtes an die Haidberger oder der Glücksstelle Mihalowitsch an die Bradirner herausgezogen und feierlich überreicht habe… Dank sei Deuth, hat einmal ein Spaßvogel, der pensionierte Professor Leicht in Pfaffing gesagt und sich verbeugt!
So sind wir also wieder einmal glücklich beim »Ite missa est« und dem Schlußsegen durch Karl, den großen… Redner angekommen, sagte Blumauer. Jetzt müssen wir nur noch unsere Zeche bezahlen. Zahlen macht Frieden. Das steht am Ende aller Stammtische.

Alois Brandstetter **Zu Lasten der Briefträger** Roman

Immer beschwert sich der ortsansässige Dichter über die Postzustellung. Die Postzustellung ist unzuverlässig, sagt er, die Postzustellung ist die unzuverlässigste. Wenn das geschieht, sagt Blumauer, wenn sich der ortsansässige Dichter über die Postzustellung beschwert, dann geschieht auch folgendes: Ich beschwere mich über mein Moped.

Ein anonymer Erzähler führt Klage beim Postmeister einer kleinen niederbayrischen Landpost über die Schwächen der drei Briefträger: der eine ein Trinker, der zweite ein Frauenheld, der dritte einem kulturellen Laster verfallen. Die Unzufriedenheit des Beschwerdeführers trifft freilich auch den Fleischhauer, den Tierarzt, die Lehrer und andere – in Summe: die ganze Unzulänglichkeit der Welt.